KB071242

野草

김상원 大河小說

야초 ❺

– 한(恨)의 복수

청어

野草(야초) ❺ 한(恨)의 복수

김상원 지음

발행처 · 도서출판 **청어**
발행인 · 이영철
영　업 · 이동호
홍　보 · 최윤영
기　획 · 천성래 | 이용희
편　집 · 방세화 | 이서윤
디자인 · 김바라 | 서경아
제작부장 · 공병한
인　쇄 · 두리터

등　록 · 1999년 5월 3일
(제321-3210000251001999000063호)

1판 1쇄 인쇄 · 2015년 3월 20일
1판 1쇄 발행 · 2015년 3월 30일

주소 · 서울특별시 서초구 효령로55길 45-8
대표전화 · 586-0477
팩시밀리 · 586-0478

홈페이지 · www.chungeobook.com
E-mail · ppi20@hanmail.net
ISBN · 979-11-85482-94-1(04810)
979-11-85482-83-5(세트)

이 도서의 국립중앙도서관 출판시도서목록(CIP)은 서지정보유통지원시스템 홈페이지(http://seoji.nl.go.kr)와 국가자료공동목록시스템(http://www.nl.go.kr/kolisnet)에서 이용하실 수 있습니다.(CIP제어번호: CIP2015007117)

野草
야초 ❺
– 한(恨)의 복수

작가의 말

소설을 쓰기 전에 어떤 소재를 가지고 어떤 주제로 소설을 쓸까 고심하는 것이 대부분의 작가일 것이다. 필자가 문학도로서 소설가의 꿈을 키울 60년대엔 한국의 유명 소설가 중 이광수의 『무정』, 『사랑』, 『흙』, 정비석의 『자유부인』, 『성황당』, 김래성의 『인생화보』, 『청춘극장』, 방인권의 『벌레 먹은 장미』 등 소설들은 재미가 있어 밤을 새워 읽기도 했다.

그러나 요즈음의 추세는 문학적인 면에 비중을 둔 소설을 많이 발간하고 있다. 그 결과 문학에 조예가 있는 소수의 독자들만 구독함으로 소설이 잘 팔리지 않아 전업 작가가 극소수다. 돈이 안 돼 생활이 어렵기 때문이다. 소설을 읽기보다 대부분 드라마나 영화를 본다. 소설이 독자에게 가까이 다가가기 위해서는 첫째로 재미가 있어야 한다는 작가들 대부분 자성의 소리가 높아지고 있다. 그래서 필자는 독자를 소설로 끌어들이는 대중소설을 쓰려고 했다.

본 소설 『야초』 대하소설 5부작은 독자들에게 재미와 감동 그리고 긴장감과 박진감이 넘치는 무협소설에 순애보적인 애정을 접목한 소설이다.

일제강점기 때 만주에서 독립운동을 하다 돌아가신 백야 김좌진 장군의 아들, 해방 전후 한국 건달세계의 거두 김두한이 남긴 주먹의 전설을 드라마로 엮은 〈야인시대〉가 2002년 방영되었다. 그때 야인시대는 대단한 인기가 있어 드라마가 방영되는 시간엔 거리에 사람이 한산하다고 뉴스에서 말할 정도였다. 그리고 1억 2천3백7십만 부의 경이적인 판매고를 기록한 일본의 작가 에이지 요시까와(吉川英治)의 무협소설 『미야모토 무사시(宮本武藏)』가 한국어로 번역되어 또한 많은 판매고를 올렸다. 필자는 드라마 〈야인시대〉를 즐겨 시청했고 『미야모토 무사시』 전권을 밤을 지새우며 탐독했다. 그 역작에 감동했다.

필자는 〈야인시대〉와 『미야모토 무사시』 같은 재미있는 소설을 쓰고 싶어 5부작을 계획하고 집필을 시작하여 12년 만에 탈고했다.

날치기에 의해 부모를 한꺼번에 잃은 12살의 소년 고인범은 아버지의 시신 앞에서 아버지의 원수를 갚겠다고 맹세했다. 어린 시절 추위와 배고픔으로 눈물겨운 처절한 굴곡진 삶을 살면서 오직 아버지의 원수 갚음만 생각했다.

필자는 주인공 고인범이 성인으로 성장하면서 범죄인들에게 짓밟히는 약자를 도우는 싸움꾼의 삶과 휴머니즘적인 삶을 엮었다.

김상원

野草(야초) ❺

한(恨)의 복수

차례

양산댁

1

해는 서산에 기울어지고 마당에 있는 커다란 오동나무가 긴 그림자를 만들고 있었다. 언제부터인지 양산댁은 마당에 서서 술에 취해 느침을 지르르 흘리며 자고 있는 남편을 연신 쳐다보며 안절부절못하고 있었다.

"어짜꼬 어짜꼬, 그라모 안 되는데……."

남편의 주먹에 맞아 코피가 터진 피 묻은 청년의 얼굴과 유난히 눈썹이 시커먼 청년의 유순한 얼굴이 시야에 명멸했다. 며칠 전 달밤에 청년에게 안기고 맨살의 젖가슴까지 청년의 손에 만져진 그날을 생각하니 불끈 몸이 뜨거워지고 부끄러움으로 갑자기 얼굴이 달아올랐다.

안절부절못하고 서 있던 양산댁은 결심한 듯 부엌에 들어가 조금 전에 청년에게 주려고 챙겨 두었던 장아찌와 고추장, 된장, 약간의 밑반찬을 보자기에 쌌다. 그리고 남편이 술에 취해 들어와 배낭을 마루에 집어 던지며 하던 말이 생각났다.

"이 자슥, 이래도 지가 마을을 안 떠나고 배기나?"

남편이 던져놓은 배낭에 밑반찬을 넣기 위해 배낭을 열었다. 구겨진 배낭 안에 청년의 것으로 보이는 코펠과 취사도구가 들어 있었다. 남편이 청년을 마을에서 쫓아내기 위해 빼앗아 왔든지 없을 때 가져온 것을 알았다.

배낭 밑바닥에 영어책과 영자 신문이 들어 있었다. 어수룩한 청년에게는 걸맞지 않은 영어책이고 영자 신문이라 양산댁은 고개를 갸웃거렸다. 피봉이 뜯어진 편지도 들어 있었다.

편지 내용이 궁금했다. 연애편지 같았기 때문이었다. 청색 볼펜으로 쓴 온통 영어로 된 편지였다. 양산댁은 겉봉 주소를 보았다. 주소도 영어로 쓰여 있었다. 고등학교를 졸업한 양산댁은 영국에서 온 편지임을 알았다. 볼수록 알 수 없는 청년이었다.

양산댁은 잠이 깊이 든 남편을 확인하고 배낭을 들고 집을 나섰다. 양산댁은 가슴이 아팠다. 남편이 남들과 잘 싸우는 성미지만 유달리 청년을 미워하는 것은 지난번 자신이 청년을 도와 쓰레기를 줍는 걸 본 까닭이었다. 청년이 나에게 일부러 쓰레기를 줍도록 한 것으로 오해한 후부터 더욱 청년을 미워하는 것 같았다.

그 청년이 내게 시킨 것이 아니고 내가 스스로 우리 집 앞이라 쓰레기를 주웠다는 말을 아직도 못 한 것이다. 남편이 어떤 오해로 두고두고 자신을 괴롭힐 것 같아 두려웠기 때문이었다.

나를 위해 남편에게 아니라고 말 한마디 하지 않고 두들겨 맞는 사려 깊은 청년에게 양산댁은 고마움을 느꼈고 청년이 불쌍하고 한편 미안했다. 무엇이든 주고 싶은 마음에서 혼자 텐트 생활을 하는 청년에게 배낭을 가져다주는 구실을 기회 삼아 반찬을 챙겨 가는 것이다.

양산댁은 집을 나서 걸음을 빨리했다. 등에 업힌 아기는 깊이 잠들었고 시골의 골목은 인적이 뜸했다. 고샅을 빠져나오니 주막 앞에 마을 부인 몇 명이 이야기를 나누고 있었다. 가까이 가니 하던 이야기를 멈추고 양산댁의 눈치를 살피며 배낭을 유심히 보며 말했다.

"양산댁 어데 가노? 그건 등산 가방 아이가."

"……."

양산댁은 자기도 모르게 배낭을 뒤로 숨기며 그들의 표정을 살폈다.

"양산댁, 오늘 이 주막에서 남편과 깡구, 정호, 세 명이 쓰레기 줍던 청년을 때리다가 그릇을 깨어 주막집 합천댁이 양산댁에게 깨어진 그릇을 변상 받으려고 갈라고 하고 안 있나. 그라고 청년이 맞아서 코피가 터지고 얼굴이 많이 다칫데이. 그 세 명이 여기서 술을 더 먹고 청년을 죽인다고 청년을 찾아갔는데, 청년이 산으로 달아나서 못 때리고 청년이 해 놓은 점심밥을 저거들이 먹으려는 것을 말순 아버지가 말리다가 반찬이고 밥이고 다 쏟아져 버렸다 카드라. 호열은 그 청년이 밥 못 해 먹도록 버넌가 뭔가 하는 그릇을 그런 등산 가방에 넣어서 가져갔다던데 숨기는 거 그거 아이가?"

양산댁은 더 이상 듣지 않아도 알 것 같았다. 마을 사람 대하기가 부끄러웠다.

체격도 좋고 누구보다도 키가 큰, 보기와는 달리 싸움을 할 줄 모르는 청년이 애처롭고 불쌍했다. 그리고 남편이 극도로 저주스럽고 미웠다.

나쁜 사람, 왜 사람으로 태어나 착하게 살지 못하고 악한 일만 골라서 하는지, 아마 이 세상에 악역을 하기 위해 태어난 것 같았다. 내가 어쩌다 저런 남자를 남편으로 맞게 되었는지……. 양산댁은 저런 남편과 평생을 살아야 한다고 생각하니 가슴이 답답했다.

"그래서 이 등산 가방을 가져다주려고 가지고 갑니더."

물기 먹은 기어드는 목소리였다.

"호열이가 갖다 주라 하드나?"

"…… 예, 그래서 가지고 갑니더."

"쯧쯧, 양산댁이 무신 죄가 있다고……. 퍼뜩 가지고 가거라. 말숙이 아버지가 황 이장이 언양에 갔는데 오면 마을 어른들이 그 세 사람을 혼내주고 가방 찾으러 갈라고 이장을 기다리고 안 있나."

"예, 다녀오겠심더."

파릇파릇 새 풀이 돋아나는 논배미를 따라 조금 내려가니 산자락에 소나무 한 그루가 있는 옆 잔디 위에 텐트가 보였다. 양산댁은 왠지 가슴이 두근거려졌다. 남편이 저지른 잘못의 두려움인지 모를 묘한 감정이었다.

양산댁은 조용히 다가갔다. 텐트 안에서 애잔하고 애상한 하모니카 소리가 들렸다. 많이 듣던 동요였다. 남쪽으로 향한 입구의 텐트 문이 열려 있는 틈으로 텐트 안이 보였다. 청년은 누워서 하모니카를 불고 있었다.

양산댁은 이해가 되지 않았다. 남편과 남편 친구에게 얻어맞아 코피가 터지고 텐트가 난장판이 되었다던데 한가롭게 하모니카를 불 마음의 여유가 있는지 참으로 이상하고 묘한 청년이라고 생각했다.

해는 져서 어두운데 찾아오는 사람 없어
밝은 달만 쳐다보니 눈물만 흐른다

어떻게나 구슬프고 애잔하게 베이스까지 넣어가며 부는지 폐부까지 슬픔이 저미었다. 텐트 옆에서 가만히 서서 듣고 있었다. 초등학교 때 방과 후 교정에서 또는 산이나 들에서 친구들과 삼삼오오 모여 많이들 불렀지. 저 동요를 부르면 언제나 슬픔이 밀려들고 코끝이 찡하게 눈물이 나곤 했었지. 때론 아무도 없을 때 집을 지키며 혼자 부르기도 한 동요가 애잔한 하모니카 소리가 새삼스럽게 가슴을 뭉클하게 했다. 가만히 입속으로 하모니카에 맞추어 따라 불렀다. 이번에는 흘러간 유행가가 흘러나왔다.

고향이 그리워도 못 가는 신세
저 하늘 저 산 아래 아득한 천 리
언제나 외로워라 타향에서 우는 몸

꿈에 본 내 고향이 마냥 그리워

노래를 듣고 있자니 청년이 더욱 처량하게 보이고 불쌍했다. 자기 신세를 한탄하는 것 같았다. 죽도록 얻어맞고 무슨 노래를 부르고 싶은 마음이 생기는지…….

양산댁은 청년이 외로운 청년이 아닌가 싶었다. 가슴의 슬픔을 노래로 토해 내는구나! 슬픔을 모르는 사람은 슬픈 노래를 부르지 않는다고 하던데……. 그리고 저 청년에게서 악기를 다루는 저런 기막힌 재주가 있었던가? 청년의 새로운 면을 발견했다.

청년이 더욱 애처롭게 보이고 노래 속에 끌려들고 청년에게 무언지 애틋한 정이 갔다. 더 듣고 싶지만 이제 곧 날이 어두워질 시간이라 더는 기다릴 수 없었다. 남편이 깨어 자신을 찾을지 몰랐다.

"저…… 저 가방 가지고 왔는데예."

해가 서산에 기울어 산 그림자가 길게 뻗어 있었다. 마주 보이는 동쪽 산 멧부리에만 아직도 담담한 햇살이 남아 있고 서쪽의 산줄기에 석양이 붉은빛으로 물들고 있었다.

"저…… 저 가방 갔고 왔는데……."

"……?"

하모니카 소리가 뚝 그쳤다. 아무 기척이 없었다. 양산댁은 청년의 모습을 보려고 용기를 내어 고개를 텐트 속으로 조금 밀어 넣었다. 인범은 하모니카를 입에 문 채 바깥의 동정을 살피고 있다가 양산댁의 시선과 마주쳤다. 청년의 얼굴이 부어 있고 일그러져 있었다. 남편과 남편 친구들에게 맞아 상처가 진 얼굴이었다.

"저…… 가방 가지고 왔심더."

인범은 의외란 듯 뚫어져라 양산댁의 얼굴을 마주 바라보았다. 양산댁은 남편에게 맞아 얼굴이 부어 있는 청년의 얼굴을 차마 볼 수 없어 시선을 땅에 떨어뜨렸다. 갑자기 가슴이 두근거리고 얼굴이 화끈 달아올랐다. 지난 달밤에 엉겁결에 청년에게 안기고 맨 젖가슴이 청년의 손에 잡힌 것을 생각하니 부끄럽고 묘한 감정으로 가슴이 더욱 두근거리고 있었다.

"아! 아주머니시군요. 웬일이세요?"

"……."

인범은 뜨악한 눈으로 양산댁을 보며 천천히 일어나 밖으로 나왔다. 양산댁의 가슴속에서 심장의 박동 소리가 소용돌이를 치며 더욱 콩닥거렸다. 양산댁은 가슴에서 진동하는 소리가 새어나와 청년에게 들릴 것 같아 한 발 물러서며 배낭을 땅에 내리고 보자기에 싼 밑반찬을 청년에게 내밀었다.

"…… 저, 저…… 이 배낭하고 밑반찬 좀 가져왔는데예, 빈 그릇 좀 주시면……."

양산댁은 벌겋게 달아오른 얼굴로 인범을 바라보았다. 인범은 멀거니 서서 양산댁이 보자기를 끄르는 것을 내려다보는 눈과 마주쳤다. 양산댁은 얼굴이 더욱 붉어지고 또다시 가슴이 콩닥거리기 시작했다.

"아 예, 이러지 않아도 되는데, 고맙습니다."

인범은 마침 가져가지 않은 텐트 안에 있는 코펠을 끄집어내어 반찬을 옮기려고 하였다.

"인 주이소. 제가 할께예. 그리고 여기 큰 숟가락 한 개 가지고 왔어예, 그래야 된장찌개 자실 수 있지예."

"……."

양산댁은 인범의 등산용 숟가락이 작은 걸 보았기 때문이었다. 인범과 양산댁이 머리를 나란히 하고 앉아 밑반찬을 코펠에 옮겨 담았다.

"된장도 가져왔어예. 지가 담근 거라예."

이렇게 말하는 양산댁은 가슴이 약간 진정되고 여자의 행복감을 느끼고 있는 자신을 발견했다.

"아직 점심도 못 먹었지예. 제 남편 때문에……. 미안스럽심더."

"아, 예. 아닙니다. 저는 식사를 건너뛸 때가 많습니다."

"얼굴이 많이 부었네요. 지 남편이 또 그랬지예. 그라고 지난번 밤에는 너무 부끄럽고…… 고맙고, 미안스럽심더……."

"……."

"텐트에서 자면 안 추워예? 그라고 안 무섭십니꺼?"

"춥지 않습니다. 오리털 침낭이 있거든요. 무섭긴요……."

"텐트 안이 참 좋다. 둘이 자도 되겠네요?"

양산댁은 텐트 안을 보면서 수줍게 말했다. 인범은 양산댁의 등에 업힌 아가가 초롱초롱 맑은 눈으로 자신을 보고 있는 것이 신기한 듯 바라보고 있었다.

"아주머니 아기가 참 예쁘군요."

"……."

"아기가 딸입니까?"

"아닙니더, 머슴아입니더."

인범은 일어나면서 아기에게 눈을 뗄 줄 몰랐다. 양산댁도 따라 일어났다.

"해가 다 져버렸네요. 점심도 못 자시고 배고플 낀데, 어서 저녁 해 잡수이소. 지가 해드릴까예?"

"아! 아 아닙니다. 제가 하겠습니다."

"지가 해 드리고 싶은데……. 그라모 지는 갈랍니더."

"아주머니 안녕히 가십시오. 이 반찬 잘 먹겠습니다. 그리고 아기 아빠에게 고맙다고 전하세요."

이 말에 양산댁은 당황했다. 이 청년이 반찬까지 남편이 보낸 걸로 알면 안 된다.

"아이라예. 남편은 몰라예. 반찬은 지가 살짝 가지고 온 기라예. 안녕히 계시이소."

인범은 돌아가는 새댁의 작은 어깨를 보면서 순희를 생각했다. 조용하고 착하게 보이는 아주머니의 모습에서 순희의 얼굴이 중첩되어 나타났다.

불현듯 순희가 보고 싶었다. 슬픔을 간직한 새댁의 눈에서 우수에 젖어 있는 순희의 눈동자를 보았다. 자기 남편에게 맞은 나에게 사죄라도 하듯 새댁이 무슨 말이든 하여 나를 위로하려는 것이 고맙고 한편 측은하게 보였다.

순희도 보고 싶고 울프도 센도 보고 싶었다. 그러나 관광마을을 만들기 전에는 돌아갈 수 없었다. 인자하신 박 과장의 얼굴도 떠올랐다. 전화라도 해 드려야 할 텐데…….

울프와 센을 이곳으로 데리고 와서 넓은 들판에서 뛰놀게 하고 싶었다. 황 이장과 박 과장님이 어떤 대화를 나누어 나를 평가했는지도 궁금했다. 황 이장님은 나에게 박 과장의 말씀을 하지 않으셨다.

2

양산댁은 논두렁을 걸으며 청년에게 한 자신의 행동을 수없이 후회해 보았다.

'내가 왜 그럴까. 청년 앞에서 왜 수다를 떨었을까. 그리고 청년 가까이 있으니 왜 심장이 콩닥콩닥 그렇게도 뛸까? 또 청년에게 끌리듯 다가서고

싶은 충동은 왜일까?'

그러나 청년의 곁에 있었던 짧은 순간이지만 한 번도 느껴보지 못했던 여자의 행복과 가슴 두근거림을 느낄 수 있었던 감정은 오래오래 간직하고 싶었다.

'아! 나는 남편이 있고 아기 엄마다. 그 청년이 나와 무슨 관계가 있단 말인가. 내가 이럴 수는 없지. 언제부터 나에게 이렇게 불순한 피가 흐르고 있었단 말인가.' 아기에게 죄진 것 같았다.

'아가, 엄마가 나쁘지?' 등에 업힌 아기를 추스르고 청년의 생각을 지워버리려고 머리를 흔들었다.

어느새 들판은 이내가 깔리는 고요한 황혼이 낮을 밀어내고 어둠이 안개처럼 들판을 덮고 있었고, 주위는 휑뎅그렁 인적이 끊겨 적막했다.

양산댁은 올 때와는 달리 무거운 걸음으로 청년과의 대화를 되새기며 들풀이 듬성듬성 나 있는 들길을 걸었다. 왠지 모르게 마음은 우울했고 발걸음이 무거웠다.

마당을 들어서니 불이 꺼진 집은 무거운 적막감이 감돌고 있었다. 문이 열린 방에는 느침을 지르르 흘리며 입을 헤벌쭉 벌리고 아직도 잠을 자는 남편의 모습이 왠지 추하게 보였다.

모색이 짙어지는 밤하늘을 바라보며 긴 한숨을 어두운 허공에 토했다. 마루에 앉은 양산댁의 가슴은 황량한 겨울 들판처럼 텅 비어 있었다. 밤하늘 어둠의 저편 멀고 깊은 곳에서 초롱초롱 빛나는 별들이 반짝이며 서서히 빛을 발하고 있었고, 아슴한 상현달이 감나무 잎사귀에 걸려 있었다.

깨어 있던 아기가 배가 고픈지 몸이 불편한지 칭얼대기 시작했다. 양산댁은 아기에게 젖을 물리려고 티셔츠를 끌어올려 유방을 드러내었다. 희미한 달빛에 이십 대의 양산댁의 희고 풍만한 젖가슴이 탐스럽게 드러났다. 양산댁은 이 젖가슴이 며칠 전 청년에게 만져진 것이 부끄럽기도 했지만 한편 황홀감이 느껴짐은 왜일까? 양산댁은 두 손으로 젖가슴을 손 가득히 만지며 청년을 떠올렸다.

아기가 칭얼대었다. 얼른 아기에게 젖꼭지를 물렸다. 아기는 배가 고픈지 앵두알 같은 핑크색 젖꼭지를 작은 입속 가득히 빨아 당겼다.

젖을 물린 양산댁은 어둠이 짙어지는 밤하늘을 바라보며 상념의 나래를 펴고 수심에 잠겨 있었다. 왠지 우울했다.

밖에서 웅성거리는 사람 소리가 나더니 사람들이 우르르 집 안으로 들어오고 있었다. 깜짝 놀란 양산댁이 옷을 바로 하고 일어났다. 젖을 빨던 아기가 배가 고팠는지 젖꼭지를 빼앗겨 자지러지게 울어댔다. 양산댁은 갑작스레 몰려온 사람들을 불안한 시선으로 바라보았다.

"이 집에는 와 이래, 아직 불을 안 켜고 있노?"

황 이장과 노영길 어른, 청년회 회장, 마을 지도자, 말순이 아버지, 영천댁이었다.

"양산댁, 아기 아버지 있는교?"

언제나 인자하신 황 이장의 얼굴에 노기가 담겨 있고 목소리도 잔뜩 화가 나 있었다.

"저…… 이장님 오셨는교? 아저씨도요. 지금 자고 있는데예."

양산댁은 허리를 굽혀 인사를 하고 얼른 방과 마루의 전등불을 켰다. 그리고 자고 있는 남편을 눈으로 가리켰다. '아! 남편이 청년을 때리고 버너를 빼앗아 온 것 때문이구나.'

"좀 깨워 주이소. 할 말이 있으니……."

옆에 서 있는 마을 사람들도 한결같이 얼굴이 굳어 있고 노기가 담긴 얼굴이었다. 양산댁은 남편의 잘못이 드디어 문제가 된다고 생각하고 그냥 넘어갈 것 같지 않아 불안했다.

“보이소, 철우 아버지. 일어나 보이소. 손님들이 찾아왔심더.”

몇 번을 흔들어 깨웠다.

“와 이라노 가스나야? 내 좀 더 잘란다.”

호열은 눈도 뜨지 않고 손을 내저었다.

“아입니더, 일어나야 합니더. 이장님과 손님이 찾아왔심더. 퍼뜩 일 나이소 마.”

양산댁은 세게 흔들었다.

“이 가스나가 와 자꾸 야단이고?”

호열은 또다시 손을 내저으며 돌아누웠다. 청년회장 신상근이가 나섰다.

“호열아, 좀 일나거라! 이장님과 어르신들이 오셨다. 퍼뜩 못 일어나겠나?”

큰 소리로 깨우는 신상근의 격앙된 목소리였다.

“아 누고? 와 자꾸 이라노?”

눈을 뜨더니 전등불이 부시는지 한 손으로 전등불을 가리며 실눈을 뜨며 일어났다. 심장한 분위기에 정신이 드는지 일어나며 술에 취한 흐릿한 눈으로 사람들을 일일이 훑어보는 것은 잊지 않았다.

“호열이 니 여기 좀 나와 앉거라. 이야기 좀 하자.”

호열은 황 이장이 온 이유를 짐작했는지 잔뜩 구겨진 얼굴로 황 이장 앞으로 다가앉았다.

“이장님예, 방으로 들어가입시더. 아저씨도 들어가입시더. 들어가서 이야기 하이소.”

양산댁이 권했다.

“여기서 이야기해도 괜찮심더. 호열이 니, 오늘 너거 세 명이 작당을 해서 와 청년을 때렸노?”

“…….”

"와 말 못하노?"

"건방진 놈, 손 좀 봐 주었는데, 이장님이 와 간섭합니꺼?"

"내가 와 간섭 못 하노? 지금 우리 마실은 그 청년과 손잡고 관광마을을 조성하여 잘사는 마실 만들라 하는데, 너거는 그 청년을 이 마실에서 와 쫓아낼라고 하노?"

"마 웃기지 마이소. 또라이 같은 글마 말만 믿고 관광마을 만든다고요. 마 대강 웃기이소. 관광마을 택도 없심더."

비아냥거리며 조소했다. 그의 얼굴엔 아직도 술기가 가시지 않았다. 호열이가 말을 할 때마다 술 냄새가 물씬 풍기었다.

"시방 니 무신 버릇없는 소리고? 와 관광마실 못 만드노? 내사 마 얼마든지 만들 수 있다고 본다."

"잘해 보이소."

아까부터 잔뜩 분노한 얼굴로 호열이를 노려보며 분을 못 참아 씩씩거리고 있던 청년회장 신상근이가 앞으로 나섰다.

"호열이 니 하는 짓 보니 도저히 못 참겠다. 야, 이 자슥아! 이 마을 니 혼자 사나? 마을 사람 전부가 회의에서 가결한 것 가지고 와 너거 몇 놈이 방해하노? 자슥아."

상근은 와락 호열의 멱살을 잡아 일으켜 세워 마당으로 끌고 나갔다. 마루에서 마당으로 끌려가던 호열이가 재빠르게 머리로 청년회장 상근의 면상을 들이받았다. 역시 싸움깨나 한 호열이가 선수를 친 것이다.

"퍽, 억!"

호열의 멱살을 잡고 끌고 가던 상근이가 얼굴을 감싸고 주저앉았다. 코와 입에서 금세 피가 터져 나왔다. 상근은 손으로 피를 확인하더니 호열이에게 덤벼들어 순식간에 마당에 내동댕이쳤다. 신상근이가 호열이를 얼마나 심하게 메다쳤는지 마당을 울리는 쿵 하는 소리가 났다. 신상근이 넘어진 호열의 옆구리에 발길을 날렸다.

"퍽, 어쿠!"

주먹 소리와 호열의 비명이 동시에 났다. 황 이장이 얼른 청년회장을 가로막고 나섰다.

"너거들이 와 이라노? 청년회장, 이랄라고 따라왔나? 와 말로 못 하노?"

"이장님, 일마 이거는 말로는 안 됩니더. 이장님에게 버릇없이 대드는 것 보니 속이 뒤집어져서 더는 못 참겠습니더. 이 자슥은 반쯤 죽여 놔야 합니더. 인간 땅바닥입니더. 이런 인간은 동네 몰매를 좀 맞아야 정신이 들낍니더."

청년회장 신상근은 분을 못 참아 씩씩거리며 넘어져 있는 호열이를 무섭게 노려보았다. 황 이장만 없다면 요절을 낼 것 같은 태세였다.

호열이 허리를 삐었는지 제대로 일어나지 못하고 아픈 듯 얼굴을 찡그리며 일어나려고 애를 쓰고 있었다.

마당에 있던 마을 지도자 강근식이와 말숙이 아버지가 얼른 일으켜 세워 부축하고 마루에 겨우 앉혔다.

"상근이 이 자슥 어디 두고 보자, 니가 나를 쳤제?"

"이 자슥이, 마 팍 죽이 뿔라 마."

다시 상근이가 덤벼드니 황 이장과 말숙이 아버지가 옆에서 말렸다. 양산댁은 이 모든 것을 꼼짝하지 않고 지켜보고 있었다.

청년회장의 얼굴에도 호열이의 얼굴에도 피가 흐르고 있었다. 넘어지면서 얼굴이 돌에 부딪힌 것 같았다.

"신 회장, 참아라. 이라는 거 아이다. 너거 때문에 우리 체면이 말이 아이다. 꼭 젊은 너거들 데리고 싸움하러 온 것 안 같나? 호열아 니 봐라! 니가 한 짓이 지금도 잘했다고 생각하나?"

"……."

"호열아! 청년에게서 가져온 가방 내 놓아라, 우리가 갖다 줄란다."

"……."

"이장님, 낮에 갖다 주었심더."

"새댁이가 갖다 주었능교? 호열이가 갖다 주었능교?"

"…… 지가 갖다 주었심더. 철우 아부지가 갖다 주라하데예."

"……."

못 믿겠다는 듯 호열이의 얼굴을 쳐다보았다.

"새댁, 새댁이 보는 앞에서 미안스럽심더. 아, 아비 좀 주물러 주이소. 피도 좀 닦아 주고요. 우리 갈랍니더."

양산댁은 남편에게 심하게 시달리고 있었다.

"야 이년아, 니가 와 그 자슥의 배낭을 내 허락도 없이 갖다 주었노? 그 자슥이 좋아서 갖다 주었제?"

양산댁이 심하게 당하고 있었다. 반찬을 가지고 간 걸 남편이 알면 더 심하게 따질 것 같아 아무 말도 하지 않았다. 남편은 아무 말도 하지 않는 걸 더 의심스럽게 생각했는지 양산댁의 머리채를 잡아끌며 닦달을 했다.

"야, 이년, 말 못 하겠나? 그 자슥이 좋아서 배낭 갖다 주었제?"

아니라고 말을 하려도 말이 나오지 않았다.

남편은 더욱 날뛰며 양산댁의 옷을 찢으며 마구 때렸다. 옷은 찢어져 하얀 가슴이 드러났다. 안 맞으려고 몸을 움츠리고 피했지만 몸이 움직이지 않았다.

남편은 얼굴이 악귀같이 변하더니 몽둥이를 찾았다. 양산댁은 달아나야 한다고 하면서도 발걸음이 잘 움직여지지 않았다. 겨우 방문을 열고 집 밖으로 나왔지만 마땅히 갈 곳이 없었다.

양산댁은 마을을 벗어나 들길을 걸었다. 앞가슴은 옷이 찢겨져 가슴이 드러난 상태로 실성한 사람처럼 걸어가는 양산댁을 마을 사람들이 멀거니 보고 있었지만 가슴을 가릴 생각을 않고 걸어갔다. 들판을 지나고 논둑길을 따라 청년의 텐트 앞에 도착했다. 양산댁은 잠시 머뭇거리다 텐트의 지퍼를 열고 안으로 들어갔다. 그러고는 청년의 옆에 앉아 누워 있는 청년의 얼굴을 대담하게 내려다보았다.

청년은 모든 것을 알겠다는 듯이 아니 기다렸다는 듯이, 빙긋이 웃으며 양산댁을 끈적끈적한 눈길로 바라보고 있었다. 양산댁은 이 청년이 어느 구석에 이런 능청스런 면이 있었나 의아해 했다. 청년은 양산댁의 옷이 찢어져 유방이 거의 드러나 보이는 앞가슴을 비릿한 눈으로 바라보고 입맛을 다셨다. 양산댁은 가슴을 가려야겠다고 생각하고 손을 움직이려고 해도 청년의 타는 듯한 시선에 마비된 듯 움직여지지 않았다.

몸 둘 바를 몰라 당황하고 있는 양산댁을 청년이 억센 팔을 뻗쳐 양산댁의 좁은 어깨를 끌어당겨 옆에 눕히고 으스러지게 끌어안았다. 양산댁은 이러면 안 된다고 하면서도 몸은 불같이 타오르고 가슴은 방망이질하고 있었다.

“이라면 안 됩니더. 와 이랍니꺼? 점잖은 분이…….”

아무리 말을 하려고 해도 목소리가 밖으로 나오지 않았다. 청년은 양산댁의 입술을 더듬었다. 양산댁은 몇 번 청년의 입술을 피하다 스스로 입을 벌려 뜨거운 입술을 자신의 입속 깊숙이 받아들였다. 청년은 양산댁의 혀를 무섭게 흡입하며 연약한 몸을 짓누르고 옷을 벗기기 시작했다. 양산댁의 하이얀 유방과 속살이 완연히 드러났다. 청년의 입술이 탐스럽게 솟은 유두를 애무하였다.

양산댁은 황홀감에 몸이 스스로 무너지고 있었다. 그러면서 나는 남편 있는 몸이다. 그리고 남편이 곧 뒤따라와서 청년과 자신에게 몽둥이로 내리칠 것 같아 두려움에 떨고 있었다.

양산댁은 청년의 가슴을 힘껏 밀어내고 빠져나오려고 애를 쓰지만 몸은 이미 정염에 뜨겁게 달구어져 움직일 수 없었다. 청년은 솔개가 병아리를 채듯 억센 팔로 양산댁의 작은 몸을 가슴 깊이 품고 있어 빠져나올 수가 없었다. 청년이 하나 남은 옷마저 벗기고 있었다.

"아아, 앗! 안 돼. 안 된다 말이야."

양산댁은 제 소리에 놀라 잠이 깨었다. 꿈이었다. 이상하게도 꼭 생시처럼 온몸이 땀으로 범벅이 돼 있었다. 그러면서 황홀한 꿈을 재연코자 얼른 눈을 도로 감고 꿈의 잔영을 복원해 보려고 시도했지만 끝내 허사였다.

양산댁은 깊은 안도의 숨을 쉬면서도 한편으로 못내 아쉬웠다. 꿈인데도 생시에 정사할 때의 황홀함과 감정이 똑같았다. 양산댁의 온몸은 이상하게도 땀이 흥건했고 밑살도 정사 때처럼 질벅하게 젖어 있었다.

한밤중이었다. 남편의 두 팔이 자신의 가슴을 안고 있었고 다리가 무겁게 양산댁의 하체를 누르고 있었다. 양산댁은 남편의 다리를 살그머니 들어내고 일어나 앉았다.

입은 옷을 보았다. 꿈에선 옷이 다 벗겨졌는데……. 아직도 생시 같은 꿈속의 정사가 현실처럼 온몸에 느껴지고 있음이 이상했다. 끈적끈적한 액체가 몸에 스며드는 것 같았다.

남편은 깊은 잠에 빠져 있고 어디가 아픈지 잔뜩 찡그린 얼굴이었다. 양산댁은 한편 꿈이라 긴 안도의 숨을 쉬면서 꿈이 깨어지지 않고 조금만 더 진행되었더라면 황홀한 극치를 느낄 수 있었을 텐데……. 아쉬움이 간절했다.

꿈을 다시 꾸고 싶었다. 꿈속의 정사를 현실처럼 상상하는 자신을 발견하고 스스로 놀랐다. 청년의 얼굴이 어둠 속에 명멸했다. 양산댁은 청년의 얼굴을 지워 버리려고 고개를 세게 흔들어 보았다.

자신이 한없이 미워졌다. 나는 남편과 아이가 있다. 내가 청년을 얼마나 흠모하였기에 그런 꿈까지 꾼단 말인가.

'아! 내가 남편을 두고 내가 미친년이다.'

관광마을 조성

1

호열이, 깡구, 정호가 관광마을을 만들지 못하게 쫓아내려고 청년을 때렸다는 소문이 퍼지고, 마을 사람들은 그 세 명을 지탄하기 시작했고 그들은 더욱 고립과 왕따를 당하게 되었다.

배내마을이 관광마을로 탈바꿈하는 대역사가 시작되었다. 농지로서는 척박하고 황무한 땅이 사람의 의지와 노력으로 단장되고 있었다.

계곡 아래쪽 야천에 지천으로 널려있는 돌들을 시멘트 포장을 하기 위해 마을 입구 밭이었던 땅에 옮겨 주차장이 만들어지고 있었다. 그리고 쓸모없는 야천 주위를 정지하여 관광객들의 놀이터와 휴식처로 만들기 위해 잔디를 심었다. 또 야영할 수 있도록 텐트를 칠 자리도 만들었다.

그 주위에 잎이 무성하고 수명이 길고 거목으로 성장할 수 있는 토속수인 느티나무를 심어, 봄과 여름에는 짙은 녹음으로 장식되고 가을은 붉은 단풍으로 물들어 산골 마을의 정취와 운치가 가득하도록 조성했다.

배내마을은 대물림하는 가난을 벗어나기 위한 관광마을을 만드는 대역사의 삽질이 한 젊은 외지인의 착상과 전 마을 사람들의 노동과 땀으로 이루어지고 있었다.

조용하던 마을이 삽과 곡괭이, 경운기 소리가 울려 퍼지고 일을 하면서 시끌벅적한 대화들로 사람들의 얼굴엔 생기가 돌았다.

오지 중의 오지인 열악한 환경과 척박한 땅, 배내마을이 시대의 변천에 따라 산악지대라 전답이 부족하여 숲과 계곡, 바위뿐이던 배내마을이 오히려 전화위복이 되어 관광마을로 탈바꿈하여 돈을 벌 수 있다는 것에 희망에 부풀어 있었고 일을 하는 손에는 불끈 힘이 들어갔다.

시급한 농사일 외에는 대다수의 마을 사람들이 관광마을 조성에 참여하여 길을 넓히고 집과 돌담과 토담들, 방치된 화단도 가꾸자는 회의에 따라 각자 허물어져 가는 자기 집 돌담을 보수하고 엉성한 담들을 옛날식 낮은 돌담으로 복원되고 있었다.

음식 장사를 할 사람들은 집을 손질하고 뜰을 가꾸고 평상을 만들어 마당에 놓아 손님을 맞을 준비를 하고 있었고, 농작물을 판매할 사람은 버려두었던 조그마한 빈터에도 각종 채소를 심었다.

그리고 소출이 거의 안 되는 계곡 옆 논밭에 관광객들이 놀이할 수 있도록 잔디를 바둑판처럼 떼어와 옮겨 심었다. 이제 옮겨온 이 잔디가 내년이면 푸른 잔디밭이 될 것이다. 계곡 주위는 아낙네들의 손길이 바쁘게 움직이고 남자들은 계곡의 돌들을 정리했다. 되도록이면 자연 그대로 유지하고 넓은 계곡엔 수심을 조금 깊게 하기 위해 돌을 파내어 피서객들이 어른, 아이 구별하여 물놀이와 수영을 할 수 있도록 만들었다.

황 이장과 노영길 어른과 인범이는 현장을 답사하고 설계하여 공사를 감독하고 지휘했다. 인범은 돈을 들이지 않는 노동력으로, 또 마을에서 조달할 수 있는 자원으로 공사를 하는 쪽으로 중점을 두었다.

일부 마을 사람들은 산소통을 준비하여 거리가 먼 오지까지 가, 계곡에서 잘 자라는 피라미, 쏘가리, 민물장어, 게, 꺽지, 가재, 버들치, 물방개 등 민물고기를 잡아 와 계곡과 야천에 방류했다.

이 고기들은 이제 마을 주민들의 보호 속에 산란하여 내년이면 많은 숫자의 고기들이 계곡과 야천에 가득할 것이다. 무엇보다도 관광객이 먹다 남은 밥을 고기가 먹도록 하면 잘 자랄 것이다.

길가와 계곡 주위 들판, 그리고 집집마다 다양한 종류의 시골에 어울리는 유실수들을 다른 시골에서 사와 심었다.

마을 사람들은 인범의 불같은 의지와 신념에 공감하면서 그를 신뢰하고 그의 불타오르는 정열과 계획에 깊이 고무되어 인범이의 열정에 보답이라도 하듯 열심히 일을 했다.

일제 강점기와 박정희 정권 때 새마을 사업에 동원되는 것보다 훨씬 더 많은 온 마을 사람들이 팔을 걷어붙이고 대역사에 참여하였다. 이번 역사는 자식들에게 가난의 대물림을 자신들의 대부터 끊을 수 있는 굳은 신념을 가졌기 때문에 자발적으로 동원에 참여하여 열심히 일하고 있다고 나이 많은 어른들이 말했다. 그러나 이와는 반대로 호열이, 깡구, 정호는 마을 사람들에게서 소외되어 자기들끼리만 술과 칡 파기에 시간을 보냈다.

황 이장과 노영길은 박 과장에게 마차를 구입해 달라고 했다.

박 과장에게서, 경기도 민속마을과 경남 통도사에서 사용하던 마차를 아주 헐값에 인수할 수 있다는 연락이 왔다. 박 과장은 관광마을을 조성하는 현장에는 내려오지 못해도 누구보다도 적극적으로 협조를 했다. 인범이가 시작한 것도 원인이 되겠지만, 관광마을이 성공할 수 있다는 확신을 가졌기 때문이었다.

어떻게 해서 고 군이 그런 착상을 구상했는지 감탄하지 않을 수 없었다. 그래서 멀리 제주도에까지 마차를 구하려고 알아보았다. 이러한 모든 것을 알아볼 수 있었던 것은 서울 시경 공무원인 인맥과 직책을 활용할 수 있었기에 가능한 것이었다.

황 이장과 노영길은 마차가 몇 대가 필요한지 인범이와 의논했다. 인범은 우선 세 대의 마차와 대형 말 여덟 필을 구입하자고 했다.

그리고 박 과장은 언양군에 재직하고 있는 대학 동기에게 부탁하여 관광마을로 지정하여 적극 지원을 하도록 부탁도 했다.

인범이가 관광마을 조성을 하면서 가장 신경을 쓰고 중점을 둔 곳은 산장원과 배내마을의 갈림길인 마을 입구였다. 인범은 입구에 '천하대장군', '지하여장군'의 커다란 장승을 특별히 주문하여 세웠다.

장승 옆에 장엄하게 크고 묘하게 생긴 바위에 '배내마을 민속촌'이라고 사람의 눈에 잘 뜨이도록 고풍스러운 글씨로 새겼다. 바위는 계곡에 있었던 바위였다. 그 바위는 물속에 있을 땐 바위의 일부만 보이지만 물이 줄어 바위의 형체가 드러나면 지나가는 사람들이 발걸음을 멈추고 한참을 감상하고 가는 그야말로 크기가 장엄하고 모양이 묘한 정원석이었다. 사람의 시선을 끄는 특이한 돌을 고 군은 놓치지 않은 것이다.

바위를 옮기자고 한 것은 인범이었다. 물속에 잠겨놓기가 아까운 바위라고 하며 이 바위를 옮겨 마을 뒤 관광마을 입구에 세우자고 고집한 것이다. 황 이장이 고 군에게 물었다.

"고 군, 왜 저 큰 바위를 옮기자고 하며 계곡에 있는 많은 바위 중에 왜 저 바위를 옮기자고 하느냐?"

"……."

인범은 황 이장의 질문에 답을 하지 않았다. 황 이장이 재차 물었다.

"고 군, 저 바위를 옮기자면 운반비가 많이 들 것인데 왜 굳이 옮기려고 하느냐? 그만한 이유가 있을 것이 아니야?"

황 이장의 말을 들은 인범은 머뭇거리더니 말했다.

"이장님, 왠지 저 바위를 관광마을 입구에 옮기고 싶습니다."

"글쎄, 그 이유를 말하라니까……."

"이유는 없습니다. 비용이 들더라도 왠지 옮기고 싶습니다. 물속에 잠겨놓기는 아까운 바위입니다."

황 이장은 불현듯 언젠가 외지인이 그 바위를 보고 말한 것이 기억이 났다. 수석 전문가라는 사람이 그 바위를 보고 참으로 묘하게 생긴 바위라고 장탄식을 하던 말이 떠올랐다.

'음, 고 군의 안목이 여느 사람과 다르군!'

황 이장은 고개를 크게 끄덕이며 고 군에게 바위를 옮기는 것을 허락했다.

몇 대의 중장비가 며칠 동안 동원되어 힘들게 옮긴, 비용이 많이 든 바위가 장승과 함께 한몫을 당당히 하고 있었다.

장승과 바위를 보고 사람들은 그냥은 지나치지 못할 만큼 너무나 위용이 당당하고 웅장했다. 그리고 '천하대장군', '지하여장군'을 들어서면 나지막한 돌담 안에 툇마루가 있는 옛 주막 모양의 민속 초가집을 지었다.

관광객이 마차를 기다리는 동안 툇마루에 앉아 파전과 정구지 부침개를 먹을 수 있고 파전과 정구지 부침개를 안주 삼아 막걸리를 한잔 할 수 있도록 한복을 입은 여인들이 상을 차려 놓고 손님맞이를 하고 있었다. 그리고 임시로 세운 커다란 간판에는 '민속 배내마을 관광지 7월 10일 개장'이라고 써 놓았다.

황 이장과 노영길 고문, 인범이, 그리고 모든 사람들은 그야말로 진한 땀을 쏟았다. 인범은 마을 사람들에게 협동 정신을 계몽했다. 협동이 없으면 이기적 욕심이 팽배하여 관광마을 육성에 저해될 것이라고 강조했다. 이 말은 소박한 시골 사람들이 깊이 받아들여져 협동하여 합심하자고 서로 다짐을 했다.

인범은 황 이장과 노영길 고문과 의논하여 음식 장사를 할 사람과 농작물을 재배하여 공급하고 관광인에게 판매할 사람들의 자발적인 선택을 받았다. 음식물 솜씨와 장사에 적성이 맞지 않는 마을 사람들을 구별하여 각자에게 맞는 선택을 하도록 했다.

이렇게 주민들이 합심하여 관광마을 조성 작업을 시작한 지 2개월이 가까워지고 있었다.

어느덧 초여름에 접어들면서 온 산은 숲이 우거지고 들판은 온통 짙은 초록색으로 물들면서 시야가 닿는 곳은 모두가 싱그러웠다.

마을 길갓집 헛간에서는 민속마을로부터 구입한 헌 마차가 목수의 섬세한 손길로 대패질과 못질로 보수되어 피노키오처럼 아이들 취향에 맞는 여러 가지 색상으로 페인트칠하여 아름답게 단장되고 있었다. 쳐다만 보아도 호사스럽고 낭만적인 마차를 아이들과 많은 마을 주민이 가까이에서 호기심 가득한 눈으로 구경하며 지켜보았다. 마차를 바라보면 어른이라도 타보고 싶은 충동이 났다.

그 옆 마구간에는 마차를 끌 미끈한 대형 말 여덟 마리가 한가롭게 먹이를 먹고 있었다. 마을 사람들은 꿈에 부풀어 있었고 관광객을 맞이할 예절 교육과 관광객이 아무 곳이나 버리는 쓰레기 투기에 대한 벌칙 제도를 위한 정화위원 발족 준비 등으로 밤늦게까지 회의를 하였다.

마을 사람들이 고향을 떠난 자식들에게 관광마을 조성 과정을 이야기하여 주말이면 가족을 데리고 고향을 찾아왔다. 그들은 집집마다 골목마다 새로운 나무들이 심어지고 화단을 꾸미고 계곡과 야천들이 깨끗이 청소되어 있는 것을 보고 놀랐다. 그리고 부모들과 의논하여 고향으로 돌아오려고 하고 있었다.

그들 가운데는 부모들과 함께 황 이장을 찾아와 자기들도 고향에 돌아와 참여하면 안 되느냐고 의논하는 젊은이들도 있었다. 황 이장과 노영길 어른, 그리고 젊은 간부들이 함께 관광마을 조성에 참여하여 대물림하던 가난을 우리 대에서 끝내고 부자마을로 탈바꿈하자고 손을 잡고 권했다.

이리하여 고향을 떠났던 젊은이들이 귀향 준비를 서두르고 그들이 그동안 객지에서 직장 생활과 장사를 하여 모았던 돈을 마을에 투자하겠다고 했다. 배내마을은 이제 을씨년스럽고 퇴락한 황량한 마을이 아니었다. 명절처럼 생기가 도는 마을로 시끌벅적한 옛 풍성한 마을로 변해 가고 있었다. 만나는 사람마다 화기애애한 대화들과 웃음꽃이 피고 있었다.

배내마을이 관광마을을 조성한다는 소문을 들은 부동산업자들이 현장을 찾아왔다. 그들은 관광객이 몰려오고 음식점엔 사람들로 붐비는 것을 보고 부동산을 구입하려고 하였지만 어느 누구도 외지인에게 팔려는 소유자가 없었다.

업자들이 고가를 제시하고 팔라고 매달렸지만 농민들이 외지인에게 팔지 않는다는 공증을 하여 팔 수 없음을 알고 돌아서지 않을 수 없었다. 그리고 팔더라도 마을에서 공동소유로 매입한다는 것을 알고 허탕을 치고 돌아갔다. 그러면서 하는 말이 이 마을은 관광마을로 성공할 것이라는 말을 했다.

이제 얼마 있지 않으면 본격적인 휴가철이 시작될 것이다. 급조되긴 했지만 바로 올여름부터 마차 수입과 주차장 수입, 농작물 판매, 음식물 판매로 관광지로 개장하면서 그 수입을 재투자하여 계속적으로 시설을 확장하자는 결론을 모았다.

특히, 장기적으로 깨끗하고 아름다운 마을을 보존하기 위해서는 쓰레기 투기를 철저히 단속하고 지정된 장소 외에는 수영을 못 하게 단속했다. 만약 쓰레기를 투기하다 적발되는 관광객에게는 벌금을 물게 하고, 벌금을 물지 않으려는 관광객에겐 집에 갈 때 마차 승차를 거부하는 벌칙을 정했다. 이 조건을 제 일 조건으로 곳곳의 게시판에 게시했다. 마차 승차장 게시판에도 크게 게시했다.

멀리서 보면 마을은 온통 짙은 녹음으로 집들이 가려져 있었다. 그만큼 집집마다 감나무랑 대추나무, 석류, 앵두나무 등 유실수들이 많이 심어져 있는 것이 배내마을의 특징이었다.

그것은 유달리 먹을 것이 부족한 시골이라 아이들에게 과일 한 개라도 먹이자는 부모들의 애절한 마음에 조그마한 빈터만 있어도 유실수를 심었기 때문이었다. 천혜의 자연, 태고의 원시림의 풍광, 배내골의 수직 기암 절벽의 절경과 어우러진 그윽한 산골 마을의 아름다운 운치를 극대화시키고 있었다.

2

어느 날, 민속촌 입구에서 금발이 치렁치렁한 두 젊은 외국 여인이 천하대장군, 지하여장군의 장승을 쳐다보며 자기들끼리 커다란 소리로 지껄이는 소리가 들렸다. 아낙네들이 하던 일을 멈추고 외국 여인들을 바라보았다. 두 외국 여인은 한참 동안 장승을 신기한 듯 훑어보며 지껄이더니 발걸음을 옮겨 주차장으로 살금살금 들어왔다.

마을 아낙네들이 그 외국 여인들을 말없이 지켜보고 있었다. 매무새부터 한국인과는 달랐다. 옷은 거의 반라에 가까웠다. 소매가 없는 러닝셔츠 비슷한 상의를 입은 두 외국 여인은 살결이 백옥같이 희다 말고 붉은빛을 띠고 있었다. 외국인이라 나이를 가늠할 수 없지만 발랄하고 탄력이 있는 피부를 보아 처녀들인 것 같았다.

두 처녀가 억새로 엮은 주막을 가리키며 무어라고 자기들끼리 영어로 지껄이며 다가서고 있었다. 배내골에서는 좀처럼 보기 드문 외국인이라 청년들이 우르르 두 외국 여인들에게 다가왔다. 등에는 커다란 배낭을 짊어지고 있었다. 한국 여성들과는 달리 모자를 쓰지 않은 두 외국 여인들은 짙은 선글라스를 끼고 있었다.

그 중 키가 큰 여자가 뭐라고 묻고 있었지만 영어를 모르는 아낙네들은 서로의 얼굴을 보며 모두 꿀 먹은 벙어리같이 멍하니 외국 여인들의 얼굴을 바라보고 있었다. 가까이 다가온 마을청년들도 멍하니 바라만 보았다. 외국인은 자기들의 말을 알아듣지 못하자 두 손바닥을 위로 올리며 어깨를 으쓱 올리고는 또 뭐라고 하며 아낙네와 청년들의 얼굴을 번갈아 바라보았다. 나이가 많은 밀양댁이 앞으로 나서며 말을 받았다.

"이 여자가 뭐라고 꼬부랑말로 씨불이고 있는데 당최 무신 말인지 알아야제. 바라, 머슴아들아. 너거는 이 코쟁이 가스나들 말을 알아듣겠나?"

청년들이 서로 얼굴을 쳐다보았다. 한 청년이 나름대로 몇 마디 영어를 말했지만 외국 여인이 알아듣지 못하고 뭐라고 지껄였다. 외국인은 자기들끼리 뭐라고 하더니 실망의 표정을 짓고는 뭐라고 하며 마을 쪽으로 걸음을 옮겼다. 병오가 얼른 두 외국인을 막았다.

"노 노, 못 들어갑니다. 마차 표 사서 마차 타고 들어가야 합니더."

두 손으로 못 들어가게 막아서니 외국인은 무슨 영문인지 몰라 당황하며 멍한 얼굴로 서 있었다. 청년들과 아낙네들이 나름대로 손짓 발짓으로 설명을 하지만 서로 의사소통이 안 돼 이러지도 저러지도 못하고 있었다.

"와, 이 가스나들 바라, 한국말 한 마디도 모르면서 가이드도 없이 관광을 한다고 지랄이야. 우리 마실에 영어 통역하는 사람 고용해야겠네. 내 참."

이때 인범이가 올라오다 청년들과 아낙네들이 두 외국 젊은 여인들을 에워싸고 있는 것을 보고 급히 다가갔다.

아낙네와 청년들이 모두 인범이에게 인사를 하였다. 두 외국인은 인범이에게 마을 사람들이 인사를 하는 것을 보고 마을의 책임자라고 생각했는지 인범이 앞으로 다가와 말을 건넸다.

"Do you know English?(영어를 말할 수 있습니까?)"

"예, 조금 압니다. 왜 그러십니까?"

인범이가 말하니 외국인이 '오 마이 갓' 을 하며 안도의 한숨을 쉬었다.

그보다 마을 아낙네와 청년들이 서슴지 않고 영어로 말하는 인범이를 보고 놀랐다.

"저희는 가이드의 소개로 여기 관광 왔습니다."

"왜 가이드와 같이 오지 않았습니까?"

"저희 두 사람이 가이드를 부탁하기엔 비용이 들어 못 데리고 왔습니다."

한 처녀가 자기들은 미국에 있는 ××대학 재학 중이며 배낭여행을 왔다고 이름은 '안나' 라 하고 옆에 있는 친구를 '로즈' 라고 소개를 하였다. 인범은 자신의 이름을 알려 주었다.

외국인 처녀와 인범이가 스스럼없이 이야기를 나누는 것을 보고 아낙네들과 청년들이 놀란 입을 다물지 못했다. 어수룩하게 보이는 인범이가 영어를 그렇게 잘한다는 것을 상상도 못 했다. 그것도 나이가 젊은 인범이가 대학을 나와도 쉽게 할 수 없는 영어를……. 그러면서 두 외국 처녀와 인범이와 무슨 이야기가 오고 갔는지 궁금해하였다.

"우린 여기 민속촌에서 하룻밤이라도 숙식을 하고 싶습니다. 가능합니까?"

"우리 마을 이장님에게 알아보겠습니다. 저기 마차가 옵니다. 표를 사십시오. 한국 돈으로 왕복 천 원입니다."

이야기가 끝나는 것을 보고 병오가 물었다.

"고 형, 이 여자들이 뭐라고 합니까?"

"예, 우리 마을을 관광 왔답니다. 하룻밤 묵고 갔으면 하는데 방이 있을지 몰라요. 이장님께 알아보아야 합니다."

"누추한 방이라도 괜찮으면 우리 집에 재워 주어도 되는데……."

두 처녀는 한국인과 달리 눈이 유난히 파랬다. 키가 조금 작은 처녀는 말을 하면서 생글생글 웃는 모습이 성격이 좋은 것 같았다. 그리고 키가 좀 큰 처녀는 말을 하면서 한 번씩 어깨를 으쓱거렸다. 퍽 익살스러운 행동이었다. 그것은 평소의 습관인 듯했다.

"벽안의 눈이라고 하더니만 눈이 파라네."

아주머니들이 외국 여인을 보며 하는 말이었다.

등에는 아가씨가 짊어지기엔 큰 배낭을 짊어지고 있었다. 청년들은 시골에서는 보기 드문 외국인이고 발랄한 처녀들에게 관심을 갖고 지켜보고 있었다.

"그래요, 고맙습니다. 그래도 이장님께 허락을 받겠습니다."

외국 처녀는 마차를 타고 너무 즐거워했다.

두 외국 처녀는 마을회관에서 황 이장님과 마주앉았다.

"서양 사람이라 그런지 눈이 파라네. 그래 병오 너거 집에 이 외국인을 재워 주겠다고?"

"예, 누추해도 괜찮으면 재워 주겠습니더."

"그래 고맙네. 방값은 얼마나 받을라나?"

"무신 방값은요. 그냥 지와 드리지요."

"아이다. 우린 영리를 목적으로 하는 마을 아닌가, 얼마라도 받아야지."

"그라모 얼마 받을까요? 이장님?"

"고 군, 얼마 받으면 되노?"

"글쎄요, 이장님이 정하십시오."

"너거 민박하모 얼마나 주노?"

"그거야…… 성수기 땐 한 오만 원 정도 받을 낍니더. 그렇게는 못 받을 끼고 이만 원 정도 받으면 안 되겠습니꺼?"

"그래, 고 군. 이만 원 달라 캐라."

인범이가 그렇게 말하자,

외국 여자는 '땡큐' 라고 호들갑을 떨었다.

"그런데 고 군, 언제 어려운 영어까지 배웠노? 내사 마 놀랐데이, 고 군, 대학 나왔나?"

"아닙니다. 우연히 배울 기회가 있었습니다."

"그래."

옆에 있는 노영길도 놀라운 표정이었다. 한국말 하듯 하는 고 군의 영어 실력에 너무나 놀란 것이다. 수수께끼 같은 인범이를 보며 고개를 갸우뚱했다.

"고 군, 그라모 이 처녀들 데리고 마을 구경시켜 주고 병오 집에도 데려다 주어라. 그리고 불편한 것이 없도록 이것저것 통역 잘해 주고."

인범은 마을을 구경시켜 주면서, 금년에 관광마을을 조성하는 데 성공할지 모르겠다고 하니, 외국인은 이렇게 잘 보존된 것을 보면 반드시 성공할 것이라고 격려를 했다.

마을 청년 몇 명이 할 일을 제쳐 두고 인범이와 두 외국 처녀들을 졸졸 따라다녔다. 아마 이국 처녀들의 발랄한 몸매와 아름다움에 매혹된 것 같았다. 하긴 이런 기회가 아니면 이 오지에서 외국 처녀들을 가까이에서 대할 수 없어 그런지 몰랐다.

인범은 병오의 집까지 같이 가서 방을 안내하고 상세한 설명을 했다. 마당에 놓인 커다란 평상에 앉아 이야기를 하는 동안 병오와 병오의 어머니가 바쁘게 방을 청소하느라고 빗자루로 쓸고 걸레로 닦고 있었다.

이 소문이 좁은 마을에 순식간에 퍼졌다. 고 군이 영어를 기막히게 잘하더란 말을 들은 문호열과 깡구는 도저히 믿지 못하겠다는 듯 자신들이 직접 보고 들어 보아야 믿겠다고 했다. 엉터리 영어 몇 마디 했을 거라고 하며 웃어넘겼다.

"그 머저리 같은 놈이 무슨 영어를 한다 말이고? 병오 집에 가 보자. 진짜 영어를 잘하는지."

호열이와 깡구, 정호가 병오의 집 사립문을 들어서다 평상에 앉아 동네 청년들 사이에서 인범이와 두 외국 처녀가 웃으며 스스럼없이 영어로 꼭 같은 나라 사람과 이야기를 나누듯 하는 것을 보고 놀라지 않을 수 없었다.

'저 머저리가 영어를 잘하는 기 사실이네.'

호열이와 깡구는 서로의 얼굴을 쳐다보며 인범의 정체가 의심스러웠다. 호열은 아내에게서 배낭에 영어책과 영국에서 온 영어로 쓴 편지가 있더라는 말이 기억이 났다. 그때는 아내도 자신도 조금도 귀담아듣지 않았다. 정말 이상하고 수상한 놈이라는 생각이 들었다.

황 이장이나 호열이, 깡구, 그리고 마을 사람들이 인범이가 리비아에서 2년 6개월을 에리샤에게 영어를 배웠고 외국인 현장 감리와도 영어로 대화를 한 것을 알았다면 놀라지 않았을 것이다. 그리고 무엇보다도 영어를 잊어버리지 않기 위해 영자 신문과 영어로 된 만화를 열심히 보기 때문이었다. 또한 라디오로 AFKN 미군 전용 방송을 청취하고 있다는 것을 알면 더 놀라지 않았을 것이다.

그날 저녁, 마당에 전등불을 달아 내어놓고 평상에서 두 외국 처녀들은 한국 음식을 먹었다. 아낙네 몇 명과 청년들이 가지 않고 병오의 집에서 차려 주는 저녁을 외국 처녀와 같이 먹고 있었다.

처녀들이 매운 한국 음식 특히 김치를 먹고 매워 호호거렸다. 그 중 한 여인은 얼마나 매운지 눈물을 흘리며 어쩔 줄 몰라 하는 것을 보고 아낙네들과 청년들이 박장대소를 했다. 그 중에 문호열 마누라 양산댁도 아낙네들 사이에 끼여 웃고 있었다. 양산댁은 청년의 배낭 안에 영어로 쓴 편지를 생각하고 고개를 끄덕이었다.

눈물을 흘리던 여인이 왜 음식이 매운지 주인인 병오에게 물었지만 말이 통하지 않아 무슨 말인지 몰랐다. 안나는 마을 아낙네와 청년들이 웃지 않았다면 못 먹는 음식이라고 생각했을 것이다.

안나는 미스타 고를 데려오라고 미스터 고, 미스터 고를 연속으로 말했다.

병오가 인범이를 데리고 오라고 상수에게 말했다.

"야, 상수야. 이 여자들이 고 형을 찾는 갑다. 고 형 오라고 해라."

양산댁은 인범이 청년을 데리고 오라는 말만 들어도 꿈이 생각나 가슴이 뛰고 얼굴이 화끈거렸다.

전등불 아래 평상에 외국인 처녀 주위에 둘러앉은 아낙네와 청년들이 엉터리 영어와 손짓 발짓으로 의사를 소통하려고 야단법석을 했지만 말이 안 통해 웃음만 나누고 있었다. 아낙네와 청년들은 학교에서 배운 영어 단어와 회화 몇 마디가 통하면 그것으로 두 처녀가 무슨 뜻인지 알고 깔깔거리고 웃었다.

두석이가 자기는 싱글이니 사랑을 하자고 제의했던 것이다.

"아임 싱글, 아이 앤드 유 러브 오케이?"

외국인은 둘 중 누구와 사랑을 하겠느냐고 손가락으로 자기를 원하느냐 친구를 원하느냐고 물었다. 그러니 두석이가 '투, 둘 다' 라고 했더니 'OK' 라고 하여 박장대소로 웃음꽃이 피고 있었다. 엉터리 영어와 손짓 발짓이 더 웃음을 자아내고 있었다.

웃음꽃이 피고 있는데 두석이와 인범이가 마을 청년 몇 명과 함께 왔다.

"고 형, 안 와도 되는데 와 왔소? 손짓 발짓이 더 재미가 있다 말입니더."

"그래요. 계속해 보십시오."

인범은 빙긋이 웃었다.

두 처녀는 인범이가 오자 손가락으로 두석이를 가리키며 함박웃음을 웃으며 이야기를 했다.

"미스타 고, 저 총각이 우리 두 사람과 사랑을 하자고 하는데 한국 청년은 두 여자와 결혼을 합니까?"

그 소리를 듣고 인범은 빙긋이 웃으며 두석이에게 말했다.

"박 형, 박 형이 두 처녀를 다 사랑한다고 했습니까?"

"예, 두 처녀 중 한 처녀만 연애하자면 한 처녀가 좋아하겠는교?"

인범이가 두석이의 말을 전하자 두 외국 처녀는 배꼽을 잡고 깔깔거리고 웃으면서 두 처녀가 제비를 뽑아 두석이의 신부를 결정하자고 하며, 한국에서는 제비를 어떻게 뽑느냐고 물었다. 인범이가 미소를 지으며 가위바위보를 한다고 방법을 알려 주니 두 처녀가 서로 이기려고 가위바위보를 신중하게 하는 것을 보며 또 한바탕 웃음꽃이 피었다.

안나가 이기자 안나는 승리의 V자를 만들며 일어나 두석이의 뺨에 키스를 퍼붓고 있었다. 제비뽑기에 진 로즈가 억울하다고 자기 가슴을 치는 것을 보고 조한길이 로즈는 내가 책임진다고 나서자 그제야 로즈는 OK를 하며 기쁜 얼굴이 되었다.

"안 돼, 그 사람은 결혼한 남자야."

의령댁이 안 된다고 손을 저었다. 로즈는 무슨 말이냐고 인범이에게 물었다. 인범이가 저 남자는 결혼했다고 하니 로즈는 정색을 하며 'No, No'를 부르짖었다.

"마, 그라면 내가 호적을 파면 안 되나. 외국 부부는 이혼을 쉽게 한다고 하던데."

인범이가 웃으며 통역을 하자 로즈는 한참을 생각하더니 OK라고 말했다.

의령댁이 옆에 앉아 웃고 있는 조한길의 부인을 가리키며 저 부인이 저 사람 와이프라고 하니 로즈는 금세 시무룩한 표정으로 변했다.

조한길 부인이 남편인 조한길에게 당신이 저 아름다운 미국 여대생과 결혼을 한다면 당신 가문에 영광이라고 호적을 정리해 주겠다고 하니 그 자리가 다시 웃음꽃이 피었다. 병오의 집은 밤이 늦도록 웃음꽃이 담을 넘어가고 있었다

양산댁도 아낙네들 사이에서 웃고 있었다. 인범은 아낙네들 사이에서 양산댁을 발견하고 눈으로 인사를 했다. 눈인사를 받은 양산댁은 금세 얼굴을 붉히며 어쩔 줄 몰라 했다.

분위기가 무르익으면서 마을 청년이 두 처녀에게 미국 노래 들어보자는 제안을 했다.

"노래 부르는 자리에 술 한 잔 없어서야 되나."

병오가 외국인에게 받은 이만 원을 내어놓았다. 인범이도 얼마를 내었다. 술추렴으로 돈이 모이자 두 명이 맥주를 사러 갔다.

맥주가 들어오고 안주로 김치와 오이가 술상에 올라왔다. 술잔이 오고 가며 술판이 걸쭉하게 벌어지면서 마을 청년들이 안나에게 노래를 시켰다.

흥에 겨운 안나가 기꺼이 노래를 했다.

세계적인 민요 '데니 보이'를 불렀고 로즈는 '메기의 추억'을 불렀다. 원어로 불렀지만 모두가 아는 곡이라 쉽게 합창을 했다. 아낙네들이 '아리랑'을 합창하자 남정네들이 따라 불렀다.

안나가 인범이에게 노래를 부르게 했다. 인범은 사양했다. 태어나고는 초등학교 음악 시간 외에는 노래라고 불러 본 적이 없었다.

그러나 동요는 초등학교 때와 신문 배달을 할 때 하모니카를 배우려고 어느 중학생이 주던 가사와 음계가 적힌 책에서 배운 노래는 알 수 있지만 흥겨운 자리에서 어린아이들이 부르는 동요를 차마 부를 수가 없었다. 대중가요나 민요 또는 가곡은 전혀 몰랐다. 그것은 제대로 학교에 다니지 못

했기 때문이었다.

몇 번을 사양했다. 그러나 안나와 로즈가 계속 부르라고 독촉을 했고 마을 사람들도 독려의 박수를 멈추지 않았다. 인범은 난처했다. 노래 부르는 자리에 가 본 적도 없었다.

인범의 뇌리에 불현듯 리비아에서 에리샤에게 배운 가곡과 민요들이 떠올랐다. 특히 기억에 남는 'Over The Rainbow(무지개 너머)'가 생각났다. 노래를 부르겠다고 손을 들어 박수를 멈추게 했다.

박수가 멈추었다. 인범은 잠시 호흡을 가다듬고 리비아에서 영어를 배울 때 에리샤에게서 배운 미국영화 '오즈의 마법사' 주제가이며 미국 최고의 노래로 애창되었다는 'Over The Rainbow'를 원어로 불렀다.

인범이가 노래를 부르니 안나와 로즈가 눈을 둥그렇게 뜨고 서로 얼굴을 마주 보더니 놀라운 시늉을 했다. 그리고 곧 안나가 조그마한 소리로 따라 부르니 로즈도 함께 불렀다. 인범의 노래는 별로였지만 인범이가 부르는 원어와 안나 그리고 로즈가 부르는 원어가 똑같았다.

마을 아낙네들도 남정네들도 즉흥적인 합창에 취한 듯 넋을 잃고 듣고 있었다. 노래가 끝나자 안나와 로즈는 요란하게 박수를 쳤다. 아낙네들도 남정네들도 박수를 쳤다.

안나가 물었다.

"미스터 고, 영화 〈Over The Rainbow〉를 보셨어요? 어떻게 이 노래를 아세요?"

"아닙니다. 영국의 여대생 친구에게서 배웠습니다."

"그래요? 그럼 미스터 고는 영국에서 대학을 나왔어요? 어느 대학이에요?"

"아니에요. 제가 리비아에서 근무할 때 저에게 영어를 가르쳐 준 영어 선생님이에요."

"그래요?"

인범이와 외국 아가씨와 이야기를 나누는 것을 듣고 있던 아낙네들과 남정네 중 병오가 말했다.

"고 형, 무슨 말을 나누는 겁니꺼? 같이 좀 압시더."

"아 예, 조금 전 제가 부른 노래는 〈무지개 너머〉란 미국 영화 주제가입니다. 그래서 이 미국 여대생들이 이 노래를 알고 함께 부른 것입니다. 이 노래를 어떻게 아느냐고 묻고 있군요."

"……."

"미스터 고, 외국 유명 가곡이나 민요를 알면 하나 더 불러 봐요. 우리도 함께 부르게요."

안나가 말했다.

인범은 독일 가곡 슈베르트가 작곡한 '보리수'가 생각났다. 보리수는 인범이가 신문 배달을 할 때 하모니카를 어떻게 배우느냐고 물으니 중학생이 인범이에게 준 음계와 가사가 적힌 노래책을 보고 배운 것이다. 리비아에서 에리샤에게서 정확히 배웠던 가곡이었다. 우리나라 중학생 이상이면 모두 이 독일의 유명한 가곡 보리수는 거의가 알고 있어 인범은 다 함께 부르려고 보리수를 부르자고 했다.

"오! 굿 아이디어."

인범이가 먼저 원어로 선창하니 안나와 로즈가 따라 불렀다. 인범은 곧 한국어로 부르기 시작했다.

성문 앞 우물곁에 서 있는 보리수
나는 그 그늘 아래서 단꿈을 꾸었네

아낙네들도 남정네들도 대부분 중학교 이상을 다녔는지 보리수 가곡을 알고 있었다. 이 노래는 슬픈 노래였다. 변심한 연인에게 버림받은 젊은이가 보리수 그늘 아래서 실연을 추스르는 사연이라 그런지 부르면서도 애잔했고 듣기도 애상했다. 노래가 끝나자 분위가 무거워졌다.

분위기를 바꾸려는 듯 로즈가 '산타 루치아'를 불렀다. 이 노래도 대부분 다 알고 있었다. 산타 루치아가 끝나자 이번엔 안나가 '라팔로마'를 선창하자 모두 따라 불렀다. 밤이 깊어 가는데 노래와 웃음꽃이 담을 넘어 잠을 자려는 마을 사람들이 잠을 설치게 하고 있었다.

밤늦게까지 인범이의 통역으로 두 외국 처녀와 마을 아낙네들과 청년들이 웃음꽃을 피우며 즐거운 시간을 보냈다. 노래로 마무리를 짓고 아낙네들과 청년들이 집으로 돌아갔다.

양산댁은 인범이가 영어 회화를 유창하게 하는 것을 보고 배낭에 든 영어책과 영자 신문을 청년이 필요해서 가지고 다닌다는 것을 알고 더욱 청년에게 마음이 이끌리고 청년이 돋보였다.

온 마을에 이 소문이 퍼졌다. 마을 사람들은 영어 사건으로 더욱 인범을 존경의 눈으로 바라보았다.

3

드디어 개장을 계획했던 7월 10일을 열흘을 연기하여 초등학교 방학 날을 맞추어 7월 20일 개장을 했다. 입구에 만국기가 펄럭이고 마을 사람들이 설 다음 보름에 하는 사물놀이패들이 꽹과리와 장구를 치며 개장의 분위기를 한껏 돋우었다.

도지사, 군수, 간부 공무원들과 각 마을 이장과 유지들이 초청되고 배내마을 사람들이 객지에 있는 친지를 초청하여 많은 관광객들이 왔다. 이날은 모든 마을 사람들이 전통 한복을 입었다. 여자들도 색색의 한복들을 입고 손님들을 영접했다.

이날은 마차가 제일 인기가 있었다. 만국기가 달리고 여러 가지 아름다운 색깔로 치장한 마차에 탄 내빈들은 대형 말이 이끄는 마차에 앉아 어린애처럼 싱글벙글하며 마을 구경을 하느라고 여념이 없었다. 마차 세 대가 쉴 사이도 없이 움직였다. 여덟 마리의 대형 말이 번갈아 마차를 끌었다.

여름 휴가철이 시작되고 학교가 방학을 하면서 산장원에 자가용을 타고 관광객이 찾아들기 시작했다. 배내마을과 산장원의 갈림길 양쪽에 우뚝 선 '천하대장군', '지하여장군'의 장승과 또 엄청나게 크고 장엄하게 생긴 바윗돌에 '배내마을 민속촌'이라고 새겨진 바윗돌이 관광객의 눈길을 끌었고, 그 옆에 옛 정서가 물씬 풍기는 나지막하고 아담한 돌담에 둘러싸인 민속 초가 주막집을 관광객들은 그냥 지나치지 못했다.

차를 세우고 긴 장대에 매달린 현수막에 '배내마을 민속 관광지 개장'이라고 쓴 큰 글귀를 한참을 바라보고 선뜻 차를 몰고 산장원으로 들어가지 못하고 배내마을 입구를 하염없이 바라보며 망설였다.

만국기가 펄렁이고 빨간, 노랑, 파랑 여러 색깔로 치장된 마차와 깃털과 몸이 잘 손질된 대형 말들이 그들을 더욱 유혹했다. 아이들은 아빠를 졸랐다.

"아빠, 우리 저기로 가자. 저 마차 타고 싶다, 아빠."

뒤에 따라오던 차들도 약속이나 한 듯 앞차처럼 어느 쪽으로 핸들을 꺾어야 할지 망설이고 있었다. 뒤에 있던 차 안에서 빨리 가자고 다그치고 있었다.

초가집 툇마루에 한복을 입은 남녀들이 술상과 떡을 차려 놓고 도열해 있었다. 그런데 이상한 것은 관광객들에게 전혀 호객 행위를 하지 않았다.

이것은 산장원에 대한 예의였다. 어디까지나 관광객의 선택에 결정하지 호객은 하지 말라는 인범의 제의를 황 이장이 받아들여 마을 사람들에게 호객 행위를 삼가라고 한 것이기 때문이었다.

"여보, 우리 저 민속마을 구경해요."

"글쎄, 산장원에 예약이 되어 있는 것은 어쩌고……."

남편은 결정을 선뜻 못하고 있었다.

"아빠, 나 저 마차 타고 싶다."

"나도 마차 타고 싶어. 저쪽으로 가자."

동생도 형과 같이 졸라 대었다.

"에라 모르겠다. 그래 민속마을로 가자."

아빠의 결정이었다. 차가 미끄러지듯 천하대장군 지하여장군의 장승을 지나 마을 주차장으로 진입하니 뒤에 따라오던 자가용 몇 대가 앞차를 따라 민속마을 쪽으로 꼬리를 물고 따라 들어왔다.

그제야 한복을 입은 마을 안내원들이 인사를 하고 안내하고 차는 넓은 주차장에 주차했다. 주차비가 저렴했다. 차에서 내린 아이들은 얼른 마차에 올라타고 어른은 안내원의 안내로 마차 승차표를 샀다. 미끈한 대형 말 두 마리가 끄는 포장마차는 앉고 서고 열대여섯 명 탈 수 있었다.

한더위가 시작되면서 배내골을 찾는 관광객들의 수가 급속도로 증가하고 있었다. 산장원을 찾아오던 관광객들 대부분이 배내마을 입구에 우뚝 선 장승과 토속 정취가 물씬 풍기는 돌담에 둘러싸인 옛날 주막집의 툇마루가 있는 초가집을 보고 차를 멈추고 그들이 목표로 하고 찾아가는 산장원으로 향하지 않고 망설이다 차의 핸들을 배내마을 쪽으로 방향을 바꾸었다.

이것은 대부분의 도시인들은 화려한 현대 건물과 현대 시설의 음식점보다 사라져 가는 소박한 토속 음식과 향수를 달랠 수 있는 전통 민속가옥과 음식을 선호하기 때문이었다.

그동안 많은 자본을 들여 수입을 보던 산장원은 비상이 걸렸다. 관광객을 유치하기 위해 초현대식 시설을 갖춘 산장원 측이 관광객들이 천혜의 자연 경관과 민속마을을 보존하고 있는 배내마을로 향하는 발길을 막지 못했다. 산장원이 배내마을로 인해 경영에 심각한 타격을 받게 되었다.

대부분의 관광객들이 일박을 하는 단체예약 손님이 아니면 배내마을 쪽으로 방향을 돌려버리기 때문이었다.

인범은 산장원이 관광객을 유치할 수 있다면 배내마을도 가능하다고 유추한 것이 적중한 것이다. 관광객들은 마차를 타고 마을로 들어가면서 마차 가까이에 펼쳐지는 전형적인 시골 전경에 도취되었다. 아이들도 어른들도 이쪽저쪽으로 고개를 돌리며 감탄사를 토하며 구경하느라고 여념이 없었다.

길옆 산 쪽의 언덕배기에 짙은 숲으로 우거진 밤나무의 하얀 꽃에서 풍기는 새콤하고 풋풋한 밤꽃 향기와 감꽃 냄새가 관광객의 코를 싱그럽게 자극했다. 지금은 대부분 사라진 그 옛날 돌담과 나지막한 초가집들이 옹기종기 모여 있는 전경이 한 폭의 그림 같은 아름다운 풍경에 관광객들은 매료되었다. 넓은 계곡에서 돌 틈을 헤집고 옥같이 맑은 물이 재잘거리며 흐르고 있었다.

관광객들이 가족끼리, 또는 이웃끼리 싱그러운 나무 그늘 아래 앉아 배내골 뒷산에서 뜯어온 맛깔스러운 싱싱한 산나물과 뜰에서 갓 뽑아온 상추쌈, 그리고 시골집 마당에서 기른 토종닭을 잡아먹는 푸짐한 토속 음식 맛은 관광객의 구미를 당기게 했다.

도시 전체가 공동 현상이 된다는 피서 피크 황금연휴, 7월 말 여름휴가의 절정기에 배내마을엔 많은 관광객이 몰려들었다. 학생들은 방학이고 모든 직장인과 공무원들도 대부분 이때를 기해서 휴가를 내어 가족을 동반하여 경치가 수려하고 옥같이 맑은 물이 풍부한 계곡이 있는 이곳 배내마을에 피서를 온 것이다.

얼마 전에 신문에 전통 민속 고택이 보존돼 있고 계곡과 기암괴석이 있는 풍치가 빼어나게 아름다운 마을이 관광마을로 개장했다고 신문에 나고부터는 부쩍 관광객이 많아진 것이다. 인범과 황 이장은 관광객이 날이 갈수록 많아지자 박 과장을 통해 급히 마차 두 대와 말 다섯 필을 더 구입했다.

기상대에서 구름 한 점 없는 맑은 하늘은 찌는 듯 무더운 날씨를 예고했다. 배내마을 주차장은 다른 때와는 달리 이른 시간부터 주차장에 차가 밀려들었고 마차를 타기 위해 피서객들이 매표소 앞에 긴 열이 서 있었다.

그 중 얼굴들이 한결같이 험상궂고 신체 건장한 건달 풍의 칠팔 명의 젊은이들과 다섯 명의 아가씨들이 마차 정류소에서 떠들며 마차가 올라오기를 기다리고 있는 것이 유난히 눈에 띄었다.

아가씨들은 하나같이 선정적인 핫팬츠와 미니스커트를 입은 반라에 가까운 노출된 옷을 입고 있었고, 머리와 화장기가 요란했다. 그녀들의 옷차림과 언행들을 보아 술집 종업원임을 쉽게 알 수 있었다. 그리고 청년들은 누가 보아도 건달들임을 또한 알 수 있었다. 건달 풍의 청년들은 삐딱하게 서서 담배를 입에 꼬나물고 자기들끼리 잡담을 나누고 있었다. 그들의 유난히도 굵은 팔뚝엔 혐오스럽고 징그러운 문신이 새겨져 있었다.

청년 몇 명은 눈을 번득이며 피서객들을 노려보고 있었다. 피서객들은 그들을 보고 눈살을 찌푸리며 그들과 되도록 시선을 마주치지 않으려고 했다.

그들 옆에는 갖가지 음식물과 과일들을 싼 상자들이 여러 개가 쌓여 있었다. 관광객을 안내하는 마을 청년들이 불안한 시선으로 이들을 바라보았다. 껌을 딱딱 씹으며 다리를 꼬고 앉은 아가씨, 경치를 구경하고 있는 아가씨, 폭력배들과 어울려 희희낙락하는 아가씨도 있었다.

"어이, 마차 언제 오는 거야. 배차 시간이 얼마냐?"

인상이 특히 험악한 땅딸한 키에 유난히 가슴이 벌어지고 스포츠형 머리를 한 청년이 신경질적으로 내뱉었다.

"예, 곧 올라올 때가 되었심더."

마을 청년이 대답하였다. 저만큼에서 대형 말 두 마리가 끄는 울긋불긋한 마차가 말발굽 소리를 내며 가까이 오고 있었다.

"와! 마차가 온다. 멋지다."

삼삼오오로 앉아 있던 아가씨들과 청년들이 우르르 몰려와 마차에 올라탔다.

"내 평생 마차 처음 타 보네. 마차가 이렇게 생겼구나."

아가씨들과 청년들이 흔들거리는 마차에서 천박한 대화들을 나누며 감탄과 호들갑을 떨며 주위를 조망하느라 정신이 없었다.

관광객들은 자기들의 식성에 맞는 음식집을 찾아 마당에 있는 평상이나 툇마루에 또는 토속 방에 짐을 풀었다.

그리고 가족과 함께 개방된 집 안에 들어가 농기구와 집들을 구경하고 또 방문을 열어 보기도 했다. 관광객들은 옛날 가구도 구경하고 신기해했다. 그리고 민속 집들과 토담 너머로 짙은 나뭇잎들이 손에 잡힐 듯 드리워진 골목골목을 구경을 하다 점심때가 되면 맛깔스러운 산채나물과 토종닭 백숙한 요리를 먹었다.

점심을 먹은 피서객들은 물가의 나무그늘에서 쉬든지 수영할 수 있도록 만든 소에서 물놀이하며 놀고 있었고 몇몇은 시원한 그늘 아래 놓아둔 커다란 평상 위에서 쉬기도 환담도 또는 술판도 화투판도 벌이기도 했다.

취사는 마을 뒤 산장원처럼 못하게 했다. 만약 행락객에게 취사를 허용하면 음식 수입에 차질을 줄 뿐 아니라 깨끗한 관광지로 보존하는 데 인력과 경비가 들기 때문이었다. 그리고 행락객이 취사를 함으로써 토속음식을 맛볼 수 없기 때문이었다. 무엇보다도 마을 사람들이 재배한 유기농 농산물로 만든 토속음식을 맛볼 수 있도록 하기 위함이었다. 물놀이나 다른 놀이도 지정된 장소에서만 가능하도록 팻말을 세워 두었다.

만약 관광객들이 이를 어기면 한복을 입은 마을 정화위원들이 친절히 지정된 장소를 가리켜 주고 위반하는 관광객들에게는 단속을 했다.

대부분의 관광객은 이렇게 해야 자연을 보호할 수 있다고 칭찬을 하며 질서를 지켜 주었다.

인범은 작은 두메산골 오지에서나마 질서가 있고 규칙이 지켜지는 관광지를 만들어야겠다고 생각을 하고 지킬 수 있는 규칙을 만들려고 고심을 했다.

지금까지 마을 사람들의 노력과 관광객들의 협조로 계곡과 산, 그리고 마을 어느 곳이나 휴지 조각 하나 버려져 있는 곳이 없었다. 관광객들은 마을 정화위원들의 단속에 잘 따라 주었고 공감대를 형성하면서 질서를 지켰다. 자연을 아끼고 공중도덕을 준수하자는 국민의식의 발로인 것이었다.

4

건달들은 주위 시선도 아랑곳없이 그 우람한 체격들을 과시나 하듯 웃옷을 벗고 지정된 물놀이 장소가 아닌 그들의 자리 가까운 곳에서 물놀이를 하고 있었다.

그들은 하나같이 근육질이고 역도 선수들처럼 체격들이 우람했다. 아가씨들도 비키니 수영복으로 물속에 뛰어들어 건달들과 어울려 물장구를 치고 또 상대에게 물을 끼얹는 물놀이에 한창이었다.

주위 사람들의 시선은 아랑곳없었다. 수영금지구역 팻말을 무시하고 수영을 하는 그들을 다른 관광객들이 눈살을 찌푸리며 바라보았다.

그들이 한창 물놀이하고 있을 때였다. 호각소리를 요란히 울리며, '자연보호' 라고 쓴 완장을 찬 한복을 입은 마을 청년 단속원 두 명이 가까이 오고 있었다. 주위에서 피서하던 피서객들의 시선이 일제히 집중되었다.

"죄송합니더. 이곳은 수영금지구역입니더. 여기서 조금 내려가면 넓고 깊은 수영장이 마련되어 있습니더. 그쪽에 가셔서 수영해 주이소."

신나게 물놀이를 하던 건달들과 아가씨들이 마을 단속 청년들을 못마땅한 눈으로 째려보았다.

"이봐, 아무 곳이나 물에서 놀면 되지. 뭘 이리 가라 저리 가라 그래."

"예, 계곡을 깨끗하게 보호하자는 것 아입니꺼? 또 이곳은 멀리서 사 온 민물고기를 풀어 놓았습니더. 고기들이 깨끗한 물에서 안전하게 살게 해야 안 되겠십니꺼? 죄송합니더."

"참 더럽게 간섭하네. 야, 우리 나가자. 내 참 더러워서."

투덜거리며 나왔다.

"우리 시원한 맥주나 한잔 하자."

"그래요, 맥주는 차가울 때 먹어야 하는 거예요."

아가씨가 비키니 수영복이 터질 듯 풍만한 몸매를 출렁거리며 말했다. 이십 대의 성숙한 여체들의 쭉 빠진 다리와 커다란 유방이 수영복이 터질 듯 아슬아슬했다. 다른 관광객들의 시선이 내내 이들 우람한 체격의 건달들과 아가씨들의 몸매에서 떨어질 줄 몰랐다.

"그래, 술 한잔 하자."

이들은 술판을 벌이면서 고성방가가 시작되고 준비한 녹음기에서 고고성 음악이 요란하게 울리고 건달들과 아가씨들이 춤을 추고 있었다.

비키니의 아가씨들과 반라의 수영복의 건달들과 서로 어깨를 잡고 춤을 추었다. 돌출한 남성과 여자의 은밀한 부분이 융기한 곳과 서로 부딪치듯 또는 밀착하며 비벼대는 관능적인 옷차림과 선정적이고 원색적인 춤은 보는 사람들의 눈살을 찌푸리게 했다.

유달리 큰 키의 각선미와 잘록한 허리, 커다란 엉덩이를 흔들며 젊음을 발산하는 그들은 주위 시선을 전혀 의식하지 않고 춤에 도취하여 있었다. 앉아 쉬던 일행의 한 아가씨가 지나친 성적 묘사의 춤을 제지하려고 나섰다.

"얘, 얘, 너무 지나치다, 그만둬."

조금 떨어진 곳에서 단속하던 순박한 마을 청년 두 명이 청년들과 아가씨들이 엉키어 추는 선정적인 춤을 신기한 듯 넋을 잃고 바라보고 있었다.

계곡 하류 쪽 맑은 물에 방류한 쏘가리, 꺽지, 뱀장어들은 물속 깊은 곳에 숨어 버렸는지, 아니면 뜨거운 낮이라 그런지 보이지 않고 피라미들만 보였다. 그것은 피라미는 구입하기 쉬워 많은 수를 방류했지만 다른 고기들은 적은 숫자를 방류하였기 때문이었다. 이들 고기는 금년에 많이 산란하여 내년부터는 많은 치어가 생겨날 것이다.

"야, 저기 고기다. 피라미다."

"저기도 있다. 그리고 저 돌 밑에도 이상한 고기가 있다. 아버지, 이리로 와 보이소. 저거 무슨 고기입니꺼?"

아이들이 신기해했다. 옛날엔 물만 있는 곳이면 어디든 지천으로 보이던 민물고기들이 농약과 오염, 남획으로 이제는 거의 사라지고 있었다. 이대로 가다가는 정겨운 토속 어종들이 멸종할 것이다. 지금도 토속 어종 중 귀한 고기들은 찾아볼 수 없는 어종들이 많았다.

아빠들도 엄마들도 지금은 대부분 사라졌던 어린 시절 많이 보던 고기들을 배내마을에서는 볼 수 있는 것이 신기하여 새삼스럽게 그 옛날을 회상하며 즐거워했다.

"아버지 나, 고기 잡을래요."

"안 돼. 민철아, 너 한글 몰라? 저기 팻말 봐, 고기를 못 잡게 쓰여 있잖아. 민철아, 고기는 구경하는 것이지 잡는 것이 아니야."

관광객들은 마을에서 만들어 놓은 시원한 나무 그늘 밑에 자리를 깔고 과일을 먹으며 쉬고 있었다.

건달들과 싸움

1

구름 한 점 없는 하늘에 태양이 이글거리고 있었다. 작열하는 햇볕에 돌들이 뜨겁게 달구어져 맨발로는 발바닥이 뜨거워 자갈 위에 오래 서 있을 수가 없었다.

오후가 되면서 긴 여름 해도 서서히 기울어지고 있었다. 피서객들이 이제 집으로 돌아갈 준비를 하기 위해 자리를 정리하고 짐들을 챙기고 있었다. 그들은 자신들이 먹은 음식 찌꺼기를 모아 쓰레기통에 버렸다.

건달들도 아가씨들과 그들의 짐을 챙기고 있었다. 그러나 그들은 먹다 남은 음식 찌꺼기와 빈 술병과 쓰레기들을 버리지 않고 그냥 가려고 했다. 처음부터 이들을 아니꼽게 지켜보고 있던 마을 청년 단속반들이 그들 가까이 다가갔다.

"이 쓰레기는 좀 치워 주고 가이소."

"야, 웬 잔소리가 많아. 돈 받고 입장시켰으면 너희가 쓰레기를 치워야 될 것 아니야!"

"보이소. 돈 받은 건 마차 값이고 주차장 값이지, 쓰레기 버리는 값이 아입니더. 다른 사람들은 모두 쓰레기를 쓰레기통에 넣고 가는데 와 형씨들은 제일 많이 떠들고 했으면서 쓰레기는 안 치워 주고 갈라 카는 기요."

마을 청년들과 건달들과 옥신각신 시비를 하고 있었다.

"야, 이 촌놈이 우리가 누군 줄 알고 시비를 하고 있어."

"우리사 마 형씨들이 누군 줄 모릅니더. 이 쓰레기 안 치우고 가면 마차 못 탑니더."

마을 청년도 만만찮았다. 주위의 관광객들이 마을 단속반들과 건달 풍의 피서객들과의 승강이를 구경하고 있었다. 건달들도 아가씨들도 술에 취해 얼굴이 벌겋게 충혈돼 있었고 어떤 아가씨는 껌을 요란스럽게 짝짝 소리를 내며 씹고 있었다. 그 모습이 퍽 천박했다. 두 아가씨가 쓰레기를 버리지 않으면 마차 태워 주지 않는다니 걱정이 되는지 말을 했다.

"분자야, 우리 쓰레기 버리자."

"그냥 둬. 이 새끼들 누구 맘대로 태워 주고 안 태워 주고 한다 말이고, 인마, 마차 표도 가지고 있어."

"욕 좀 하지 마이소. 와 이 새끼 저 새끼라 카는교. 마차 탈 때 쓰레기 함부로 버리고 위반하면 마차 안 태워 준다고 써 놓은 글 안 봤는기요? 그라고 그 표에도 적혀 있다 말이요."

"야, 이 촌놈이 말이 많아!"

"촌놈, 촌놈 하지 마이소. 듣는 촌놈 기분 나쁩니더."

"이 촌놈의 새끼가 어디 기어오르고 있어."

한 건달이 마을 청년의 멱살을 잡아당겨 올리니 마을 청년은 댕그라니 당겨 올라가며 목이 졸리어 얼굴이 금세 붉어졌다.

"보소, 와 이라요. 그 목 좀 놓으소."

옆에 있던 단속반 마을 청년이 대들었다.

"이 새끼도 혼 좀 나야 알겠어?"

한 건달이 마을 청년을 왈칵 밀어 버렸다. 청년은 비실비실하더니 엉덩방아를 찧고 울퉁불퉁한 자갈에 벌렁 넘어졌다.

2

오늘따라 피서객들이 유난히 많았다. 마을 사람들은 모두 바쁘게 일을 하는데 마을 사람들에게 왕따 당한 호열이와 깡구, 정호는 가게에서 술을 먹고 있었다.

그들이 술을 먹고 있는 가게 앞을 마을 청년 두 명이 빠른 걸음으로 지나가는 것을 호열이가 보고 급히 불러 세웠다.

"야, 상수야! 술 한잔 하고 가라."

"호열아, 술 마실 시간 없다. 저기 냇가에 마을 청년이 놀러 온 피서객들에게 얻어맞고 있다. 이장님과 청년회장님에게 알리러 빨리 가야 한다 말이다."

"뭐라고? 우리 마실 청년들이 맞고 있다고……? 야, 우리 이래 있을 끼 아이다. 퍼뜩 가 보자."

싸움이라면 자다가도 일어나는 호열이와 깡구, 그리고 정호는 마을 청년이 맞고 있다는 소리를 듣고 가만히 있을 그들이 아니었다.

관광마을 조성을 반대하여 마을에서 무시와 외면을 받고 있는 그들이 이런 기회에 나서서 뭔가 해야겠다는 공명심이 솟구치고 있었다. 그들은 자리를 박차고 자리에서 일어났다. 그리고 먹던 술을 단숨에 마시고 뛰어나갔다.

호열이 깡구가 현장에 도착하니 인범이와 청년회장 신상근, 그리고 마을 청년 몇 명이 벌써 와 있었고, 마을 단속반원인 선제와 태일이가 우람한 체격의 건달들에게 맞아 피를 흘리고 있는 것이 보였다.

"보소, 와 당신들이 무신 권리로 우리 마을 청년들을 치고 그라요."

청년회장 신상근이 나서 말했다.

"이봐, 우리가 누군 줄 알고 시비를 거는 거야."

건달들이 근육질의 몸을 과시하며 항의하는 신상근에게 눈을 부라리며 당장에라도 주먹을 날릴 태세였다.

"이봐라. 선제야, 태일아, 너거가 뭐 잘못했는데 이 사람들이 때리더노?"

청년회장 신상근이 물었다.

"쓰레기 안 치우고 갈라 캐서 쓰레기를 지정된 장소에 버려 달라 카이 안 그라요."

"보소, 쓰레기를 지정된 장소에 버리라고 팻말도 써 놓고 마차 표에도 그렇게 인쇄해 놓았는데 좀 지켜 주모 안 돼요."

"야, 이 촌놈들아! 돈 받아 처먹었으면 쓰레기는 너희가 버려야 되잖아."

"그기사 우리 마실에서 하겠지만 쓰레기를 쓰레기통에 버려 놓아야 될 것 아닙니꺼?"

인범은 조용히 청년회장과 건달들과의 다툼을 지켜보고 있었다.

서로의 주장이 상승하고 해결보다는 언성이 높아지고 물리적 충돌이 야기될 것 같았다. 이들의 하는 언행과 옷차림, 그리고 체격들을 보아 건달들임을 쉽게 알 수 있었다.

건달들에게 원칙과 잘잘못을 주장해 보았자 타협의 길이 없었다. 또 이들에게 규칙을 주장해 보았자 이들이 순순히 받아들일 것 같지 않았다. 서로가 대화로 양보와 화해가 될 수도 있겠지만 서로의 주장으로 감정의 충돌만 야기되어 주먹 싸움이 될 수도 있을 것이다. 인범은 청년회장에게 다가섰다.

"회장님, 우리가 양보하십시다."

양보하지 않으면 건달들과 마을 청년들과 집단 싸움이 될 것이 자명했다. 마을 청년들이 정해진 규칙을 주장하려는 것은 당연했다. 그러나 건달들은 처음부터 마을의 규칙을 지키려는 생각이 전혀 없었다. 그러는 건달들에게 규칙만 주장한다면 싸움으로 치달을 것이다.

그들은 주먹으로 먹고사는 건달들이다. 마을 청년들의 힘으로 건달들을 이길 수 없다. 그렇다고 자신이 나선다면 자신은 싸움꾼으로 오해받을 수 있다. 싸움을 피하고 싶었다.

'나는 큰일을 완성 시켜야 한다.' 박 과장의 얼굴이 떠올랐다. '고 군, 조용히 있어 다오.' 하던 말이 귀에 들리는 것 같았다. 인범이 건달들 앞에 나섰다.

"죄송합니다. 우리 마을을 찾아주셔서 감사합니다. 관광지를 깨끗하게 보호하기 위해서 규칙을 만들었습니다. 이번엔 저희가 쓰레기를 버릴 테니 그냥 가십시오. 그리고 다음에 올 때는 규칙에 협조하여 주십시오."

그들은 인범의 공손한 예의에 치닫던 감정이 다소 누그러졌다.

"알았소. 진작 그렇게 나올 것이지. 보소, 당신 말조심하시오. 우리가 누군 줄 알고 따지고 대들고 있어."

건달이 청년회장을 한 번 째려보는 것을 잊지 않았다.

청년회장은 못마땅하다는 듯 시무룩한 표정으로 건달을 멀거니 바라보았다.

처음부터 인범이를 어디서 많이 본 얼굴이라 유심히 보고 기억을 더듬으며 머리를 갸우뚱하던 칼잡이 치길이 인범이 가까이 다가와 물었다.

"이봐 당신, 어디서 많이 본 얼굴인데 나 기억 안 나?"

치길은 자신의 얼굴을 인범이 코앞에 들이밀었다.

"……?"

인범이는 멀거니 표정없이 쳐다볼 뿐 대답이 없었다. 그때까지 가만히 있던 호열이가 깡구의 얼굴을 바라보았다. 깡구도 호열이의 얼굴을 마주보며 무언의 신호를 보내고 있었다. 이대로 끝내기는 아쉬웠다. 이대로 끝나면 자기들이 할 일이 없어진다. 이제 자기들이 나설 차례라는 암시였다.

호열과 깡구는 무슨 일이라도 한바탕 벌일 각오로 왔지만 상대가 생각과는 달리 건달 풍의 우람한 체격들이고 한두 명이 아니라서 기가 꺾이지 않을 수 없었다. 그러나 겁을 먹고 가만히 있자니 체면이 서지 않아 망설이며 잠시 사태의 진행을 관망하고 있었던 것이다.

그러나 철저한 싸움 기질의 호열이와 깡구가 가슴 밑바닥에서 꿈틀거리고 있는 공명심과 강력한 객기의 욕구가 그냥 구경만 하게 하지 않았다.

무언가 체면이 서는 행동을 하지 않을 수 없었다. 무엇보다 마을 사람들과 청년들의 숫자가 많은 데 용기를 얻었다. 그보다 이곳은 자기들 마을이 아닌가. 호열이가 어깨를 삐딱하게 하고 앞으로 나서며 인범의 가슴을 주먹으로 쿡쿡 몇 번 쥐어박으며 시비조로 말했다.

"야, 인마, 네놈은 우리 마실에서 아무것도 아닌 놈이 나서고 있어. 인마, 이 새끼들이 겁이 나거든 좀 빠져, 비굴하게 굽실거리지 말고."

호열이가 인범을 한 손으로 밀어내었다. 깡꾸도 잔뜩 폼을 재며 앞으로 나섰다. 정호도 어깨를 으쓱하며 앞으로 나섰다.

"호열 씨, 이러지 마십시오. 이 쓰레기는 제가 치우도록 하겠습니다. 참으십시오."

인범은 그들을 막아섰다.

"야 인마, 머저리 같은 겁쟁이야, 겁이 나거든 가만히 구경이나 하고 비켜! 이 또라이야."

호열이가 인범의 가슴을 왈칵 밀었다. 건달들은 갑자기 자기들을 이 새끼들이라고 하며 가들막거리며 싸움을 거는 호열이, 깡구, 정호를 보고 잠시 멍하니 바라보았다.

싸움의 분위기를 보고 피서객들이 구경을 하려고 모여들기 시작했다.

"야 이 새끼들, 너희 웬 놈들인데 남의 마실에 와서 행패를 부리노?"

호열이 한쪽 어깨를 삐딱하게 폼을 잡은 채 건달들을 째려보았다. 그 옆에 깡구와 정호가 역시 거만한 폼으로 건달들을 노려보았다.

"뭐, 이 새끼들? 야, 오늘 우리 임자 만났다."

한 명이 가소롭다는 듯 자기들 쪽을 돌아보며 여유 있는 웃음을 흘리며 호열이와 깡구에게 부딪칠 듯 근육질의 체격을 꿈틀거리면서 눈을 치뜨고 다가섰다. 가슴의 근육은 육체미 선수처럼 우람했고 소매가 터질 듯 팔뚝이 굵었다.

건달들의 체격에 비해 호열과 깡구는 왜소했다. 피서객들도 이 마을 청년들이 싸움을 벌이는 것이 지나치다고 생각했다. 누가 보아도 당당한 체격을 가진 건달 같은 피서객들에게 마을 청년들이 이기지 못할 것이라고 판단했다.

인범이는 싸움 실력이나 체격으로도 건달들에게 상대가 안 되는 호열이와 깡구가 공명심과 객기만으로 도전하는 것은 무모하다고 생각했다. 인범은 호열이와 깡구가 건달들에게 시비를 하는 것을 주시하고 있었다. 말리면 더할 것 같았다. 그래 몇 차례 얻어맞으면 기가 꺾이어 물러나겠지, 건달들도 호열이와 깡구를 적당히 손보고 가겠지, 인범은 그렇게 생각하고 가만히 지켜보고 있었다.

"야 인마! 큰소리쳤으면 뭔가 행동으로 보여야 될 것 아닌가? 이 촌놈아."

호열이와 깡구는 큰소리는 쳤지만 건장한 체격의 한두 명도 아닌 그들에게 감히 주먹질을 먼저 할 수 없었다. 마을 청년들이 전혀 합세할 기미가 보이지 않자 처음의 기세와는 달리 어찌할 줄 모르고 어정쩡하게 서서 멍하니 청년들을 쳐다볼 뿐이다.

"이 자식이 정신이 나갔나? 뭘 쳐다봐, 이 새끼야."

딱 벌어진 어깨의 사나이가 두 손으로 깡구의 가슴을 왈칵 밀었다. 깡구가 중심을 잃고 비틀거리며 몇 발자국 밀렸다. 한 사나이는 비틀거리는 깡구에게 빠르게 다가서 깡구의 얼굴에 주먹을 날렸다.

깡구는 건달의 주먹 한 방에 비실비실하더니 뒤로 벌렁 넘어졌다. 뒤이어 호열에게도 주먹을 날렸다.

"어이쿠!"

넘어진 깡구는 심한 모멸감과 두려움으로 얼굴이 일그러져 있었다. 호열은 건달의 주먹을 맞고 입술이 찢어졌다. 옆에 있던 정호는 깡구와 호열이 공격을 당할 때 어느새 겁을 먹고 마을 청년들 뒤에 숨었다. 건달 한 명이 다가가 숨는 정호의 뒷덜미를 붙잡고 끌고 나왔다.

"야, 이 새끼, 폼 째고 나왔으면 뭔가 보여 주어야 될 것 아니야. 비겁하게 숨긴 어디 숨어."

건달의 주먹이 정호의 면상에 날랐다.

"어이쿠!"

정호는 코를 감싸고 꼬꾸라졌다.

그때까지도 인범은 표정 하나 변하지 않고 무엇을 골똘히 생각하고 있었다. 호열이와 깡구는 임자를 못 만난 우물 안 개구리였다.

건달들이 앞으로 나와 쓰러져 있는 깡구와 호열이, 정호에게 발길질 주먹질을 했다.

"퍽, 억!"

반항 한번 못하고 샌드백 맞듯 두들겨 맞고 있었다. 청년회장도 마을 청년들도 겁을 먹고 건달들의 폭력을 바라볼 뿐이었다. 인범도 멀거니 바라보고 있었다. 건달들이 적당히 하고 돌아가 주기만 바라고 기다렸다.

건달들은 넘어진 호열이, 깡구의 턱과 목 사이에 신발을 끼워 넣고 지그시 밟아 눌렀다. 호열이와 깡구는 기도가 막혀 숨을 못 쉬어 캑캑거리며 죽어가는 동물처럼 고통으로 얼굴이 일그러졌다. 마을 청년들과 피서객들이 얼굴을 찡그리고 보고 있었다.

건달들은 조금 전 마을 청년들이 쓰레기를 치우고 가라고 한 것에 대한 분풀이인지 호열이와 깡구가 자기들을 이 새끼라며 욕을 하며 도전하는 것에 대한 분풀이인지 호열이와 깡구에게 잔인한 짓을 계속하고 있었다.

호열이와 깡구가 숨을 쉬지 못해 얼굴이 벌겋게 달아올랐다. 건달들은 약간의 숨을 쉴 순간만 조금 주고 발을 떼었다 놓기를 계속했다. 호열과 깡구의 얼굴이 벌겋게 달아올랐다. 호열이와 깡구가 두 손으로 신발을 힘껏 움켜잡고 떼어 내려고 하자 건달들은 더욱 발에 힘을 주며 고함을 질렀다.

"이 새끼 손 치워! 치우지 않으면 숨통을 끊어 놓을 테니."

겁을 먹은 호열과 깡구가 얼른 손을 신발에서 떼었다. 인범은 건달들이 너무 심하다고 생각했다.

"야! 이 촌놈들이 겁도 없이 우리가 누군 줄 알고 대들어."

인범이의 얼굴이 분노로 경직되고 있었다. 더 이상 외면할 수 없는 상황이었다.

"이제, 그만하시지요."

착 가라앉은 목소리는 무서우리 만치 살기를 띠며 호열이의 목을 밟고 있는 건달의 어깨를 밀고 깡구의 목을 밟고 있는 건달의 가슴도 밀었다. 인범의 힘에 밀려 두 건달은 밟고 있던 호열이와 깡구의 목에서 신발을 떼었다.

마을 청년들도 구경하던 피서객들도 아연 놀라며 인범에게 시선이 집중되었다. 키가 크고 날렵한 몸을 가진 청년이지만 칠팔 명이 하나같이 덩치가 큰 근육질의 건달들에게는 적수가 되리라고는 어느 누구도 생각지 않았다. 저 청년이 이제 건달들에게 몰매를 맞게 되었다고 동정 어린 시선을 보내고 있었다.

마을 청년들도 신상근 회장도 갑작스러운 예기치 않은 인범의 돌출 행동에 놀람과 걱정이 가득한 얼굴로 멀거니 인범을 바라보았다. '마을의 큰 일을 두고 고 군이 다치면 안 되는데…….' 청년회장 신상근이가 얼른 인범의 팔을 잡고 끌어당기며 말했다.

"고 형, 와 이라요? 호열이 절마들은 싸움질만 잘하더니 좀 맞아도 싸다 말이요. 고 형은 이러면 안 돼요."

신상근은 마을을 위해 고생하는 고인범 청년을 건달들에게 맞게 할 수는 없었다. 저놈들이 하는 짓과 외양들을 보면 부산의 폭력배들임을 알 수 있었다. 주먹으로 대항할 수 없었다. 청년회장은 자기들의 싸움을 고 형이 떠맡을 것 같았기 때문이었다. 청년회장은 인범을 끌어당겨 뒤로 물러나게 하고 건달들 앞으로 나섰다.

"마, 그만하고 참으소. 마차 타는 데로 가입시더."

신상근은 비굴하리만치 저자세였다. 얼굴은 미소를 짓는다고 지었지만 그 억지 미소는 어색하게 일그러졌다.

호열이의 도전에 이어 인범의 돌변한 도전에 잔뜩 인상을 찌푸리고 있던 건달 중 한 명이 청년회장을 옆으로 밀치고 인범이에게 다가서며 가소롭다는 듯 말했다.

"이봐, 네놈도 저렇게 좀 맞고 싶어 환장을 했나?"

그때였다. 아까부터 뒤쪽에서 인범을 유심히 보고 있던 서울의 칼잡이가 인범의 앞으로 다가왔다.

"잠깐, 그놈이 안면이 많아."

칼잡이는 인범이에게 다가섰다. 인범은 한 발자국 물러서며 다가서는 건달을 경계하였다. 기습에 대비했다.

"이 새끼, 겁쟁이군. 얘들아, 이놈 말이야. 어디서 많이 본 놈인데, 기억이 잘 안 난단 말이야."

그는 동료들을 돌아보며 인범을 손가락으로 가리키고 기억을 더듬고 있었다.

“아, 형님! 형님은 서울 무대서 놀면서 무슨 이런 촌놈을 어디서 봤다는 말입니까?”

“아니야. 이 새끼는 틀림없이 많이 본 놈이야.”

인범은 기억을 더듬으며 놈을 자세히 보았다. 나를 안다면 이놈은 나와 한 번쯤은 부딪쳤을 서울의 범죄꾼일 것이라고 생각했다.

“형님은 마 나오소. 저 새끼 우리가 손 좀 봐 주겠심더. 야 이 새끼야, 네가 나서면 어쩔 끼고? 이 새끼야, 우리가 누군 줄 알고 감히 촌놈들이 대들어? 미련한 새끼.”

건들건들 폼을 재며 세 명이 한꺼번에 인범이에게 다가섰다

인범은 다가서는 건달들에게서 천천히 몇 발자국 물러섰다. 그래, 청년회장이 화해의 말을 할 때 순순히 따라야겠다고 생각했다.

인범은 아무 말 하지 않았다. 그들이 인범이에게 다가와 인범이를 노려보며 잔뜩 인상을 쓰고 말했다.

“이 새끼야. 어디라고 대들고 있어. 이리 나와 새끼야, 어딜 물러나?”

“죄송합니다. 그냥 가십시오.”

인범은 진지한 표정으로 말했다. 어떻게 하든 싸움을 피하고 싶었다.

“야, 이 새끼가? 네놈 버릇 좀 고쳐 놔야겠어.”

놈은 인범이 앞으로 다가와 주먹으로 인범의 면상에 날렸다. 놈들의 공격을 예상하고 있던 인범은 놈의 주먹을 빠른 동작으로 피했다. 놈의 주먹이 빗나가 허공을 찌른 것이다.

놈은 자신의 주먹이 빗나가 허공에 머물자 낭패한 얼굴로 일그러졌다. 신상근과 호열이, 깡구가, 그리고 마을 청년들이 건달과 인범을 번갈아 바라보았다.

“어? 이 새끼 봐라?”

놈이 이번엔 실수를 하지 않겠다는 듯 정신을 집중하고 앞으로 다시 다가섰다.

"죄송합니다. 그냥 가십시오."

인범은 눈을 상대의 눈에서 떼지 않고 고개까지 약간 숙이고 진지한 표정을 하고 온순한 말로 달랬다. 그러나 놈은 그냥은 안 된다는 듯 말했다.

"안 돼, 이 새끼야, 네놈을 그냥은 둘 수 없어."

불안한 얼굴로 보고 있던 신상근이 급히 인범이를 막아서며 건달들에게 말했다.

"그만하십시오."

"이 새끼 꺼져!"

놈이 신상근의 얼굴에 주먹을 날리려는 순간 놈들의 동작을 계산하고 있던 인범이가 전광석화 같은 동작으로 신상근을 밀어내고 신상근이 섰던 그 자리에 서서 놈의 주먹을 가로막기로 막았다.

이번엔 놈의 팔이 인범의 팔에 걸쳐 허공을 찔렀다. 역시 놈의 주먹이 빗나갔다. 건달들과 마을 청년 그리고 피서객들의 시선이 일시에 인범에게 집중되었다.

인범은 인내에 한계를 느꼈다. 이 마을에서만은 폭력에 휘말리지 않으려고 했는데……. 이제 이들과의 싸움은 피할 수 없는 상황이라고 생각하고 일전을 각오했다.

뒷주머니 양쪽에 신체의 일부처럼 언제나 몸에 지니고 다니는 검고 얇은 가죽장갑을 꺼내면서 날카로운 눈은 건달들을 노려보며 천천히 장갑을 끼었다. 그리고 장갑이 손가락 끝에 닿도록 하나하나 잡아당겼다.

건달들도 마을 청년들도 피서객들도 눈이 화등잔같이 커졌고, 자신도 모르게 벌어진 입을 다물지 못했다. 인범이가 싸움할 때만 끼는 가죽장갑을 아예 소지하고 있는 것을 보고 호열이, 깡구도 너무 놀라 벌린 입을 다물지 못했다. 그러면서 '저 머저리 같은 놈이, 저 머저리 같은 놈이' 라고 중얼거렸다.

장갑을 낀 인범이가 천천히 건달들 앞으로 다가갔다.

"네놈들이 아까부터 누군 줄 아느냐고 자랑하는데 너희 놈들의 입으로 말해 봐라! 네놈들이 누구야?"

"……."

"왜 말 못해. 너희 놈들은 건달들이지? 건달이 자랑이야? 인간쓰레기이지."

인범은 입가에 냉소를 머금고 그들 한 명 한 명을 예리한 눈초리로 노려보는 여유를 갖고 비아냥거리며 싸움을 걸었다.

마을 청년들도 피서객들도 인범의 당당한 도전에 너무나 놀랐다.

'저 또라이가 실성을 했나?'

정호와 깡구와 호열이 그렇게 생각했다. 청년회장도 마을 청년들과 마을 사람들도 관광마을을 만들겠다고 쓰레기나 줍고 삽과 곡괭이를 들고 땀을 흘리며 열심히 일만 하던 말 없고 키만 멀쑥하게 큰 인범이란 청년이었는데……. 그런 고 군이 저렇게 겁도 없이 하나같이 신체 건장한 깡패들 같은 피서객을 상대로 싸우려고 하는 걸 보고 놀라지 않을 수 없었다.

무엇보다도 싸움할 때만 끼는 얇은 가죽장갑을 아예 뒷주머니에 소지하고 다니는 것을 보고 인범이가 싸움을 전문으로 하는 것만은 사실임이 분명하다는 것을 알았다. 말리지도 합세도 할 수 없는 상황에 마른침을 삼키고 바라볼 수밖에 없었다.

또 말린다고 건달들이 그냥 물러서지 않을 것 같았다. 일전이 벌어질 것이 확실했다. 청년회장 신상근은 예기치 않은 인범의 언행에 너무 놀라 얼굴은 복잡한 얼굴로 변하면서 경악과 두려움에 표정이 묘하게 일그러졌다.

"야, 이 촌놈 봐라. 어쭈, 품 째네. 야, 이 새끼 몸집 보니 맷집깨나 있겠네."

키가 큰 한 놈이 싱글싱글 비웃으며 인범에게 바짝 다가와 키 재기나 하듯 코앞에 서서 잔뜩 노려보았다. 놈도 키가 크지만 인범의 키에 미치지 못했다. 인범은 놈의 동작을 읽고 있었다.

놈은 나의 선제공격은 아예 예상하지도 않고 있는 무방비 상태였다. 한 주먹 한 발길로 놈을 공격하여 뻗게 할 수 있지만, 인범은 놈이 먼저 덤비기 전에는 공격하지 않기로 했다.

"야, 이 새끼, 네놈이 뭘 믿고 나서긴 나서. 인마, 네놈이 싸움은 좀 해 본 것 같은데. 어디서 감히 나서."

놈은 인범의 멱살을 힘껏 두 손으로 잡아당겨 흔들었다. 그러나 인범이가 목에 힘을 주고 뻗대니 놈이 오히려 인범이 쪽으로 약간 당겨 왔다. 사람들은 이 모든 것을 잔뜩 긴장을 하고 지켜보고 있었다.

"이 손 놓고 그냥 돌아가. 난 너희 놈들과 싸우기 싫어."

인범은 멱살을 잡은 놈의 손을 놓으라는 신호로 가볍게 놈의 손을 토닥거리며 앞에 다가선 두 놈과 한패들을 경계하는 것을 잊지 않았다. 놈들이 공격을 한다면 인범은 멱살을 잡은 놈의 면상에 박치기로 일시에 제거하고 놈들의 공격에 대응하겠다는 계산을 하고 다시 한 번 목에 힘을 주고 뒤로 젖히니 놈이 한 발짝 당겨 왔다.

"어, 이 새끼가!"

인범의 힘에 밀린 놈이 다시 팔에 힘을 가해 잡아당겼다.

인범은 먼저 오른발을 뒤로 빼니 놈의 팔은 자연적으로 펴졌다. 그 순간 인범은 억센 손아귀로 놈의 엄지와 검지의 중간지점에 인범의 엄지 손끝으로 급소인 손등을 강하게 누르며 놈의 손바닥을 뒤집어 관절을 두 손으로 서서히 꺾었다.

"아악!"

놈은 비명을 지르며 얼굴이 일그러지고 사색이 되어 고통을 참지 못했다. 손목 관절의 급소를 꺾이고는 어느 장사도 견디어 낼 수 없는 것이다. 인범이 다시 손아귀에 힘을 가했다.

"아악, 손목 부러져. 놓아! 놓아! 이 새끼야! 아악 노, 놓지 못해!"

비명을 질렀다. 이때다. 인범을 노리고 있던 두 놈 중 한 놈이 무섭게 인범의 면상을 향해 주먹을 날렸다.

"앗!"

비명이 구경꾼들의 입에서 터져 나왔다. 그러나 인범은 어느새 그 자리에서 몸과 얼굴만 방향을 바꾸어 놈의 주먹을 피했다. 너무나 빠른 동작이었다. 주먹이 올 것을 충분히 예견한 것이다. 필살의 주먹을 날렸던 놈은 기우뚱 중심을 잃고 비틀거렸다.

이때를 놓치지 않고 인범의 왼쪽 팔꿈치가 놈의 쇄골을 강하게 찍으며 다시 뒤에서 인범을 향해 돌진하는 놈의 턱을 강타했다. 옆구리를 찍힌 놈은 주저앉았고 턱을 맞은 놈은 앞으로 고꾸라져 피를 뱉었다. 순식간에 세 명을 해치운 인범은 나머지 건달들을 무섭게 노려보며 덤비려면 덤비라는 듯 싸울 자세를 취하고 있었다.

건달들은 쓰러진 동료와 인범을 쳐다보며 믿어지지 않는 듯 멍한 눈망울로 서로 동료들을 쳐다보았다. 동료들은 아연실색 망연자실할 따름이었다. 바위같이 버티어 서서 자기들을 노려보는 놈과 서울 형님을 번갈아 쳐다보며 달아나야 할까? 싸워야 할까? 눈으로 묻고 있었다.

이미 그들은 전의를 상실한 것이다. 내로라하는 주먹꾼이 많은 부산에서도 알아주는 자기들에게 흉기 하나 들지 않고 많은 수의 자기들을 상대로 겁도 없이 싸움에 뛰어들어 여유를 보이며, 일순간에 들소 강호 형님과 바위 형님, 꺽다리 형태를 가볍게 찍어 버리는 대단한 고수의 싸움 기술을 보고 어쩔 줄 몰라 했다. 근래에 보기 드문 고수급의 싸움꾼임을 인정하지 않을 수 없었다.

서울의 칼잡이 치길은 아까부터 놈이 어디서 본 얼굴이라고 했는데……. 뇌리에 번쩍 떠오르는 얼굴이 있었다.

서울의 환승역 신철 지하철역에서 자기들 앞을 막으며 전철에서 부인의 핸드백을 찾아 주면서 우리 세 명을 무참하게 공격하던 놈의 얼굴이 생생하게 떠올랐다. 두 달간 미결수로 있다가 고급 변호사를 선임하여 다행히 풀려난 것이다.

형님들과 두 달가량을 온 서울 장안을 뒤져 놈을 전철역에서 찾아내었다. 그들은 놈이 다방에 앉아 있는 동안 급히 열대여섯 명을 모아 다방에 앉아 있는 놈을 끄집어내어 작살을 내어 병신을 만들려고 했지만 오히려 무참하게 깨어진 것이다. 그날 참담하게 패한 원한 서린 놈이었다. 놈을 이런 곳에서 만날 줄이야 꿈에도 상상하지 못했다.

그때 최부돌 큰 형님의 노련한 작전에도 불구하고 놈에게 무참하게 공격을 당해 두 형님이 중상을 입고 지금도 병상에 누워 있는 것이다. 원한 사무친 놈이었다. 지금도 서울에서 전 동료들이 놈을 찾는 데 혈안이 되어 있지만 찾지 못하고 있는 것은 놈이 이곳에 피신해 있기 때문이었다. 가슴에 두려움과 원한으로 몸서리쳐지는 전율이 온몸을 떨리게 했다.

'아! 어떻게 한다. 그때는 놈이 혼자이었는데도 못 이겼는데 지금은 아무리 촌놈들이지만 마을 청년들이 10여 명의 한패도 있었다. 이 싸움은 도저히 승산이 없다. 부산 아이들은 전문 싸움꾼이 아니다. 놈에게 당할 것이다. 경치가 기막히게 좋은 곳이 있다고 부산 동생들이 자신의 출감을 환영하는 뜻에서 나를 이곳으로 데리고 온 것인데…….'

치길은 분노와 두려움에 가슴이 답답했다. 놈은 싸움의 달인이다. 도저히 이길 수 없다. 그런데 오늘 놈은 처음부터 싸움을 피하고 있었는데 우리가 놈을 몰라보고 심하게 다룬 것이다.

처음 놈에게 시비를 건 꺽다리 형태가 꺾인 손목이 아직도 아픈지 손목을 잡고 찡그리고 있고, 들소와 바위는 병든 병아리처럼 축 처져 있었다. 처음 놈을 과소평가하고 방심한 잘못을 뼈저리게 후회했다.

눈앞에서 쓰러진 동료를 보고 분노로 눈이 뒤집힌 건달들이 한꺼번에 약속이나 한 듯 인범을 에워싸 공격을 서둘렀다. 서울의 칼잡이 치길은 조금 뒤에서 엉거주춤 합세하는 척하고 있었다.

치길은 놈의 주먹과 발길질의 위력을 알기 때문이었다. 온몸이 흉기인 놈이 마음먹고 날린 필살의 주먹이나 발길질에 웬만한 주먹꾼들도 중상을 입고 다시는 재기하지 못한다는 것을 치길은 잘 알고 있었다. 신철역에서 당한 상처로 뼈저리게 느꼈다. 조금 전에 인범에게 맞은 세 명이 합세한다고 하지만 몸을 마음대로 움직이지 못했다.

마을 사람들은 놀랐다. 지금까지 호열이와 깡구에게 맞기만 하고 또라이라고 바보 취급을 받던 청년이 유명한 싸움꾼인 줄 그 어느 누구도 꿈에도 몰랐던 것이다.

호열이와 깡구는 눈이 뒤집혔다. 천지가 개벽을 해도 이렇게 놀라지 않았을 것이다. 온몸이 떨렸다. 무서운 놈이다. 저런 대단한 싸움 기술을 가진 놈이 자신과 깡구에게 개 맞듯 얻어맞고 달아나기만 한 놈의 이중성에 놀라지 않을 수 없었다. 눈을 뜨고 자신의 주먹을 보면서 고스란히 맞던 놈을 생각하면 몸서리가 쳐졌다.

마을의 쓰레기나 줍고 호열이 깡구에게 저항 한번 하지 않고 얻어맞기만 하고 관광마을 조성에만 온 정열을 쏟던 키만 멀쑥한 인범은 이미 아니었다. 인범은 인구 천만이 넘는 세계에서도 인구 십위권의 서울 공화국의 내로라하는 폭력꾼들에게 위협의 대상이던 싸움꾼으로 되돌아가 있었다. 한꺼번에 덤벼드는 건달들을 상대로 인범은 뒤로 물러서 에워싸는 놈들을 매섭게 노려보고 있었다.

건달들도 조금 전까지만 해도 촌놈이고 어리숙하고 키만 멀쑥이 큰놈을 얕잡아 보았는데 놈이 갑자기 맹수로 돌변하여 자기 동료 세 명을 간단하게 해치우는 것을 보고 너무나 놀랐다. 그리고 자기들을 노려보며 여유를 갖고 다가서는 놈에게 중압감을 느끼지 않을 수 없었다. 비로소 놈이 대단한 싸움꾼임을 알았다.

치길은 더 이상 망설일 수 없었다. 저놈 한 놈에게도 이길 수 없는데 놈을 믿고 마을 청년들도 합세할 태세였다. '우리는 이미 전의를 상실했다. 몇 명이 치명상을 당했다. 이 자리를 피해야 한다.'

치길은 언제나 품속에 품고 다니는 두 개의 칼을 빠르게 끄집어내어 양손에 쥐고 살기 띤 눈으로 마을 청년들을 노려보며 칼을 허공에 무섭게 그었다. 허공에 칼과 공기가 부딪치는 휘익하는 묘한 바람 소리가 소름이 끼쳤다.

"이 새끼들, 꺼져."

마을 청년들이 시퍼런 칼날을 보고 일시에 몇 발자국 물러섰다. 피서객들도 저만큼 뒤로 물러나고 있었다. 그 중 여자들은 비명을 지르며 아이들의 손을 잡고 저만큼 달아났다.

"애들아 가자! 저놈을 상대하지 마. 놈은 싸움의 달인이야. 이 새끼 여기 숨어 있었구나. 어디 두고 보자. 네놈은 반드시 우리 손으로 죽인다. 우리 손으로."

서울의 칼잡이 치길이 부산 건달들에게 주의를 주고 양손의 칼을 인범이와 마을 청년들에게 겨누며 먼저 자리를 뜨고 있었다. 나머지 건달들도 손에 칼을 든 채 따라가고 있었다. 서울의 형님이 두려워하는 놈이면 무술의 고수일 것이다.

아가씨들도 뒤따랐다. 인범에게 공격을 당한 건달들도 비실거리며 일어나 슬금슬금 달아나면서 인범에게서 경계의 시선을 떼지 않았다. 그 기세 좋던 건달들이 슬금슬금 달아나고 있었다.

인범은 달아나는 건달들을 싸늘한 눈초리로 지켜보고 있었다. 건달들은 한 손에 칼을 들고 한 손에 가져온 짐을 들었다. 그리고 어떤 건달은 어깨에 짐을 메고 서울 칼잡이 형님이 싸움의 달인이라는 놈과 마을 청년들이 덤비지나 않을까 두려움이 역력한 얼굴들로 허둥지둥 달아나고 있었다.

미니스커트를 입은 아가씨들도 건달들을 놓칠세라 하이힐을 벗어 손에 들고 맨발로 달아나고 있었다. 마을 청년들도 인범도 비통한 얼굴로 이들을 멀거니 바라보고 있었다.

건달들에게 주먹과 구둣발에 무참하게 짓밟혔던 호열이가 달아나는 놈들을 보고 갑자기 고함을 질렀다.

"이 새끼들, 죽여 버릴 끼다."

호열은 마을 청년에게서 곡괭이를 빼앗아 눈을 까뒤집고 쫓아갔다. 그 뒤를 깡구도 삽을 들고 따랐다.

"야, 저놈들을 그냥 보낼 수 없다. 죽여 버리자!"

호열이가 선동을 하니 흥분한 마을 청년들이 일시에 삽과 곡괭이를 들고 와 소리를 지르며 건달들을 쫓았다. 겁을 먹고 멀찍이 물러났던 피서객들이 하나둘 따르더니 조금 있으니 아이들도 아낙들도 우르르 구경하겠다고 따라 나섰다.

청년회장이 인범을 힐긋 쳐다보았다. 인범은 침통한 얼굴로 마을 청년들을 보고만 있었다. 청년들이 와 함성을 지르며 삽과 곡괭이 낫을 들고 10여 명이 쫓아오니 건달들은 뒤를 힐긋힐긋 돌아보며 걸음을 빨리하고 달아나고 있었다.

"고 형, 어떻게 할래요?"

"……."

청년회장이 다그쳤다. 인범은 깊은 생각에 잠긴 듯 초점 잃은 눈으로 멍하니 건달들을 쫓아가는 청년들을 바라보고 있었다.

"고 형! 청년들이 다칩니다."

인범이 아니면 마을 청년들이 저 무기를 든 무지막지한 건달들에게 당하지 못할 것이다. 아직도 다치지 않은 건장한 놈들이 있다. 마을 청년들도 건달도 흉기를 가지고 있다. 서로 흉기를 가지고 싸우면 이건 보통 싸움이 아니다. 시간이 흐를수록 긴박한 상황이 시시각각 위험으로 치닫고 있었다.

청년회장은 상황을 결코 외면할 수 없음을 직시했다. 이 싸움의 시작도 호열이가 붙였지만 불은 인범이 껐다. 그리고 꺼져가는 불씨를 다시 되살리는 것도 호열이었다. 참으로 사건과 비극을 몰고 다니는 놈이었다.

그동안 호열이 깡구들에게 그렇게 수모를 받고 얻어맞았음에도 인범은 호열이 맞는 걸 더 이상 볼 수 없어 위험한 싸움에 뛰어든 것이다. 그런데 저 다혈질의 호열이 패가 마을 청년들을 사지로 몰아넣고 있었다. 어쩌면 저놈들은 생각도 행동도 함께할까?

"아! 안 돼요. 다쳐요."

인범이 뛰었다. 청년회장도 뛰었다. 달아나던 건달들이 마을 청년들에게 따라잡혔다. 건달들이 칼을 앞세우고 돌아섰다. 마을 청년들은 삽, 곡괭이, 낫을 들고 서로 무섭게 살기 띤 눈으로 노려보며 대치했다.

호열이 욱하는 감정으로 건달들을 죽일 듯 따라왔지만 막상 건달들의 칼날 앞에 오금이 질려 공격을 하지 못하고 멈추어 서서 대치하고 있었다. 칼이 몸에 붙어 있는 것 같이 칼을 잘 쓰는 놈들임을 알 수 있었다.

마을 청년들도 미우나 고우나 호열이, 깡구들이 한마을 청년들이다. 한마을 청년들이 외지인에게 주먹과 발길질로 무차별 맞는 걸 보고 분노의 피가 끓은 것이다. 그러나 직업이 싸움꾼인 건달들에게 감히 덤벼들지 못하고 망설이고 있었다.

호열이와 깡구에게 맞기만 하고 관광마을을 만들어 주겠다고 남의 마을에 와서 온 정열을 바쳐 일하던 인범이란 청년이 싸움꾼인 줄 생각지도 않았는데, 그 인범이가 조금도 굴하지 않고 여러 명의 건달에게 당당히 싸움을 거는 것을 보고 얼마나 놀랐던가.

결과는 몇 명을 한꺼번에 가볍게 해치우는 것을 보고 환희와 경악을 금치 못했다. 그것도 싸움의 달인이라고 상대방의 입에서 말하며 부하들에게 주의를 주며 달아날 때 영화에서 주인공이 악당을 무찌르는 한 장면을 보는 것 같이 얼마나 호쾌하고 통쾌했던가.

마을 사람들은 쾌재를 불렀다. 건달들이 달아나는 것으로 싸움이 고 군의 승리로 마무리되는 줄 알았는데, 건달들에게 두들겨 맞은 호열은 또다시 마을 청년들을 선동하여 달아나는 건달들을 뒤쫓아 간 것이다. 그러나 믿었던 인범이 자기들과 행동을 같이하지 않고 애매모호한 태도를 취하자 건달들에게 덤벼들지 못하고 오히려 겁을 먹고 당황하고 있었다.

"이 새끼들 다 죽여 버리겠다. 덤벼 봐, 이 촌놈의 새끼들."

칼잡이가 양손에 날카로운 칼을 휘두르며 앞으로 다가서자 건달들도 일제히 칼을 들고 나섰다. 무거운 삽과 곡괭이를 들고 맞서던 마을 청년들의 대열이 무너지며 달아나고 있었다. 건달 한 명이 달아나는 마을 청년 병호의 어깨를 찍었다.

"악!"

마을 청년이 쓰러졌다. 금세 어깨에서 피가 묻어나와 옷을 붉게 적셨다. 이때 인범이가 도착했고 뒤에 청년회장이 숨을 헐떡이며 따라오고 있었다.

칼잡이가 인범이를 보고 주춤 섰다. 인범이 쓰러진 마을 청년의 어깨에서 피가 흐르고 있는 것을 보고 칼잡이 치길이의 눈을 후벼 팔 듯 노려보며 다가섰다. 칼잡이가 위험을 느꼈는지 물러서며 방어 태세를 취하고 있었다.

"네놈이 칼로 이 청년을 찔렀나?"

"……."

칼잡이는 주위 부하들을 돌아보았다. 건달들은 칼잡이를 호위하듯 칼을 앞으로 내밀고 인범의 일거일동을 주시하고 있었다. 여차하면 한꺼번에 덤벼들 태세였다.

"조심해! 놈은 무술의 고수다. 나는 이놈과 맞붙어 봤지. 선불리 덤비지 마."

그래도 놈은 서울의 흉악범답게 여유를 가지며 부하들에게 전열을 정돈시키고 있었다. 마을 청년들은 인범이 개입하자 두려움을 잊고 인범이 주위에서 건달들을 위협하고 농기구들을 무기로 하고 일전을 각오했다.

인범은 청년들을 돌아보고 조금 물러섰다. 청년들도 물러섰다. 건달들과의 대치 거리가 조금 멀어졌다. 건달들은 다가서지는 않았다. 수세적이지 공격적이지는 않았다.

인범은 주위를 돌아보며 청년회장을 눈으로 찾았다. 청년회장이 빠르게 인범의 옆으로 왔다. 청년회장은 어느새 손에 낫을 들고 있었다.

"회장님, 마을 청년들을 물러서게 하십시오! 어서요. 위험해요."

"그럴 수 없습니더, 고 형 혼자 싸우게 할 수 없습니다."

청년회장의 단호한 결의였다.

"청년들이 상할 수 있고 집단 폭행자가 됩니다. 그리고 회장님도 그 낫을 거두고 청년들에게서 물러나요. 빨리요, 빨리! 아무 걱정하지 마세요. 저는 이깁니다. 지지 않을 겁니다. 회장님 제발요!"

인범이 건달들을 노려보며 빠르게 다그쳤다. 선량한 마을 청년들을 폭력에 가담시킬 수 없었다.

"그래도……."

"이봐요. 마을 청년들, 회장님 모시고 물러나세요. 그리고 옷을 찢어 어깨의 피를 지혈시키시오."

청년회장은 물러섰다.

"어이, 모두 뒤로 물러서 고 형이 위험하면 행동하기로 하고 일단 물러서라!"

그러면서 얼른 옆의 청년에게서 곡괭이를 빼앗아 인범의 손에 쥐어 주었다. 그러나 인범은 뒤도 돌아보지 않고 쥐어 주는 곡괭이를 도로 청년회장에게 던져 주고 건달들을 노려보며 다가서고 있었다.

"다시 한 번 묻겠다. 네놈이 우리 청년을 찔렀나?"

살기 띤 낮고 싸늘한 말이다. 칼잡이는 물러설 수 없음을 알았다. 어차피 일전을 각오하지 않을 수 없었다. 놈이 혼자라도 싸워 이기기가 힘든데, 낫과 삽, 곡괭이를 든 마을 청년들이 합세하면 이길 수 없다는 것을 알고 상당한 부담감을 갖고 있었다.

그러나 놈이 무슨 생각으로 농기구를 든 청년들을 싸움에서 물리치는지 알 수가 없었다. 놈은 참으로 배포가 큰 놈이었다. 칼잡이는 두려움을 갖지 않을 수 없었다. 놈은 오늘 무슨 일을 낼 것 같았다. 부산의 건달들은 놈의 상대가 될 수 없었다.

"큰소리치지 마. 이 새끼야."

칼잡이는 양손에 든 칼을 번쩍 들고 인범의 공격을 되받아칠 계획이었다. 놈에게 선제공격은 자살을 가져온다. 서울의 형님들도 놈을 과소평가하고 방심하다 놈에게 당한 것이다. 나도 저놈에게 당할지 모른다. 두려움에 떨며 칼잡이는 인범의 동작에 온 신경을 집중하고 있었다.

마을 청년들은 삽과 곡괭이, 낫을 꽉 움켜쥐고 인범의 움직임 하나하나에 신경을 집중시키고 놈들의 움직임을 지켜보고 있었다. 피서객들도 일촉즉발의 살벌한 싸움을 놓칠세라 눈을 크게 뜨고 인범의 몸 움직임에 따라 시선을 집중하고 있었다.

건달 중에 별명이 족제비인 박창기가 있었다. 족제비처럼 날쌔고 음흉하다고 족제비라는 별명이 붙었다. 족제비는 칼 다루는 솜씨가 신기에 가까웠다. 족제비는 서울 형님이 놈이 싸움의 달인이라고 겁을 주어 두려워했지만, 빈손인 놈이 혼자서 한 명도 아닌 우리 건달들에게 큰소리치며 자신들을 압도하듯 하는 것을 보고 뱁이 꼬였던 것이다. 그래서 놈을 한칼에 찍어 기를 죽여야겠다고 대담하게 인범의 앞에 나서 한칼에 찍으려고 노리고 있었다.

인범은 건달들을 노려보았다. 그 중 한 놈이 대담하게 자기의 온몸을 노리며 눈을 번뜩이고 있었다. 저놈이 나의 허점을 노리고 있구나.

'그래, 저놈부터 공격하고, 그리고 칼잡이를 해치우자.'

인범은 놈을 의식하면서 일부러 공격 방향을 다른 놈들에게 돌려 칼잡이를 위장 공격하기 위해 한 발자국 한 발자국 몰아붙이며 다가갔다. 뒤의 놈을 의식하면서, 두 놈을 한꺼번에 깨어 버릴 계산이었다. 칼잡이는 칼을 휘두르며 다가서고 있었다. 등 뒤의 족제비가 바짝 인범에게 접근하고 있는 것을 의식하고 있었다.

인범은 몸을 잔뜩 움츠리며 앞으로 돌진하려고 자세를 취하고 몸을 앞으로 나가다 갑자기 뒤로 돌아섰다. 뒤의 족제비는 놈이 앞으로 나가며 서울 형님을 공격할 때 비호같이 덤벼들어 놈의 등을 찍으려고 뒤를 바짝 따라붙고 있었는데 앞으로 나가던 놈이 갑자기 돌아서는 것이 아닌가.

"어……?"

족제비는 갑작스러운 놈의 공격 방향에 어쩔 줄 몰랐다. 족제비는 무의식적으로 무턱대고 놈을 찌르려고 칼을 쳐들었다.

인범의 몸이 회전하면서 돌려차기로 긴 오른쪽 발이 한 치의 오차도 없이 족제비의 관자놀이를 정확히 걷어찼다. 팔의 길이보다 발의 길이가 길었다. 족제비가 내리친 칼은 인범의 얼굴에서 한 뼘 이상의 거리가 남아 있었다.

"퍽!"

둔탁한 소리와 동시에 '아악' 하는 비명이 터져 나오고 족제비의 하체가 공중에 들리면서 상체가 먼저 땅에 툭 소리를 내며 떨어졌다.

칼잡이는 눈을 부릅뜨고 돌진하던 놈이 돌연 족제비를 공격하려고 뒤로 돌아서 몸을 회전하는 순간을 놓치지 않고 이때다 하며 물러섰던 발걸음을 멈추고 앞으로 놈의 돌려진 등을 향해 칼을 높이 들어 내려찍으며 회심의 미소를 지었다.

그러나 누가 상상이나 하였으랴. 인범은 몸을 회전하면서 돌려차기로 왼발이 족제비의 얼굴 관자놀이를 강하게 차고 속도를 줄이지 않고 다시 몸을 회전하여 그 스피드와 힘을 이용하여 이번에 왼발로 칼잡이가 칼을 위로 올린 무방비 상태의 옆구리를 돌려차기로 찍었다.

단 1초 정도의 순간에 인범의 몸은 360도를 회전하면서 왼발과 오른발로 번갈아 이중 돌려차기로 처음 계산했던 대로 족제비와 칼잡이를 순식간에 해치운 것이다. 마을 청년들도 피서객들도 너무나 놀랐다. 무엇이 무언지 어리둥절했다.

"퍽!"

아악, 퍽, 억, 물체가 부딪치는 둔탁한 소리와 단말마의 비명이 연달아 교차되면서 났다. 피서객들도 마을 청년들도, 아니 부산 건달들도 무술 영화에서나 볼 수 있는 기막힌 기술 싸움을 실전에서 볼 수 있는 기회는 두 번 다시 없을 것이다.

사람이 공중으로 날고 장풍을 일으켜 사람의 손끝에서 파란 불꽃이 멀리 떨어진 사람을 죽게 하고, 사람 몸이 공중으로 훨훨 날아다니는 황당하고 현란한 중국무협영화를 즐겨 보았지만, 이렇게 눈앞에서 한 사람 대 여러 명, 그것도 한 사람이 맨손이고 흉기를 든 집단과의 생명을 걸고 피를 흘리며 싸우는 것을 구경꾼들은 태어나고는 처음 보는 것이다. 모두 망연자실하게 입을 벌리고 바라볼 따름이었다.

건달 두목이 고 군을 자기 부하들에게 주의할 놈이라고 경계시켰던 무술의 고수, 싸움의 달인이라는 말에 마을 사람들은 놀랐다. 그러나 얼마 전까지만 해도 호열이 깡구에게 마구 맞고 코피를 흘리던 고 군을 생각하니 이해가 되지 않아 혼란스러웠다.

족제비는 혼절했는지 일어나지 못하고 있었다. 칼잡이는 갈비뼈가 부러졌는지 삐딱하게 앉아 옆구리를 두 손으로 감싸고 으으으 비명을 토하며 고통으로 일그러진 표정을 하고 신음을 뱉고 있었다. 나머지 건달들은 행여 자기들에게 덤벼들까 인범의 움직임에 공포의 시선으로 바라보며 두려움에 떨고 있었다.

낮에 반라의 몸과 요염한 자태로 선정적 춤을 추며 진한 농을 지껄이던 아가씨들도 극심한 공포와 두려움으로 얼굴이 하얗게 질려 있었다. 인범이 그녀들 앞에 다가가 눈만 부릅떠도 금방이라도 울부짖고 쓰러질 것 같았다.

모두의 시선이 인범의 일거일동을 주시하고 있었다. 인범은 승자의 자만도 오만의 얼굴도 아니었다. 짙은 눈썹을 찡그리며 깊은 고뇌의 얼굴을 한 침통한 모습이었다. 인범은 언제나 목숨을 건 처절한 싸움 뒤엔 허무와 허탈을 느꼈다. 인범은 쓰러진 족제비의 얼굴을 바라보았다.

"회장님, 계곡의 물 좀 떠 오셔서 저 사람의 얼굴에 부어 주십시오."

회장은 두리번거리며 물을 떠 올 그릇을 찾았다. 아가씨가 가져온 커다란 냄비를 얼른 끄집어내었다.

"제가 물을 떠 올게요."

아가씨는 손에 든 슬리퍼를 얼른 신고 부리나케 계곡 쪽으로 갔다. 아마 쓰러진 놈이 애인인지도 몰랐다.

인범이 칼잡이에게 다가갔다. 여전히 옆구리를 안고 고통으로 얼굴이 일그러져 있는 칼잡이는 인범이 다가가자 무방비 상태의 자신을 가격할까 하는 극한 공포의 얼굴로 떨고 있었다.

'아, 나는 놈에게 두 번이나 당하는구나! 놈이 지금 나에게 발길로 급소를 가격하면 나는 다시는 몸을 쓸 수 없을 것이다.' 극도의 공포가 가슴을 옥죄고 있었다. 그러나 인범은 특별한 경우 외에는 가만히 있는 상대를 결코 공격하지 않는다는 것을 칼잡이는 모르고 있었다.

"왜 먼저 칼로 마을 청년을 찔렀나?"

"내가 찌르지 않았다."

칼잡이가 인범이를 노려보는 눈길은 증오와 공포의 눈길이었다. 어쩌다 놈과 이 오지의 심산유곡에서까지 또 싸움으로 부딪치는 악연으로 원한의 골이 자꾸만 깊어져야 하는지?

그동안 놈을 치려다 번번이 처참한 참패만 당했다. 저놈의 발길과 주먹, 그리고 무서운 박치기에 지금까지 얼마나 많은 동료가 중상을 당했는가. 놈은 정녕 싸움의 달인이고 불사조인가?

10대를 갓 넘긴 발랄한 아가씨가 풍만한 유방과 커다란 엉덩이를 흔들며 물을 떠 와 인범이에게 어색한 미소를 지으며 물이 담긴 냄비를 내밀었다. 천박한 술집 아가씨의 그 어색한 미소는 두려움의 미소인지 아부의 미소인지 아가씨만이 알 것이다.

청년회장이 다가가 아가씨의 냄비를 받아 쓰러져 있는 족제비의 얼굴에 물을 뿌렸지만 깨어나지 않았다.

"회장님, 한꺼번에 물을 얼굴에 부어 버리십시오."

신 회장이 플라스틱 통을 들고 내려가 계곡에서 물을 떠 와 한꺼번에 족제비의 얼굴에 부었다. 그제야 족제비가 푸시시 눈을 떴다.

건달 7명 중 5명이 인범의 주먹과 발길에 당했다. 처음 인범이의 멱살을 잡았던 건달은 인범의 관절꺾기에 인대가 늘어나 손목이 퉁퉁 부어오르고 있었다. 아마 늘어진 인대가 아물려면 몇 개월 동안 주먹을 쓰지 못하고 고통으로 고생을 할 것이고, 그 밖의 건달들도 치명상을 입었을 것이다.

저쪽에서 한 무리의 마을 사람들이 빠른 걸음으로 다가오고 있었다. 가까이 오는 사람은 늦게야 소식을 듣고 오는 황 이장과 노영길 고문, 외에 나이가 많은 마을의 어른들이었다. 황 이장과 노영길은 빨리 오느라고 숨이 찬지 가쁜 숨을 몰아쉬며 청년들과 인범이 그리고 주위 사람들을 훑어보며 심각한 사태임을 직감했다.

호열과 정호는 얼굴이 부어 있고 입술이 터져 묻어난 피가 말라붙어 있었다. 건달들의 얼굴도 몸도 상해 있고 물을 덮어쓰고 생쥐 꼴이 된 족제비는 아직도 제정신이 아닌지 멍한 얼굴로 주위를 살피고 있었다. 마을 청년들도 삽과 곡괭이, 낫을 들고 있는 것이 이장님과 노영길, 그리고 마을 어른들이 사태의 심각성을 간파하고 있었다.

청년회장도 마을 청년들도 건달들도 모두 침통한 얼굴들이었다. 승자도 패자도 없었다. 초상집 분위기였다. 다만 싸움을 구경하던 피서객들만이 이제 싸움이 끝남을 알고 남자들은 어린아이들을 안고 여자들은 아이를 업고 또는 손을 잡고 가며 자기들끼리 큰 소리를 지껄이며 마차 타는 곳으로 걸어가고 있었다.

칼에 어깨를 찍힌 마을 청년은 옷을 찢어 꼭 눌러 지혈을 시키고 있었다.

황 이장이 청년회장의 얼굴을 쳐다보았다.

"우찌 된 일이고?"

질문은 조용하지만, 이 사건을 어떻게 할 것인가 묻고 있었다.

"……."

인범은 천천히 건달들 앞으로 다가가 칼잡이를 노려보았다. 칼잡이는 옆구리 뼈가 부러졌는지 고통으로 얼굴이 일그러져 있고 몸을 제대로 가누지 못했다. 가느다랗게 찢어진 눈은 살기를 띠고 인범을 노려보았다.

"더 할 일이 있나?"

"없다. 어디 두고 보자. 비겁하게 이런 곳에 숨어 있었구나."

"나는 당분간 이곳에 할 일이 있다. 다시 서울로 올라갈 것이다. 그때 보자. 나도 네놈을 기억해 두겠다."

"얘들아, 가자."

"회장님, 이분들을 마차에 태워 드리십시오. 마차 타는 곳으로 가십시다."

청년회장이 앞장을 서니 건달들도 아가씨들도 비통한 얼굴들로 회장의 뒤를 따라가고 있었다.

3

인범이가 건달들과 싸운 사건이 마을 사람들에게 순식간에 퍼졌다. 그보다 말썽꾸러기 호열이와 깡구가 이번 싸움을 확대시켰다고 원망들을 하였다. 이 싸움의 불씨가 큰 싸움으로 벌어질 것이라고 마을 사람들이 수군거리며 걱정을 하고 있었다.

황 이장과 노영길은 인범이란 청년이 서울에서도 유명한 싸움꾼이라는데 놀라지 않을 수 없었다. 얼마 전에 고 군이 호열이와 깡구에게 두들겨 맞고 얼굴이 퉁퉁 붓고 퍼렇게 멍이 들어 보기 흉했던 고 군의 얼굴이 떠올랐다.

그런 인범이를 서울의 주먹쟁이가 싸움의 달인, 무술의 고수라고 겁을 먹고 한패인 부산의 건달들에게 싸우지 말라고 주의를 주고 싸움을 피하더라는 말을 듣고 누구보다도 놀란 것은 황 이장과 노영길이었다.

처음 인범이 박정웅의 소개로 이 마을에 왔다고 말하여 인범이란 청년을 확인하기 위해 박정웅에게 전화를 할 때 마을 청년들에게 맞아 얼굴이 붓고 멍이 들어 보기 딱하다고 하니, 그 청년 맞을 청년 아니라고 하던 말이 새삼스럽게 기억이 났다.

상세히 알아보자. 과연 고 군이 어떤 청년인지, 그리고 그놈들 말에 의하면 고 군이 여기 숨어 살고 있다고 하던데 사실인지? 사실이라면 무슨 사유로 이 마을로 숨기 위해 왔는지? 그보다 놈들이 청년을 그냥 두지 않겠다고 벼르고 갔다고 하던데 어쩌면 좋을지 의논해야겠다고 노영길과 황 이장은 박정웅에게 전화하러 갔다.

황 이장과 노영길 고문 못지않게 놀란 것은 호열과 깡구였다. 자기들이 그렇게 미워하고 두들겨 팬 머저리 같은 놈이 그것도 지방도 아닌 서울에서 유명한 싸움꾼이라니 아무리 생각해도 믿어지지 않았다. 상대가 한 명도 아닌 집단에게 그것도 직업 폭력배들에게 조금의 위축도 겁도 없이 상대를 압도하는 그 당당한 말과 행동, 오늘 자기들 앞에서 상상도 못 할 기막힌 싸움기술을 직접 보고 놀라지 않을 수 없었다.

세상에 이렇게 귀신 곡할 노릇이 있단 말인가. 그 전광석화 같은 동작 단 한 번의 주먹과 한 번의 발길질에 폭력배들이 나가떨어지는 가공할 파괴력, 호열과 깡구, 정호, 아니 이 마을 사람들이 말로만 듣던 전문 싸움꾼의 싸움을 생전 처음 본 것이다. 아무리 생각을 정리하여도 혼란스럽기만 했다.

지난번 인범이를 때릴 때 놈이 맞으면서 얼굴을 피하지도 않고 너희 조무래기 주먹은 맞아 준다는 듯, 눈을 똑바로 뜨고 자신들의 주먹 움직임을 보면서 맞던 아니 맞아 주던 것을 생각하니 놈의 그 인내심과 집념에 몸서리가 나도록 섬뜩했다.

그렇다. 놈은 무서운 싸움의 고수였던 것이다. 호열은 냉정하고 냉혹하리 만치 철저히 자신을 위장하고 포장하는 인범이를 생각하니 온몸에 소름이 끼쳤다. 무서운 놈을 모르고 건드렸구나!

이럴 수가……. 이건 한 편의 드라마 속의 주인공이 현실로 자기 앞에 나타난 기막힌 사실에 경악했고 혼란했다.

4

인범은 마을 청년 병호의 어깨를 봉합하기 위해 청년회장과 언양으로 갔다. 일요일이고 의사들 대부분이 연휴라 당직 의사만 있었다. 외과의사가 아니라 봉합이 전문이 아니라고 하면서 당직의사는 봉합을 하기 위해 병호를 수술실로 데리고 가는 것을 청년회장 신상근이와 마을 청년 선제가 따라 들어갔다.

인범은 병원 복도에 앉아 있었다. 놈들과 상처를 가지고 따질 수가 없었다. 칼잡이라는 놈은 갈비뼈가 부러졌을 중상일 것이고, 다른 놈은 이빨이 몽땅 박살이 났을 것이다. 상처를 가지고 따지면 놈들이 더 많은 상처를 입은 것이다. 주먹 사회에서는 상해 진단을 내고 법적 고소는 서로 피한다. 싸움에 졌으면 항복을 하든지, 이에는 이, 눈에는 눈으로 철저히 보복을 하는 것이 그들 나름의 법이고 원칙이었다.

인범은 이들과 피할 수 없는 싸움이 묘하게 시작된 것이 개운치 않고 씁쓰름했다. 박 과장의 권유로 이곳 배내마을에 그들을 피해왔지만 원수는 외나무다리에서 만난다고 이곳에서 부딪칠 줄 상상도 하지 않았는데……. 문득 박 과장의 얼굴이 떠올랐다.

서울에서 생명을 건 싸움은 운이 좋아 죽지도 병신이 되지 않고 흉악범을 이길 수 있었다. 그건 정말 운이 좋았다. 놈들이 나를 과소평가하고 마구잡이로 공격했기 때문에 그들의 허점을 이용할 수 있었다. 몸을 담금질

하기 위해 피나는 체력 훈련을 한 결과가 아닌가 싶었다.

놈들은 나를 그냥 두지 않을 것이다. 막연한 두려움이 가슴을 짓눌렀다.

황 이장과 노영길은 박정웅에게 전화를 했다. 일요일이라 그런지 어디로 외출 중이라, 들어오는 대로 배내마을로 전화해 달라고 하고 전화를 기다리고 있었다.

"이봐 영길아. 자네는 어째 생각하노? 고 군이 싸움꾼이라는 데 대해서 말이다."

황 이장은 라이터로 담배에 불을 붙이면서 고 군에 대해 묻고 있었다.

"글쎄, 황 이장이 고 군에 대해 핵심적으로 뭘 걱정하고 있는지 먼저 알고 싶네."

"고 군이 말이다. 전문 싸움꾼이라면 어떻게 생각하나? 싸움꾼이 훌륭한 사람이 될 수 있겠나? 훌륭한 청년이라면 왜 싸움을 전문으로 할까? 심히 걱정되네."

"싸움꾼이 훌륭한 사람이 될 수 없다, 그 말도 일리가 있네."

노영길은 황 이장의 말에 수긍하지 않을 수 없었다. 훌륭한 사람이 싸움을 좋아하는 것이 이해가 되지 않는 것은 당연했다.

지금 배내마을을 찾아오는 관광객의 숫자는 하루가 다르게 많아지고 있었다. 그건 박 과장이 부산과 울주군에 대학 동기가 있어 신문사와 방송사에 알리도록 부탁하여 신문과 TV에 방영한 원인도 되지만 허물어지는 집을 보수하고 버려둔 뜰을 가꾸고 채소를 심고 구석구석 손을 보아 찾아오는 도시인들에게 시골 정경의 만족을 주기 위해 각고의 노력으로 가꾸었기 때문이었다. 이 모든 것을 고 군이 계획하고 일을 추진한 것이다.

고 군이 싸움꾼이든 아니든 지금 마을 사람들에게는 보기 드문 훌륭한 청년의 모습으로 비치고 있었다. 대대로 이어온 가난을 벗어나는 관광마을로 탈바꿈하는 엄청난 대 역사의 체계가 이루고 있는 선봉장이 고 군이었다. 그런 고 군을 죽이기 위해 서울의 주먹 패와 부산의 주먹 패가 떼거리로 몰려온다면 고 군이 날고뛰는 싸움꾼이지만, 무슨 재주로 이겨 낼 수 있단 말인가?

이번엔 서울의 주먹꾼들은 수많은 싸움꾼을 대동하고 올 것이고, 싸움의 실력도 대단한 싸움꾼들만 골라 올 것이다. 마을은 난장판이 될 것이고 마을 청년들이 못 본 척할 수도 없지 않은가? 마을 청년들이 나선다 하더라도 무슨 도움이 되겠는가? 아마 고 군은 그들이 몰려오기 전에 달아날 것이다. 닥쳐올 위험을 알면서도 달아나든지 피하지 않을 바보가 있겠는가. 그러면 고 군이 없이 관광마을을 완성시켜야 한다. 과연 우리 마을 사람들만으로 마무리를 할 수 있을까? 그동안 고 군이 계획한 것이 토론을 거쳐 계획서에 작성돼 있어 그렇게 어려운 문제는 없을 것 같지만, 닥쳐올 놈들의 대 보복을 생각하니 가슴이 떨렸다. 잘못하면 아까운 청년 하나 죽일 수도 병신 만들 수도 있다. 말썽꾸러기 호열이와 깡구가 원망스러웠다. 이번 일은 그놈들 때문에 커졌다. 아! 안 된다. 황 이장은 여기까지 생각하니 눈앞이 캄캄했다. '이 일을 어짜모 좋노. 이 일을 어짜모 좋노? 참말로 큰일이다. 아까운 젊은 청년 하나 죽인다.'

인범 보호 계획

1

황 이장과 노영길은 무거운 침묵 속에 고 군의 걱정으로 고뇌에 빠져 있을 때 전화벨 소리가 적막을 깨고 울렸다. 전화벨 소리에 깊은 생각에서 깨어난 황 이장이 얼른 전화를 들었다.

"여보세요? 여기 배내마을입니다."

"영수가? 내다, 정웅이다. 니 전화 했더나?"

굵직한 정웅이의 목소리가 전화선을 타고 귀에 박혔다.

"그래, 내가 전화했다. 어디 갔다 캐서 니 전화 기다리고 안 있나?"

"그래, 무신 급한 일인가베. 무신 일이고, 말해 봐라."

"이야기가 좀 길어질 낀데, 괜찮겠나?"

"괜찮다. 말해 봐라."

"다른 것이 아니고, 마 일이 터져 뿌릿다 아이가?"

"니, 무신 뚱딴지 같은 소리 하노? 무신 일이 터졌다 말이고? 이 사람아 자세히 말해 봐라."

"그기 말이다……."

흥분해 있는 황 이장이 조리 있게 설명을 못 했다. 옆에 있던 노영길이 얼른 전화기를 빼앗듯 가져갔다.

"정웅아, 내다 영길이다."

"영길이가? 무신 일인데 영수가 저래 흥분돼 있노? 니가 차근차근 말해 봐라?"

"그래, 영수가 조금 흥분한 것 같다. 내가 말 하꾸마. 니 전번에 말한 고인범 청년 말이다."

"……?"

박 과장은 고인범 이름이 나오자 심상치 않은 일이 터졌구나! 또다시 가슴이 철렁 내려앉았다. 순간적으로 할 말을 잃었다.

"여보세요? 정웅아."

"……."

"정웅아, 듣고 있나?"

"그래 듣고 있다. 말해라."

"고 군을 니가 여기 가라 했다 했는데 와 여기 보냈노? 니는 알제?"

"…… 그래, 내가 보냈다. 그기 뭐 잘못되었나?"

전화선을 타고 들리어 오는 박 과장의 목소리는 긴장돼 있었다.

"오늘 우리 마을에 깡패들이 관광 왔는데 이놈아들이 행패를 부려서 우리 마실 청년들하고 시비가 붙었다. 거기서 싸움이 벌어져 마을 청년이 많이 맞아서 고 군이 싸움을 가로맡았는데, 깡패들이 칼을 들고 사람을 해칠라 해서 고 군이 놈들을 많이 패서 쫓아버렸다. 그런데 그 중에 서울에서 온 놈이 있었는데 그놈이 고 군을 알아보고 니가 여기 숨어 있었구나 하며 네놈은 죽여 뿌린다고 하고 안 갔나. 이 일을 어짜모 좋노?"

"그래, 고 군은 안 다쳤나?"

"아참, 고 군은 하나도 안 다쳤다. 그런데 그 서울서 고 군을 안다 하는 놈이 고 군보고 저놈은 싸움의 달인이라고 하면서 부산 깡패들보고 절마하고 싸움 붙지 말라고 해서 싸움이 끝나 가는데, 우리 마실 말썽꾸러기 몇 명이 싸움을 다시 시작하여 가지고 칼부림까지 나서 우리 마실 청년 한 명이 칼에 찔려 좀 다쳤는데 마 괜찮다."

"그러모 무엇이 문제고?"

"뭐, 지금이사 큰 문제는 없다. 그놈들이 떼거리로 몰려오기 전에 고 군이 우리 마실에서 달라 빼면 우리야 고 군을 모른다 하면 무신 큰일이야 있겠노? 다만 관광마실 일을 벌여 놓았는데 우리끼리 마무리할 수 없어 걱정이다. 고 군이 어떻게나 머리를 잘 쓰고 해서 지금까지는 잘 돼 왔는데……."

"고 군이 달라 뺄라 하더나?"

"그거는 아직 모른다. 지가 안 달라 빼고 무신 용빼는 재주로 혼자서 그 놈들을 상대해 싸움을 하겠노."

"두고 봐라, 고 군은 절대로 안 내뺀다. 혼자서 싸울 끼다. 그리고 고 군은 마을 청년들을 싸움에 합세 못 하도록 할 것이다. 너거도 우리 마실 청년들이 고 군에게 합세하지 못하게 해라. 알겠나."

"니 어째 그래 잘 아노? 그러잖아도 이번 싸움 할 때 고 군이 마을 청년을 절대로 편들지 말라고 하면서 혼자 싸웠다 하더라."

"그런데 마을 청년이 어째다 놈들의 칼에 다쳤노?"

"아! 그거는 깡패들이 고 군하고 싸움하기 겁나서 내빼는데 마실 청년 말썽꾸러기 호열이가 달아나는 깡패들을 따라잡아 싸우다가 그래 안 되었나. 그라고 고 군이 안 피하면 이 마을에서 싸움이 벌어질 것인데 어짜모 되겠노?"

"……?"

"그라고 고 군이 어째서 싸움을 잘 하노? 고 군도 건달 출신이가? 그것도 아니면 태권도나 권투 선수가?"

"아이다. 요즈음 보기 드문 훌륭한 청년이다. 앞으로 고 군 시키는 대로 해라. 젊지만 아주 속이 깊은 청년이다."

"그라모 우리는 가만히 있으모 되나? 억수로 걱정이 된다."

"그래 가만히 있거라. 내가 알아서 할게."

"이봐라, 정웅아! 서울 놈들이 고 군이 여기 숨으러 왔다 하는데 사실이가?"

"……."

"니는 알제. 와 고 군이 여기 숨어 있는지?"

"……."

"니 우리한테까지 말 못 할 사정이 있나?"

"고 군이 나쁜 청년이 아니라는 것만 알고 있거라. 내 다음에 이야기해 줄게. 진짜로 훌륭한 청년이란 것만 알고 있거라."

치안을 책임진 경찰이 범죄인과 연관된 사람을 이유야 어떠했든 피하게 하였다는 것은 아무리 친구지만 말할 수 없었다.

노영길은 더 이상 물을 수 없었다.

'싸움꾼이 훌륭하다?'

박 과장은 머리가 혼란하고 생각하기가 복잡했다.

'이 일은 숙고해서 처리해야 한다. 사람이 몇 명 상할 수도 있고 살인이라는 끔찍한 사건이 일어날 수도 있다.'

고 군의 안전과 사건 처리를 위해서 산골 동네인 고향 배내마을로 피신시켰는데, 그 시골을 관광지로 고 군이 개발하겠다고 나서 묘하게 사건이 그곳에서 터졌다. 사건을 고 군이 불러들인 결과가 되었다.

고 군은 피하지 않을 것이다. 범죄꾼을 쫓아다니고 찾아다니는 고 군이 피할 리가 없을 것이다. 고 군은 흉악한 범죄자들을 끝없이 쫓아다니다 병신이 되든지 생명이 부서질 것이다. 기구한 운명을 타고난 비운의 청년이었다. 방관할 수 없었다. 그러나 내가 피하라고 설득한다 하더라도 고 군이 결코 물러서지 않을 것이다.

날치기 범죄단체는 범죄인들이고 잔인하기로 소문난 흉악범들이다. 지난번 그들은 날치기 열대여섯 명으로 인범을 살상하려다 오히려 인범이에게 참패를 당했고, 온몸이 부서지는 불구자가 될지 모르는 중상을 입었다. 인범이와 생명을 건 싸움에는 중상자가 생길 가능성이 있다는 것을 알고 있기 때문이었다. 그들은 당한 원한을 반드시 복수하려 할 것이고 세 번 실패는 하지 않을 것이다.

이제는 사정이 달랐다. 놈들은 고 군을 너무나 잘 알고 있었다. 놈들은 복수의 원한이 뼛속까지 사무친 범죄 집단이다. 그들은 증폭된 증오로 고 군을 수단 방법 가리지 않고 잔인하게 제거하려고 할 것이다.

박 과장은 외면할 수 없는 사건이 시시각각으로 자신을 수렁으로 몰아넣고 있음을 느끼지 않을 수 없었다.

'아! 안 된다. 어쩌지?'

박 과장은 머리가 아팠다. 불현듯 조폭 두목 김승배 사장이 떠올랐다. 김승배라면 인범이를 100% 지켜 줄 수 있을 것이다. 조폭들이 야밤에 고 군을 기습했을 때, 내가 고려물산 김승배 사장을 찾아가 고 군에게 보복을 계속한다면, 그들의 각종 비리를 뿌리째 뽑아 버리겠다고 으름장을 놓지 않았다면, 고 군은 조폭의 무리에게 제거되었을 것이다. 그들은 공권력 외에는 어느 누구에게도 굴복하지 못할 무소불위의 인구 천만 명이 넘는 대서울의 조직폭력단체들이 아닌가.

내가 고려물산 김승배를 찾아가 협박과 회유를 했듯이 김승배가 고 군을 도와줄 의향이 있다면, 날치기두목을 찾아가 소매치기두목을 회유하고 협박하여 고 군에게 테러를 못 하게 한다면, 그들의 보복을 100% 저지할 수 있을 것이다.

소매치기 범죄단체는 김승배 조폭들 무리의 규모에 비해 절대적으로 열세인 범죄단체이다. 만약 김승배의 말을 듣지 않는다면 그들의 사업인 소매치기를 할 수 없다. 조폭들이 소매치기 현장을 발견하는 대로 그들을 잡아 경찰에 넘길 수 있기 때문인 것이다.

그러나 박 과장은 냉정해야 했다. 김승배는 간판은 고려물산이라고 하지만 서울의 나이트클럽이나 대형 술집의 업소 보호를 미끼로 양주나 주류를 강매하는 각종 이권에 개입하는 비리를 저지르는 기업 폭력조직인 것이다. 내가 만약 김승배를 이용한다면 김승배도 나의 약점을 이용하여 나의 권한을 이용할 것이다. 그리고 그들을 이용한 것이 언론에 알려지면 경찰 행정에 커다란 누가 되고 오점이 될 것이다.

박 과장은 머리를 강하게 가로 저었다. 결코 김승배에게 고 군의 도움을 부탁할 수 없다고 결론을 지었다.

박 과장은 고 군을 도와줄 태권도 7단 김성수 관장을 찾아가 고 군의 처지를 말하고 도움을 청해야겠다고 생각했다. 의리 있고 사람 좋은 김 관장도 고 군을 인간적으로 좋아하는 사이였다. 그러면서 공인으로서 차마 사람이 살상될지도 모르는 싸움에 김성수 관장을 이용해서는 안 된다고 생각했다.

그러나 고 군을 외면할 수 없었다. 만약 박 과장이 고 군을 외면한다면 고 군은 결코 무사하지 못할 것이다. 박 과장은 불현듯 인범의 명견 두 마리가 번쩍 뇌리에 떠올랐다.

김승배 부하들의 기습을 두 마리의 개가 합세하여 물리친 것이 생각났다. 그 진돗개는 우리나라 천연기념물 몇 호로 지정된 용감하고 영리한 맹견이며, 목숨을 바쳐 주인을 지키는 훈련을 받은 호신견이라고 언젠가 고 군이 말하던 기억이 났다. 아! 그래, 인범이에겐 두 마리의 개가 합세한다면 싸움에 큰 도움이 될 것이다.

박 과장은 월요일 오전 업무를 어떻게 보냈는지 모를 정도로 온통 고 군의 생각으로 꽉 차 있었다. 점심을 먹는 둥 마는 둥하고 부속실 여직원에게 사적으로 오는 전화나 면회를 못 하게 하고 문을 걸어 잠그고 전화기 앞에 앉았다.

“여보세요. 거기 언양경찰서죠? 여기 서울 경동경찰서입니다. 박문호 형사과장님 부탁합니다.”

상냥한 아가씨의 기다리라는 목소리가 전화선을 타고 왔다.

“여보세요. 형사과 박 과장입니다.”

굵직한 낯익은 목소리가 들려 왔다.

“문호야, 나 정웅이다. 오래간만이다. 우째 지나노?”

“야! 서울 놈이 우째 이 시골 경찰서까지 전화 다 해 주노. 오늘 무신 바람이 남쪽으로 부노?”

“언제는 내가 너한테 전화 안 하더나?”

“야, 입은 삐뚤어져도 말은 바로 해라. 내가 먼저 전화하여 통화를 했지, 언제 니가 먼저 나에게 전화했노?”

둘은 부산의 명문 T고등학교 동기생이었다.

박문호는 고향이 언양이라 두 촌놈이 가까운 동래 복천동에 셋방을 얻어 학교에 다녔다.

그 집은 퇴락한 옛 세도가의 고풍스러운 기와집 뒤뜰이었다. 잡초만 무성한 그 옛날 하인들이 살았던 행랑채의 작은 방에서 같이 3년간 한방에서 자취 생활을 하며 공부한 친구였다.

둘은 고등학교를 졸업하고 박정웅은 서울 S대 법대에, 박문호는 P대학 법대에 입학하였다. 대학을 졸업하고 나란히 경찰직에 뛰어들어 정웅이는 서울 시경에, 문호는 부산 시경에 발령을 받았다. 그들은 사회인이 되어 만날 때마다 옛 영화가 사라지고 뜰엔 잡초만 무성한 몰락한 세도가의 그

집을 회상하며 밤이 새는 줄 모르고 소주잔을 나누며 끈끈한 우정을 확인하곤 했다.

문호는 말년에 고향에서 경찰직을 끝내겠다고 자원하여 고향인 언양경찰서에서 근무하고 있는 것이다. 그래서 그들은 나이가 들어서도 언제나 서로 니 내, 하며 허물없이 불렀다.

“그래, 니 말이 맞다. 야 문호야, 지금부터 내 말 잘 들어주게.”

“니 말하는 것 보니 중요한 것 같네. 그래 말해 봐라.”

문호는 긴장을 하고 귀를 수화기에 바짝 닿게 했다.

“울주군 너의 관내에 있는 배내골 배내마을 알제? 그곳에 내가 보낸 청년이 지금 서울의 조직범죄자들과 부산의 건달들에 의해 위험에 처해 있다. 그들은 그 청년을 수단과 방법을 가리지 않고 잔인하게 제거하려고 할 것이다. 은밀히 무술 형사를 시골 사람으로 변장시켜 싸움이 벌어지면 가까이에서 지켜보고 청년이 불리하면 구해 주기 바란다. 이건 조금의 실수도 없어야 해. 보잘것없는 백 사람의 청년보다 이 한 청년과는 바꿀 수 없어. 그라고 너거 경찰서에 무술 형사가 모자라면 가까운 부산 시경에 부탁하여 차출하도록 하게. 니가 말 못 하면 내가 부산 시경 형사과장에게 부탁해 볼게. 그라고 이 사실은 니 심복만 알게 하고 비밀로 하게.”

“……?”

“문호야! 듣고 있나?”

“그래 듣고 있다. 그렇게 가치 있는 청년이가?”

“그래, 그 청년은 희생시킬 순 없어, 절대로……. 30년 이 경찰직과 바꾸는 한이 있더라도…….”

어느덧 둘의 대화는 무겁게 가라앉아 있었다.

“알았다. 그런데 왜 싸움까지 가도록 해야 해? 사전 예방하면 되잖아. 피신시킨다든지 놈들을 체포하든지 말이야.”

"그건 안 돼. 청년은 놈들을 피하지 않아, 그 청년은 비굴을 택하느니 싸워서 죽는 쪽을 택할 거야. 그리고 놈들을 검거할 죄목도 없어. 검거한다 하더라도 증거도 없고 미수인데 잡아넣을 수도 없잖아?"

"그라모 싸울 때 검거해 버리면 안 되나?"

"싸우지도 않은 놈들을 며칠이나 가두어 둘 수 있겠어?"

"……."

문호는 충직한 경찰상, 의로운 인간상의 박정웅이가 발 벗고 나서는 일이니 심각하게 받아들이지 않을 수 없었다.

"왜 싸움이 벌어지도록 기다려야 하나?"

"청년은 신기에 가까운 싸움의 달인이야. 지금까지 그놈들은 번번이 혼자인 청년에게 당하기만 했어. 이제는 놈들도 쉽게 고 군을 공격할 수 없다는 걸 알고 있을 거야. 그래서 놈들이 흉기로 무차별 집단으로 공격할 걸세. 청년이 불리하면 놈들을 체포하여 교환조건으로 앞으로 청년에게 보복을 못 하도록 해야 돼."

"알았어. 언제쯤이 될 것 같아?"

"어제 일요일에 부딪혔으니 2, 3일 후가 아니겠나? 여기가 놈들의 아지트이니 놈들의 움직임을 알아보고 연락할게. 부탁하네."

박문호 형사과장은 깊이 빨아들인 담배 연기를 길게 내뿜으며 깊은 생각에 잠겼다.

2

박 과장은 문호에게 인범의 신변을 부탁하고 김성수 관장을 만나기 위해 퇴근을 서둘러 하고 경찰서를 나와 20여 분의 거리에 있는 언젠가 한번

가 보았던 건물 5층에 있는 태권도 도장 문을 들어섰다. 도장 안은 관원 20여 명이 사범의 호령에 맞춰 품새를 하고 있었다. 그 품새가 너무 일률적이라 꼭 군무를 추는 것 같았다. 사범이 박 과장을 보고 호령을 중단하고 박 과장을 맞았다. 관장을 찾는다니 사무실로 안내했다. 김 관장은 신문을 보다 박 과장을 맞았다.

"아, 박 과장님, 아니십니까? 그동안 안녕하셨습니까?"

"아, 예. 김 관장도 안녕하셨어요?"

김 관장은 박 과장의 방문이 의외인 듯 박 과장의 얼굴을 유심히 쳐다보았다. 의아해 하는 김 관장의 궁금증을 모른 체하고 박 과장은 좁은 사무실을 휘둘러보았다.

"박 과장님, 차 한 잔 드릴게요. 지난 주말 전남 보흥사에서 재배한 최상등품 녹차를 주지 스님께서 선물로 주셔서 받아 왔습니다. 향긋한 향기가 좋습니다."

김 관장은 녹차를 끄집어내고 있었다.

"아, 그래요? 김 관장, 그 차는 다음에 한잔 하기로 하고 오늘은 제가 술을 한 잔 대접하고 싶습니다. 긴히 이야기 드릴 것도 있고요. 2층 맥줏집으로 내려가실까요?"

김 관장은 엉거주춤하다 사무실 문을 나서는 박 과장의 뒤를 따라나섰다. 심상하지 않은 중요한 문제가 있다는 것을 박 과장의 얼굴에서 읽을 수 있었다. 무얼까, 사건일까? 보통 땐 좀처럼 얼굴에서 나타내지 않던 고뇌하는 모습과 곤혹스러운 표정이 역력히 묻어져 있었다.

"수련 시간을 제가 방해하는 것 아닙니까?"

"괜찮습니다. 사범이 있으니까요."

박 과장은 편안하고 폭신한 의자에 몸을 뒤로 젖히고 한참을 무언가 깊이 생각하더니 몸을 일으켜 김 관장 앞으로 바짝 당겨 앉았다. 그때 머리가 긴 아가씨가 맥주를 가져와 능란한 솜씨로 뻥뻥 소리가 나도록 병뚜껑을 따고는 탁자에 놓았다. 김 관장은 손을 뻗쳐 맥주병을 잡았다.

"과장님, 주세요. 제가 따를게요."

김 관장이 박 과장에게 잔을 내밀었다. 박 과장은 말없이 컵을 받았다. 김 관장이 맥주를 따랐다. 박 과장은 맥주병을 받아 김 관장의 잔에 따랐다. 두 사람은 잔을 부딪치고 맥주를 마셨다.

먼저 김 관장이 맥주잔을 비우고 박 과장의 얼굴을 쳐다보았다. 박 과장은 맥주를 마시고 입에 묻은 거품을 손으로 스윽 훔치고 김 관장을 쳐다보며 무거운 입을 떼었다.

"김 관장, 고인범을 알지요?"

"네, 알고 있습니다. 요즈음 안 보이던데요. 그런데요?"

"고인범이 지금 시골에서 일을 하고 있어요."

박 과장은 인범에 대해 그동안의 이야기를 세세히 하였다.

김 관장은 지난번 학원폭력 근절 때 고인범이 김 관장과 대련을 한 후 고 군과 몇 차례 만나 차를 마시며 고 군의 참모습을 엿볼 수 있었다.

김 관장은 고 군이 여느 청년과는 다르다는 것을 알았다. 고인범은 입신의 영달도 돈에 대한 욕심도 없는 것 같았다. 친구들과 어울림도, 여자 사귐도 없었다. 사회 정의를 위해 어떠한 위험도 불사하고 몸을 던져 약자를 도와주는 보기 드문 정의로운 청년이라는 것을 알았다.

언제나 얼굴이 그늘이 져 있고 깊은 생각에 잠겨 있는 과묵한 청년이었다. 농담 한마디 웃음 한번 웃는 때가 없었다. 자기 말보다 남의 말을 열심히 듣는 입이 무거운 청년이었다.

김 관장은 인범의 사람 됨됨을 알고 아끼고 좋아했다. 고 군은 공사장에 가지 않는 비 오는 날이면 도장에 와서 관원들의 운동하는 것을 구경하고 또 김 관장에게 급소와 공격과 방어를 가르쳐 달라고 하였다. 그러면 김 관장은 친절히 실전에 응용이 될 수 있는 격투기와 유술을 정성껏 가르쳐 주곤 했었다.

고 군은 언제나 겸손하게 김 관장에게 비술을 배웠다. 김 관장은 실전에 강한 전문 싸움기술을 가진 고 군에게 예로부터 내려오는 다른 무술과는 달리 무기를 사용하지 않는, 주먹과 발차기의 무술인 우리나라 고유의 전통 태권도를 가르쳐 주었다.

그리고 태권도의 유래와 여러 파로 분류된 유단추와 밧사이 품새와 태권 1단에서 8단으로 통일된 품새가 오늘날 전 세계에 퍼져 있고 우리나라가 태권도의 종주국임을 세계인이 알고 있다고 말했다. 언젠가는 이 훌륭한 태권도가 올림픽의 정식 종목으로 채택될 것이라고 열변을 토할 때, 고 군은 진심으로 그렇게 되어 우리나라 태권도 대표감독이 되기를 바란다고 격려하기도 했었던 그때를 떠올렸다.

박 과장의 얘기를 들은 김 관장은 스스로 고 군을 도우러 가겠다고 박 과장에게 약속했다. 그리고 자기 외에 고 군과 친분이 있는 심 사범도 함께 싸울 수 있게 하겠다고 했다.

박 과장은 고 군의 개 두 마리가 고 군이 야밤에 폭력배에게 기습을 당할 때 고 군과 함께 싸웠다는 말을 들려주면서, 내일 김 관장과 고 군의 집을 방문하여 그 개와 친하여 인범에게 데리고 갔으면 좋겠다고 하였다.

박 과장은 김 관장과 술을 나누고 헤어져 집으로 돌아오면서 왠지 발걸음이 무거웠고 자신이 잘못하고 있다는 생각이 자꾸만 뇌리를 짓눌렀다. 고 군을 도와주겠다는 허락을 받아 기뻐해야 함에도 마음이 무거운 것은 어쩌면 이번 싸움에 고 군도 김 관장도 중상을 입을지, 아니 죽을지 모른다는 강박관념이 자신을 압박했기 때문이었다.

올해 36살의 김 관장은 초등학교 때 태권도를 배워 어려서부터 수많은 대회에서 우승을 한 전문 태권도인이었다.

언젠가 동네 사람들과 관원들 그리고 중·고등학교 학생들의 요청으로 고 군과 시합을 한번 하였다고 했다. 급소에 보호대를 하고 시합을 했지만 실전과는 달리 가격하는 부분이 한정돼 있어 실전의 효과를 볼 수 없었다고 하였고, 시종 고 군은 공격은 하지 않고 수비만 하더라고 하며 싱거운 시합이 되어 보는 사람들이 실망하더라고 했다. 김 관장은 아마 고 군이 공격보다 태권도 7단의 자신의 공격을 수비할 수 있는지 시험해 본 것 같았다고 했다.

집으로 돌아온 박 과장은 김성수 관장이 뇌리에서 떠나지 않았다. 위험한 인범의 싸움에 쾌히 개입하겠다는 약속을 듣고 또다시 한편 고맙고 한편 두려웠다.

박 과장은 마음이 무겁고 우울했다.

'나는 지금 잘못을 하고 있다. 폭력배를 검거하고 예방하고 근절해야 할 경찰이 끔찍한 사건이 일어날지 모르는 폭력을 야기시키고 확대시키고 있다. 나는 왜, 나와는 아무 관계가 없는 고인범이라는 청년에게 집착하여 깊이 개입하는지…….'

다음 날, 퇴근을 하면서 경찰차를 타고 김 관장과 약속한 장소에 가니 김 관장은 담배를 피우며 기다리고 있었다. 여름의 긴 해가 아직도 서산에 머물며 긴 나무 그림자가 드리워져 있는 산길을 힘이 강한 지프차가 울퉁불퉁한 비포장도로를 차체를 흔들며 무겁게 올라가고 있었다.

한낮 동안 작열하는 태양에 달구어진 풀과 지열이 토하는 열기가 열린 차창을 통해 불쾌하게 얼굴에 부딪혀 왔다. 차는 더 이상 갈 수 없었다. 차가 갈 수 있는 도로는 여기에서 끝나 있었다. 차에서 내린 박 과장은 기사에게 기다리라고 하고 김 관장과 좁은 길을 따라 인범의 집으로 향했다.

3

산그늘이 짙게 깔려 있는 적막 속에 묻혀 있는 외떨어진 산골에 무허가 판잣집 두 채가 산자락에 오누이처럼 외로이 웅크리고 쇠잔한 석양에 물들고 있었다. 한번 와 보았던 집인데도 낯설었다.

박 과장과 김 관장이 인범의 집 가까이 다가서는 인적 소리에 잠자던 울프와 센이 일어서서 주위를 살폈다. 울프와 센이 박 과장과 김 관장을 발견하고 낯선 침입자를 경계하며 흰 이빨을 가볍게 드러내 으르렁거리며 다가오고 있었다.

"으응."

앞서가던 김 관장은 두 개가 이빨을 드러내고 으르렁거리며 다가오는 것을 보고 멈칫 서서 박 과장을 돌아보며 고개를 끄덕이며 신호를 보냈다.

박 과장은 가져온 비닐봉지에서 고소한 냄새가 물씬 나는 갈비에 살코기가 듬성듬성 붙어있는 잘 구운 갈비 조각을 끄집어내었다. 박 과장이 '메리메리' 라고 부르며 개 가까이 다가섰다. 별로 크지 않은 두 마리의 개가 이빨을 까뒤집고 으르렁거렸다.

박 과장이 그 자리에 서서 갈비 조각을 개 가까이 던졌다. 그러나 개들은 갈비 조각을 거들떠보지도 않고 무섭게 이빨을 드러내고 접근을 허락하지 않았다. 박 과장은 또다시 갈비 조각을 던졌다. 그러나 개들은 갈비 조각을 역시 거들떠보지도 않고 더욱더 박 과장과 김 관장을 물어뜯을 듯 몰아붙였다.

박 과장과 김 관장은 엉겁결에 물러서며 서로의 얼굴을 쳐다보며 고개를 갸우뚱했다. 보통 개들이 아니었다. 보통 일반 개들은 좋아하는 먹이를 던져 주면 얼른 받아먹고 경계는커녕 더 달라고 꼬리를 흔들고 하는데, 이 개들은 개의 먹이로서 제일 맛있는 구운 갈비도 거들떠보지도 않고 낯선

자의 침입을 결코 용납하지 않았다.

"……?"

"……?"

그들은 서로 얼굴을 쳐다보며 납득이 안 된다는 시늉으로 고개를 저었다.

별로 크지도 않은 개라 수월하게 생각하였는데 예상치 못한 상황이 벌어지고 있었다. 이러다 고 군의 개와 친해지기는커녕 오히려 개의 경계 대상이 되어 버리게 되었다. 어쩔 수 없이 슬슬 물러서며 메리메리라고 부르며 개를 얼렀지만 아무 소용이 없었다.

"박 과장님, 저 개들 보통 개가 아닌 훈련받은 진돗개인 것 같은데요. 저, 얼굴 생긴 것 보세요. 팔각형의 순종 진돗개 같아요. 과장님, 고인범 씨가 저런 명견을 가지고 있다고는 생각지 않았는데……. 저 목 보세요. 굉장히 굵습니다."

"예, 고 군이 저런 명견을 가지고 있는 줄 몰랐군요."

박 과장은 지난번 방문 때 개들의 경계에 접근을 못 한 것이 떠올랐다. 저 개들이 고 군을 제거하기 위해 야밤에 기습한 폭력배들을 고 군과 함께 물리친 개들임이 틀림없음을 알 수 있었다.

박 과장은 어쩔 수 없이 물러나 앞집으로 가서 사람을 찾았다. 고 군이 없다면 이웃에서 개를 돌보고 있을 것으로 생각했다.

"여보세요, 계십니까?"

불러도 대답이 없었다. 김 관장은 이번엔 큰 소리로 불렀다.

"여보세요. 여보세요. 집에 아무도 없어요?"

그제야 인기척이 나며 40대 중반의 부인이 나왔다.

"누구세요?"

부인이 박 과장과 김 관장을 뜨악한 시선으로 맞았다.

"뒷집 고인범 군의 집을 찾아왔는데요."

"그 주인은 어디 멀리 가고 없어요."

"알고 있어요. 고 군의 개를 누가 돌봅니까?"

"……?"

"고인범 군을 잘 아는 경동경찰서 박 과장입니다. 개를 고 군에게 데리고 가야 하는데, 개가 물려고 하니 이 개를 잘 아는 분이 도와주셨으면 합니다."

"아, 그러세요. 우리 딸이 곧 올 거예요. 누추하지만 들어오셔서 기다리세요."

"아닙니다. 그럼 밖에서 기다릴게요. 들어가세요."

박 과장과 김 관장이 돌아서니 두 개는 따라 나와서 노려보며 경계를 늦추지 않았다. 박 과장과 김 관장은 두 개가 어떻게 하는지 보면서 부인의 딸을 기다렸다.

퇴근을 한 순희는 산 그림자를 밟으며 산길을 걸어 집으로 오고 있었다. 집 앞 찻길이 끝나는 곳에 지프차가 주차해 있었다. 순희는 수상한 지프차를 자세히 살펴보았다. 운전기사인지 담배를 피우며 먼 산을 바라보고 있었다. 이런 외진 산골에 차가 올 리 없는데…….

지난번 오빠를 야밤에 기습한 폭력배들이 뇌리에 떠올랐다. 순희는 가슴이 철렁했다. 주위를 살펴보았다. 희미한 어둠 속에 인범 오빠의 집 앞에 두 사람이 앉아 있는 것이 보였다.

'오빠는 오래전에 시골에 가고 없는 데 누구일까?'

순희는 발소리도 조용히 가만가만 집 가까이 다가갔다. 건장한 두 남자가 앉아 있고 울프와 센이 두 사람을 경계하고 있었다.

먼저 울프가 순희를 보고 왕왕 짖으며 꼬리를 흔들며 순희 가까이 다가오면서 두 사람을 감시했다. 박 과장과 김 관장은 개 짖는 소리를 듣고 일어났다.

"누구세요, 어떻게 오셨어요?"

"아, 고인범 씨 집을 찾아온 사람입니다."

"그러세요? 인범 오빠는 지금 없는데요."

순희는 경계의 시선을 늦추지 않고 두 사람을 유심히 관찰했다.

"알고 왔어요. 고인범 씨 개들과 좀 친해지려고 왔는데, 이 개들이 우릴 꼼짝 못 하게 하는군요."

박 과장이 미소를 지으며 말을 했다.

"개와 친해지려고요? 어디서 오셨어요? 그리고 인범이 오빠를 어떻게 아세요?"

"예, 경동경찰서 박 과장입니다."

"아, 예! 그러세요. 전 앞집에 사는 정순희라고 해요. 잠깐 들어가세요. 울프, 센, 저리 가."

순희가 가까이 가니 울프와 센은 꼬리를 흔들며 앞장서 안으로 들어갔다. 박 과장은 순희를 자세히 보았다. 청초하고 착하게 보였다.

"알아요. 지난번 밤에 오빠 일로 파출소에 신고한……."

"예……. 그런데 그 일을 어떻게 아세요?"

"제가 그때 그 사건에 관여했거든요."

박 과장은 순희라는 아가씨에게 자신을 믿게 하려고 그때 사건을 관여했다고 했다.

"아, 그러세요. 과장님이 도와주셨군요."

"그런데 이 개 두 마리를 시골로 데리고 가야 하는데 어떻게 하면 친하죠?"

"왜요. 오빠가 울프와 센을 보내라고 해요?"

"아닙니다. 데리고 가야 할 문제가 있어요."

"왜요?"

박 과장은 어떻게 설명해야 좋을지 망설였다.

"정 양, 지난번 밤중 폭력배들이 오빠와 싸울 때 이 개들이 오빠와 함께 싸웠죠? 이 개 보통 개들이 아닌 것 같은데 조금 전에 이 개들과 친해지려고 갈비 구운 것을 주니 안 먹던데요?"

"과장님, 울프와 센은 훈련받은 개예요. 울프는 전국 투견대회에서도 우승한 혈통이 순종인 진돗개예요. 남이 주는 것과 버려진 음식은 안 먹어요."

김 관장은 옆에서 고개를 크게 끄떡이고 있었다.

"아니, 고 군이 웬 투견을 두 마리나 갖고 있어요?"

"상세한 것은 오빠에게 물어보세요. 차 세워둔 곳 조금 위에 사시는 투견 아저씨에게 얻었어요. 이 센은 그 새끼예요. 센도 투견 아저씨가 훈련시켜 오빠에게 준 개에요. 갈비 있으면 주세요."

순희가 갈비를 받아 그릇에 담아 주니 잘 먹었다.

"갈비를 어디에 던졌어요. 주워야 해요. 그냥 두면 개 버릇을 버린대요. 주워서 그릇에 넣어 주어야 해요."

김 관장은 조금 전에 던진 갈비 쪽을 가리키니 순희가 주워 와서 그릇에 담아 주었다.

"개들과 친해져야 하는데……."

"오빠가 또 싸워야 하나요?"

"……?"

금세 순희는 얼굴이 어두워졌다.

"하긴. 과장님이 하시는 일이니까……. 과장님, 왜 오빠는 나쁜 사람들과 싸워야 하나요. 두려워요. 오빠가 불쌍해요. 착한 오빠가……."

이슬이 맺힌 순희의 속눈썹이 파르르 떨렸다. 박 과장이 개를 고 군의 싸움에 데리고 간다고 하니 순희라는 아가씨가 긴장하고 있다고 생각했다.

"……."

"울프, 센, 이리와 빨리."

순희는 금세 우울한 얼굴을 밝은 표정으로 바꾸고 개들을 불렀다.

울프는 맛있게 뜯어먹던 갈비를 두고 슬며시 순희에게 왔다. 센은 먹던 갈비를 그대로 뜯고 있었다.

"센, 안 오고 뭘 해? 센, 이리와. 때린다."

센은 갈비를 핥다 말고 순희를 보았다. 순희가 노려보니 겁을 먹은 센이 꼬리를 살래살래 흔들며 슬금슬금 박 과장과 김 관장을 경계하며 가까이 다가왔다.

"센은 아직 어려요. 때론 억지를 부리곤 해요. 오빠에게는 꼼짝 못 하는데 저를 때론 깔보고 말을 안 들으려고 해요. 그래서 오빠가 시킨 대로 매를 들곤 합니다."

"울프, 센, 여기 아저씨들은 오빠와 잘 아시는 분들이야. 과장님, 아저씨, 울프와 센의 머리를 쓰다듬어 주세요. 한번 친하면 다음부터는 경계 안 하고 잘 따라요. 퍽 영리해요."

박 과장과 김 관장은 얼른 개를 쓰다듬지 못하고 주저했다.

"괜찮아요. 아무렇지 않아요. '울프, 센' 하고 쓰다듬어 보세요. 제가 회사 일만 아니면 데리고 갈 수 있는데……. 그보다 오빠 허락 없이 가면 오빠 화낼 거예요."

순희는 그래도 망설이는 박 과장과 김 관장의 커다란 손을 잡아 두 개에게 쓰다듬게 했다. 개는 약간 움찔하더니 혀로 박 과장의 손과 김 관장의 손을 핥았다. 그제야 박 과장과 김 관장은 두 손으로 울프와 센의 머리와 겨드랑이 이곳저곳 시원한 곳을 주무르기도 쓰다듬기도 하였다.

"울프, 센. 저리 가."

두 마리의 개는 어슬렁거리며 먹던 갈비를 먹으러 갔다. 참으로 영리한 개였다.

"정 양은 고인범 씨 애인 같은데……?"

김 관장이 개를 쓰다듬으며 불쑥 짓궂은 말을 뱉었다.

"……."

그 말을 듣고 순희는 금세 귀밑이 붉어지며 얼굴이 홍당무가 되었다. 그리고 곧이어 고개를 떨어뜨리며 순희의 얼굴이 일순 슬픈 표정으로 변하는 것을 놓치지 않았다.

'아! 이 아가씨는 고 군을 사랑하고 있구나. 그러면 고 군도 이 아가씨를 사랑하고 있을까?'

박 관장이 아는 고 군은 여자에 집착하지 않을 것이다. 고 군을 대해 보면 그의 얼굴과 생각과 말 속에서 사랑이니 하는 사치스럽게 젊음을 발산할 고 군이 아니었다. 저 아가씨의 인범에 대한 사랑은 어디까지나 짝사랑일 것이다.

아가씨의 인범에 대한 모정은 자칫하면 비련이 될 수도 있다. 인범이도 순희를 좋아하지만 그건 오빠와 누이동생에게 대한 감정 이상도 이하도 아닐 것이다. 그러나 이 아가씨는 이성으로서 인범에게 애정을 쏟고 있음이 틀림없다고 생각했다.

박 관장의 생각과 같이 실제로 인범은 될 수 있으면 순희와 같이 있길 피하고 이성적인 대화를 하지 않았다. 김 관장이 불쑥 던진 말이 아픔으로 순희를 슬프게 했다. 오빠는 나의 애인이 될 수 있을까? 순희는 인범 오빠와 평생을 함께할 남자로 가슴에 심어 두고 있지만 언제나 나의 애틋한 시선을 모른 척 비켜나는 오빠가 아닌가.

순희는 울프와 센이 갈비 쪽을 다 먹은 것을 보고 불렀다.

"울프, 센. 이리 와."

울프와 센이 더 먹고 싶은지 입맛을 다시며 꼬리를 흔들고 슬금슬금 다가왔다.

순희는 울프와 센을 박 과장과 김 관장 무릎 가까이 오게 하고 쓰다듬게 했다. 그래야 쉽게 친해진다고 했다. 박 과장은 순희가 영리한 아가씨라고 생각했다.

마침 아래쪽에서 순희의 아버지가 술이 거나하게 취해 어스름이 깔린 길을 따라 흥얼거리며 집 가까이 오고 있었다. 순희는 얼른 아버지에게 갔다. 두 마리의 개가 따라가려는 걸 김 관장이 울프, 센을 불렀다,

"울프, 센. 가만있어." 하니 일어서다 말고 가만히 있었다. 이젠 박 과장과 김 관장을 경계하지 않았다.

"과장님, 이 개들 참으로 대단한 명견인데요."

4

그 다음 날도, 그 다음 날도 인범에게는 아무 일도 일어나지 않았고 인범의 표정은 두려움도 초조함도 없는 평소와 다름없었다. 마을 사람들에게도 아무 말도 하지 않았다. 마을 사람들은 청년이 이제 유명한 싸움꾼이라는 것을 모르는 사람이 없었다.

마을 사람들의 이목이 온통 인범이에게 모이고 있었다. 지난번 건달 중 한 놈이 인범이를 알고 있다고 했다. 인범이와 건달들과는 어떤 관계인지? 앞으로 어떻게 될 것인지 마을 사람들은 극도의 불안함과 두려움에 안절부절못했다. 인범이가 무슨 말이 있지 않을까 기대했지만 아무 말이 없어 눈치만 보고 있었다.

마을 사람들은 둘만 모이면 이 사건이 어떻게 될 것인지 수군거리고 있

었다. 그리고 마을에서 식견이 좀 있다는 몇몇 어른들이 이번에는 놈들이 싸움을 잘하는 많은 수의 폭력배들을 대동하고 인범에게 보복을 하기 위해 올 것이라는 말을 하여 마을은 더욱 공포 분위기에 휩싸여있었다.

사람들은 불안 속에 묵묵히 일을 하고 있지만, 마을엔 무거운 분위기가 감돌고 있었다. 그러나 당사자인 인범은 태연했다. 평소에도 말이 없던 청년은 무엇을 생각하는지 입을 굳게 다물고 일만 열심히 하였다. 마을 사람들이 오히려 긴장하고 일을 하다가도 주위를 둘러보며 경계의 눈을 번득이고 있었다. 소문은 갖가지 추측으로 무성했다.

당사자인 인범도 불안과 동요로 심란한 가슴을 진정할 수 없었다. 그러나 전혀 내색하지 않았다.

하루가 지나고 다음 날이 다가오고 있었다. 날이 갈수록 두려움이 가슴을 짓눌렀다.

'놈들은 반드시 나를 제거하러 올 것이다. 서울에서 그들과 생명을 건 건곤일척의 싸움에서 나는 그들 몇 명을 다시는 주먹을 쓸 수 없을 만큼 중상을 입혔다. 땅벌처럼 평생을 불구로 살아야 할지 모른다. 그렇게 당한 패거리들이 내가 있는 곳을 알았으니 나를 그냥 두지 않으리라. 그들의 증오가 극에 달해 있을 것이다. 나는 이번에는 놈들에게 무참하게 죽임을 당할지 모른다. 지금까지는 운이 좋았지만 운이 항상 나에게만 함께하지 않을 것이다. 밤이 두렵다. 놈들이 야밤에 기습한다면……. 아, 울프와 센이 있다면…….'

그러나 인범은 황 이장과 노영길의 지시로 마을 청년 몇 사람이 밤마다 황 이장의 집 근처에서 경비를 하고 있다는 사실을 모르고 있었다.

순희의 얼굴이 울프와 센과 함께 중첩되어 망막에 명멸했다.

'이 평화스러운 마을에서 내가 그놈들과 피비린내 나는 싸움을 보여서는 안 된다. 그리고 마을 청년들을 이 싸움에 끌어들여서도 안 된다.'

인범은 이 마을의 뒷산이 참 좋았다. 오늘도 인범은 새벽에 일어나 등산을 하고 왔다.

배내골의 뒷산 영취산과 신불산, 간월산은 골이 깊고 산세가 가파르고 바위들이 많은 악산이었다. 인범은 매일 꼭두새벽에 등산을 한다. 가파르고 험준한 등산로를 숨을 몰아쉬며 산 중턱까지 매일 하는 등산은 웬만한 체력이 아니면 할 수 없는 코스이다.

인범은 요즈음 등산을 하면서 폭력배들과 어떻게 싸울 것인가를 골똘히 생각을 하며 산을 올랐다. 오늘도 계곡을 거슬러 올라가면서 넓고 바윗돌이 많은 이곳에서 결전을 하면 마을 사람들도 피할 수 있고 많은 수의 적을 상대하기가 유리한 지형의 조건이라고 생각했다.

인범은 바위에 앉아 놈들과 싸울 전략을 구상했다. 놈들과의 결전장을 마을에서 외떨어진, 그리고 마을 사람들이 볼 수 없는 이 계곡 쪽으로 유인해야겠다고 생각을 했다.

'계곡에서의 싸움은 혼자인 내가 유리하다. 산속으로 달아나면서 싸울 수 있다.'

인범은 놈들과 싸울 계획을 치밀하게 세웠다.

마을회관에서 황 이장과 노영길 고문, 그리고 청년회장과 마을 간부 몇 명이 인범이를 불렀다. 고 군이 오는 동안 건달들이 고 군에게 보복하러 온다면 어떻게 대처할 것인지 의논을 하였다. 참석한 모두가 고 군을 은밀한 곳에 피신시켜야 한다고 했다. 고 군이 아무리 무술의 고수라고 할지라도 고 군 혼자서는 무리를 대동한 놈들을 당해 낼 수 없다는 결론을 내렸다.

놈들은 고 군을 잔인하게 죽일 것이라고 했다. 서울과 부산의 내로라하는 흉악한 범죄 집단인 폭력배들이 몰려와 평화로운 배내마을을 쑥밭으로 만들고 피로 물들이는 싸움터로 만들 것이다. 나약한 마을 청년 어느 누구도 끔찍한 이 싸움에 인범의 협력자가 될 수 없다. 있다 하더라도 마을 청년들을 보통 싸움이 아닌 살인을 할지 모르는 싸움에 끌어들여서도 안 된다.

그보다 정웅이가 고 군은 결코 마을 청년들을 싸움에 관여 못 하도록 할 것이라고 했다. 정웅이는 어떻게 그렇게 고 군을 잘 알고 있는지 몰랐다. 지난번 싸울 때도 고 군은 마을 청년들을 싸움에 관여 못 하도록 했다고 하지 않았나. 황 회장은 생각만 하여도 겁이 나고 불안과 두려움으로 가슴이 옥죄였다.

황 회장과 노영길, 그리고 청년회장은 청년들을 시켜 마을 입구에서 폭력배들이 오는 것을 감시하고 있었다. 수상한 사람을 보는 즉시 마을회관으로 연락하여 인범이에게 알리도록 해 놓았다. 그리고 인범을 불러 어떻게 할 것인가를 본인의 각오를 알아보아야겠다고 생각하고 인범을 불렀다.

황 이장은 박정웅이가 알아서 한다고 한 방책이 무엇인지를 몰랐다. 그렇다고 이 자리에서 박 과장의 이야기를 할 수도 없었다. 그는 공인이 아닌가? 은밀하게 인범이를 도와줄 계획을 짜고 있을 것이다. 그 계획을 시원하게 들었으면 싶었다.

의논들을 하면서도 호열이, 깡구, 그리고 정호만 아니었다면 이렇게 사건이 확대되지 않았을 것이라고 모두 그 세 사람을 원망했다. 분을 참지 못한 청년회장 신상근은 호열이와 깡구를 마을에서 쫓아내자고 강성 발언을 했다.

황 이장의 부름을 받고 인범이가 어두운 얼굴로 마을회관 현관문을 밀치고 들어섰다.

"고 군, 어서 오게. 지금 자네 이야기를 하고 있었다네. 앉게나."

"……."

인범은 목례를 하고 자리에 앉으면서 사람들을 둘러보았다. 회관의 방엔 무거운 기운이 감돌고 있었다. 모두 입을 굳게 닫고 인범이를 바라보고 있었다. 황 이장이 먼저 침묵을 깨었다.

"오늘 이 자리는, 놈들이 자네에게 보복하러 온다는 전제하에 그놈들을 어떻게 대처해야 할지 의논하고 있다네. 그렇지만 우린 시골 사람들이라 잔인한 건달들을 어떻게 해야 할지 모른다네. 그래서 조금 전에 우리는 놈들이 오면 고 군을 우리 마을 어디에 피하게 하기로 의논하였다네. 자네의 생각은 어떤지 알고 싶네."

"…… 죄송합니다. 저 때문에 심려를 끼쳐드려서……."

"고 군, 지금은 누구의 잘잘못을 논하고자 하는 것이 아니야. 놈들이 몰려 왔을 때 자네는 어떻게 할 것인가를 말해 주게."

"어떻게 했으면 좋겠습니까?"

"피하게. 물론 고 군이 그놈들에게 쉽게 안 지리라 생각되지만, 그래도 저놈들은 한두 놈이 아닐 거라고 생각하네. 그리고 놈들은 자네를 이길 때까지 수단과 방법을 가리지 않고 끝없이 싸우려 할 것일세."

"……."

인범은 침통한 얼굴로 무언가 심각하게 생각하고 있었다.

"여보게, 내가 말을 잘못 하였나?"

"아닙니다. 이장님 말씀이 옳은 말씀입니다. 그러나……."

"그래, 무슨 이유가 있나? 기탄없이 말해 보게."

"이장님, 그 패들은 제가 숨는다면 저를 찾아내라고 온 마을의 기물을 부수고 난동을 부리며 마을 사람들을 괴롭힐 것입니다."

"미리 경찰에 알려 놈들의 행패를 막으면 안 되겠나?"

"언제까지 경찰을 상주시킬 수 있습니까?"

"그러면 고 군은 어떤 생각을 가지고 있나?"

지금까지 가만히 있던 노영길 고문이 물었다.

인범은 자신이 어떻게 대처해야 할지 계획을 세우고 있었다.

"죄송합니다. 저는 피하고 싶지 않습니다. 사실은 저는 서울의 소매치기 범죄집단과 싸워 이곳으로 피해 왔습니다. 더 피할 데가 없습니다. 이장님, 부탁이 있습니다."

"그래, 부탁이 무언가?"

황 이장이 앉은 무릎걸음으로 인범이에게 다가서며 조급하게 인범의 입을 보며 물었다. 회관 안의 모든 사람의 시선이 인범이의 입에 집중되었다.

"그 패거리들이 여기 몰려 왔을 때, 마을 사람들이 일절 관여하지 말게 하여 주십시오. 그 패거리들은 나를 목적으로 하지, 마을 사람들에게는 관심이 없을 것입니다. 내가 피하지 않는다면 말입니다."

"꼭 싸워야 하나?"

"죄송합니다."

인범은 비장한 각오를 하고 있었다.

"왜, 마을 사람들을 관여하지 말라고 하지?"

"행여 마을 사람들이 다칠까 두렵습니다. 마을 사람들이 싸움에 휩쓸리면 저는 제대로 싸울 수가 없게 됩니다. 놈들과의 싸움은 주먹으로 싸우는 보통 싸움이 아닙니다. 흉기를 가지고 사람을 살상하는 죽느냐 죽이느냐 하는 피를 보아야 하는 싸움입니다. 그리고 이건 저의 일입니다."

"……"

"고 형, 그놈들은 보통 놈들이 아니고 또 한두 명이 아닐 것인데, 혼자 싸운다는 것은 무리입니다. 고 형, 피하십시오. 그래야만 마을 사람들이 편합니다. 만약 고 형이 잘못되면 우리 마을 사람들은 아무 일도 못합니다."

보다 못한 신상근 청년회장이 인범이에게 말했다. 인범은 말없이 한참이나 청년회장을 우정 어린 눈으로 바라보더니 눈을 마을회관 천장을 바라보며 독백처럼 공허한 말 한마디를 뱉었다.

"회장님, 제 운명은 이런가 봅니다. 복수극에는 언제나 희생자가 있게 마련인 걸요. 저도 그 사람들을 많이 상하게 했습니다. 불구가 된 사람도 몇 명 있을 것입니다. 마을 사람들에게 비참한 현장을 보이고 싶지 않습니다."

이 말은 자신이 놈들에게 비참하게 당하는 꼴을 보이고 싶지 않다는 말의 의미인지, 인범이 자신이 놈들을 살상하는 참혹한 싸움을 보이고 싶지 않다는 것인지, 묘한 여운을 남겼다. 인범은 상대가 다수라 해도 싸움을 포기할 수 없었다. '나는 다쳐서도 안 되고 죽어서도 안 된다. 아버지의 원수를 갚기 전에는…….'

인범에게는 비책이 있었다. 상대의 수가 많으면 달아나면서 한 사람 한 사람씩 떼어서 싸우기 때문이었다. 그러기에 지구력을 요하는 뼈를 깎는 체력 단련을 해 왔던 것이다. 많은 무리와 싸울 때는 지구력과 스피드를 주 무기로 하는 인범이었다.

황 이장도, 노영길도, 청년회장도 그 말의 저의를 알지 못했다. 고 군은 시시각각 자기 생명에 어떤 위험이 다가옴을 예감하고 비장한 각오를 하고 있는 것 같았다.

그것은 이 싸움을 피하지 않고 스스로 이길 수 없는 싸움에 자신을 희생하겠다는 각오를 한 것을 의미하는 것으로 받아들였다. 불쌍한 청년, 미련한 청년, 자기와는 아무 관계가 없는 남의 마을에 와서 그 마을을 위해 땀을 흘리며 일을 하고 하나밖에 없는 목숨마저 잃을지 모르는 죽느냐 병신이 되느냐 하는 싸움을 피하지 않겠다는 미련한 젊은 고 군을 바라보는 황 이장, 노영길, 청년회장과 마을 간부들은 한없는 비감을 삼켜야 했다.

자신이 피하면 마을의 기물이 파괴되고 놈들의 온갖 횡포에 마을 사람들이 고통을 당한다고 귀중한 자신의 목숨보다 마을을 위해 자신을 희생시키려는 청년의 숭고한 정신을 뭐라고 설명해야 할지 몰라 무거운 얼굴로 짙은 한숨만 토했다. 회관의 분위기는 주검처럼 침통하고 무겁게 가라앉아 있었다.

한낮의 태양이 이글거리는 더위가 기승을 부리고 있는 정오가 지난 시간, 마을 청년 7, 8명이 주막에 앉아 막걸리를 먹으며 이야기를 나누고 있었다. 그 자리에는 호열이와 깡구도 있었고 정호도 있었다. 이들 셋은 날만 새면 함께 어울렸다. 이들은 천생연분인지 어떻게 그렇게도 일맥상통하고 의기투합하는지…….

하나밖에 없는 열린 창문을 통해 바깥의 후텁지근한 열기가 들어와 주막 안을 칙칙하게 휘감았다. 바람 한 점 없는 한낮의 나뭇잎은 납덩이처럼 축 늘어져 있고 굵은 은행나무 높은 가지에는 매미 떼가 자지러지게 울고 있었다.

더위도 잊은 채 마을 사람들이 열심히 일하던 전과는 달랐다. 호열이로 인해 건달들과 싸움이 있었던 후부터 둘만 모이면 건달들과 있었던 싸움 이야기와 언제 복수하러 올지 모르는 앞으로 닥칠 대책 없는 싸움을 걱정하며 불안을 감추지 못하고 있었다.

마을의 분위기는 그야말로 초상집을 연상케 했다. 청년이 혼자서 무리의 폭력배들을 이기고도 침통한 분위기는 앞으로 닥칠 보복에 대한 공포와 두려움 때문인 것이다.

한 청년이 그동안 여러 번 했던 인범의 싸움 이야기를 다시 화제에 올렸다.

"야, 너거 봤제? 와! 나는 싸움 그렇게 잘하는 거는 머리털 나고 처음 봤다 아이가. 싸움 하나 기똥차게 잘하더라. 너거는 그렇게 생각 안 하나?"

"나야 마, 인범이 그 사람 체격과 눈매가 어쩐지 좀 틀리더라고 생각했지. 그 순하게 보이는 눈이지만 자세히 보모 눈매가 날카롭더라 말이다. 그런데 와 그동안 그 싸움 잘하는 인범이가 호열이, 깡구 너거에게 얻어터지고만 있었노 말이다. 어이 호열아, 깡구야, 너거 인범이 두들겨 팰 때 아무것도 느껴지지 않더나?"

"……?"

호열이, 깡구는 꿀 먹은 벙어리처럼 묵묵부답이었다. 이들은 인범이라는 놈이 그렇게 무서운 싸움꾼이라고는 상상도 못 했다. 다만 인범이가 유달리 키가 크고 몸매가 늘씬하고 날렵하게 보여서 처음은 다소 부담스러웠지만 인범이가 자기들이 무어라고 하여도 반항 한 번 하지 않아 조금은 얼간이라고 생각했다.

"그기사 호열이, 깡구 너거가 하도 같잖아서 상대 안 하고 맞아 준 것 아이겠나?"

"맞다, 병오 니 말이 맞다. 너거가 하도 같잖게 까불어 대니까 너거 한번 때리 봐라, 너거 주먹은 간지럽다 하며 맞아 준 것이다 말이다."

호열이, 깡구가 이번 싸움 이후 기가 죽어 있으니 마을 청년들이 전과 달리 마음껏 핀잔을 주고 있었다.

"마, 고만해라. 우리사 글마가 그런 놈인 줄 누가 알았나?"

호열이의 변명이었다.

"야, 너거 아직도 글마 절마 할 끼가. 인범이 앞에서도 니 일마 절마 할 자신 있나?"

"됐다 됐다. 인자 고만 좀 해라."

"와! 호열이, 깡구는 만나기만 하면 복날 개 패듯 신나게 인범이를 두들겨 패드만 와 그래 꼼짝 못 하노? 내사 보이 참 우습네."

주막집의 언양댁까지 비아냥거렸다.

"자, 인자 고만 하자. 저 호열이, 깡구, 정호도 저래 기가 꺾여 있으니 좀 불쌍타 아이가."

"그래 맞다. 인범이가 자아들을 사람 만들어 나았다 아이가? 자, 더운데, 술 한잔 하고 나가서 일이나 하자."

"나는 인자부터 인범이를 형님이라고 부를란다."

지금까지 조용히 이야기만 듣고 있던 선제가 뜬금없이 이런 말을 했다. 모두 선제의 얼굴을 쳐다보았다. 그 중 언제나 당당하고 바른말 잘하는 신석철이가 한마디 했다.

"어이, 선제야, 니 몇 살인데 니보다 나이가 몇 살 아래인 인범이에게 형님이라고 부를라고 하노? 니 앞으로 인범이에게 아부를 하겠다는 말이가?"

"와 형님이라고 못 부르노? '김두한' 책 봐라. 주먹세계에서는 나이보다 주먹만 세면 형님이라고 부르더라. 그 책에 나오는 것은 모두 실화라 하더라."

선제는 심각하게 말했다.

"치아라, 말도 안 되는 소리. 주먹세계에서는 그렇다 하는데 그라모 니도 주먹세계에서 노나? 참 별놈 다 보겠다."

"……?"

신석철의 볼멘소리였다.

협력자

1

황 이장의 특별 지시를 받은 마을 청년들이 마을을 드나드는 사람들을 겉으로는 평소와 다름없이 대하지만, 그들의 눈은 예리하게 인범을 해치려고 오는 폭력배들을 일일이 감시하며 조사를 은밀히 하고 있었다.

마을 입구에 봉고차 한 대가 차단기 앞에 정지하여 청년들의 친절한 안내를 받고 있었다.

"어서 오이소. 차는 저쪽 주차장에 주차하시고 마차를 타고 마을로 들어가 주이소."

"왜, 차가 들어가면 안 됩니까?"

"예, 길이 좁아 두 대가 비키 갈 수 없습니더. 마차를 이용해 주셔야 합니더. 그라고 마을의 맑은 공기를 오염 안 시킬라고 마을 회의에서 차를 못 들어가게 결정했심더."

"그래요. 어이 여기 내려, 마차를 타란다."

그 중 나이가 조금 많은 사람이 지시를 했다. 5명의 20대 후반과 30대 초반의 건장한 남자들이 차에서 내렸다. 한결같이 건장하고 체격들이 좋았다. 그들은 허름한 옷을 입고 모자들을 쓰고 있었고 모두 배낭을 메고 있었다.

어떤 사람은 삼베옷에 밀짚모자를 쓴 사람도 있어 멀리서 보면 농부같이 보이지만 자세히 보면 다른 점이 많았다. 그들은 농사꾼의 옷과 모자를 쓰고 있었지만, 운동화에 끈을 단단히 맨 것과 모자 밑으로 마을 사람들과 주위를 살피는 번득이는 눈은 예사롭지 않았다.

"어디서 놀러 오셨습니까?"

"우리는 언양군에서 황 이장님을 만나 뵙고 관광마을 조성 과정을 배우고 일도 좀 도와주려고 왔습니다."

그 중 아까 나이 많은 인솔자 같은 분이 정중하게 대답했다.

"그렇습니까? 어이, 태주 니가 이분들을 이장님이 계신 마을회관으로 안내해 드려."

마을 청년들은 이분들 말대로 군에서 우리 마을이 관광마을을 조성한다니 견학하고 배우러 온 것으로 생각하였다. 마을 청년들은 비로소 경계를 풀었다.

사실은 이들은 박 과장의 부탁을 받은 언양 경찰서 박문호 과장이 치밀한 계획을 세우고 보낸 무술 형사들인 것이다. 이들은 민속 전통 가옥들이 보존된 옛 고향의 정서가 물씬 풍기는 배내마을의 아름다운 정경에 취한 듯 황홀해 하는 시선은 조금 전의 그들 특유의 직업의식에서 몸에 밴 예사 눈매가 아니었다.

이들은 흔들거리는 마차를 타고 길 따라 계속 이어지는 유난히 바위가 많은 계곡에 매료되어 있었다. 옥 같은 맑은 물이 흐르고 짙은 녹음으로 뒤덮인 옛 시골 정취가 물씬 나는 마을을 구경하느라고 고개를 이리저리 돌리고 있었다.

짙은 녹음들이 마을의 낮은 지붕들이 보이지 않을 정도로 덮고 있었다. 그들은 녹음에서 발산하는 풋풋하고 싱그러운 향기를 맡으며 마을회관에 도착했다.

마침 마을 사람들과 회의를 하던 황 이장은 이들을 맞았다. 이 자리에는 노영길, 고인범, 청년회장 신상근, 마을 지도자 강근식이 있었다.

사람을 유심히 보며 관찰하는 형사들과 싸움꾼 인범의 시선이 부딪쳤다. 인범은 이들이 평범한 사람들과는 다른 느낌을 받았고, 형사들도 마을 사람 중 키가 크고 몸이 날렵하게 보이는 순한 듯하면서도 예리한 눈으로 노려보는 인범이를 관심을 갖고 주시했다. 목근수는 청년이 서울의 박 과장이 보호하려는 청년임을 단박에 알았다.

"저는 언양군에 근무하는 목근수입니다. 같이 온 분들은 모두 직원입니다. 저희는 언양 군수님께서 이곳 배내마을에서 관광마을을 만들고 있으니 가서 배우고 도울 일이 있으면 도와 드리라고 하셔서 왔습니다. 이장님께 인사드립니다."

"아, 그렇습니까. 이 더운 날씨에 오시느라고 수고하셨습니다."

이들은 이장님과 마을 사람들과 서로 인사를 나누었다.

유달리 건장한, 키가 1m 80cm에 가까운 거구의 목근수 형사반장이 황 이장에게 조용히 할 이야기가 있다고 하여 숙직실로 안내했다.

목근수 반장은 서울 박 과장의 부탁을 받은 박문호 형사과장의 지시로 왔다고 하고, 자기들이 청년을 보호하러 왔다고 했다. 서울의 박 과장이 알아본 정보는 서울에서 고 군을 해치려고 서울의 소매치기 집단들이 지금 갑자기 그들 패거리를 모으고 있다는 정보가 들어왔으니 오늘내일 놈들의 집단이 도착할 것 같으니 경계하라고 하더라고 했다.

박 과장의 부탁을 받은 언양 경찰서 박문호 과장의 계획을 전달하고 조금 전 언양군에서 왔다고 한 것을 양해를 구했다. 목 반장은 마을 사람들에게는 보안 조치를 해 달라고 부탁했다. 그리고 박 과장이 고 군을 도울 사람이 고 군의 개 두 마리를 데리고 한두 명이 갈 터이니 그 사람이 도착하면 바로 경찰서로 전화하여 달라고 하더라는 부탁을 전달했다.

또, 이 사실은 황 이장과 노영길 고문만 알고 인범에게도 비밀로 하여야 하며, 자기는 박 과장님을 존경하며 과거에 모시고 있었다고 했다. 여기 함께 온 직원들도 폭력배들이 이곳에서 편싸움을 벌인다는 정보가 있어 왔다고만 알고 일체 서울의 박 과장이 개입해 있다는 것을 모른다고 했다. 이것이 누설되면 문제가 생기고 박 과장이 경찰에서 물러나야 하며, 경찰 행정에 누가 된다고 비밀을 거듭 부탁했다.

우리는 놈들이 몰려오는 것을 황 이장님 집이나 마을회관에 머물면서 폭력배들의 습격에 대비하기로 하겠다고 했다.

황 이장과 노영길은 박 과장이 알아서 하겠다는 말을 비로소 알게 되었다. 황 이장은 매일 밤 청년들이 마을 입구에서 침입자의 기습에 대비해 경비를 하고 있다고 했다. 황 이장은 이제 경찰들의 보호를 받게 되어 안심할 수 있어 다행이라고 했다. 그리고 몇 명은 고인범이 자는 옆방에 숙식을 하라고 했다. 나머지 분들은 마을회관에 방이 있으니 그곳에 자라고 하며 황 이장 집과 마을회관과는 가깝다고 했다.

한편, 서울의 소매치기 두목은 놈의 소재를 몰라 복수를 하지 못해 안달을 하고 있었는데, 칼잡이 치길에게서 놈이 시골에 은신하고 있다는 보고를 받았다. 보고를 받은 두목은 서울의 소매치기 부두목 급들을 긴급 소집을 하여 놈을 제거할 의논을 했다.

이번에는 전번과 같은 실수를 되풀이하지 말아야 한다고 부두목들에게 주의를 주고, 중간 보스 행동파들을 별도로 모아 작전을 세웠다. 그 중에 지난번 놈에게 중상을 입어 겨우 기동을 할 수 있는 소매치기들도 참석하여 놈은 대단한 싸움꾼이니 주의해야 한다고 조언했다.

그리고 하루빨리 놈을 처치하여 한을 풀어 달라고 했다. 그 중에 누구보다도 말을 많이 하고 악을 써는 자는 칼잡이 치길이었다. 치길이는 놈이

도망가기 전에 습격해야 한다고 하고 마을의 촌놈들은 무시해도 된다고 하면서 그곳에는 오직 놈 혼자뿐이고 놈을 도와줄 놈들이 없으니 그렇게 경계하지 않아도 된다고 했다.

그래도 만일을 위해서 가까운 부산 건달 중에 특별히 싸움을 잘하는 10여 명을 차출할 수 있다고 열을 올리고 있었다. 그것은 치길이 자신이 인범에게 참렬하게 당한 원한 때문이었다. 갈빗대가 부러지는 중상을 입은 보복을 하루빨리 하겠다는 적개심과 놈의 소재를 자신이 알아내었으니 놈을 제거하는 공명심도 세우겠다는 것도 내포되어 있었다.

치길이 악을 쓰며 말을 하니 부러진 갈비뼈 부분에서 통증이 왔다. 치길은 고통으로 얼굴을 찡그리며 목소리를 낮추었다.

배내마을 서쪽 천황산 산마루를 붉게 물들이는 낙조가 그지없이 아름다웠다. 관광객들이 배내마을에서 하루를 즐기고 마차를 타고 서서히 돌아가고 있는 시간에 한 대의 지프차가 들어와 차단기 앞에서 정지했다.

이 시간에 관광객이 오는 것은 이상했다. 마을 청년들이 잔뜩 긴장을 하고 지프차에 다가갔다. 건장한 남자 두 명이 내리면서 차에서 개 두 마리를 끌어내렸다. 마을 청년들은 개를 대동하고 온 이들을 의아하게 바라보았다.

울프와 센이 차에서 내리자마자 주둥이를 땅에 처박고 이리저리 움직이며 냄새를 맡고 있었다. 고삐를 잡고 있는 김 관장과 심 사범은 울프와 센의 힘에 끌려가면서 울프, 센이라고 부르며 고삐를 당기고 있었다.

"심 사범, 개들이 오줌을 누려는 것 같아."

김 관장이 말했다.

"아, 예. 그런 것 같아요."

그제야 김 관장과 심 사범은 울프와 센에게 끌리어 따라갔다. 두 개가 으슥한 곳에 가 냄새를 맡더니 한쪽 다리를 들고 오줌을 누고 있었다. 울프와 센이 차 안에서 참았던 오줌을 시원하게 갈기고 있는 것을 지켜본 김 관장과 심 사범이 울프와 센을 끌고 자신들을 보고 있는 청년들에게 다가 갔다.

"관광하러 왔습니까?"

"아닙니다. 이 마을에 와 있는 고인범 씨를 찾아왔습니다."

고인범을 찾아왔다는 소리에 마을 청년들은 신경이 곤두섰다. 어깨가 딱 벌어지고 키가 좀 작은 30대의 남자와 20대 말의 키가 크고 운동선수 같이 몸이 단단한 청년이었다. 개는 끈에 묶여 얌전하게 주인의 옆에서 낯선 곳을 두리번거리고 있었다.

"어디에서 온 누구신지요?"

"서울에서 온 김성수라고 합니다."

"예, 그렇습니까?"

마을 청년은 이들이 인범을 해치러 온 사람이 아님을 알았다. 만약 인범을 해치러 왔다면 두 사람만 오지 않을 것이다.

김 관장은 마을 청년들이 자신들을 경계하고 있다는 것을 알았다. 전운이 감도는 살벌한 분위기를 실감했다. '이곳에서도 폭력배들을 경계하고 있구나!'

"박 기사, 그럼 돌아가세요. 수고했습니다. 박 과장님에게 잘 도착했다고 전해 주시고요."

차는 방향을 바꾸어 돌아갔다. 돌아가는 지프차의 번호를 한 청년이 적고 있는 것을 김 관장은 보았다. '시골 청년치고는 치밀하군.'

2

황 이장과 노영길 고문은 김 관장을 만난 후 박 과장에게 전화를 했다. 박정웅은 자기가 보낸 김 관장의 도착시간을 계산하고 사무실에서 퇴근을 하지 않고 기다리고 있었다.

그 사람들은 고 군과 서로 친분이 있는 사이이며 고 군을 도울 분이니 숙식을 고 군과 함께 하게 해 달라고 했다. 그리고 서울의 소매치기 놈들이 내일 아니면 모레 그곳에 갈 것 같다고 하였다.

황 이장과 노영길은 박 과장이 단 혼자인 고 군을 돕기 위해 무술 형사들과 무술인 두 명과 개를 보낸 것에 다소 안심이 되었지만 불안은 떨칠 수가 없었다.

해가 서산에 기울어지면서 들녘은 이내가 깔리고 고요한 황혼이 야천을 덮고 있었다. 인범은 마을 사람들이 일을 마치고 들어가고 혼자 남아 그동안 방류한 여러 종류의 고기들이 잘 살아 있는지 돌무더기들이 있는 곳이나 풀이 많은 이곳저곳을 샅샅이 살피고 있었다.

낮 동안 많은 피서객들이 마지막 마차 시간을 맞추어 돌아가고 인적이 없는 잔잔한 수면 위로 고기들이 여기저기에서 머리를 내밀고 있는 어둠이 밀려드는 야천은 그지없이 평화스러웠다. 인범은 어둠이 짙어지는 들길을 밟으며 하루의 작업을 이장님께 보고하고 내일의 작업을 의논하기 위에 마을회관으로 가고 있었다.

일을 마친 마을 사람들이 이장님과 인범에게 하루의 작업을 보고하기 위해 회관에서 기다리고 있었다. 폭력배들이 온다고 긴장해 있는 이때에, 개 두 마리를 데리고 인범이를 찾아온 체격과 인상이 여느 사람과 다른 낯선 김 관장과 청년을 자세히 살펴보며 수군거리고 있었다. 각자가 생각하고 있는 구구한 억측들을 이야기하고 있는 것이다.

마을 사람들은 말이 없고 조용한 인범을 자신들의 마을을 가난에서 벗어나게 해 주는 구세주로 추앙하고 있는 것이다.

그보다 어수룩하다고만 알았던 고인범이라는 청년이 그것도 보통 젊은이들이 아닌 부산의 건달들을 무참하게 패서 쫓아낸 싸움의 달인이라니……. 서울의 전문 싸움꾼이 겁을 먹고 자기 패들에게 상대하지 말라고 하더라는 말을 들은 마을 사람들이 인범을 영웅처럼 받들고 있는 것이다.

그러나 폭력배들이 떼거리로 몰려와 고인범 청년을 죽이러 온다는 소문이 무성하게 퍼지면서 마을의 공기는 무겁고 긴장한 전운이 감돌고 있었다. 오늘 이 마을에 인범이를 아는 청년 두 사람이 개 두 마리를 데리고 온 것이 어떤 변수로 전개될지 마을 사람들이 관심을 갖고 지켜보고 있었다.

그냥 인범을 만나러 왔는지 아니면 인범이를 돕기 위해 온 싸움꾼인지, 무술인인지 알 수 없었다. 그리고 진돗개는 왜 데리고 왔는지 괴이하기만 했다. 황 이장은 정웅이가 보낸 무술 형사들과 김성수 관장을 맞이하느라고 아직까지 작업 보고도 받지 않고 또 내일 할 작업 지시도 없었다. 마을회관에 있는 사람들이 집으로 가지 않고 인범이 오기를 기다리고 있었다.

삽을 들고 어둠이 깔리고 있는 골목을 인범이 저만큼에서 걸어오고 있었다. 그러나 사람들은 아직 인범을 아무도 보지 못했다.

그때다. 지금까지 가만히 있던 개 한 마리가 왕왕하며 끈을 맨 채로 뛰쳐나갔다. 끈을 헐겁게 잡은 김 관장이 무심코 있는 순간에 개가 갑자기 뛰쳐나간 것이다. 나머지 개 한 마리도 요동을 치며 뛰쳐나가려고 발버둥을 쳤다. 지금까지 얌전히 있던 개들이었는데…….

김 관장은 개에 끌려가지 않으려고 끈을 단단히 잡고 먼저 뛰쳐나간 개 쪽을 바라보았다. 순간에 일어난 것이다. 회관 마당에 있던 마을 사람들도 무슨 일이 일어났는지 몰랐다.

인범을 먼저 발견한 평소 조용하던 울프가 얼마나 주인이 반가운지 뛰어올라 인범의 가슴에 안겼다. 인범이 갑자기 달려드는 울프를 적으로 오인하고 덥석 잡았다. 물컹 잡히는 촉감이 사람이 아니었다. 울프가 인범의 얼굴을 핥고 끙끙거리며 법석을 떨었다.

개는 말 못하는 동물이지만 종족과 어울리는 것보다 사람에게 길들여진 주인을 특별히 따르는 것이기 때문이었다. 사람의 보호를 받아야 살아갈 수 있다는 것을 스스로 알고 있는 영리한 본능을 가진 동물인 것이다. 주인을 오랫동안 못 보아 밥까지 제대로 먹지 않을 만큼 주인을 따르는 울프가 아니었던가?

"아! 울프, 울프! 센은 어디 있어?"

아니 울프가 여기에 어찌 나타났단 말인가? 인범도 울프를 안고 좋아 어쩔 줄 몰랐다. 김 관장은 뛰어가려고 발버둥 치는 개의 끈을 놓아 주었다. 센도 인범이에게 뛰어오르며 신음인지 끙끙거리는 묘한 소리를 지르며 인범이에게서 떨어질 줄 몰랐다.

마을 사람들은 또 하나의 괴이한 사람과 짐승의 해후의 장면을 보았다. 어느 인간이 상봉을 이렇게 극적으로 연출할 수 있단 말인가. 이 신기하고 감동적인 인간과 짐승의 상봉 장면과 동물을 사랑하고 동물에게 광적으로 사랑받는 또 하나의 인범의 참모습을 발견한 것이다.

오늘의 인범은 평소 과묵하고 조용한 인범이가 아니었다. 인범은 주위에 사람들이 있다는 것을 의식하지 못한 것인지 너무나 반갑고 기뻐서 감정을 억제치 못한 것인지 두 개를 안고 기쁨을 감추지 못했다. 사람들이 어둠이 묻혀 있어 시야가 조금 흐렸지만 거리가 가까워 이 장면을 모두 보고 있었다.

인범은 회관으로 들어오면서 누구를 찾고 있었다. 개가 어떻게 이곳까지 오게 되었는지 궁금했던 것이다. 앞쪽에 김 관장이 만면에 웃음을 띠고 인범을 맞았다.

인범은 김 관장을 보자 의외란 듯 김 관장을 망연히 쳐다보며 한동안 말문을 열지 못했다. 김 관장이 손을 내밀고 악수를 청하자 인범은 비로소 꿈에서 깨어난 듯 김 관장의 손을 맞잡았다. 그리고 심재민 사범의 손도 굳게 잡았다.

"박 과장께서……."

"……?"

인범은 김 관장이 개를 데리고 이곳에 온 이유를 알았다. 아! 고마운 박 과장님, 그러나 이번 싸움은 보통 싸움이 아니다. 내가 죽을지도 모르는 생명을 건 처절한 싸움을 해야 한다는 강박관념에 시달리는 인범에겐 김 관장과 심 사범, 그리고 울프와 센의 출현은 천군만마의 원군을 얻은 것과 같았다.

울프와 센은 무술인 서너 명의 몫을 할 것이다. 그러나 김 관장과 심 사범이 생명을 잃든지 몸이 부서지는 중상을 입을지도 모르는 싸움인데 어떻게 나의 싸움에 합류하려고 왔는지? 울프와 센을 보낸 과장님이 눈물이 나도록 고마웠다. 그러나 위험한 싸움에 김 관장과 심 사범의 협력을 받아야 하는지 나의 싸움에 두 분을 끼어들게 할 수 없다고 생각했다.

마을 사람들은 두 사람과 두 개의 출연에 무슨 함수관계가 있는지, 무언가를 알려고 머리와 시선을 굴리고 있었지만, 추측뿐이지 정확히 알 수 없었다.

둘은 굳게 손을 잡았을 뿐 말없이 얼굴을 마주 보며 미소를 나눌 뿐이고 개들은 인범의 옆에서 떠날 줄 몰랐다.

황 이장은 내일쯤은 놈들이 그곳으로 내려갈 것 같다는 박정웅의 말을 듣고 불안이 내내 뇌리에 떠나지 않았다. 그러나 박정웅의 도움으로 언양

경찰서 무술 형사들과 고 군이 아는 젊은 두 사람과 두 개가 내려와 고 군이 혼자가 아니기 때문에 놈들에게 무참히 당하지는 않을 것이라고 생각했다.

을씨년스럽고 어수선하던 마을이 이제 관광마을로 하루가 다르게 바뀌고 있었다. 얼마 전까지만 해도 가난의 굴레 속에 다람쥐 쳇바퀴 돌듯 얼마 되지 않는 척박한 땅떼기에 매달려 어쩔 수 없이 살아야 하는 삶이기에 고향을 벗어날 수 없었다.

고향을 떠난다는 것은 용기와 욕망이 필요했다. 용기와 욕망이 없는 나약하고 무능한, 아니 고향을 사랑하는 고향 사람만이 고향에 남아서 살아가고 있었다. 이젠 억척스럽게 아니 안일하고 나약한 정신력으로 고향을 지킨 대가를 보상받고 있지 않은가? 이대로 계속 관광객의 숫자가 늘어난다면 부자가 되는 것은 믿어 의심치 않아도 될 것이다. 관광객이 하루에 쓰고 가는 돈이 마을 사람들의 상상을 초월했다.

그리고 추가로 구입한 두 대의 마차를 손질하느라고 목수의 섬세한 손길이 바쁘게 움직이고 있었다.

마을 사람들이 자기 적성과 조건이 맞는 분야를 선택하여 소득을 올리고 있었다.

인범은 가장 수입원이 좋은 염소고기는 현재는 집에서 사육한 염소나 구입한 염소로 충당하지만, 근처에 있는 영취산, 간월산, 신불산을 활용하여 염소를 방목하자고 했다. 깊은 산속이나 사람의 발길이 잘 닿지 않는 가파른 산골짜기 곳곳에 굴을 파서 마른 풀을 폭신하게 깔아 잠자리를 마련해 준다면 많은 수의 염소가 자연 번식될 것이라고 했다. 무엇보다도 세 산에서 약초와 각종 나뭇잎과 풀들이 자생하기 때문에 염소를 방목할 수 있는 좋은 지리적 조건이라고 했다.

음식 재료도 농산물 판매도 고랭지 산지에서 유기농으로 재배한 농작물만 사용했다. 전에는 생산을 하여도 언양 장날이나 먼 부산으로 판매를 하러 가야 하는 불편이 컸고 값도 제대로 받을 수 없었다. 부산이나 언양의 막차시간이 임박하면 팔던 농작물 특히 채소를 그냥 공짜로 주듯이 팔고 오면 그렇게 가슴이 아플 수가 없었다.

그래서 거리와 시간으로 재배를 기피했었는데 이젠 마을 회의에서 음식을 판매하는 사람은 농산물은 일절 재배할 수 없도록 하였고 값도 마을 운영위원회에서 정해주는 값으로 받을 수 있었다. 운영위원회에서 정해주는 값은 비싼 값이었다. 그리고 나머지 농산물은 관광객에게 좋은 가격으로 팔아 고소득을 보장받을 수 있어 너무나 좋았다.

또 채소뿐만 아니라 닭이나 염소, 등 모든 것을 마을에서 매입해주어 수입도 좋고 너무 편해 좋았다. 마을 사람들은 즐거운 비명 속에 채소밭을 늘리고 집 안의 작은 마당까지 채소밭으로 만들고 토종닭을 키우며 생산에 활기를 띠고 있었다.

배내계곡 대혈투

1

서울의 소매치기 중 특별히 싸움을 잘하는 20명의 소매치기가 부산의 김해공항에 내렸다. 부산의 건달들 10여 명이 구형 지프차와 H자동차에서 출시하는 산타페 지프차를 가지고 마중을 나와 있었다.

대부분 인상들이 험악하고 특이한 옷을 입은 이들이 무리를 지어 한꺼번에 움직이는 것을 공항의 일반객들이 의아하게 바라보고 있었다. 서울에서 온 소매치기들은 다른 폭력배들과는 달리 근육질의 우람한 체격들이 아니고 대부분 날쌘돌이같이 날렵한 체격들이었다. 이들 30여 명이 7대의 지프차에 분승하여 공항을 빠져나와 배내마을을 향해 출발했다.

구름 한 점 없는 화창한 날씨였다. 여름 방학이라 평일인데도 아이들의 손을 잡고 많은 피서객이 배내마을로 몰려들었다. 점심시간이 조금 지난 시간, 마을 입구에서 오전에 한꺼번에 몰려온 피서객을 맞이하느라고 바빴던 청년들이 한산한 시간을 이용해 담배를 피우며 잡담들을 나누고 있는데, 한 떼의 검은색 지프차들이 꼬리를 물고 오고 있었다.

"어, 저기 지프차들이 온다. 그놈들이다."

누군가가 소리쳤다. 잔뜩 긴장한 마을 청년들의 시선이 일제히 지프차들에 집중되었다. 지프차들이 차단기 앞에 섰다. 운전자는 선글라스를 끼고 있었다. 청년들은 그들의 인상이 너무 험악해 잔뜩 겁먹은 얼굴로 긴장하고 멍하니 바라보았다. 조수석에 앉았던 사나이가 차 문을 내리고 인상을 쓰며 명령조로 말했다.

"이봐, 차단기 좀 올려."

"……."

"야 인마, 안 들려. 차단기 올리라고 했잖아!"

"길이 좁아 차는 들어갈 수 없는데요. 그리고 마차가 곧 옵니더."

"그런데 마차는 어찌 들어가?"

"마차는 차폭보다 15cm가 좁고 중간마다 마차가 서로 비켜 가는 지점이 있습니더. 그라고 이 산타페 지프차는 다른 승용차보다 차폭이 더 넓어서 택도 없습니더."

"택도 없어? 이 촌놈 사투리가 심하네."

험악한 사나이는 보기와는 달리 얼굴에 미소를 지으며 말했다.

"습관이 돼서 그러심더. 미안스럽습니더."

"촌놈이 사투리 쓰는 것은 당연하지. 그래, 당신들 마차 태워서 돈 벌어먹으려고 하는 것 아니야?"

"……."

차 뒷좌석에 앉았던 나이가 좀 많고 두목인 듯한 사람이 내렸다. 차단기를 올리라고 하던 젊은이가 부동자세를 하고 섰다. 두목은 차가 진입할 수 없다는 것을 이미 칼잡이에게서 듣고 알고 있었다.

"왜 그래?"

"예, 길이 좁아 차는 들어갈 수 없답니다."

"그래, 그럼 마차를 타야지, 들어가 보면 알 테지. 애들아, 모두 내려."

두목이 내리라는 손짓을 하자 각 차에서 젊은 청년들이 우르르 내렸다.

차에서 내린 사람들은 한결같이 피서객의 차림이 아니었다. 그들은 대부분 짙은 선글라스를 낀 젊은 청년들이었고, 선글라스를 끼어서 그런지 인상들이 더욱 험악하게 보였다.

보이지 않는 눈엔 살기가 서려 있다는 것이 그들의 잔뜩 인상을 쓴 표정에서 읽을 수 있었다. 그들은 팔에 징그럽고 혐오스러운 문신이 새겨져 있었다. 손에는 골프채 몇 개가 들어갈 긴 비닐 가방을 들고 사방을 둘러보며 명령을 기다리고 있었다.

마을 청년들도 아연 긴장하고 그들의 움직임을 하나라도 놓치지 않고 주시하고 있었다. 아, 드디어 올 것이 왔구나! 청년들은 놈들이 인범이를 해치러 온 것이라고 단박에 알았다.

그들 중 한 명이 마차 표를 샀다. 모두 30장이었다.

"야, 경치 좋은데. 그런데 교통이 불편해."

"그래, 포장이 안 된 도로라 먼지를 얼마나 덮어 썼는지……."

투덜거리고 있었다.

마을 청년들은 안내도 잊은 채 두려움에 가득한 눈으로 서로 눈으로 말을 나누더니 무리를 멀거니 쳐다보고 있었다.

"이봐, 여기 마차 한 대뿐이야? 우리 일행 다 탈 수 없잖아."

"예, 조금만 기다리면 한 대 더 올라옵니더. 일행들만 두 대에 함께 타도록 해 주겠심더."

마을 청년은 그들의 어투와 인상들이 험악해 다른 관광객들과 함께 태우고 싶지 않았다.

선제가 병오에게 눈짓을 하니 병오는 고개를 끄덕이고 소리 없이 마을 쪽으로 쏜살같이 사라졌다. 낯선 침입자를 무심하게 보아 넘길 수 없었다. 이 소식이 즉시 황 이장에게 알려졌고, 황 이장과 청년회장은 굳은 얼굴로 변했다. 황 이장이 청년회장에게 말했다.

"고 군이 지금 어디 있나?"

"계곡 쪽에 있을 겁니더."

김 관장과 심재민 사범과 함께 있던 인범은 마을 사람들에게 작업 지시를 하고 있다가 무엇에 쫓기듯 달려오는 청년회장과 그 뒤에 따라오는 마을 청년을 보고 놈들의 출현을 직감했다. 각오한 것이라 놀라거나 동요도 없었다.

인범은 하던 일을 멈추고 급히 다가오는 그들을 덤덤히 바라보고 있었다. 인범은 울프를 보았다. 울프와 센은 낯선 들판이 좋은지 뛰어다니고 있었다.

'울프, 센. 이 싸움에 너희도 죽을지 모른다. 미안해.' 가만히 속삭였다.

뛰어오느라고 숨이 찬 청년회장이 어깨로 숨을 몰아쉬며 말을 했다.

"고 형, 빨리 피하십시오. 놈들이 떼거리로 나타났다고 합니다. 한 30명 된다고 합니다."

"……?"

인범은 청년회장의 다급한 말을 듣고도 무엇에 홀린 듯 감정의 표정도 없이 김 관장과 심재민 사범의 얼굴을 물끄러미 쳐다보았다. 그 눈은 이 싸움에 관여하겠는지 다시 한 번 확인하는 것이라는 것을 김 관장은 알았다.

김 관장은 말없이 고개를 끄덕이고 심재민을 바라보았다. 심재민도 고개를 끄덕이고 허리끈을 졸라매었다. 인범은 허리에 찬 넓은 가죽 혁대에 꽂힌 표창의 개수를 확인하고는 단단히 조여 매었다. 표창은 흉기를 무차별 사용하는 상대하기 어려운 많은 수의 상대에게서 생명의 위협을 받을 위급한 때에 사용하기 위한 것이다. 납작하고 끝이 예리한 옛날 표창의 일종이었다. 이것은 인범이가 임꺽정의 소설을 보고 연구하여 만든 것이다.

마을 사람들이 불안과 공포로 폭력배들이 온다는 길 쪽을 일손을 멈추고 바라보았다. 그러나 아무것도 보이지 않고 작열하는 태양열만 이글거리고 있었다.

2

서울의 소매치기 두목은 이삼일 전 부산의 건달 두목을 시켜 주먹꾼으로 보이지 않는 사람을 관광객으로 위장시켜 마을의 동태와 인범의 소재를 정탐시켰다. 정탐에 의하면 놈을 도울 특별한 협력자는 없고 놈도 마을을 떠나지 않고 있다고 보고 받았던 것이다.

소매치기 일당들은 마차 하차장에서 마을 청년들과 승강이를 하고 있었다.

"야 인마, 지난번 이곳에 숨어 있던 싸움깨나 하는 고인범이라는 놈 말이야, 놈이 어디 있어?"

눈을 부라리며 마을 청년을 다그치고 있었다.

"……."

마을 청년은 그들을 쳐다보며 말을 못 하고 멀거니 쳐다보았다.

"이 새끼, 말 안 들려? 이곳에 숨어 사는 놈 말이야, 싸움깨나 한다고 우리 부산 아이들을 무참하게 깨어 버린 인범이 놈 말이야."

"우린 잘 모르는데요."

"잘 몰라? 이 자식이 어디 우릴 속이려고 하고 있어. 그놈이 여기 있는 걸 다 알고 왔다 말이야. 이 새끼야!"

놈이 마을 청년의 멱살을 잡아 흔들다 왈칵 밀어 버렸다. 마을 청년은 뒤로 벌렁 넘어졌다. 놈은 다시 마을 청년을 일으켜 세우고 얼굴에 주먹을 날렸다. 청년은 중심을 잃고 비틀거리다 넘어졌다. 금세 코에서 피가 낭자하게 흘러나왔다.

"이 새끼, 그래도 말 못 하겠어?"

놈은 넘어진 마을 청년에게 발길질을 하려고 했다. 주먹을 맞고 넘어져 피를 쏟고 있는 청년이 기겁을 하고 손을 내저으며 발길질을 멈추게 하려고 소리쳤다.

"보이소! 때리지 마이소, 내가 찾아오겠심더."

"이 새끼 빨리 찾아와!"

놈은 쇠로 만든 쓰레기 박스를 발로 힘껏 찼다. 박스는 우지끈 쇳소리를 내며 넘어졌다. 마을 청년은 얼른 일어나 부리나케 마을 쪽으로 달려갔다. 옆에 있던 마을 청년 두 명은 겁을 먹고 얼굴이 하얗게 질려 사색이 되어 벌벌 떨고 있었다.

"야 인마! 네놈도 우리 아이들에게 덤볐던 놈이지?"

"아입니더, 나는 싸움할 때 근처에도 안 있었심더."

마을 청년은 서슬이 시퍼런 흉악범들에게 겁을 먹고 두려움과 공포로 온몸을 떨고 있었다. 마을 청년들은 태어나고는 이런 집단의 폭력배들을 처음 보는 것이다.

30여 명의 건달이 기물을 부수고 난동을 부리고 있었다. 넓은 야천의 중심지였다. 그곳은 잔잔한 돌이 많은 넓은 자갈밭이며 목욕을 할 수 있는 큰 소가 있었다. 이곳은 많은 관광객이 노는 곳이다. 오늘도 여러 가족이 수영도 하고 물에서 놀고 있었다.

무리를 이룬 폭력배들이 몰려와 고함을 지르며 큰 돌을 들어 웅덩이에 마구 던졌다. 요란한 소리와 함께 하이얀 물보라가 사방에 흩어졌다. 어떤 놈은 돌을 바위에 던졌다. 돌은 우지끈 소리를 내며 깨어져 물에도 떨어지고 야천의 돌 위에도 떨어졌다. 야천은 일순간에 험악한 공포 분위기가 되었다.

피서객들은 겁에 질려 우르르 물러서고 있었다. 여자들은 비명을 질렀고 어린아이들은 공포에 질려 울음을 터뜨렸다. 엄마들은 아이를 안고 멀찍이 물러서서 겁에 질려 울고 있는 아이를 연신 달래고 있었다. 완전 공포 분위기였다.

인범은 놈들이 왔다는 소리를 들었지만 먼저 놈들을 찾아가야 하는지 기다려야 하는지 몰라 망설이고 있었다. 청년회장은 놈들이 어떻게 하고 있는지 알아보라고 마을 청년들을 보내려고 하고 있는데 저쪽에서 마을 청년이 급하게 뛰어오고 있었다. 가까이 온 마을 청년 성수의 얼굴이 피투성이가 되어 공포에 떨고 있었다.

"성수야, 놈들에게 맞았나? 놈들은 지금 어디에 있노?"

청년회장이 다급하게 묻고 있었다.

"회장님, 놈들은 마차 하치장에서 하늘소 쪽으로 갔습니더. 고인범 씨를 찾아오지 않으면 지금 그놈들에게 잡혀 있는 용호, 재수, 상갑이를 죽인다고 합니다. 그리고 눈에 보이는 대로 막 부수고 쑥대밭으로 만들고 있습니더."

인범은 침착한 얼굴로 청년의 말을 듣고 모든 상황을 판단했다. 김 관장과 심 사범은 긴장했다. 결심을 한 인범은 무겁게 입을 열었다.

"회장님, 마을 청년들을 일절 싸움 가까이 오지 못하게 하십시오. 다칩니다. 저희를 도울 생각을 절대 하지 마십시오. 저놈들은 흉악범들입니다. 무기를 사용합니다. 놈들은 주위의 사람들에게도 위협적인 행동을 할 것입니다. 저희를 도와주는 것은 가까이 오지 않는 것입니다."

인범의 말은 단호했다. 평소의 멀쑥한 행동도 표정도 그리고 평소의 순한 얼굴이 아니었다. 죽음을 각오하고 적진에 뛰어드는 전쟁터의 장수의 비장한 표정이고 얼굴이었다. 인범은 김 관장과 전국 태권도 대회에서의 우승을 여러 차례 한 격투기 심재민 사범을 돌아보았다.

"김 관장님, 심 사범님, 이 싸움은 저의 싸움입니다. 어쩌면 이 싸움에서 저는 죽을지 모릅니다. 두 분이 저를 도와주시겠다는 뜻은 고맙습니다만, 하나밖에 없는 두 분의 생명이나 몸이 불구가 될지 모릅니다. 지금이라도 돌아가십시오. 절대로 섭섭하다고 생각지 않겠습니다."

김 관장은 비장한 얼굴로 말했다.

"인범 씨, 저도 무술인입니다. 군인이 조국을 위해 전쟁터에 뛰어들듯이 저도 무술의 세계에 뛰어든 이상 이런 상황을 각오하고 있습니다. 무술인은 무술로 죽을 각오를 하고 있는 몸입니다. 박 과장에게서 이러한 상황을 이미 말씀을 듣고 각오하고 온 저희입니다. 자, 고 형. 앞장서세요."

그러나 말과는 달리 얼굴에는 긴장한 모습이 역력하게 나타나 있었다. 그들도 이 싸움이 사람을 죽여야 하고 피를 보아야 한다는 것을 알고 또 자신들이 죽을 수도 중상을 입을 수도 있음을 각오하고 있었다.

"잠깐만요. 김 관장님 고맙습니다. 싸움의 작전을 저에게 맡겨 주실 수 없겠습니까?"

"예, 당연하지요. 인범 씨의 작전에 따르겠습니다."

"놈들은 모두 무기를 가지고 있을 것입니다. 정면대결은 피하려고 합니다. 놈들은 수가 많습니다. 놈들을 교란시켜 분리하여 싸우려고 합니다. 그리고 본격적인 싸움은 저 위쪽의 바위들이 많은 계곡 쪽으로 유인하였으면 합니다."

"저도 그렇게 생각합니다."

"관장님, 이거."

"아, 심 사범 이리 주게."

심 사범은 신문지로 돌돌 말은 단단한 것을 끄집어내었다. 신문지를 풀었다. 신문지 안에는 60cm 정도의 손때가 묻어 반질반질한 단단하고 묵직한 쇠막대기 6개가 들어 있었다. 김 관장과 심 사범이 자세히 보더니 자기 것을 골라 2개씩 나누어 가지고 두 개를 인범이에게 내밀었다.

"고인범 씨, 이 쇠막대기를 가지십시오. 이 두 개는 내가 사용하다 조금 무거워 남겨 둔 것입니다. 흉기를 든 집단과 싸울 때는 맨손으로 상대하기 어려운 것입니다."

인범은 쇠막대기를 유심히 보았다. 처음 보는 무기였다. 길이는 60cm 정도이고 두께는 1.7cm였다. 손잡이가 있고 쇠막대기와 손잡이 사이에 두께 2cm 정도의 납작하고 단단한 쇠를 부착한 것이다. 칼과 쇠막대기 부딪칠 때 손의 손상을 방비하기 위해 만들어진 것이다.

그렇다. 김 관장 말대로 칼을 든 상대와 싸울 때 맨손으로 싸우면 위험하다. 이 쇠막대로 흉기를 막을 수 있을 것이다. 인범은 두 개를 받아 손에 쥐어 보았다. 손바닥에 딱 올라붙었다. 묵직한 느낌과 쇠붙이의 촉감도 좋았다. 쇠막대기로 상대의 흉기를 막을 수 있을 것 같았다. 오른손은 주먹을 사용해야겠다고 생각했다. 인범에겐 주먹이 흉기였다.

"하나만 필요합니다."

인범은 쇠막대기 하나를 청년회장에게 맡겼다.

김 관장과 심 사범은 신발 끈을 단단히 매고 허리띠도 졸라매었다.

인범은 가벼우면서 묵직하게 감촉이 오는 쇠막대기를 단단히 쥐었다.

김 관장과 심 사범은 호주머니에서 얇고 신축성이 있는 가죽장갑을 끼면서 장갑 한 켤레를 인범이에게 내밀었다. 이 장갑은 쇠붙이에 흡착력이 강해 손에 잡은 쇠막대기가 미끄러지지 않도록 끼는 것이다. 이미 싸울 준비를 하고 온 것이다.

"고맙습니다. 저도 장갑이 있습니다. 김 관장님, 심 사범, 개 두 마리가 합세할 것입니다. 울프, 센이라고 급할 때 부르십시오. 놈들을 차단시켜 줄 것입니다.

김 관장님, 그리고 심 사범님, 이리로 오십시오. 울프, 센. 이리 와."

인범은 울프와 센을 불렀다. 울프와 센이 인범이 가까이 꼬리를 흔들고 다가왔다.

"김 관장님, 울프, 센이라고 부르면서 머리를 쓰다듬어 주면서 아는 체 하십시오. 울프와 센은 영리합니다."

"고 형, 저는 울프와 센과 이미 친해졌습니다."

"그래요. 그럼. 심 사범, 울프와 센의 머리을 쓰다듬어 주십시오."

"저도 울프, 센과 차를 타고 오면서 친했습니다."

"아, 그래요."

"울프, 센. 우리 잘 싸워 보자. 잘 도와줘, 부탁해."

김 관장과 심 사범은 울프와 센의 머리를 쓰다듬어 주었다. 울프와 센은 김 관장과 심 사범의 손을 핥으며 꼬리를 살래살래 흔들었다.

신상근과 마을 청년들이 울프와 센, 그리고 세 사람이 사지에 들어가는 그들을 마른침을 삼키고 잔뜩 긴장한 얼굴로 바라보았다. 뭐라고 위로의 말도 격려의 말도 할 수 없었다.

저쪽에서 소리 없이 다가서는 밀짚모자를 쓴 사람들이 있었다. 언양경찰서 무술 형사들이었다. 손에는 모두 야전삽을 들고 있었다. 누가 보아도 싸움 구경을 온 시골 농부들의 모습이었다. 삽은 여차하면 무기를 든 건달들과 싸우기 위해 준비한 것이다.

"자, 빨리 갑시다."

놈들에게 맞아 얼굴이 피투성이가 된 김성수가 피도 닦지 않고 앞장을 섰다. 인범은 울프와 센을 불러 두 주먹을 불끈 쥐고 흔들고는 또 주먹을 떼었다 붙이기를 반복했다.

싸움을 한다는 표시였다. 울프와 센은 알았다는 듯 코를 벌름거리고 왕왕 짖으면서 꼬리를 크게 흔들었다. 개에게 암시를 주는 것을 보고 모두가 의아해 했다. 용맹한 울프와 센이 인범이 옆에 바짝 붙어 따랐다. 그들 뒤를 청년회장과 마을 청년들이 일정한 거리를 두고 따라갔다.

3

"아! 저기 놈이 나타났다."

소매치기 한 놈이 큰소리로 외쳤다. 그들 모두는 천천히 다가서는 인범과 김 관장, 심 사범을 노려보고 있었다.

"어이, 칼잡이 옆에 같이 오는 놈들은 웬 놈들이야? 그리고 저 개는……."

"……?"

"글쎄요, 마을 놈은 아닌 것 같은데……."

"놈이 협력자를 끌어들였구나. 그래도 죽기는 싫어서 영악한 놈."

소매치기들은 한 발자국, 한 발자국 다가서는 세 사람을 험악한 눈으로 노려보았다. 눈은 무섭게 살기를 띠고 에워쌀 준비를 했다. 마을 사람들과 피서객들이 이제 곧 벌어질 폭력배들과 마을 청년들과의 싸움을 구경하려고 뜨거운 햇살도 아랑곳하지 않고 흥분을 감추지 못하고 지켜보고 있었다.

이건 누가 보아도 청년 3명이 절대 불리하다. 30대 3의 싸움이었다. 그것도 평범한 사람이 아닌 범죄꾼으로 보이는 집단들과의 싸움을……. 저 3명의 청년은 불 속에 스스로 뛰어드는 불나비처럼, 왜 저 많은 폭력배 속에 뛰어드는지, 우매한 그들의 행동에 피서객들은 안타까움을 금할 수 없었다.

그러면서 저 3명이 30명을 상대로 싸우려는 것을 보고 3명은 대단한 싸움 실력을 갖춘 싸움꾼일 것이라고 생각했다. 그리고 사람의 싸움에 개 두 마리가 왜 함께 하는지 의아했다. 관광객들과 마을 사람들, 그리고 무술 형사들이 짐승을 사람의 싸움에 참여시킨 묘한 변수가 30대 3의 싸움이 어떻게 전개될 것인지 또 어떤 결과가 될지, 모를 흥미진진한 싸움을 한 장면이라도 놓치지 않으려고 눈을 부릅뜨고 지켜보고 있었다.

인범은 30여 명의 무리가 살기등등한 눈초리로 자신들을 노려보는 놈들의 조금 앞에서 걸음을 멈추었다. 그 옆에 김 관장과 심 사범이 섰다. 소매치기들은 김 관장과 심 사범의 손에 쇠막대기를 든 것을 보고 소매치기들도 약속이나 한 듯 일제히 비닐 가방의 지퍼를 열었다.

긴 칼과 쇠파이프 그리고 야구방망이, 갖가지의 무기들이 나왔다. 긴 칼은 그 옛날 일본 사무라이들이 사용했다고 말로만 듣던 보기에도 섬뜩한 무시무시한 날카로운 장도였다.

마을 사람들과 피서객들이 그들의 흉기를 보고 몸서리를 쳤다. 몇 명은 그들의 전문 흉기인 예리한 면도칼을 안주머니에서 끄집어내어 인범과 김 관장을 에워싸려고 했다. 그러나 인범은 김 관장의 얼굴을 힐끗 보더니 뒤로 물러서라는 손짓을 하며 물러서고 있었다.

에워싸는 것을 허용하지 않겠다는 것이다. 많은 수와 싸울 때 처음부터 포위당하는 것은 전술적으로 절대 불리하다는 것을 알고 있었다. 30여 명의 소매치기가 인범이와 김 관장 그리고 심 사범을 에워싸면서 배내계곡은 살기가 가득했다.

소매치기들은 에워싸려고 하고 인범은 물러서고 잠시 몸싸움 아닌 자리싸움으로 신경전을 하고 있었다. 이것을 눈치챈 놈들의 두목이 손을 들어 그만두라는 신호를 보냈다. 인범이와 김 관장, 심 사범을 에워싸던 무리가 신호에 따라 에워싸는 걸 중지했다.

소매치기 몇 명이 인범을 보자 눈에 살기를 띠고 무섭게 노려보았다. 지난번 무참하게 당한 기억이 생생히 되살아나면서 당장이라도 인범에게 덤벼들어 죽이고 싶은 분노에 치를 떨었다. 몸을 겨우 움직이는 치길은 그들의 뒤쪽에 서 있었다.

인범은 적당한 거리를 유지하고 놈들을 노려보았다. 쇠막대기를 입에 물고 소매치기들에게서 시선을 떼지 않은 채 주머니에서 새로 산 손가락이 있는 검은 가죽장갑을 끄집어내어 천천히 끼었다. 그리고 일일이 장갑을 손가락 끝에 밀착되도록 당기고는 입에 문 쇠막대기를 왼손에 단단히 쥐었다.

인범은 싸움을 독촉하듯 여유 있는 얼굴로 놈들을 매섭게 한 놈 한 놈을 노려보았다. 그 냉기가 서린 날카로운 눈은 서기를 뿜어내고 있었다.

놈들의 몸에서는 피 냄새가 났다. 저놈들 소매치기들이 나를 고아로 만들었고 질곡의 나락에 빠뜨렸다. 내 아버지를 죽인, 남의 행복을 앗아가는 소매치기나 날치기들은 이 사회에서 박멸시켜야 하는 놈들이다.

지난번 서울에서 미행을 하던 놈들과 목숨을 건 싸움에서 두 명에게 중상을 입혔다. 그 두 놈은 나의 필살의 공격에 다시는 주먹을 쓸 수 없을 정도로 부서졌을 것이다. 박 과장도 두 명이 중상이라고 하지 않았던가. 오늘도 저놈들 중, 몇 놈은 내가 살기 위해 제물로 삼아야 한다. 나를 죽이겠다고 날뛰는 놈은 나의 주먹과 발길질에 사지 중 어느 한 부분이 망가질 것이다. 놈 중에 운 없는 놈이 나의 주먹에 또는 발길질 그리고 접근전에서 박치기에 죽든지 또 실성한 산송장이 될 놈이 있을 것이다.

인범이 언제나 범죄꾼을 만나면 찾는 얼굴이 있었다. 턱이 뾰족하고 볼에 깊은 칼자국 흉터가 있는 놈을, 그리고 나이를 가늠해 보았다. 12년 전과 변한 놈의 얼굴을……. 그런 얼굴은 없었다.

놈 중 한 놈이 앞으로 나섰다.

"야, 이 새끼! 네놈이 여기 숨어 있었구나. 비겁한 놈, 네놈을 없애지 않고는 우린 살 수 없어."

"……."

"이봐 너희 두 놈은 웬 놈들이야?"

"……."

"이 자식들이 벙어리가 되었나?"

"무슨 말이 듣고 싶나? 여기까지 찾아왔으면 할 일이나 하시지. 너희 같은 인간쓰레기들하고는 할 말이 없다."

"뭐, 인간쓰레기?"

인범은 조금의 위축도 없었다. 상대를 무시하고 어서 싸움이나 하자는 것이고 말싸움이 싫다는 표정이었다.

"……?"

소매치기들은 인범이 너무도 당당하고 도전적인 말과 행동에 오히려 할 말을 잃었다. 그들은 인범이가 어쩔 수 없이 나타났고 겁을 먹고 있을 것이라고 생각했는데……. 역시 놈은 싸움 실력만큼 대담한 놈이었다.

인범의 패기는 무리의 숫자를 압도했다. 피서객들과 마을 사람들이 아연 놀랐다. 저 많은 무리, 그것도 보통 사람이 아닌 폭력배들에게 조금의 두려움과 위축도 없이 당당하게 맞서는 청년의 대담함에 놀라지 않을 수 없었다.

사람들은 숨소리 하나 없이 싸움의 전개를 지켜보고 있었다.

인간쓰레기란 말이 두목을 몹시 격분시켰다. 두목의 얼굴이 험악하게 일그러졌다.

"여러 말 필요 없다. 얘들아, 저놈이 주둥이를 다시는 못 놀리게 뭉개 버려라!"

분을 참지 못한 두목의 일성은 격앙되고 싸늘한 말투에서 핏빛 같은 살기와 분노가 서려 있었다. 저놈에게 벌써 동료와 부하들이 몇 명이나 상한 치욕적인 참패를 당했다. 이 오지까지 불원천리 찾아온 것은 놈에게 중상을 당한 복수이며 놈을 제거하지 못하면 한이 맺히고 소매치기 조직에 오점을 남기기 때문이었다. 한 놈에게 굴복당하기에는 그들의 조직이 막강했다. 그런데도 매양 놈을 제거하지 못하고 오히려 불구자가 속출되는 참담한 패배만 거듭한 것이다.

뒤에 있던 눈이 뱁새 같고 체격이 호리호리하고 족제비 같은 소매치기 한 놈이 두목 앞으로 날름 나섰다. 그 작게 찢어져 나간 눈에서는 섬뜩하리 만치 독기가 서려 있고 눈과는 달리 입은 가벼운 미소를 머금고 있었다. 그 미소는 비웃음이었고 그 비웃음을 머금은 놈의 얼굴은 잔인기가 묻어 있었다. 그 짧게 치켜 깎은 스포츠형의 머리는 더욱 놈의 인상을 사납게 보이게 만들었다.

놈은 비릿한 비소를 입에 문 채 인범 가까이 다가서고 있었다. 온몸에 소름이 끼치는 왠지 모를 불길한 예감이 뇌리를 쳤다. 인범은 자신도 모르게 놈을 경계하며 한 발자국 물러섰다. 족제비 같이 째진 놈의 음흉한 눈매가 더욱 불길한 예감이 계속 뇌리를 짓누르고 있었다. 놈이 여전히 음흉한 미소를 머금은 채 또 한 발짝 다가왔다.

"더 이상 다가오지 마라! 그냥 두지 않겠다."

놈은 인범의 강경한 경고에 다가서던 걸음을 멈추었다.

인범은 특별한 경우 아니면 먼저 공격을 하지 않았다. 김 관장도 심 사범도 손으로 물러서라는 인범의 제지에 물러서고 있었다. 놈은 여전히 입가에 비릿한 엷은 비소를 머금은 채 천천히 왼손을 안주머니에 넣어 예리한 면도칼을 끄집어내어 칼날을 폈다. 눈은 계속 인범을 노려보고 있었다.

놈은 예리한 면도날 끝을 오른팔 팔뚝 위에 얹었다. 놈은 왼손잡이였다. 오른팔에 이미 칼자국 흉터가 여러 곳에 흉하게 길게 나 있었다. 관광객들과 마을 사람들은 숨소리 하나 없이 놈의 칼끝에 눈동자를 집중시키고 있었다.

놈은 여전히 비웃음을 입꼬리에 물고 인범을 노려보며 칼날을 살갗에 박고 지그시 눌렀다. 예리한 칼날 끝이 살을 파고들면서 칼끝에 피가 묻어나왔다. 놈은 힘을 주고 천천히 긋기 시작했다. 칼날이 살을 파고들면서 새빨간 피가 실뱀처럼 묻어나왔다. 아래로 흐르던 피가 팔꿈치에 고이더니 한 방울 한 방울 떨어지고 있었다. 땅에는 붉은 피가 죽음을 재촉하고 있었다.

놈은 여전히 인범을 쳐다보며 잔인한 비소를 계속 달고 있었다. 이것은 상대를 위협하고 극도의 공포를 주어 자기가 이렇게 독하고 잔인하다는 것을 보여 상대를 싸우기도 전에 굴복시키기 위한 흉악범들의 음흉한 자해 수단인 것이다.

인범은 네놈의 의도를 알고 있다는 듯, 놈의 얼굴에서 눈을 떼지 않고 또 놈의 행동을 경계하면서 여유 있는 미소를 머금고 바라보고 있었다. 네놈의 자해가 가소롭다는 표정이었다. 그러면서 놈의 동작을 읽고 있었다.

피서객들과 마을 사람들은 이 잔학하고 잔인한 자해를 차마 눈을 뜨고 볼 수 없었다. 계속 붉은 피가 팔뚝을 타고 흐르는 너무나 처참한 장면을 보고 공포에 전율했다. 여자들과 어린아이들은 아예 눈을 감고 벌벌 떨었다.

소매치기 동료들은 뱁새가 놈의 혼을 빼고 전광석화처럼 상대의 눈을 공격하려는 무서운 음모를 꾸미고 있다는 것을 알고 있었다. 칼날이 더욱 살을 파고들면서 심한 출혈로 팔뚝은 피가 낭자했다. 사람들은 눈살을 찌푸리며 경악과 공포로 눈은 화등잔처럼 커지고 벌어진 입을 다물 줄 몰랐다.

순간 인범은 뇌리를 치는…… 놈의 음모가 깔렸음을 직감했다. 머리끝이 찌르르 경련이 일었다. 그래, 놈이 위협만 하기 위해 고통이 따르는 자해를 하지 않을 것이라고 단정했다. 머리끝이 쭈뼛 섰다. 팔뚝에 이미 나 있는 많은 흉터가 증명하지 않는가. 놈의 자해 속에 무시무시한 기습 수법이 분명 있을 것이다. 인범은 바짝 긴장하고 놈의 동작에 온 신경을 쏟았다.

그때다. 놈은 전광석화같이 면도칼을 인범의 눈을 향해 날렸다. 섬뜩한 칼끝이 미세한 바람 소리를 일으키며 눈앞으로 스쳐 갔다. 너무나 순간적인 예측할 수 없는 찰나의 동작이었다.

"아악!"

피서객들도 마을 사람들 모두가 자신들도 모르게 비명을 질렀다.

놈이 비소를 짓고 의도적으로 접근하는 것을 느끼고 비소 뒤에 함정이 있음을 예기한 인범은 한 치의 경계를 늦추지 않았다. 놈이 왼손에 면도칼을 쥐고 자해를 할 때 놈이 왼손잡이임을 알고 오른편으로 놈의 팔 길이만큼 몸을 뒤로 젖히며 그 자리에서 왼쪽으로 방향만 바꾸었다. 놈이 칼을 흩날려 중심을 잃고 휘청하는 사이 번개 같은 동작으로 다가가 수도로 놈의 뒷목 부위를 무섭게 강타했다.

"캑!"

놈은 짐승의 단말마 같은 비명을 지르며 앞으로 폭 고꾸라졌다. 이어 인범의 발길이 고꾸라지는 놈의 면상을 강하게 걷어찼다.

"퍽!"

도끼에 나무둥치가 쪼개지는 둔탁한 소리가 나면서 놈의 가냘픈 몸이 뜨더니 땅에 풀썩 떨어졌다. 인범이 너무나 강하게 차 버린 것이다. 놈은 땅바닥에 뻗어 버렸다. 입에서 이빨과 함께 피가 터져 나왔다. 놈은 혼절했는지 죽었는지 꿈쩍도 안 했다. 놈의 칼날도 찰나에 스쳤고 인범의 방어도 찰나에 이루어졌고 공격도 일순간 찰나에 이루어진 것이다.

'아! 놈의 자해가 나에게 겁을 주기 위한 것으로만 생각하고 만약 내가 방심했다면 나는 놈의 칼날에 눈이 실명되었을 것이다.'

섬찍한 생각에 소름이 끼치며, 순간 또다시 머리가 쭈뼛 섰다.

'놈은 처음부터 나의 눈을 노린 것이다. 아! 간악하고 무서운 놈이다.'

놈의 몸서리치는 참혹한 짓이 예감이 좋지 않아 직감적으로 놈이 속임수 공격이 올 것이라고 예감하고 경계한 것이 적중했다. 참으로 다행이었다. 순간 인범은 등에 식은땀이 흥건히 배었다. 안도의 한숨을 뱉었다.

뱁새는 공명심에 불타 혼자서 인범을 해치우려다 이빨이 몽땅 부서지고 얼굴이 무참하게 박살나는 사망 아니면 중상을 입은 것이다. 자해를 넋 빠진 듯 바라보던 구경꾼들이 너무나 순간적인 기습에 자신들도 무의식에 비명을 지르면서 무슨 일이 일어났는지 몰랐다.

날치기 두목 최득보는 그들 소매치기 사업에 용서할 수 없는 방해자인 인범이를 보복하고 제거하기 위해 두 달간 서울의 지하철을 뒤져 간신히 찾아내어 열대여섯 명이 공격을 했지만 오히려 참담한 패배만 당했다.

놈을 찾으려고 온 서울을 뒤졌지만 찾지 못하다가 인범이가 시골에 은신하고 있다는 말을 칼잡이 치길에게서 들었다. 득보는 인범이에게 가할 보복을 하기 위해 서울의 소매치기 계파별 보스들을 긴급 소집하여 내로라하는 싸움 실력을 갖춘 소매치기들만 엄선 차출하여 중간 보스 배강철에게 맡겼다.

그것은 인범이가 싸움의 달인임을 이미 알고 있었기 때문이었다. 두목 최득보의 명을 받은 강철은 놈을 다시는 주먹을 쓰지 못하게 하고 오겠다고 두목에게 자신 있게 말하고 서울을 출발했다. 그런데 첫 전략 공격이 놈에게 깨진 것이다.

뱁새가 자해로 놈에게 혼란을 주고 뱁새의 특기인 제비같이 빠른 솜씨로 놈을 단칼에 눈을 찔러 봉사를 만들어 수월하게 놈을 제거할 것이라고 믿었는데……. 오히려 뱁새만 자신들 눈앞에서 무참하게 당한 것이다. 이럴 수가 있단 말인가.

4

마을 청년 신상근, 문호열, 깡구, 황 이장, 노영길, 마을 청년들 그리고 많은 관광객이 이 순간을 넋을 잃고 바라보고 있었다.

역시 놈은 무술의 달인인가, 뱁새의 고차원 교란 술수도 통하지 않는단 말인가? 그들 폭력조직에서 상대의 넋을 빼는 뱁새의 빠른 기습 술수에 당하지 않은 놈이 있었던가?

강철은 뱁새가 놈의 발길에 무참하게 당하는 것을 보고 이성을 잃었다. 흥분한 강철이 먼저 앞으로 나섰다. 그의 눈은 핏발이 서 있었다.

"놈을 죽여라!"

강철은 피를 토하듯 살인 명령이 부하들에게 내렸다. 흉기를 든 소매치기들이 일시에 인범을 에워싸기 시작했다. 소매치기들은 동료인 뱁새가 전광석화처럼 놈에게 파고들며 칼을 휘두르다 오히려 놈의 발길질에 뱁새의 얼굴이 처참한 몰골로 박살나는 것을 보고 이성을 잃고 격노했고, 놈을 죽여야겠다는 적개심이 불타올랐다.

이제 죽느냐 사느냐의 처절한 혈투가 시작되었다. 김 관장과 심 사범은 우승을 목표로 한 전국대회의 격투기 시합이 생명을 건 실전에서 얼마나 웃기는 무술이라는 것을 조금 전 인범이의 싸움에서 알았다.

지난번 주위의 권고로 체육관에서 경찰서장, 육성회 회장, 교장 선생님과, 많은 동민과 학생들과 태권도 관원들이 지켜보는 가운데 고 군과의 시합에서 고 군이 방어만 하고 피하기만 하던 것이 생각났다. 그때 나의 체면을 위해 일부러 방어와 피하기만 하는 줄도 모르고 고 군을 과소평가하고 자만과 오만에 찼던 그때를 생각하며 자괴감을 금치 못했다.

조금 전 싸움에서 고 군이 놈의 기습에 대처하는 것을 보고 이것이 진짜 싸움임을 실감했다. 자신은 태권도 7단의 스포츠맨이지 결코 고 군의 싸움 적수가 못 됨을 절실하게 알았다. 싸움은 주먹과 발길질만이 전부가 아니라는 것을 깨달았다. 상대의 생각과 상대의 공격 방법까지 예상하고 파악하여 철저히 대비하지 않는다면 상대에게 일순간에 당한다는 것을 뼈저리게 알았다.

등골이 오싹하고 한 줄기의 찬바람이 가슴을 써늘하게 했다. 자해하던 놈을 경계하고 고 군이 나와 심 사범을 손으로 밀어내며 놈의 칼날의 사정권에서 벗어나게 하는 치밀한 고 군의 예측을 김 관장을 깨닫지 못했다.

방심하지 말자. 조금의 허점은 바로 죽음을 가져오고 불구가 된다. 동물인 울프와 센이 본능적으로 싸움의 시작을 알고 바짝 긴장하고 코를 벌름거리고 인범의 움직임과 날치기들의 움직임에 대처하고 있었다. 주인이 많은 사람과 싸움을 하고 있다는 것을 알고 동작이 기민해졌다. 울프와 센은 주인을 위험에서 보호하기 위해 이미 맹수로 변해 있었다. 주인의 가까이에서 주인을 해치려고 접근하는 무리에게 이빨을 까뒤집고 무섭게 으르렁거리며 발광하기 시작했다.

김 관장은 박 과장이 두 개를 데리고 가라고 한 이유를 비로소 알았다. 박 과장은 두 개를 고 군에게 데리고 가면 고 군이 개를 싸움에 투입한다는 것을 알고 있었지만 이렇게 대단한 싸움 개들임은 몰랐던 것이다.

마을 사람들도 관광객들도 개를 데리고 온 이유가 궁금했는데 두 개가 주인을 보호하기 위해 맹수로 돌변한 것은 보고 고개를 크게 끄덕이었다.

'아! 저 개는 호신견으로 훈련이 된 개들이구나! 과연 저 두 마리의 개가 이 싸움에 어떤 결과를 가져올 것인지……'

개가 사람의 싸움에 단단히 한몫을 하는 것을 보고 놀랐고 감탄했다. 관광객들과 마을 사람들은 자신들도 모르게 두 주먹을 불끈 쥐고 싸움에 몰입되어 있었다. 그들은 불안한 눈으로 싸움의 전개를 눈 하나 깜짝하지 않고 지켜보고 있었다. 언양경찰서의 무술 형사들도 가장 가까이에서 싸움에 온 신경을 모으고 지켜보고 있었다.

구름 한 점 없는 태양은 대지를 태울 듯 이글거리고 있었다. 인범은 한 발 한 발 놈들을 경계하며 계곡 쪽으로 물러서고 있었다. 작전을 모르고 보면 무리에 밀리고 겁을 내어 물러서는 것으로 보였다.

소매치기들이 한 발 다가서면 인범 일행이 한 발 물러섰다. 소매치기 두목 강철은 조급했다.

"무엇 하느냐, 놈들을 작살내어라."

두목의 명령에 소매치기들은 일시에 덤벼들었다. 울프와 센은 흰 이빨을 뒤집고 무섭게 으르렁거리며 주인 가까이 다가오지 못하게 소매치기들을 위협하고 있었다.

인범은 맨 앞에서 저돌적으로 덤벼드는 놈의 복부를 비호같이 찼다. 인범은 상대를 가격할 때 한 놈이라도 싸움에서 이탈시키기 위해 급소를 정확히 강타했다.

"으악!"

명치를 차인 놈은 복부를 움켜잡고 신음인지 비명인지 묘한 소리를 내며 복부를 부둥켜안고 조용히 주저앉았다. 뒤따라오던 놈들이 멈칫하고 멈추었다. 옆의 김 관장도 심 사범도 손에 든 쇠막대기로 칼과 쇠파이프를 든 놈들을 후려쳤다. 금속성끼리 부딪치는 쨍그랑 소리가 기분 나쁘게 났다.

인범은 놈을 걷어차고는 벌써 몇 발자국 뒤로 물러서 있었다. 김 관장과 심 사범도 물러나 인범의 곁으로 돌아와 있었다. 그들의 얼굴은 긴장돼 있었고 이마에 땀이 범벅이 되어 있었다.

공격하고, 물러서고, 공격하고, 물러서고 이렇게 쫓고 쫓기어 인범은 유인하고자 한 지점의 계곡까지 물러섰다. 소매치기들이 보면 자꾸만 겁을 먹고 달아나는 인범의 일행을 밀어붙였다고 생각하지만 인범이는 김 관장과 계획한 대로 유인에 성공한 것이다.

싸움 구경에 몰두한 사람들은 덥다는 것은 거의 의식하지 못했다. 손에 땀이 배는 박진감 넘치는 무술 영화의 한 장면을 보듯 더운 줄도 모르고 싸움에 빨려들어 발걸음이 저절로 움직여진 것이다. 이제 겁이 난다든지 공포의 얼굴은 이미 아니었다.

그리고 30대 3의 싸움이 도저히 불가능하다고 생각한 처음과는 달리 비록 밀리어 물러서고 있었지만 세 명은 침착하게 무리를 상대하고 있는 싸움이 일방적으로 불리하다는 처음의 생각과는 달리 결코 불리하지 않다는 것을 느꼈다. 그것은 저 키가 큰 지칠 줄 모르는 청년이 무리의 숫자를 압도하며 싸움을 이끌어가는 것을 보고 청년이 쉽게 지지 않을 것이라고 믿기 시작했다.

또 두 개가 사람의 몇 몫을 하는 것이 너무나 통쾌하고 신기했다. 많은 구경꾼은 가슴 졸이며 세 명과 두 개에게 응원을 보내고 있었다.

격전의 현장 계곡은 협소하고 돌과 바위투성이의 거친 계곡이었다. 놈들을 이 계곡으로 유인하기 위한 인범의 전략이 성공한 것이다. 계곡이 협소하고 거칠어 많은 수의 날치기들에겐 절대 불리했다.

인범은 더 이상 물러서지 않았다. 바위들이 많은 지형을 이용하여 놈들을 부숴 버릴 계산이었다.

'나는 협소하고 거친 지형에 익숙 돼 있다. 그리고 네발 달린 울프와 센도 바위 사이사이를 뛰어다니며 놈들을 위협할 것이다. 그래, 이곳에서 놈들을 교란하고 유린하여 승부를 결정짓자.'

격렬한 투지가 불끈 솟았다. 이마의 땀이 얼굴로 흘러내리고 있었다. 인범은 눈을 슴벅이었다. 그래도 땀이 계속 눈으로 흘러들었다. 인범은 조금 높은 바위 위를 훌쩍 뛰어올랐다. 쇠막대기를 입에 물었다. 주머니에서 손수건을 끄집어내어 이마에 흐르는 땀을 닦으면서 놈들을 노려보았다. 소매치기들도 잠시 휴식을 취하며 소매로 땀을 닦고 있었다. 싸움은 잠시 소강상태가 되었다.

인범은 흐트러진 머리를 손으로 걷어 올리고 땀을 닦은 손수건을 두 손으로 힘껏 짜고는 힘껏 털었다. 그리고 손수건을 이마에 질끈 동여매었다. 입에 문 쇠막대기를 손에 쥐고 바위에서 뛰어 내려와 공격태세를 취했다.

다시 싸움이 시작되면서 소매치기들도 전투태세를 취했다. 헝클어진 머리와 수건을 이마에 동여맨 인범의 모습은 너무나 야성적으로 보였다.

"김 관장님, 제가 놈들을 교란할 테니 절대로 정면 대결은 하지 마십시오. 그리고 쇠막대기로 놈들의 머리는 강타하지 마시고 어깨를 강타하십시오. 어깨뼈만 부러져도 싸움에서 이탈시킬 수 있습니다. 그리고 놈들이 전열을 잃고 혼란해질 때 치고, 빠지고, 치고, 빠지십시오. 또 피할 땐 바위 위로 피하세요. 위급하면 저를 부르십시오. 사양 마시고, 생명은 하나입니다."

"예, 알겠습니다."

인범은 숨을 헐떡이며 빠른 말로 김 관장에게 작전을 말했다. 인범의 온몸은 투지로 꿈틀거리고 혈관의 피가 사지에 고루 퍼지며 팔과 다리의 근육이 팽창해지고 있었다. 온몸의 털구멍이 피가 쏟아질 듯 뜨거워지고 힘이 불끈 솟구쳤다.

지금까지 후퇴만 하던 인범의 공세가 시작되고 있었다. 인범은 소매치기들을 무섭게 노려보았다. 그 노려보는 이글거리는 안광이 두목 강철에게 멈추며 강철의 눈을 후벼 팔듯 쏘아 보았다. 강철은 놈의 불같이 이글거리는 눈을 마주 바라볼 수가 없었다. 그건 먹이를 덮치려는 야수의 눈처럼 섬뜩하리 만치 살기를 띠고 있기 때문이었다.

두목 강철은 놈이 역시 대단한 싸움꾼임을 인정하지 않을 수 없었다.

'아! 이곳은 무리를 이룬 우리가 불리하다. 놈의 계략에 걸린 것을 늦게야 알고 후회했지만, 그렇다고 3명의 적에게 겁을 먹고 이제 와서 물러설 수도 없다. 그러나 바위투성이의 계곡에서 싸워본 경험이 없는 젊은 부하들은 자기들의 무리만 믿고 겁도 없이 여유를 갖고 싸우고 있다.'

소매치기들은 자기들의 숫자만 생각하고 기고만장했다. 자기들이 세 놈에게 진다는 것은 상상도 하지 않고 있는 것이다.

"애들아, 저놈을 빨리 해치워라."

강철은 부하들을 다그쳤다. 소매치기 10여 명이 인범을 에워쌌다. 그러나 인범이 바위에 올라서 있으니 에워쌌지만 거리가 멀고 바위투성이의 장애물이 있어 한꺼번에 공격할 수가 없었다.

밑에서 소매치기들이 인범과 김 관장 그리고 심 사범의 강력한 반발에 감히 가까이 접근을 하지 못했다. 구경꾼들 속에서 사태를 지켜보고 있던 무술 형사들이 분산과 교란을 하기 위해 지형이 험한 곳으로 유인한 인범의 전술에 감탄했다.

"야, 저 친구 싸움만 잘하는 줄 알았는데 보통 전술가가 아닌데, 처음은 무리에 밀려 달아나는 줄 알았는데 작전이었군."

"그럴까? 달아나려다 더 달아날 곳이 없으니 그런 것 아닐까?"

오 형사가 말했다.

"아니야, 작전이야. 달아날 것 같으면 줄행랑을 놓지 왜 유인식으로 싸우다 물러서고 싸우다 물러서며 조금씩 달아나겠어."

"최 형사 말이 맞아. 물러서는 것은 작전이야. 그걸 간파 못 하는 오 형사가 참 딱해. 그런 추리 실력 가지고 어찌 형사질 해먹으려고 해."

동료 형사가 핀잔을 주었다. 긴장했던 형사들이 이제 여유가 생겼다.

"두고 봐, 저놈들이 물러서지 않는 한 저 청년들에게 당할걸. 저, 지형에서는 무리가 아무 활용이 못 돼. 그리고 정신 무장이 달라."

김 관장과 심 사범도 적당한 거리를 두고 바위에 올라서서 밑에서 에워싸는 소매치기들과 대치하고 있었다.

"애들아, 모두 저 두 놈부터 해치워라! 인범이 놈은 우리가 맡을 테니."

강철은 부하들에게 분리하여 김 관장과 심 사범 쪽을 먼저 공격하라고 명령을 했다. 인범이보다 김 관장 쪽이 부담이 적다고 생각했던 것이다. 두목의 명령을 받은 소매치기 일부가 김 관장과 심 사범을 에워싸 바위에 바짝 붙었다. 한 발을 바위에 올려놓고 사방에서 김 관장과 심 사범의 무릎 아래를 쇠파이프로 아랫도리를 후려치고 있었다.

김 관장과 심 사범은 서로 등을 대고 사방에서 바위에 올라오려는 놈들의 쇠파이프와 긴 칼에 대처하지만 당황하고 있는 기색이 역력했다. 양손에 쇠막대기를 단단히 쥐고 가까이 올라오는 놈들의 손을 내리칠 자세를 하고 있었다.

인범도 쇠막대기로 자신이 올라선 바위를 에워싸 공격하는 놈 중 가까이 올라오는 놈들의 팔과 어깨를 강타하려고 노리고 있었다. 개 두 마리가 인범이 옆에서 흉기를 휘두르며 바위로 올라오려는 소매치기들을 물어뜯으려고 흰 이빨을 드러내고 무섭게 으르렁거리고 발광하고 있었다. 소매치기들은 무섭게 설치는 개들 때문에 바위 위로 올라가지 못하고 위협적인 말과 공격적인 헛 움직임만 하고 있었다.

인범은 대치상태만 하고 있을 수만 없었다. 김 관장과 심 사범을 위험에서 벗어나게 해야 했다.

피서객들과 마을 사람들은 그늘 밑에서 또는 뜨거운 햇볕을 고스란히 받으며 숨소리 하나 없이 마른 손에 땀이 나게 하는 격렬한 싸움을 지켜보며 움직일 줄 몰랐다.

인범은 일전을 각오했다. 죽든 살든 부딪쳐야 했다. 맨 앞쪽의 몇 명을 먼저 공격하기로 하였다.

인범은 바위를 박차고 앞에 있는 세 명을 향해 뛰어내렸다. 소매치기 세 명은 자기들 가슴을 향해 뛰어내리는 인범을 보고 기겁을 하고 칼날만 앞세우고 물러서고 있었다. 인범은 물러서는 두 놈의 가슴을 한 발씩 차례로 찍었다.

"억!"

두 놈은 가슴에 심한 충격을 받고 울퉁불퉁한 돌 위에 넘어졌다. 나머지 놈들도 순간적으로 몇 발자국 물러서다 다시 전열을 가다듬고 바위에서 내려선 인범을 에워싸고 공격을 하기 시작했다.

"놈을 찍어."

강철이 발악을 하며 부하들을 독려하고 쇠파이프를 휘두르며 인범에게 대항했다. 한꺼번에 10여 명이 인범에게 면도칼과 쇠파이프를 들고 덤벼들었다. 울프와 센이 잇몸을 뒤집고 마구잡이 휘두르는 칼날을 피해 빠르게 이리저리 몸을 움직이며 소매치기들이 주인 가까이 오지 못하도록 악착같이 막고 있었다.

소매치기들은 두 마리의 개 때문에 인범을 제대로 공격할 수가 없었다. 사람보다 동작이 빠른 개가 이렇게 싸움에 비중을 차지하고 걸림돌이 될 줄 소매치기들은 몰랐다. 개를 제거하려고 해도 동물 본능의 빠른 스피드에 번번이 칼과 쇠파이프가 빗나가 바위를 후려치고 있었다. 헛방을 친 칼과 쇠파이프가 바윗돌에 부딪혀 불꽃을 일으켰다.

인범은 바위 아래로 내려와 놈들을 공격하다 다시 바위 위로 올라가는 것을 반복하며 소매치기들을 교란시켰다. 인범은 공격을 하고 물러설 때 중심을 잃고 넘어지는 놈들을 골라 공격을 했다. 소매치기들은 잇몸을 다 드러내고 악착같이 덤벼드는 개들의 이빨에 겁을 먹고 개를 피하기에 급급했고 울퉁불퉁한 돌에 중심을 잡지 못하여 넘어지는 놈도 있었다.

넘어진 놈은 인범의 발길에 걷어차이고 또 개들에게 얼굴이 물어 뜯겨 얼굴에 피가 낭자했다. 어떤 놈은 개의 이빨에 얼굴의 살점이 떨어져 나가 피가 흐르는 참독한 꼴이 된 놈도 있었다. 인범은 넘어진 놈을 발길로 거

세게 차는 것은 잔인하지만 한 놈이라도 공격하는 숫자를 줄이려면 급소인 옆구리나 허벅지 또는 척추에 가격을 하여 무리에서 이탈시켜야 했다. 때론 인범의 쇠막대에 어깨를 강타당하여 어깨뼈가 부러져 싸움에서 탈락한 자도 몇 명 있었다.

옆에서 기습하는 놈은 울프와 센이 막아 주고 있었다. 울프와 센이 가세함으로써 인범은 많은 무리의 적을 상대하기가 한결 쉬웠다. 이것은 박 과장의 배려였다. 그보다 김 관장과 심 사범을 보내 주지 않았다면 더욱 어렵고 위험한 싸움을 해야 했을 것이다.

인범은 타고난 강인한 체력과 토굴과 동굴에 생활하면서 야수의 기질로 변화된 정신력으로 많은 수의 소매치기를 상대로 싸움을 하고 있었다.

칼을 든 소매치기들을 마구 유린하며 피비린내에 취한 듯 종횡무진 처절한 싸움을 하고 있었다. 생사를 건 싸움에서 흉기를 든 상대의 칼날을 막기 위해서는 보잘것없는 나무 한 토막도 도움이 되듯이 김 관장이 준 쇠막대기가 있기에 예리한 칼날을 막을 수 있었다.

또 쇠막대기로 놈들의 손목을 강타하여 칼을 떨어뜨리게 하고 또 칼날을 부숴 버릴 수도 있었다. 표창을 사용할 수도 있겠지만 만약 자신이 표창을 사용한다면 날치기들에게 돌멩이를 들 수 있는 계기를 만들 수 있기 때문이었다. 이곳은 지천으로 돌멩이들이 많은 곳이다. 많은 수의 날치기들이 한꺼번에 돌멩이로 공격을 가해 오면 자신들이 절대적으로 불리한 것이다. 그래서 표창을 사용하지 않았다. 그보다 표창 사용은 바로 살인이었다.

김 관장과 심 사범은 싸움을 하지만 많은 적들과 싸움의 경험이 없어 당황하고 있었다. 눈이 벌겋게 충혈되고 귀도 먹먹해졌다. 평소에 도장에서 수련했던 대련 따위는 의식되지 못했다. 발길질, 주먹질도 무게가 실리지 않았고 동작도 기민하지 않았다. 도장에서 교과서적인 공격과 수비로 대련에 익숙해 있었고 습관이 되어 있었던 것이다.

또 시합에서는 언제든 일대일의 싸움이지 다수와의 싸움은 아니었다. 그보다 무기를 가지고 생명을 노리는 극단적인 죽느냐 사느냐의 싸움도 아니었다. 시합은 스포츠다. 최선을 다하면 된다. 스포츠에 임하는 시합과 한순간에 생명을 잃고 사지의 일부가 망가지는 절체절명의 싸움과는 근본적으로 차이가 있었다.

그야말로 생명을 건 싸움을 김 관장과 심 사범은 해 본 적도 없었기에 이 싸움으로 죽든지 병신이 될지 모른다는 두려움에 극도의 공포를 느끼고 있었다.

다행히 오랫동안 수없는 대련에서 단련된 익숙한 무술 실력이 다수와 싸울 때 무의식적으로 공격과 방어가 이루어져 놈들의 흉기를 쇠막대기로 막아내고 때리기도 하며 싸울 수가 있었다. 하지만 시간이 갈수록 힘이 소진되어 조금씩 밀리기 시작했다. 김 관장과 심 사범은 바위 위로 올라가 피했다.

흉기를 든 다수인 놈들의 공격을 바위 위에 올라가 피할 수가 있어 다행이지만, 태권도 무술의 특기인 발차기 기술을 돌이 많은 계곡이라 마음껏 활용할 수가 없었다.

그러나 인범은 달랐다. 인범은 어린 시절부터 산속에서 생활을 했고 매일 아침 운동을 산에서 하지 않았는가. 산은 가파르고 지형이 굴곡지고 협소한 곳이다. 소매치기들을 유인하여 싸우는 이곳은 인범이가 싸우기에 절대 유리했다.

인범은 야수의 기질과 체력으로 바윗돌 투성이의 협소하고 울퉁불퉁한 계곡에서 많은 수의 소매치기들을 상대로 무아지경에 빠져 종횡무진으로 싸우고 있었다.

인범은 강한 상대와 싸울 때와 많은 수의 적과 싸울 땐 필살의 주먹과 발길질로 적의 수를 줄여야 했다. 특히 상대가 무기를 가졌을 때 더더욱 치명적인 강타를 날렸다. 일격에 급소를 가격해야 하기 때문이었다.

인범은 김 관장과 심 사범이 싸우는 쪽을 힐끗 보았다. 바위 위에서 소매치기들의 집요한 공격에 방어하기에만 급급하고 있었다. 빨리 싸움을 끝내야 했다. 적은 다수라 힘을 대체할 수 있지만 인범과 김 관장은 잠시의 쉼도 허용할 수 없었다. 그래서 시간이 흐를수록 체력이 소모되어 체력의 한계를 느끼고 있었다.

김 관장과 심 사범은 싸움꾼이 아니다. 스포츠맨이다. 싸움과 스포츠는 비슷한 것 같지만 실전에서는 차이점이 많았다. 싸움은 감정적이고 사람을 살상하는 것이다. 그러나 스포츠는 감정이 없다. 목적은 승리를 원칙으로 하는 것이다.

인범은 싸움을 종식시키기 위해서는 먼저 두목인 강철을 제거해야겠다고 생각했다. 인범은 계속 자신을 에워싸고 압박해 오는 소매치기를 유인하여 김 관장과 심 사범이 싸우는 쪽으로 갔다.

김 관장을 공격하던 소매치기들은 인범이가 배후에서 공격하니 앞뒤 적을 맞아 어쩔 줄 모르고 당황하고 있었다.

"김 관장님, 몇 놈을 내가 맡을 테니 용기를 내시오."

인범은 적을 상대하면서 김 관장에게 숨을 헐떡이며 격려의 말을 했다.

김 관장과 심 사범은 바위 밑에서 한 발을 올리고 칼을 휘두르며 악착같이 공격해 오는 적을 인범이가 놈들의 등 뒤에서 공격을 하니 위험을 느낀 몇 놈이 피하자 용기를 얻고 바위를 내려와 인범의 옆에서 쇠막대기를 휘두르며 소매치기들을 마구 두들기고 있었다.

김 관장과 심 사범, 그리고 인범이는 이제 나란히 하여 소매치기들 모두를 상대로 공격하기 시작했다. 분산하여 싸우던 작전을 바꾼 것이다.

"놈들의 두목을 처치해야 이 싸움이 마무리됩니다."

인범은 자기 옆에서 온 얼굴에 땀을 뒤집어쓰고 거친 숨을 몰아쉬며 적을 맞아 싸우는 김 관장에게 빠르게 작전을 말하였다. 인범의 온몸도 축축이 젖어 있었다. 이마에 동여맨 수건이 젖어 땀이 눈으로 흘러 내려와 눈이 따갑고 눈물이 나 시야를 흐리게 했다.

인범은 동여맨 수건을 잡아당겨 풀었다. 수건이 축축이 젖어 있었다. 인범은 다시 바위 위로 올라가 쇠막대기를 입에 물고 손수건을 두 손으로 불끈 쥐어짜고 이마와 얼굴에 흐르는 땀을 닦았다. 그리고 다시 수건을 불끈 쥐어짜고 이마에 동여매었다.

대단한 더위에 많은 체력을 소모하며 온 신경을 다하여 악전고투하고 있었다. 인범의 얼굴은 상기돼 있고 머리는 온통 헝클어져 있었다. 김 관장의 얼굴도 심 사범도 얼굴과 몸은 땀으로 흠뻑 젖어 있었다. 땀을 흘리며 인범이는 김 관장과 심 사범의 조금 앞에서 쇠막대기를 휘두르며 소매치기들을 몰아붙였다.

울프와 센도 인범을 도와 잇몸을 뒤집고 다가서는 놈들을 물어뜯으려고 으르렁거리고 날뛰니 소매치기들이 조금씩 밀리면서 전열이 무너지고 있었다.

"야 이 새끼들아, 물러서지 마라. 달아나지 마라! 놈은 세 명뿐이야."

수비만 하던 인범과 김 관장, 심 사범이 공격으로 반전하자 상황은 달라지고 있었다. 구경하던 마을 사람들도 언양경찰서 형사들도 고인범이란 청년의 싸움 실력과 지칠 줄 모르는 지구력과 체력에 놀랐다. 그 큰 키에 날렵한 몸매로 비호같이 상대를 해치우는 싸움 솜씨가 상대를 압도했다. 싸움은 점점 거칠어지고 있었다.

인범은 이 여세를 몰아붙여 두목을 처치하여야 이 싸움을 승리로 끝낼 수 있다고 생각했다.

"김 관장님, 내 뒤를 엄호해 주십시오. 두목을 공격하여야겠습니다."

인범은 주먹을 불끈 쥐었다. 몸은 격렬한 투지로 피가 끓었다.

'적의 숫자 같은 것은 생각지 말자. 두목을 단숨에 처치하여야 한다. 한 치의 실수 없이 해치워야 한다. 그러지 못하면 내가 놈들에게 제물이 된다. 그러면 김 관장도 심 사범도 위험해진다. 나를 돕기 위해 불원천리 이 오지까지 온 김 관장과 심 사범이 아닌가?'

손에 땀이 축축이 배는 치열하고 처절한 싸움에 빨려든 구경꾼들은 숨소리 하나 없이 인범의 동작 하나라도 놓치지 않고 수많은 눈동자가 인범의 동작에 따라 움직이고 있었다.

사람들은 처음 30여 명이 단 세 명을 에워쌀 때 당장이라도 소매치기의 예리한 칼날에 난도질당할 것 같아 가슴 졸였는데, 개들과 인범의 눈부신 활약으로 소매치기들의 무리가 단 세 명에게 밀리기 시작하고부터 안도의 숨을 쉬며 구경하고 있었다.

호열이, 깡구, 정호도 마을 사람들 속에서 참혹하고 격렬한 싸움을 가슴을 옥죄며 지켜보고 있었다. 사람을 살상하기 위해 무차별 흉기를 휘두르는 평범한 싸움이 아닌 조직 범죄인들의 살인을 하기 위한 처절한 싸움을 …….

인범은 두목 강철을 찾았다. 놈은 인범과 김 관장 그리고 심 사범의 공격에 겁을 먹고 자꾸만 밀리는 자기 부하들에게 물러서지 말라고 목에 핏대를 올리고 있었다.

"물러서지 마라! 물러서지 마라!"

인범은 두목 강철을 노리고 다가섰다. 강철은 부하들에게 싸여있었다. 적은 한두 명이 아니었다. 그것도 무기를 든 무리 속에 뛰어들어야 할 순간이었다. 긴장하지 않을 수 없었다. 막상 뛰어들려니 두려움이 앞섰다.

맹수가 자신과 새끼의 먹이를 위해 벅찬 짐승을 덮쳐 일순간에 무너뜨려야 하듯 인범은 호흡을 모았다. 인범의 눈은 먹이를 덮치려는 맹수의 눈이었다. 사자가 토끼 한 마리를 사냥할 때 혼신의 힘을 다 하듯…….

인범은 먹이를 잡아채려는 야수의 눈빛을 발사하며 먼저 적의 약한 쪽을 덮쳤다. 두 명이 상대적으로 칼을 앞세우고 막아섰다. 그러나 겁을 먹은 두 놈은 이미 인범의 상대가 못 되었다. 칼을 든 팔은 마비된 듯 인범을 막지 못했고 인범의 오른쪽 주먹이 놈의 턱에 명중하였다.

"퍽!"

"아악!"

놈을 비실비실하더니 쓰러졌다. 바로 앞에 놈이 무의식적으로 칼을 내려치고 있었다. 그러나 놈의 칼보다 먼저 인범의 머리가 놈의 면상에 육중하게 부딪쳤다. 인범의 박치기에 놈은 얼굴이 박살나면서 칼을 떨어트린 놈의 손이 인범의 옷을 꽉 잡았다. 손아귀의 힘이 대단했다.

"억!"

"툭!"

비명과 동시에 물체가 무겁게 부딪치는 둔탁한 소리가 나면서 놈은 얼굴에 피범벅이 되었다. 그 피가 인범의 얼굴을 덮었다. 얼굴이 박살나면서도 놈은 무서운 손아귀 힘으로 인범의 목 부분의 옷을 놓지 않았다. 정말 대단한 놈이었다.

인범은 당황했다. 이때다, 날치기들이 주인 가까이 접근하는 것을 악착같이 막고 있던 울프가 인범의 옷을 붙잡고 있는 소매치기의 장딴지를 물고 머리를 마구 흔들었다. 장딴지를 물린 놈은 비명을 지르며 인범의 멱살을 잡은 옷을 놓았다. 그 순간 소매치기 한 놈이 야구 방망이로 울프의 대가리를 무섭게 강타했다.

"캑!"

대가리를 정통으로 맞은 울프의 단말마의 비명이 기분 나쁘게 들렸다.

울프는 소매치기의 장딴지를 물었던 이빨을 풀며 힘없이 땅에 쓰러졌다.

"내가 개를 죽였다!"

방망이로 울프를 강타한 소매치기가 탄성을 질렀다.

"와, 개가 쓰러졌다."

구경하던 사람들이 일시에 고함을 질렀다.

인범은 멱살을 잡은 놈에게서 풀려나자 돌아서면서 팔꿈치로 놈의 오른쪽 옆구리를 찍었다.

"뚝."

갈비뼈 부러지는 묘한 소리가 나면서 멱살을 잡았던 놈이 심한 고통에 얼굴을 찡그리며 주저앉았다.

놈이 쓰러지자 인범은 강철을 공격하려고 뒤로 돌아서고 있었다. 그러나 강철이 먼저 이미 인범의 등 뒤에 다가와 돌아서려는 인범의 등을 향해 대검을 던졌다. 불과 2m의 정도의 가까운 거리였다.

강철은 인범이 돌아서서 자기를 공격할 것이라고……. 인범의 괴력에 겁을 먹은 강철은 인범을 일격에 쓰러뜨려야 한다는 조급함에 자신의 특기인 단도를 서둘러 던진 것이다. 강철이 만약 인범이가 돌아서는 것을 확인하고 던졌더라면 단검은 인범의 가슴에 명중했을 것이다. 아! 인범이의 생과 사가 찰나에 운명이 결정지어졌다.

"악!"

인범은 자신도 모르게 비명을 질렀다.

"아!"

"당했구나!"

인범은 절망을 토했다. 이대로 쓰러지면 김 관장과 심 사범이 개죽음을 당한다. 인범은 등에 칼이 박힌 채 빠르게 돌아서 강철을 찾았다.

"고 군이 칼에 찔렸다!"

"맞다. 청년의 등에 칼이 박혔다."

마을 사람들과 피서객들의 입에서 신음과 같은 비명이 여기저기서 터져 나오고 마을 청년들이 움직임이 부산했다. 조금 떨어져 맘 졸이며 지켜보던 무술 형사들이 인범이 단도에 찔리자 손에 든 삽을 어느덧 던져 버리고 안주머니에 감춘 권총을 끄집어내어 공포를 쏘려다 목근수 반장을 쳐다보았다.

"가만있어, 더 두고 보자. 일단 가까이 가 보자."

형사들이 빠르게 다가갔다. 이제 강철은 맨손이었다. 인범은 얼굴에 피를 뒤집어쓰고 있었다. 피를 덮어쓴 무서운 참상을 한 아귀 같은 인범의 눈은 사람의 눈이 아니었다. 핏발이 선 분노를 악물은 눈은 섬뜩하리만큼 무섭게 이글거리며 강철의 눈을 후벼 팔 듯 노려보고 있었다.

인범의 눈알이 금방이라도 튀어나올 것 같았다. 얼굴은 일그러져 있고 처참하고 처절한 형상을 하고 있었다. 그것은 피를 본 야수의 얼굴이었다. 인범은 강철이 앞으로 다가갔다. 강철은 온몸이 싸늘하게 식어가고 다리의 힘이 스르르 빠지는 것을 느꼈다. 먹이를 노리는 고양이 앞의 쥐였다.

'아, 무서운 놈이다. 저놈은 나를 죽일 것이다. 내가 먼저 놈을 죽이지 않으면 나는 저놈에게 죽임을 당할 것이다. 놈을 죽여야 한다. 놈을 죽이지 않으면 놈이 나를 죽일 것이다.'

강철은 뒤로 물러나면서 허리를 굽혀 다리에 숨겨 둔 또 하나의 작은 단도를 뽑았다. 강철은 칼을 뽑아 인범의 가슴 밑 심장을 노렸다.

강철이 단도를 던지려는 절체절명의 순간이었다. 인범은 강철이 허리를 숙여 단도를 빼려는 순간, 재빠르게 허리에 찬 표창을 뽑아 강철보다 먼저 강철의 얼굴을 향해 힘껏 던졌다.

"아악!"

강철의 입에서 짐승의 단말마의 처절한 비명이 배내골 계곡 깊숙이 메아리치며 길게 펴져 나갔다. 표창은 정확히 강철의 오른쪽 눈에 박혔다.

"아악!"

"악!"

김 관장과 심 사범을 상대로 싸우던 소매치기들도 마을 사람들도 피서객들도 이 처참한 광경을 보고 일시에 비명을 질렀다. 강철의 몸이 휘청거리더니 인범에게 던지려던 단도를 바닥에 떨어뜨리고 두 손으로 눈에 박힌 표창을 움켜잡았다. 그리고 강철의 입에서 포효가 터져 나왔다.

"야합!"

강철은 기압인지 비명인지 소리를 지르며 표창을 힘껏 뽑았다. 뽑힌 표창에 피가 묻어 있고 표창을 뺀 눈에서는 붉은 피가 쏟아져 나왔다. 강철은 왼쪽 눈으로 인범을 무섭게 노려보았다. 그 눈은 섬뜩하리만큼 살기를 띠고 있었고 표창을 뺀 눈에서는 계속 피가 불컥 불컥 쏟아져 나오고 있었다. 눈 뜨고 볼 수 없는 처참한 광경이었다.

"저, 놈을 죽여라! 놈도 나의 칼을 맞았다."

강철의 입에서 죽음 같은 싸늘한 말을 토했다. 그러면서 강철은 한 손으로 피가 쏟아지는 눈을 막아 지혈을 시키고 원한에 사무친 독기 서린 애꾸눈으로 그 자리에 꼿꼿이 서서 인범을 무섭게 노려보고 있었다. 눈을 가린 손가락 사이로 피가 계속 흘러나왔다.

소매치기들도 인범이도 잠시 싸움을 중단하고 서로 얼굴만 바라보고 있었다. 소매치기들 반 이상이 인범과 김 관장, 심 사범의 발길과 주먹, 그리고 팔꿈치와 박치기에 쓰러졌다. 그 중에 중상자도 있었다.

역시 강철은 범죄인답게 독종이었다. 강철은 그들 소매치기 범죄 조직 세계에서 떠오르는 용감한 걸물이었다. 소매치기를 하다 형사들에 발각되면 강철은 형사들을 날카로운 면도칼로 위협하고 동료를 피신시키고 자신도 유유히 달아나는 대담하고 잔인한 소매치기였다.

그는 이번에 그들 세계에서 암적 존재이고 원한에 사무친 인범이를 제거하여 그들 조직에서 공명을 세우려다 강철도 인범에게 불구가 되는 불운을 감수해야 했다.

사람들은 너무나 끔찍한 장면에 망연자실을 했다. 배내골 오지에서 이렇게 피비린내 나는 처참하고 참혹한 조직 범죄인들의 싸움을 평생 처음 보는 관광객들과 마을 사람들은 몸서리를 쳤다.

인범은 표창을 던지고 강철의 모든 행동을 꼿꼿이 서서 바라보고 있었다. 그러면서 눈은 자기를 노리는 소매치기들을 경계했다. 인범의 등에는 단도가 그대로 꽂혀 있었다. 구경하는 사람들도 소매치기들도 인범도 김 관장도 심 사범도 모두 굳게 입을 다물고 있었다. 일시 시간이 정지한 듯 배내계곡은 싸늘한 주검 같은 적막이 흐르고 있었다.

오른손으로 한쪽 눈을 가린 손가락 사이로 피가 계속 흐르고 한쪽 눈으로 인범이를 노려보던 강철의 몸이 조금씩 흔들거리더니 앞으로 폭 꼬꾸라지듯 쓰러졌다.

"아, 형님!"

소매치기 한 명이 강철에게 다가가니 나머지 소매치기들도 인범을 힐끗 보고 우르르 강철에게 다가갔다.

"형님, 형님! 정신 차리십시오."

"이봐, 형님이 쓰러졌다."

소매치기들이 인범을 경계하면서 강철을 일으키고 있었다. 부상당한 소매치기들도 모여들었다. 그러나 인범에게 심하게 당한 몇 놈은 중상인지 운신을 못 했다.

주인의 곁에서 날치기들과 악착같이 싸우던 센이 쓰러져 머리에 피를 흘리고 있는 울프의 피를 끙끙거리며 혀로 핥고 있었다.

김 관장과 심 사범은 더 이상 움직일 수 없을 정도로 지쳤고 어느 곳이

다쳤는지 온몸이 아팠다. 어디든 앉고 싶고 눕고 싶었다. 그러나 칼을 맞은 인범이가 걱정이 되었다.

인범은 등에 칼을 꽂은 채 멀거니 소매치기들을 망연히 바라보고 있었다. 형사들이 인범이에게로 다가서고 있었다.

"고인범 씨, 괜찮아요?"

목 반장이 인범의 등에 단도를 빼려고 단도를 잡았다.

"아, 그냥 두십시오. 급소는 아닌 것 같습니다."

등에 칼이 박힌 채 인범이가 돌아섰다. 의아한 목 반장은 인범의 얼굴을 걱정스럽게 쳐다보았다. 청년회장 신상근도 마을 청년들도 어느새 인범을 둘러싸고 걱정스러운 얼굴들을 하고 인범의 등에 박힌 칼을 쳐다보며 얼굴들을 찡그리고 있었다.

"고인범 씨, 왜 칼을 빼지 않으려고 하십니까?"

키가 인범이와 비슷한 목 반장이 인범이에게 말했다.

"선생님, 칼이 자연적으로 출혈을 막아 주고 있지 않습니까? 내출혈만 없다면 보기는 흉하지만 안전에는 괜찮은 것 같습니다."

인범은 빙긋이 미소를 지으며 상대방이 안심하도록 여유를 주었다. 옆에서 지켜보는 사람이 오히려 안쓰럽고 불안했다. 그러나 단도를 등에 꽂은 채 있다는 것은 인범이 말대로 보기에도 흉하고 위험스럽게 보였다.

인범은 김 관장과 심 사범을 찾았다. 김 관장과 심 사범이 얼굴에 땀을 뒤집어쓰고 바위에 걸터앉아 숨을 몰아쉬고 있었다. 인범은 울프와 센을 찾아 눈을 두리번거렸다. 울프도 센도 보이지 않았다. 저만큼에서 사람들이 모여 서서 웅성거리고 있었다.

목 반장이 피서객들을 둘러보더니 물병을 가진 부인에게 다가가 물병을 건네받아 인범과 김 관장 그리고 신 사범에게 차례로 물병을 주었다. 그들은 심한 갈증에 텁텁한 물을 허겁지겁 들이켰다. 물이 목구멍으로 꿀꺽꿀

꺽 넘어가는 소리가 들렸다. 물을 마신 그들은 숨을 크게 몰아쉬었다.

몸을 추스른 인범은 울프와 센이 보이지 않자, 주위를 둘러보며 울프와 센을 찾았다.

"울프, 센!"

인범은 울프와 센을 불렀다.

저쪽에서 청년회장 신 회장이 비통한 얼굴로 걸어오고 있었다.

"고 형, 울프가 죽었습니다."

"뭐요! 울프가 죽었다고요?"

놀란 인범은 사람들이 모여 있는 곳으로 급히 뛰어갔다. 사람들이 둘러선 가운데 울프가 입에 피를 흘리고 죽어 있고, 그 옆에 센이 이미 숨이 끊어진 울프의 몸을 혀로 핥으며 끙끙거리고 있었다.

인범이는 허리를 구부리고 울프 앞에 앉았다. 머리가 함몰돼 있고 이빨을 드러내고 혀를 길게 빼물고 죽은 울프의 몰골이 너무 처참했다. 인범은 울프를 쓰다듬었다. 아직도 몸이 따뜻했다.

"인범 씨가 놈에게 옷이 잡혀 떼어 내지 못하고 있을 때, 울프가 놈의 장딴지를 물고 흔들 때, 한 놈이 야구 방망이로 울프의 대가리를 강타했습니다."

"아, 울프! 넌 나를 두 번이나 구해 주었구나!"

인범의 눈에 눈물이 고였다. 굵고 뜨거운 눈물이 불쑥 솟아올랐다. 눈물이 눈을 어웅하게 했다.

근심이 가득 묻은 목 반장이 인범이에게 다가와 말했다.

"이봐요, 고인범 씨, 빨리 병원으로 갑시다. 혹시 내출혈이 있다면 위험할 수도 있습니다."

고개를 들어 목 반장을 말없이 바라보더니 울프를 안고 일어서는 인범의 얼굴은 침통했다. 목 반장이 인범의 뒤를 따라 계곡을 내려오고 있었다.

"신 회장님, 센을 보살펴 주십시오. 센도 많이 지쳐 있을 것입니다."

"저기 김 관장님이 센을 데리고 가고 있습니다. 울프 이리 주십시오. 제가 안고 가겠습니다."

인범은 말없이 울프를 신 회장에 넘겨주고 지친 걸음으로 센을 데리고 걸어가는 김 관장과 심 사범 가까이 갔다.

"김 관장님, 심 사범님 고맙습니다. 다친 곳은 없습니까?"

"아 예. 괜찮습니다. 인범 씨는?"

센이 인범을 보고 가까이 다가왔다. 인범은 허리를 굽혀 말없이 센의 머리를 쓰다듬어 주었다. 인범의 손을 핥으며 꼬리를 살래살래 흔드는 센도 많이 지쳐 있었다.

"센, 잘 싸워주었다. 고마워 센."

인범은 센의 머리를 다시 한 번 쓰다듬어 주었다. 센은 혀를 길게 빼고 숨을 헐떡이며 꼬리를 살래살래 흔들었다.

"신 회장님, 센에게 물을 먹여 주십시오."

승리

1

그 기세 좋던 소매치기들은 10여 명 이상이 부상자를 내고 참담하게 패했다. 그 중에 두목 강철과 뱁새를 비롯해 몇 명의 중상자도 있었다. 두목 강철을 등에 업고 여러 명이 내려가고 있었다. 나머지 성한 소매치기들이 중상을 입은 동료를 부축하고 내려가는 것을 보고 인범은 걱정을 했다. 강철이 혹시 출혈이 심해 위험하지 않을지…….

"신 회장님, 저분에게 가 보십시오. 출혈이 계속되면 위험할 수가 있습니다. 빨리 마차를 태워 주시고 언양의 병원까지 함께 가 보십시오."

청년회장 신상근은 인범의 말을 듣고 싸늘하게 식어가는 울프를 마을 청년에게 맡기고 급히 소매치기들의 뒤를 따랐다.

"이봐, 자네도 같이 가게. 무슨 일이 있으면 급히 나에게 연락하게."

목 반장은 형사 한 사람을 딸려 보냈다. 목 반장은 걱정이 되었다. 만약 사망자가 생기면 문제가 된다. 경찰이 무기를 든 싸움 현장에서 싸움을 못하게 하지 않고 구경만 하다 사람이 죽는 살인 사건이 나면 사회에 여론이 되어 직무상 책임을 져야 한다. 직무 유기죄가 된다. 이 사건에 휘말리지 않기 위해 경찰의 신분을 숨겨 오지 않았던가.

마차장에 많은 사람이 모여 있었다. 강철은 땅바닥 가마니에 누워 지혈을 시키기 위해 손바닥으로 눈을 꼭 누르고 있었다. 피서객들이 온통 피투성이가 된 강철의 처참한 몰골을 보고 눈살을 찌푸리고 있었다.

소매치기 중 경상자들은 중상을 입은 동료들을 부축하고 있었다.

뒤이어 등에 칼이 꽂힌 채 걸어오는 인범을 보고 현장을 보지 않은 사람들이 얼굴을 찡그리며 싸움을 구경하고 오는 사람들에게 묻고 있었다. 계곡까지 따라가 싸움을 구경했던 사람이 설명을 하니 사람들이 그 옆에 우르르 와서 듣고 있었다.

그렇게 살기를 띠고, 생명을 걸고 싸우던 양편이 언제 싸웠느냐는 듯 말이 없었다. 서로 얼굴도 쳐다보지 않았다.

한참을 무엇을 생각하던 목 반장이 소매치기 패들에게 갔다.

“저, 여기 어느 분이 책임자요?”

소매치기들이 목 반장을 쳐다보며 서로의 얼굴을 보았다.

“당신, 누구요?”

“아, 저는 공무원인데, 중상인 것 같은데 도와 드리려고 그럽니다.”

키가 큰 목 반장의 아래위를 째려보던 소매치기 한 명이 퉁명스럽게 물었다.

“당신, 무슨 공무원이요?”

“그건 묻지 마시고 신고라도 해 드릴까요?”

“이 친구, 말조심해! 신고는 무슨 신고, 당신은 가만있어. 우리끼리 해결할 테니…….”

“그래요. 그래도 언양의 병원까진 같이 가야 합니다. 당신들이 신고를 하지 말라면 하지 않겠습니다.”

신고를 하지 않겠다니 같이 가겠다는 것은 거절하지 않았다. 목 반장이 그들의 차에 탔다.

언양군의 병원이었다. 의사가 인범의 등에 박힌 단검을 뽑았다.

"칼을 빼지 않고 여기까지 온 것을 보니 의학 상식이 있는 분이 있습니까? 그리고 당신의 등엔 무수한 상처가 있습니다. 평범한 분은 아닌 것 같습니다."

인범을 따라온 마을 청년회장과 문호열, 그리고 깡구도 의사가 말을 하지 않아도 등에 칼자국과 봉합한 자리가 너무 많고 끔찍해 눈살을 찌푸렸다. 아, 인범이가 역시 보통 싸움꾼이 아니었구나!

의사는 인범의 등을 봉합하기 전 소독을 하면서 말하였다.

옆의 형사가 의사에게 물었다.

"왜 그렇게 생각합니까?"

"웬만한 사람이면 칼을 빼고 오지, 칼을 꽂은 채 오는 사람은 없습니다. 칼을 빼면 출혈이 됩니다. 병원이 가까이 있지 않으면 위험합니다. 다행히 뼈가 가로막고 있어 칼이 깊이 박히지 않았습니다."

인범이란 놈을 제거하여 복수를 하겠다고 많은 부하를 데리고 왔던 강철은 또다시 자신은 한쪽 눈이 표창에 찔렸고, 여러 명의 부하가 중상과 부상을 당하는 참담한 패배를 당하고 돌아가야 했다.

일요일이라 집에 쉬고 있던 안과 의사가 심한 부상이라는 당직의사의 말을 듣고 병원으로 급히 왔다. 의사가 진료를 하더니 강철에게 말했다.

표창이 꽂힌 한쪽 눈의 시신경이 완전히 파괴되어 안구를 기증받아도 이식 수술을 할 수 없다고 말을 했다. 강철은 진단하는 의사의 말을 침통한 얼굴로 듣고 있었다. 과연 주먹세계의 보스다웠다. 이로써 강철도 인범이로 인해 평생을 애꾸눈으로 살아야 하는 불구자가 되었다.

그동안 놈을 여러 번 치려고 했지만 도리어 번번이 처참한 패배만 거듭했다. 이번엔 싸움 세계에서 내로라하는 싸움꾼만 골라 동원하고도 놈을 당하지 못했다면 한 놈에게 백 명 아니 까마귀 떼만큼 동원해야 한단 말인가? 아! 놈은 정녕 제거하지 못할 놈인가, 이럴 수가 있단 말인가. 놈은 많은 숫자와 싸우는 전술을 잘 알고 있었다. 놈은 우리를 계곡으로 유인하지 않았는가. 계곡에서 싸우지만 않았다면 참패를 하지 않았을 것인데, 뒤늦은 후회를 했다.

놈은 소설이나 영화에 등장하는 불사조이거나 야수 같은 본능을 가진 놈이다. 칼잡이 뱁새의 기습을 피한 놈이 아니었던가. 처음 뱁새에게 놈이 당할 줄 알았다. 그리고 쉽게 놈을 해치울 수 있다고 회심의 미소를 지었는데…….

놈은 싸움 경험이 많았다. 그리고 지칠 줄 모르는 체력과 빠르고 대단한 지구력을 가진 보통 사람으로서는 상상도 못 할 강인한 체력의 소유자였다. 그보다 놈의 치고 빠지는 작전에 번번이 잡지 못하고 말려들기만 했다. 강철은 치료를 마치고 한쪽 눈에 붕대를 칭칭 감은 몰골로 병상에 누워 허탈한 마음을 억제할 수 없었다.

아! 또 놈에게 당했다. 주먹과 깡다구로 범죄조직에 발을 들여놓은 지 오래됐지만, 이곳까지 와서 이렇게도 비참한 참패를 당할 줄 몰랐다.

'아! 결국은 이렇게 애꾸가 되어 주먹 세계에서 밀려나야 하는 신세가 되는구나!'

동료들도 말을 잊은 채 침통한 얼굴들을 하고 강철의 얼굴을 바라보고 있었다.

병실 문을 열고 정복을 입은 경찰관 세 명이 들어왔다.

"경찰입니다. 배내마을에 갔던 피서객들에게서 폭력 신고가 있어 확인해야 할 것이 있습니다. 당신들 오늘 배내마을에서 편싸움을 한 것 아니요?"

경찰은 신분증을 정중하게 보여 주면서 말했다.

"……?"

"조사를 해야겠습니다. 경찰서까지 같이 가 주어야겠습니다."

"이봐요! 싸우기는 누가 싸웠다는 겁니까? 우리끼리 놀다 넘어져 다친 것인데……."

"그래요. 정말 싸운 것 아니요?"

"우린 싸운 사실이 없으니까 경찰서까지 갈 필요 없어요."

"그러면 좋습니다. 저쪽의 젊은이가 칼을 맞은 모양인데, 만약 그 사람들이 나중에 문제를 삼으면 당신들은 살인미수죄가 해당됩니다. 저쪽에서 고발해 올 수 있으니 당신들의 신분을 확인해야 합니다. 그리고 어느 쪽이 먼저 칼을 사용했습니까? 이건 중요합니다. 먼저 사용한 쪽은 살인의 의도입니다. 후에 칼을 사용한 쪽은 정당방위를 주장할 수 있습니다. 어느 쪽이 먼저 칼을 사용했습니까?"

"……."

"말해 주십시오. 어느 쪽입니까?"

"저쪽 사람들이 싸움을 했다고 그래요? 그리고 저쪽의 신분을 확인했습니까?"

"아니요. 싸움을 했다고는 안 했지만 나중에 문제를 삼을 수도 있고, 당신들도 문제를 제기하지 않는다고 볼 수 없지 않소? 저쪽 젊은이에게도 신분을 확인할 것입니다. 당신들도 조사를 받지 않으려면 신분증을 주시오."

"……."

강철과 소매치기들은 주머니에서 주민등록증을 내어 주었다. 경찰은 주민등록증 여러 개를 받아 기록을 하고 강철에게 돌려주려는 것을 보고 옆에 있는 경찰이 말했다.

"반장님, 이리 주십시오. 전과 조회를 하고 오겠습니다."

경찰은 주민등록증을 주려다 강철을 쳐다보면서 말했다.

"혹시 당신들 전과 있는 것 아니요?"

강철은 빠르게 경찰의 손에서 주민등록증 한 묶음을 빼앗아 갔다.

"이 양반들이 사람을 어떻게 보고 전과자로 봐? 기분 나쁘게……."

"좋소, 당신들 말을 믿어 보겠소, 그 대신 간단히 여기서 조서를 꾸미고 사인해 주셔야 합니다."

조사를 마친 경찰이 사인을 하라는 서류를 받아 강철은 붕대로 한쪽 눈을 가린 불편한 눈으로 읽어 보려다 부하에게 말했다.

"어이, 인수 자네가 좀 읽어 봐."

소매치기 한 놈이 읽어 보았다.

"진술한 내용과 별 이상이 없습니다."

강철은 종이를 받아 사인을 했다. 이들은 별을 몇 개씩 달고 있었다. 폭력 전과, 소매치기 전과 등등을……. 그러나 그들 세계에서는 전과의 별이 몇 개냐에 따라 범죄조직에서 인정을 받고 대우를 받는 그들 계급의 기준이 되는 것이다.

이것은 목 반장이 시켰고, 이렇게 하는 것은 박문호 과장의 지시로 한 것이다. 이것은 또다시 인범에게 복수전을 할 수 없도록 그들의 신분을 확인시켜 놓으려는 것과 앞으로 문제가 생기면 오늘의 사건을 살인 혐의로 적용시킬 계획이었다.

"자, 이만 가겠소. 차후에 또 이런 문제가 발생한다든지 저쪽에서 문제를 제기하면 당신들을 살인미수죄로 조사하겠소."

이 사건은 박문호 과장에게 보고되었고, 또 박문호 과장은 박정웅 과장에게 모든 상세한 것이 전달되었다. 박 과장은 황 이장에게서 인범과 소매치기들과의 싸움 이야기를 듣고 며칠 동안 불안의 날을 보냈는데 이제 안심할 수 있었다.

황 이장과 노영길은 박 과장에게 치하를 했고 인범이의 싸움 실력이 아마 이 나라에서 최고일 것이라고 하면서 인범의 장래를 걱정하였다. 어쩌다 저 착한 청년이 폭력배나 흉악범들과의 위험한 싸움판에 뛰어들었는지 알 수 없다고 하였다.

박 과장은 고 군이 그들 범죄인과 피맺힌 원한이 있다고 말하고 차후 고 군에 대한 이야기를 하여 주겠다고 하였다. 놈들이 고 군을 해치려다 엄청난 대가를 치렀으니 앞으로 당분간은 고 군에게 복수를 하지 못할 것이니, 관광마을 조성에 최선을 다하라고 했다. 그리고 놈들의 동태를 파악하여 수상한 점이 있으면 연락하겠다고 하였다.

2

인범은 동리 청년들의 도움으로 울프를 산자락에 묻었다.

'아, 또 한차례 폭풍이 지나갔다.'

인범은 박 과장의 배려로 위험을 넘길 수 있었다. 인범에겐 참으로 고마운 분이었다. 김 관장과 심 사범은 날카로운 칼날에 날림을 당해 몸 몇 군데에 상처가 있었다.

황 이장은 단검을 맞은 인범의 등이 상처가 덧날까 봐, 부산에 간호사로 있다는 마을 사람의 딸이 휴가를 받아 고향으로 온다는 말을 듣고 치료할 환자가 있으니 약과 주사기를 가지고 오라고 부탁했다.

간호사가 인범의 상처를 치료하고 있었다. 인범은 셔츠를 벗고 상처 난 어깨 쪽의 러닝셔츠를 걷어 올리고 있었다.

"보이소, 러닝을 그냥 벗어 버리소. 무슨 남자가 이래 수줍음을 타노. 그라고 환자가 간호사에게 부끄러움을 와 이래 타노. 내가 뭐 여자가, 간호사이지……."

간호사는 인범을 돌려 앉히더니 억지로 러닝셔츠를 벗겼다. 인범의 상체는 털만 없다뿐이지 그야말로 야수의 몸이었다. 질기고 억센 피부는 상처투성이였다. 가슴과 팔, 배 쪽에도 여러 곳에 크고 작은 칼이 스치고, 칼에 찔린 자국이 흉터가 되어 흉하게 져 있었다. 군살이라고 없는 상체는 근육을 움직일 때마다 뱀처럼 꿈틀거렸다.

인범의 상체를 본 순덕은 눈을 둥그렇게 뜨고 치료를 잊고 멍하니 바라보고 있었다. 인범은 싸움으로 생긴 자신의 흉한 상체를 바라보는 아가씨를 민망한 얼굴로 바라보며 어쩔 줄 몰라 했다. 수없는 흉악범들과 싸우면서 입은 상처가 평범한 청년이 아닌 싸움꾼임을 순진한 아가씨에게 들켜 버린 것이다.

명랑하던 순덕이가 순간 말문을 닫았다. 이 청년은 싸움꾼이구나! 그런데 어떻게 이런 싸움꾼을 이장님이 아버지를 시켜 치료를 해 주라고 하는지……. 병원에서 많은 환자를 치료하면서 이런 만신창이의 칼부림을 당한 환자를 본 적이 없었다.

"상처는 어딥니꺼?"

인범은 등을 보이기 민망했지만 돌아서지 않을 수 없었다. 아! 순덕이는 다시 한 번 놀랐다. 등은 더욱 섬뜩한 흉터가 몇 군데 있었다. 그리고 얼마 전에 봉합한 자리도 선명하게 남아 있었다. 징그러웠다. 어떻게 이렇게 흉기에 찔리고도 살아남을 수 있었는지……. 아마 칼이 스치고 갔기 때문에 생명에는 위험하지는 않았구나.

순덕은 등의 깊은 상처를 치료했다. 더운 여름이라 곪을까 봐 걱정이 되었다.

'이 청년은 운이 좋았구나!'

"무슨 흉터가 이렇게도 많습니꺼? 좀 보기가 안 좋네요."

"……"

순덕은 환부에 소독을 하고 곪지 않도록 약을 발랐다. 그리고 주사기에 주사액을 주입하고 말했다.

"팬티 좀 내려 주이소. 엉덩이에 주사 놓아야 합니더."

엉덩이에 주사를 놓아야 한다고 팬티를 내려달라는 아가씨의 말에 인범은 당혹했다. 병원이라면 당연히 엉덩이를 까놓아야 하지만 병원이 아닌 그것도 자신과 단둘만이 있는 자신의 방에서 엉덩이를 까려니 왠지 망설여졌다. 인범은 얼른 팬티를 내리지 못하고 우물쭈물했다.

"뭐 합니꺼? 빨리 주사 맞으소."

또다시 순덕이가 다그쳤다. 그래도 인범은 우물쭈물했다. 순덕은 주사기를 가제 위에 놓고 인범이를 얼른 돌려세웠다. 그리고 혁대를 풀었다. 놀란 인범은 아가씨의 손을 떼게 하고 혁대를 끄르고 돌아서서 팬티를 내리고 엉덩이를 깠다. 순덕은 청년이 너무 순진하여 조금 전 싸움꾼이라고 했던 생각이 잊혀졌다. 순덕은 주사를 놓고 의료통을 정리했다.

인범이가 전혀 말을 하지 않으니 방 분위기가 무겁게 가라앉아 있었다.

아침부터 짙은 잿빛 하늘이 잔뜩 찌푸려져 있었다. 낮인데도 날은 비를 머금은 먹장구름이 낮게 깔려 초저녁처럼 어두웠다. 금방이라도 쏟아질 것 같더니 굵은 빗방울이 하나둘 내리더니 우르르 꽝꽝 천둥소리가 나면서 장대비를 쏟아 부었다.

"어머! 소나기가 오네! 어짜노, 우산도 안 가지고 왔는데……"

인범은 말없이 줄기차게 퍼붓는 소나기를 망연히 바라보고 있었다. 내리쏟는 장대비가 금세 마주 보이는 천황산을 안개비로 덮었다. 비를 담은 안개비가 산허리를 휘감고 물결치듯 흘러가는 것을 망연히 바라보던 인범이 벌떡 일어나 웃옷을 걸치고 밖으로 나가려는 것을 보고 순덕이 얼른 말렸다.

"어디 갈라 합니꺼? 이렇게 비가 억수로 오는데 상처에 비가 들어가면 상처가 곪습니더."

"예, 이장님에게 가서 우산을 빌려 오려고요."

"그라모, 이래 소낙비가 내리퍼붓는데 나를 내쫓으려고 그랍니꺼?"

"저의 비옷을 입고 우산을 쓰면 비는 안 맞을 것입니다."

"아무리 그래도……. 이 빗속을 어찌 가라고 합니꺼? 자기를 치료하여 줄라꼬 온 사람을…… 참으로 얄궂데이……. 내사 마 비가 걷히면 갈랍니더."

"저는 괜찮지만……. 불편할 것 같아서……."

"지도 괜찮십니더. 그라고 뭐 처녀 총각인데 같이 좀 있으면 어떻노? 남자 혼자 사는 방이라 남자 냄새가 나서 조금은 이상하지만……."

"……."

줄기차게 오는 비는 금세 지붕을 타고 굵은 낙숫물이 떨어지고 있었다.

'어릴 때 여름이면 고향 하늘에도 이런 소낙비가 내렸지. 아, 내 고향!'

아지랑이처럼 아물거리는 아스라한 기억의 저편에서 침묵으로 웅크리고 있던 어린 시절의 기억이 굵은 빗줄기 속에 명멸하며 아슴하게 떠올랐다. 한여름 장대비가 쏟아지는 시골 마당에 우산을 쓰고 쭈그리고 앉아 있노라면 투두둑 우산에 떨어지는 빗줄기 소리와 우산 끝을 타고 내리는 낙숫물을 바라보며 즐거워했던 그때가 아쉽도록 그리워졌다.

"무엇을 그렇게 골똘히 생각하고 있어예. 저 빗줄기 보이소. 안개처럼 하얗게 묻어오는 비보라가 너무나 아름답고 운치가 있지예."

"아, 예……."

열린 문을 통해 비가 오는 전경을 바라보며 두 젊은 남녀가 연인처럼 대화를 나누었다.

"저…… 아저씨, 아니…… 뭐라고 불러야 합니꺼?"

"편한 대로 부르십시오."

"그래도 이름이 있을낀데……."

"예. 고 군이라 부르면 됩니다."

"고 군예……? 어색합니더. 이름은예?"

"저 고인범이라고 합니다."

"지는 예, 장순덕이라 합니더. 아! 싸움 잘하는 청년이 우리 마실을 관광 마을 만든다 하더니 인범 씨가 바로……."

"……?"

도시에서 간호사로 있는 이 마을 출신의 처녀가 자기의 이야기를 알고 있다니…….

"싸움을 억수로 잘 한다면서예……."

"……?"

"이 상처와 흉터가 다 싸움하다가 다친 깁니꺼? 아이고, 무시바라! 참말로 운이 좋네예, 이라고도 병신 안 되고 살아 있으니까네…… 미안합니더. 내가 말을 마 잘 못했네예."

"아가씨는 병원에서도 이렇게 사투리 씁니까?"

"아이라예. 고향 오면 지도 모르게 사투리가 나오데예, 와요? 듣기 싫은가예? 하지 말까예?"

"아닙니다. 경상도 사투리가 구수해서 듣기 좋습니다."

"그라모 다행이고예. 인범 씨는 고향이 어딥니꺼?

"경기도입니다. 그러나 12살부터 서울서 살았습니다."

사실 투박하면서도 소박한 경상도 사투리가 좋았다. 인범은 아가씨를 마주 쳐다보았다. 얼굴이 가무잡잡하고 통통하게 살이 찐 귀엽게 생긴 아가씨였다. 특히 웃으면 볼우물이 예쁘게 쏙 들어가는 것이 인상적이었다.

순덕이라는 아가씨는 인범의 시선과 마주치니 부끄러운지 얼굴을 붉히고 고개를 숙였다. 인범은 순희를 생각하니 불현듯 보고 싶었다.

열린 문으로 보이는 밖은 소낙비가 그칠 줄 모르고 줄기차게 퍼붓고 있었다. 초가집 처마 밑으로 떨어지는 낙숫물이 시골 마을의 그윽한 정취를 한층 돋구고 있었다.

인범은 비가 오는 날 남자 혼자 사는 방에 낯선 아가씨와 단둘이 있으려니 자꾸만 신경이 쓰였다. 남자 혼자 기거하는 퀴퀴한 방에 젊은 아가씨 특유의 싱그러운 여자의 살 냄새와 풋풋한 머리 냄새가 묘하게 인범의 코를 자극했다. 방 분위기가 어색하고 무거워졌다.

순덕이는 벽에 비스듬히 기대어 인범이를 핼금핼금 쳐다보았다. 스커트가 무릎 위로 올라가 있어 길게 뻗은 허벅지가 노출되어도 아랑곳하지 않았고 내릴 생각도 하지 않았다. 다분히 의도적인 것 같았다. 인범은 민망하여 눈을 열린 방문을 통해 마주 보이는 천왕산 산줄기를 멀거니 바라보았다. 산허리에 안개비가 엷은 물결 비를 타고 흐르고 있었다.

순덕은 천왕산 산허리를 휘감는 안개 같은 빗줄기를 바라보니 불현듯 원장님이 떠올랐다. 비만 오면 간절하게 원장님의 품이 그리워지는 것이다. 순덕은 다시 핼끔 인범을 쳐다보았다. 인범은 무엇을 생각하는지 시선을 산 쪽에만 두고 있었다.

순덕은 스커트를 슬쩍 더 걷어 올렸다. 허벅지가 훤히 드러났다. 그리고 몸을 미끄러지듯 방바닥 쪽으로 내렸다. 반은 누운 자세로 눈을 가만히 감았다. 남자와 단둘이 있으니 왠지 몸과 마음에 타오르는 정염을 억제치 못했다. 비가 오는 날과 원장님과는 무관하지 않았다.

순덕이는 시골에서 중학교를 졸업하고 부산에 사는 고모 집에서 고등학교를 나와 범일동에 있는 개인 종합병원 피부과 간호사로 근무하고 있었다. 고모 집은 수정동 산비탈에 있었다.

옛날 피난민들이 살던 집을 수리한 방 세 칸의 작은 집이었다. 순덕은 여고 삼 학년인 고종사촌 여동생과 한방을 사용하고 있었다. 대학 진학을 앞둔 동생은 가정 형편이 어려워 학원에 가지 못해 집에서 공부를 했다. 그래서 동생의 공부에 방해가 될 것 같아 집에 일찍 들어가지 않고 깨끗하고 조용한 병원에서 늦게까지 책을 보다 집에 가는 것이 일상이 되었다.

비가 내리는 어느 날 순덕이는 퇴근하지 않고 병원에서 책을 보고 있었다. 그때 문이 살며시 열리면서 병원 원장이고 피부과 과장인 서인석 원장이 비닐봉지를 들고 들어왔다. 순덕이는 깜짝 놀라 책을 보다 말고 얼른 일어서서 원장을 쳐다보았다.

"왜, 퇴근을 하지 않고 병원에 있니?"

"예, 좀 있다 가려고요."

"그래, 불이 켜져 있기에 불 끄려 들어왔는데……. 장 간호사는 독서를 좋아하는구먼. 갈 때 불 끄는 걸 잊지 말고 가."

원장은 돌아서 가려다가 멈추어 섰다.

"장 간호사, 포도 좀 줄까? 먹으면서 독서해."

원장은 탐스럽게 익은 세 송이 포도 중 한 송이를 주고 돌아서서 문을 닫고 나갔다. 순덕이는 받은 포도를 책상에 놓고 잠깐 망설이다 얼른 원장을 따라나섰다. 순덕이는 엘리베이터 쪽으로 걸어가는 원장의 손에서 과일을 빼앗듯 받아 쥐었다. 이번에는 원장이 순덕을 멀거니 보았다.

"원장님, 제가 포도 씻어 드릴게요. 포도는 농약을 많이 쳐서 깨끗이 씻어야 해요."

순덕은 앞장서 엘리베이터 쪽으로 걸어갔다.

3년 전 부인이 죽고 혼자 사는 서 원장은 주택이 있는데도 비가 오는 날엔 집에 가지 않고 젊을 때 부인과 함께 살던 병원 옥상 주택에서 잤다. 순덕이는 자주 옥상 주택에 심부름을 가곤 했었다.

거실엔 양주병이 놓여 있고 술을 마시다 과일을 사러 간 것 같았다.

"원장님, 과일 같은 것을 사실 땐 저에게 심부름 시키세요. 전 늦게 퇴근합니다."

"그래?"

순덕이는 부엌에서 포도를 깨끗이 씻었다.

"장 간호사, 여기서 포도 같이 먹고 가면 안 되나? 혼자 먹기는 너무 많아."

"원장님, 병실 밖에선 그냥 이름을 불러 주시면 안 돼요?"

"그럴까? 그게 편할 것 같네."

순덕이는 원장님이 너무 쓸쓸하게 보였다. 창문을 통해 비가 내리는 것을 관망할 수 있는 옥상 방은 퍽 운치가 있어 낭만적인 분위기였다.

얼굴이 희고 몸이 뚱뚱한 편인 원장은 오십 대 초반이었다. 언제나 말이 없고 조용한 원장은 부인이 죽고는 더욱 말이 없어졌다고 선배 언니들이 말했다.

"원장님, 제가 술을 따라 드릴게요. 술을 혼자 마시면 심심하고 술맛도 안 나잖아요. 원장님은 술을 좋아하시나 봐요?"

"고마워. 나는 이렇게 비가 오는 날이면 혼자 술을 마시는 것이 습관이 되었어."

"사모님 생각이 나서 그래요? 사모님과 비 오는 날 잊지 못할 추억이 있었나 봐요."

"그래, 집사람이 살았을 땐 이렇게 비가 오는 날이면 술을 함께 마시고 여기서 자곤 했었지……. 장 간호사가 사복을 하니 처녀티가 나네."

"그럼, 저 처녀로 안 보셨던가요?"

"그래, 어리게만 보이더군. 장 간호사가 몇 살이야?"

"저 스무 두 살이에요. 옛날 같으면 시집을 갔을 거예요."

서 원장은 물끄러미 순덕의 얼굴을 바라보았다.

그날 순덕이는 원장과 함께 양주를 함께 마시며 많은 대화를 나누었다. 평소에 병실에서 대하던 근엄한 원장이 아니었다. 부인이 죽고 혼자라 그런지 원장은 쓸쓸하게 보였다.

옥상 바닥에 주룩주룩 비가 내리고 있었다. 원장은 이렇게 비가 오는 날이면 유난히도 죽은 아내 생각이 많이 난다고 하였다. 술에 취한 순덕이는 원장에게 원장님 사랑하는 연인이 생길 때까지 제가 원장님의 술 상대가 되면 안 되겠느냐고 대담한 말까지 했다.

그날 원장과 술을 마신 이후 원장은 순덕에게 무언가 미안해하고 쑥스러워했다. 그러면서 이따금 순덕이를 복도에서나 병실에서 단둘이 있을 때 어깨를 두드려 주기도 했다.

순덕이는 비가 오는 날을 기다렸다. 그러나 비가 오는 날이라도 원장은 순덕이를 부르지 않았다. 어느덧 순덕이의 가슴에 원장이 한 남자로서 자리 잡고 있었다. 순덕이는 원장과 술을 함께 마시기 전에는 기혼 남자를 좋아한다는 것을 생각도 해 보지 않았다. 그러나 결혼과는 관계없이 남자를 사랑할 수 있다는 것을 알았다.

세 번째 비가 오는 날 순덕이는 옥상으로 올라갔다. 문이 잠겨 있지 않았다. 순덕은 도둑고양이처럼 살그머니 문을 밀고 들어갔다. 그날도 원장은 거실에서 양주를 마시고 있었다. 순덕은 거실에 들어가지 못하고 한참을 서서 원장님을 바라보고 있었다. 그 모습은 너무나 외롭고 쓸쓸하게 보였다. 그냥 뛰어가 안기고 싶은 충동이 간절했다. 순덕이는 옥상 입구 문을 소리 나지 않게 잠그고 원장 곁으로 다가갔다.

"어, 장 간호사! 아니, 순덕이 아니야?"

원장은 순덕을 반갑게 맞이했다.

"원장님 문이 열렸더군요."

"그래, 누군가 올 것 같아 문을 열어 놓았지."

"누구 올 사람 있어요? 제가 잠가 두었는데 가서 열어 놓을까요?"

"아니야, 이제 왔잖아."

걸상을 밀어주었다. 순덕이는 원장이 자기를 기다렸던 것으로 들었다.

"그럼, 왜 절 부르지 않았어요."

"나는 순덕이를 부를 자격이 없잖아."

"왜요? 그러면 싫어요. 이젠 비 오는 날이면 절 불러 줘요."

"……."

순덕이는 소파에 앉으면서 원망 섞인 소리로 말했다. 그날도 순덕이는 원장과 함께 양주를 많이 마셨다. 원장은 순덕이에게 그렇게 마시면 취해서 어떻게 집에 갈 수 있느냐고 말렸지만 집에 안 가도 된다면서 계속 마시고 원장에게도 술을 많이 권했다.

순덕이는 친구를 따라 맥주는 마셔 봤지만 독한 양주는 먹어 보지 못했다. 술에 취한 순덕이는 자기는 원장님을 좋아하고 있다고 고백하고 제가 좋으면 원망하지 않을 테니 저를 가지라고 했다. 그리고 제가 싫으면 언제라도 원장님 곁을 떠날 수 있다고……. 혀 꼬부라진 소리로 매달렸다. 그날 순덕이는 먼저 침대에 올라갔고 원장의 품에 안겼다.

그 후 비만 오면 옥상을 찾았다. 원장은 순덕이를 끔찍이 사랑해 주었고 미안해했다. 순덕은 비를 기다렸고 원장의 품이 그리워지는 습관이 되었다. 오늘 비가 오고 있다. 원장의 품이 더욱 간절하게 그리워졌다.

"무슨 생각을 그렇게 골똘히 하십니까?"

"침묵을 깬 인범이의 말에 순덕은 상념에서 깨어났다.

"……."

순덕은 열린 방문을 닫고 대담하게 인범의 가까이에 다가가 앉았다. 순덕이 머리에서 풋풋한 냄새가 물씬 났다. 그리고 여자의 냄새도 났다. 인범은 순덕의 얼굴을 보았다. 순덕의 얼굴은 발갛게 상기돼 있었다. 인범은 일어났다. 그리고 순덕이가 닫은 장지문을 열었다. 순덕이가 무안한지 더욱 얼굴이 붉어졌다.

인범은 이장님이 집에 계시는지 밖에 나가셨는지, 곧 방문 앞으로 나타날 것 같았다. 마루 밑에 누워 있던 아버지 울프를 잃은 센이 이번 싸움에서 주인의 안전이 걱정되는지 비를 맞고 방 앞까지 와서 멀거니 인범이를 보더니 슬며시 가 버렸다. 기가 죽은 센이 불쌍했다.

이번 싸움에 함께한 센은 주인의 안전을 걱정하는 참으로 영민한 개였다. 죽은 울프가 절절히도 그리웠다. 울프를 잃은 센이 기가 꺾여 있는 것을 보고 인범은 마음이 언짢았다. 센이 외롭지 않도록 서울에 올라가면 아버지에게 진돗개 한 마리를 훈련시켜달라고 해야겠다고 생각했다.

어느새 비가 그쳐있었다.

"장 양, 비가 그쳤습니다."

3

이제 등의 상처도 거의 나아가고 있었다. 마을 사람들과 다시 일을 시작하였다. 마을을 가꾸고 정비하여 자연을 즐기고자 찾아오는 도시인들에게 배내마을은 더욱 풍광스러운 모습으로 가꾸어지고 있었다. 그리고 자연의 경이로운 풍경과 향수적이고 맛깔스러운 전통 민속 음식은 마을 사람들의 노력으로 더욱 그 맛이 진해져 갔다.

인범은 황 이장과 마을 간부들과 회의를 하였다. 빠른 시일에 많은 관광객을 유치하려면 자연이 살아 숨 쉬는 토속의 정취가 물씬 나는 마을로 만들어야 한다는 데 의견을 모았다. 마을은 아직도 손볼 곳이 많았다.

마을을 찾는 관광객을 위해 많은 토속 나무들과 화초들을 심고 계곡과 야천에 물고기들이 많이 서식하는 볼거리, 먹거리, 놀거리로 충족시켜 주어야 했다. 그러려면 관광에서 얻은 수입을 관광마을 조성에 재투자하자는 의견을 모으고 최소한의 생계에 필요한 돈 외에는 재투자하였다. 모든 것은 마을 임원들의 회의 결의에 일사불란하게 결집되고 단결되었다.

그것은 개인 주장보다 민주적인 다수의 의견을 결집하여 결정하기 때문이었다.

양산댁은 농산물 재배와 음식장사 둘 중 양산댁이 잘 만드는 파전을 선택했다. 그러나 남편은 반대했다.

양산댁은 남편을 앉혀놓고 조근조근 타일렀다. 시부모가 남겨준 얼마 되지 않은 논밭뙈기를 당신이 야금야금 팔아 술값으로 다 없애고 이제 논밭도 얼마 남지 않았다고 했다. 이제 우리 가족이 먹고 살아갈 것이 암담한데 고인범 청년이 관광마을을 만드는 것은 우리 가족을 굶어 죽지 않게 하기 위한 것이라고 했다. 이런 기회를 놓치면 안 된다고 하며 우리도 음식 장사를 하자고 했다. 남편은 화를 버럭 내었다.

"웃기지 마라. 또라이 그 새끼가 하는 관광 장사는 절대 안 한다."

"철우 아부지예, 그럼 앞으로 우리는 어떻게 살아야 합니꺼? 인자 그 사람 미워하지 마이소. 그 사람이 그렇게 싸움을 잘하면서 당신과 깡구에게 개 맞듯 맞았지 않았능기요. 그 사람이 건달들에게 당신들 안 맞게 하려다 큰 싸움이 벌어져 칼까지 맞았지 않았능기요. 만약 그때 그 사람이 죽었다카모 당신은 이 마실에 못 삼니더. 제발 당신은 반대만 하지 마이소, 장사는 내가 다 하겠심더."

양산댁은 남편을 달래고 따지곤 했다.

호열은 자기 때문에 인범이가 죽을 뻔한 것이 사실임을 알고 있었다. 그리고 먹고 살 길이 없다는 말에 할 말을 못 했다. 호열은 자신이 얼마 안 되는 논밭을 아내의 반대에도 야금야금 팔아 술값으로 탕진하고 얼마 남지 않았음을 알고 있었다. 아내 말대로 고인범이 배내마을에 나타나 관광마을을 만드는 것은 자신의 가족을 굶지 않게 하는 것이 아닌가 싶었다.

양산댁의 파전, 정구지전 솜씨는 남달랐다. 처녀 시절부터 친정어머니에게서 배워 맛있게 부쳤다. 조개와 풋고추 그리고 육고기를 다져 넣어 부친 정구지전과 파전은 특별히 맛이 있었다.

장사가 잘 되었다. 양산댁은 행복했다. 무엇보다도 싸움이라면 자다가도 일어나던 남편이 자기들 때문에 인범이가 건달들과 싸워 등에 칼을 맞아 자칫 죽을 뻔한 것에 충격을 받았는지 이제 누가 싸운다 해도 들은 척도 하지 않았다.

그리고 양산댁이 장사를 하면 아이도 보아 주고 정구지도 파도 조개도 육고기도 사다 주곤 했다. 이렇게 변한 호열이를 보고 고인범 청년이 문호열을 사람 만들어 놓았다고 수군거렸다.

양산댁은 비로소 행복을 느끼고 있었다.

물고기를 운반하기 위해 산소통을 부착한 차량을 구입하였다. 인범은 토속 물고기를 구입하러 청년들을 창녕의 오지로 보내면서 지난번 선금을 주고 부탁해 둔 다람쥐를 꼭 가져오라고 했다. 인범은 마을에 많은 다람쥐가 살도록 하고 싶었다. 다람쥐는 특히 아이들이 좋아하는 것이다.

넓고 긴 야천과 계곡에 많은 물고기가 살도록 하려면 물고기를 더 많이 사 와야 했다. 대부분의 야천엔 농약과 오염으로 물고기가 사라져 버렸다. 먼 시골 오지로 가서 뱀장어, 가재, 민물 새우, 꺽지, 버들치, 참게, 물방개 등 사라진 토속 물고기를 구하여 계곡과 야천에 방류했다.

그리고 농약 사용과 오염을 일절 금하게 했다. 오지를 찾아 토속 화초와 나무들도 구입하여 집의 뜰과 길가 도랑가 곳곳에 심었다. 농약 사용 대신

음식 쓰레기를 썩혀 유기농법으로 공해 없는 농작물을 재배하여 먹을거리를 제공하기로 했다.

이제 마을은 하루하루가 다르게 나무와 화초들로 장식되고, 야천 주위의 언덕배기에도 무성하게 자란 수초들이 물고기가 자라는 데 좋은 조건이 되었다.

그 수초 사이를 오지에서 잡고, 또 사 온 각종 토속 고기들이 넓고 수량이 풍부한 야천에서 유영하는 모습은 참으로 평화스러웠다. 어렵게 잡아 온 양서류 중 청개구리, 개구리, 두꺼비들이 드문드문 보였다. 또 잠자리, 나비까지 다양한 생물들을 잡아 와 방류했다. 이곳을 찾는 어린아이에서부터 초등학생, 중학생, 그리고 고등학생과 대학생들까지 도심에서만 자라 온 학생들이라 그 옛날 지천으로 서식하던 개구리, 민물게, 가재 등 각종 나비, 잠자리, 하늘소, 장수풍뎅이, 물방개, 무당벌레, 풀무치, 매미, 사마귀 등 오염과 농약으로 멸종되어 가는 양서류와 곤충들을 보고 신기해하고 즐거워했다.

이제 이 생물들은 오염이 없는 깨끗한 환경에서 왕성하게 산란하고 자랄 것이다. 내년부터 약육강식의 먹이사슬이 더욱 왕성해질 것이다. 그리고 많은 조류들이 이곳을 찾아들 것이다. 이제 잡는 즐거움보다 보는 즐거움이 될 것이다.

이곳 배내마을은 생태계를 보호하는 자연 친화가 이루어져 사라진 각종 옛 동식물들을 볼 수 있어 학생들은 자연 학습을 할 수 있을 것이고 어른들은 향수를 달래는 즐거움을 갖게 할 것이다.

인범은 수입원의 제일 큰 몫을 차지하는 염소를 방목하기 위해 회의를 했다. 염소를 방목하면 산에서 자생하는 각종 풀과 나뭇잎, 열매, 약초 등만을 뜯어 먹고 자란 염소들이 자연 번식 되는 고기의 참맛을 관광객에게 먹을거리로 제공할 수 있다고 했다. 모두 찬성했다.

박 과장의 과거

1

여름도 이제 막바지에 접어들었다. 모든 공무원도 직장인들도 상인들도 나라 전체가 여름휴가에 들떠 있었다. 그렇게 번화하던 상가도 여기저기 새시가 내려져 있는 도시는 일시 공동현상을 이루며 거리에 사람들마저 한산했다.

박 과장은 더위에 눅진한 사무실 안에 앉아 창밖을 바라보며 고향 배내 마을을 생각하고 있었다. 사무실 천장에 매달린 선풍기가 사력을 다하여 돌아가지만 사무실 안은 찜통더위를 방불케 했다. 직원들도 연신 땀을 흘리며 피의자들과 열을 올리고 있었다. 형사들도 피의자들도 지쳐 있었다.

고 군이 관광마을을 조성한다고 했는데 마을은 어떻게 변해 가고 있을까? 지금까지 어느 누구도 배내마을이 가진 빼어난 풍광을 활용할 줄 몰랐는데 고 군은 배내마을의 아름다운 절경을 예사로 보지 않았던 것이다. 박 과장의 머리에는 고향 마을과 고 군의 생각으로 꽉 차 있었다.

"과장님, 뭘 그렇게 생각하고 계십니까?"

"아 아니. 그래, 무슨 일인가?"

박 과장은 직원이 부르는 소리에 고향의 상념에서 벗어났다.

"과장님은 휴가 가시지 않습니까? 과장님이 휴가를 가지 않으니 우리도 못 가고 있습니다. 마누라쟁이와 아이들이 휴가 가자고 성화가 대단합니다."

"아 그래, 가야지. 자네들도 서두르게. 그 대신 피의자들이 자네들 휴가 중에 고생이 없도록 검찰에 송치하고 휴가 가게."

박 과장은 배내마을에 하루빨리 가보고 싶었다. 요즈음 몸은 사무실에 있어도 마음은 배내마을에 가 있었다. 고 군이 칼을 맞았다는데 상처는 어떤지……. 궁금했다.

김 관장 편으로 들은 소식은 상처는 깊었지만 덧나지 않고 치유되고 있다고 하여 걱정은 덜 되었다. 그리고 소매치기 패들의 재 복수 움직임은 아직은 없는 것 같았다.

무엇보다도 울프가 인범이를 구하려다 조폭의 야구 방망이에 맞아 죽었다는 이야기를 듣고 가슴이 아팠다. 그 영리한 울프를 내가 죽였구나! 사지로 보낸 것이 자신이었기 때문이었다. 울프의 머리를 쓰다듬어 주었던 감촉이 손끝에 감지되었다.

'그래, 빠른 시일에 내려가야겠다. 이번 기회에 순희도 휴가를 같이 낼 수 있다면 데리고 갔으면 좋을 텐데…….'

언젠가 김 관장이 순희에게 '정 양은 고인범이 애인 같은데?' 한 말이 떠올랐다. 그때 순희는 금세 얼굴이 붉어지면서 일순 슬픈 표정이 되던 것을 박 과장은 기억이 났다.

순희는 고 군을 아련히 사모하고 연정을 품고 있음을 느꼈다. 아니 짝사랑을 하고 있음을 알았다. 순희는 고 군을 무척이나 보고 싶어 하고 만나고 싶어 할 것이다. 고 군도 순희를 만나고 싶어 할까? 둘을 연인으로 엮어주고 싶었다.

그래, 순희에게 함께 가자고 해 보아야지……. 그러면서 미란이라는 아가씨가 시야에 명멸했다. 박 과장은 머리가 혼란해졌다. 인범이가 순희와 미란이 중 누굴 택할까 싶었다.

언젠가 미란이가 인범이가 자기를 여자로 생각하지 않아 섭섭하다고 했다. 고 군은 순희를 택할 것이라고 판단했다. '그래, 순희를 데리고 가자' 박 과장은 그렇게 결정했다.

2

박 과장은 코란도 차에 순희를 태우고 고속도로를 장시간 달려 경남 울산시 울주군 언양면에 도착하여 석남사 앞에서 차를 세웠다.

박 과장은 어린 시절부터 불교 신자도 아니지만 중학생, 고등학생, 대학생, 그리고 사회인이 되었어도 고향에 올 적마다 찾아보는 석남사였다.

석남사는 박정웅의 어린 시절에서 성인이 되었어도 그때 나이에 따라 생각이 저려있고 꿈이 저려있고 삶이 저려있는 곳이다. 초등학교 시절엔 초등학생의 생각이, 중학생일 땐 그 나이에 따라 생각과 꿈과 삶이 저린 사찰이었다.

박 과장은 짙은 숲에 둘러싸인 문화유적지가 있는 유서 깊은 천년고찰 석남사를 그냥 지나치지 못해 순희를 데리고 절을 찾았다. 그것은 박 과장이 절을 찾고 싶은 것도 있지만 순희에게 박 과장의 고향에 위치한 천년고찰 석남사를 구경시키고 싶었던 것이다.

석남사는 경상북도 청도군 운문면과 경상남도 밀양시 산내면과 울산시 울주군 상북면이 접경해 있는 경남에서 제일 높은 1,240m 높이의 위용을 자랑하는 가지산의 깎아지른 절벽 아래쪽 짙은 숲 속에 자리하고 있었다.

일주문에 들어서니 장중한 침묵을 깨뜨리며 매미들이 목청껏 울어대는데도 그 매미 소리가 청아한 염불 소리처럼 들리고 시끄럽지 않음이 묘했다.

바윗돌 사이에서 갑자기 앙증스러운 다람쥐 한 마리가 고개를 내밀고 있는 것이 보였다. 새까만 눈동자를 굴리며 순희를 바라보았다.

"아, 다람쥐! 과장님 저 다람쥐 보세요. 너무 앙증스러워요."

"그래 다람쥐군. 정 양이 사는 곳도 산골이던데, 다람쥐 처음 보는 거야?"

"예. 많이 봤는데, 여기서 보니 새삼스럽군요."

"그래."

일주문에 새겨진 빛바랜 행서체로 적힌 오래된 현판은 누가 보아도 유서 깊은 사찰임을 알 수 있었다. 순희가 현판에 쓴 행서체의 한문을 자세히 보더니 물었다.

"과장님, 사찰 현판에 쓴 저 한문 서체가 해서체입니까? 행서체입니까?"

"글쎄…… 모르겠는데? 정 양은 한문에 관심이 많은 것 같네."

"예, 서예를 배우는 인범 오빠가 이상한 글체로 서예를 하여 무슨 글체냐고 물으니, 해서체니 행서체니 또는 초서체니 하던데 잘 모르겠어요."

"그래. 고 군이 서예를 한다고……."

고 군이 서예를 한다니 의외였다. 해서체니 행서체니 초서체니 하는 것은 대학을 졸업한 박 과장도 확실히 몰랐다.

순희는 속세를 단절한 장중한 침묵과 태고의 정적에 압도당한 듯 울창한 녹음으로 드리워진 거목 아래를 걸어 본존불을 모신 대웅전 앞에 섰다. 순희는 박 과장을 따라 잠깐 합장을 하고는 유서 깊은 천년고찰 석남사 여기저기를 구경했다.

박 과장은 순희에게 엄나무 구유를 구경시키기 위해 순희를 대웅전 뒤로 데리고 갔다.

"정 양, 이것 봐."

순희는 박 과장이 가리키는 어마어마하게 큰 나무의 속을 파낸 오래된 통나무 둥치를 한참 동안 바라보았다. 나무 둥치의 속을 깎고 판, 꼭 옛날 시골에서 본 소 여물통 같은 것을 오랫동안 보면서 고개를 갸웃거렸다. 너무 오래되어 썩은 곳도 있었다.

"이게 뭐예요? 꼭 소 여물통 같네요. 옛날 스님들이 목욕하던 것이 아녜요?"

"그렇게 보여?"

박 과장은 빙그레 미소를 지으며 말했다.

"네, 그렇게 보여요."

"이것은 수백 년 된 나무를 잘라 밥을 담기 위해 속을 파낸 구유라고 해. 약 500년 전 1천 명의 신도가 공양할 밥을 담아 두었던 그릇이라고 해. 정말 크지? 길이가 6.3m, 폭이 0.72m, 높이가 0.62m야."

"그럼 이 구유라는 통이 500년이나 되었어요? 그래서 이곳저곳 썩은 곳이 있군요. 정말 어마어마하게 크네요. 무슨 나무가 이렇게 커요?"

"엄나무라고 해."

"이 나무가 이 정도 크기로 자라려면 몇 해나 걸릴까요?"

"글쎄, 몇백 년은 될 거야."

"그럼, 자라기를 몇백 년 구유로 만들어져 오백 년, 정말 오래된 것이군요."

순희는 그 오래됨에 감복했다.

"정 양, 이 석남사는 내가 중학생이 되고부터 종종 찾던 절이야. 이 절에만 오면 마음이 아주 평온해. 사찰을 병풍처럼 둘러싸고 있는 저 산 봐. 산세가 가파르지? 가지산이라고 경남에서 제일 높은 산이야. 1,240m야. 그리고 저 앞에 보이는 산이 간월산, 신불산, 영취산이야. 저 세 산의 경치가 너무 좋아 영남의 알프스라고 사람들이 부르지."

박 과장은 석남사 남쪽에 위치한 우뚝 솟은 신불산, 가지산, 영취산을 손가락으로 가리키며 설명을 했다.

3

나무 그림자가 길게 검은 무늬를 만들며 해가 서산에 기울고 있었다. 박 과장이 운전하는 지프차는 어린 시절 자신이 청운의 꿈을 키우며 넘나들었던 배냇골 고갯길을 사력을 다하여 넘고 있었다.

그 옛날 어린 시절 걸어도 걸어도 집 한 채 보이지 않았던 돌투성이의 길이 지금은 차가 갈 수 있도록 넓혀져 있었다. 풍치가 좋은 곳이면, 어디나 영악한 도시인이 영리를 목적으로 현대식으로 건축한 음식점과 여관들이 들어서 있었다.

그 옛날 아름답고 풍요로운 시골의 정취가 해가 거듭할수록 차츰 사라지고 도시화로 삭막해져 가는 전경을 바라보는 박 과장의 가슴은 만감이 교차되었다.

고개를 넘어서자 마을이 내려다보이고 '천하대장군', '지하여장군'의 장승과 장엄하고 웅장한 바위에 '배내마을 민속촌'이라고 새겨져 있었다. 참으로 보기 드문 저절로 눈길이 가는 묘하게 생긴 큰 바위였다.

입구에 들어서니 돌담이 있고, 지붕을 억새로 덮은 툇마루가 있는 주막 앞에 한복을 입은 아낙들과 남정네들이 손님맞이를 하고 있었다. 박 과장은 주막을 보니 그 옛날로 돌아간 느낌이 들면서 왠지 모르게 가슴이 뭉클하고 코끝이 찡하는 감동이 복받쳐 올랐다.

'아! 이것도 고 군의 아이디어고 역작이구나!'

보리나 콩을 심었던 밭은 어느새 넓은 주차장으로 변해 있었고 마구간

옆 그늘에 울긋불긋 페인트칠을 한 마차가 사람의 시선을 끌었다. 저 마차 구입은 내가 연결해 주었지. 감개가 무량했다.

박 과장은 갑자기 변한 고향 마을을 바라보면서 가벼운 흥분을 느꼈다.

"어서 오이소. 차는 저쪽 주차장에 주차하시고 표를 사이소. 곧 마차가 떠납니더."

긴 머리에 작은 꽃무늬가 있는 화사한 하늘색 원피스를 입은 순희와 박 과장이 차에서 내리는 것을 본 젊은 마을 청년 몇 명 중 한 청년이 박 과장을 알아보고 허리를 반쯤 숙인 황송한 자세로 빠른 걸음으로 다가와 인사를 했다.

"아저씨, 오셨습니꺼? 참으로 오래간만에 고향에 오셨네요? 이장님이 일간 아저씨가 오실기라고 하시더니……. 저, 신상근입니더."

박 과장은 얼른 알아보지 못했다.

"아버지 함자가 봉자 규자입니더. 돌아가신 지가 7, 8년 됩니더."

"아, 알겠네. 봉규 형님의 자제분이군. 그러고 보니 기억이 나네. 자네는 춘부장을 많이 닮았네그려. 자네 어릴 때 오직 별났나?"

"아 예, 그때는 철이 없어서 아저씨에게 야단도 많이 맞았지예."

박 과장은 신상근에게 손을 내밀고 악수를 청했다. 신상근은 박 과장의 손을 두 손으로 공손히 맞잡았다.

"아저씨, 저 마을에서 청년회장을 맡고 있십니더."

"그래, 내 황 이장에게 말 들었네. 열심히 한다더군. 고인범을 많이 도와 주게."

"도우다 뿐입니꺼. 우리 마실을 구해 주는 고마운 청년인데예. 이장님이 아저씨와 아는 사이라고 각별히 대하라고 말씸이 있었심더. 어이, 너거 일로 잠깐 와 봐라."

상근은 마을 청년들을 불렀다. 청년들은 하던 일을 멈추고 신상근 회장

곁으로 다가왔다.

“어이, 너거 아저씨를 모르제? 박정기 아저씨 사촌 동생 되시는 이 마을 출신이시고, 지금 서울 시경 간부로 계시는 아저씨다. 인사 올리거라.”

한복을 입은 마을 청년들이 박 과장에게 허리를 굽혀 인사를 하였다.

“여보게, 우짜든지 이장님을 도와 열심히 해서 이제 우리 배내마을도 가난을 면하고 돈도 좀 벌어야 안 되겠나, 그자?”

박 과장은 감격에 찬 얼굴로 청년들을 쳐다보았다.

“예 맞심더. 그래서 우리가 이렇게 열심히 일하고 안 있습니꺼.”

박 과장은 일일이 청년들과 손을 굳게 잡고 인사를 나누었다.

“아저씨, 우째 왔십니꺼? 아저씨도 궁금해서 오셨습니꺼?”

“그래, 황 이장이 어떻게나 자랑하는지, 휴가를 내어서 고향 친구도 만나보고 관광마을이 잘 돼 가는가 볼라고 안 왔나.”

“이장님은 마을회관에 있을낍니더. 마차가 곧 떠납니더. 마차 타이소. 아이고 마, 표를 샀네요. 안 사시도 되는데, 우리 마실 사람은 무료인데요. 표, 주이소, 물라 오겠심더.”

“아니야, 나도 표를 사서 타야 우리 마실이 부자가 안 되겠나?”

“아저씨도 참. 마을회관까지 안내해 드릴까예?”

“아이다, 내 마을회관 있는 곳을 안다.”

마을 청년들이 순희를 힐긋힐긋 보며 궁금해했다. 궁금증을 참지 못하겠다는 듯한 총각이 물었다.

“그런데 아저씨, 저 처이는 딸입니꺼?

“딸…… 아이다.”

박 과장은 순희를 찾았다. 순희는 돌담이 있는 주막 앞에 서서 구경하고 있었다. 용인 민속촌과 같이 남자는 상투에 여자는 긴 머리에 비녀를 꽂고 남자와 여자들이 각각 한복차림으로 여러 가지 민속 음식을 만들어 툇마루와 평상에 앉은 관광객들에게 시중들고 있는 것을 신기한 듯 바라보고 있었다.

"정 양, 뭘 그렇게 보고 있어? 마차 타고 마을로 가야지."

"예, 가요."

순희는 구경을 하다 박 과장에게 다가왔다.

"과장님, 너무 좋아요. 왜 젊은 남녀들이 한복을 입고 있어요? 그것도 광목 같은 천으로요?"

"정 양, 정 양은 용인 민속촌에 구경 가 본 적이 있지? 그곳에 종사하는 남녀들 모두 옛날 한복을 입고 있는 것 봤지? 아마 이곳도 민속 관광마을이라고 한복을 입어 민속마을 분위기로 만들려고 그러는 것 같아."

"그렇군요. 과장님, 우리 저 마차 타고 가는 거예요? 너무 예쁘다."

순희는 어린애처럼 좋아했다.

"그래. 정 양, 이 마을을 이렇게 예쁘게 관광마을로 만든 사람이 누군 줄 알아?"

"누군데요?"

"한번 알아 맞춰봐."

"제가 어떻게 그걸 알아요?"

"순희가 알고 있는 사람이 만든 것이야."

"제가 아는 사람이라고요? 과장님, 저는 서울 외는 별로 가본 적이 없는데, 어떻게 이 먼 경상도 시골에 아는 사람이 있겠어요?"

순희는 고 군이 이 마을에 와서 이렇게 관광마을을 만들었다고는 상상도 하지 못하는 것 같았다.

"그럼, 지금 정 양은 누굴 만나러 가지?"

"인범이 오빠 만나러 가는 것 아니에요?"

"그래, 고 군을 만나러 가지. 정 양, 이 마을을 고 군이 관광마을로 만들고 있어."

"네? 오빠가요?"

순희는 눈을 동그랗게 뜨고 믿어지지 않는 듯 박 과장을 멍하니 바라보았다. 인범 오빠가 시골에 있다는 말은 들었지만 이렇게 오빠가 관광마을을 만들고 있다는 것은 상상도 못 했다.

"정 양, 고 군이 정말 대단하지? 이 마을은 고 군이 오기 얼마 전만 해도 보잘것없는 시골 마을이었어."

"……."

"이곳은 교통이 불편해 이곳을 찾는 사람도 구경 오는 사람도 거의 없어 외부에 알려지지 않았지. 고 군은 자연이 훼손되지 않고 옛날 전통가옥이 보존된 것과 마을이 빼어난 풍광과 훼손되지 않은 자연을 보고 마을 이장에게 관광마을로 만들자고 제의하여 시작된 거야."

"그래요."

순희는 감복을 했다. 언제나 말이 없고 수심에 잠겨 있던 오빠가 어떻게 그런 착안을 했는지 그저 신기하기만 했다.

아래쪽에서 약 열다섯 명의 관광객을 태운, 울긋불긋하게 칠을 한 마차를 큰 말 두 마리가 끌고 올라오고 있었다. 가까이 온 말 두 마리가 숨을 헐떡이는 입가에 흰 거품이 가득 묻어 있었다.

마차에서 아이들이 부모들의 손을 잡고 내리고 있었다.

"와! 재미있게 놀았다. 아빠 내년에 또 와. 순찰 아저씨가 그러던데, 내년엔 고기도 더 많고 수영할 자리도 더 크게 만들고, 나무도 더 많이 심어 끝내주게 놀기 좋도록 만들어 놓는다고 했어."

"그래. 내년에 다시 또 오자. 물이 참 깨끗하고 아름다운 마을이야. 여기처럼 자연을 가꾸고 보호한다면 우리나라 자연이 이렇게 보존될 수 있을 것인데."

"그건 옳은 말이요. 여기처럼 쓰레기 버리는 곳을 마련해 놓고 쓰레기를 버리지 말라면 누가 따르지 않겠소. 정치하는 양반들이 국토를 깨끗하게 할 줄은 모르고 정파끼리 티격태격 정쟁만 일삼고 있으니, 이 조그만 시골에 와서 좀 배워야 할 거야."

한 마디씩 정부에 대해 불만을 내뱉고 있었다. 해가 저물어 가는 배내마을은 구경을 하고 나오는 사람은 많은데 마을로 들어가는 사람은 박 과장과 순희뿐이었다.

"십 분만 말을 쉬게 하고 출발하겠습니다. 마차를 타고 계시면 됩니다."

마부가 말 입가에 묻은 거품을 닦아 주고 먹이와 물을 주고 있었다.

정확히 십 분 후 마부가 마차에 올랐다.

"이랴!" 하는 소리에 마차는 흔들거리며 경사가 완만한 마을 길을 내려가고 있었다. 순희는 마을을 구경하느라고 고개를 이리저리 돌리고 있었다. 평소에 언제나 말이 없고 눈은 무엇을 깊이 생각하는 듯하던 인범 오빠가 과연 이 마을을 이렇게 변화시켰단 말인가? 믿어지지 않았다.

박 과장은 몇 년 만에 보는 고향 산천을 바라보는 눈가엔 만감이 서리고 감개가 무량했다. 그 옛날 어린 시절 애면글면 살아온 기억과 상념이 낙수처럼 뿌려지는 한 줄기의 향수가 아련히 떠오르며 지금 눈앞에 전개된 관광마을의 전경 위에 중첩되었다.

다른 곳과는 달리 배내마을은 해방 후 반세기가 지났지만 지리적으로 교통이 불편한 낙후된 오지라 지금까지 문명과 경제 발전이 둔화된 시골마을이었다. 낙후되고 소외된 산골이 이렇게 민속 관광마을로 조성될 수 있는 전화위복의 조건이 되었다.

마찻길을 따라 넓은 야천에 맑은 물이 크고 작은 바위와 돌들을 감싸며 재잘거리며 흐르고 있었다. 집집마다 각종 유실수의 푸른 잎들이 지붕을 덮고 있었고 그 시원한 그늘 아래 평상에는 관광객들이 음식을 먹고 있는 모습이 보였다. 마차가 겨우 지나갈 길가에는 지금은 대부분 사라진 버드나무에 매미가 요란스럽게 울고 있었다.

순희는 배내마을의 아름다운 경치를 구경하느라고 눈을 반짝이고 고개를 계속 이리저리 움직이고 있었다.

"과장님, 마을이 너무 아름다워요. 마을이 온통 짙은 숲으로 덮여 있어요."

"그렇지, 이곳을 영남의 알프스라고 하는 간월산, 영취산, 신불산을 끼고 있는 마을이야. 그리고 저기 서쪽에 보이는 산이 천왕산이야. 이곳이 경남 일대에서 제일 아름다운 곳일 거야."

마을 중앙에 수살나무인 듯한 굵은 느티나무 한 그루가 울창한 숲을 자랑하며 우뚝 솟아 있고, 그 아래 평상에서 노인들이 한가롭게 앉아 담배를 피우며 담소를 나누고 있었다. 한 폭의 그림 같은 그 풍경과 집집마다 짙은 녹음이 우거져있는 마을은 아름답고 평화롭게 보였다.

'아! 그 옛날 내가 어릴 때, 가난했었지만 인정이 풍성했던 그때가 이런 분위기였고 이런 전경이었지.'

박 과장과 순희는 마차 종점에서 내렸다. 이곳은 옛날부터 마을 사람들이 곡식을 타작하는 마당으로 사용하였던 조금 넓은 공지였다. 골목을 들어서니 잡초들만 무성하게 자라던 삭막하고 엉성했던 채소밭은 어느새 풀들이 깨끗이 매어져 온갖 채소들이 싱싱하게 자라고 있었고, 채마밭에 접한 길 쪽에 옥수수가 탐스럽게 익어가고 있었다.

순희는 박 과장과 달리 인범을 생각하고 있었다. 언제나 우수에 젖은 그늘진 얼굴에 말이 없던 오빠가 박 과장의 고향 마을을 관광마을로 만들어 놓았다니, 장한 오빠의 얼굴을 얼른 보고 싶었다.

3개월 전, 인범 오빠가 시골로 떠나기 전 어디 멀리 간다기에 양념과 양말과 내의를 챙겨 주던 것이 생각났다. 오빠는 울프와 센을 부탁한다고 했다. 오빠가 이 먼 시골에서 관광마을을 만든다고는 상상도 못 했다.

마을회관에 도착하니 회관 마당에서 사십 대 후반과 오십 대 초반의 두 명이 농기구를 수리하고 있었다. 두 사람이 박 과장과 순희가 회관을 들어서는 인기척에 하던 일손을 잠깐 멈추고 쳐다보았다. 그들은 가까이 오는 박 과장을 알아보고 한 사람이 옆 사람에게 뭐라고 말을 하면서 부리나케 일어났다. 옆 사람도 일어났다.

"아이고, 정웅이 형님 아입니꺼? 어쩐 일로 이래 갑자기 내려오셨습니꺼?"

두 사람은 박 과장의 손을 잡고 반가이 맞아 주었다. 박 과장도 농사일에 거칠어진 두 사람의 투박한 손을 맞잡았다.

"아, 자네 이원구 아이가? 이 사람은……."

"저, 아랫마을 대추나무집 심인대입니더."

"아, 맞다! 내 어릴 때 풋대추 따 먹다가 자네 춘부장에게 잡혀 혼났지. 그때 자네가 일러바쳤다 아이가?"

"아, 예."

심인대는 어색한 듯 아이들처럼 머리를 긁적거렸다.

"참 오래간만일세. 그간 잘 계셨나? 나도 늙어가니 고향 생각이 안 나나. 그래서 고향 사람들도 만나보고 관광마을 만든다고 하니 궁금해서 안 왔나."

"참으로 잘 왔십니더. 형님, 우리 인자 고생 끝났십더."

"그래, 황 이장과 노영길 어디 갔나? 그라고 고인범이라는 청년 어디 있노?"

"아! 그 고 군을 형님이 우리 마실로 보냈다 카데요. 우리 마실은 그 고인범 청년 덕분에 이래 마을이 확 달라지고 있다 아입니꺼."

순희는 그 소리를 듣고 가슴이 뭉클했다. 그리고 눈물이 울컥 쏟아질 것 같았다. 오빠가 이 마을에서 칭찬을 받는 큰일을 하고 있다는 것에 감동을 받았던 것이다.

"이 아가씨가 고 군의 여동생이라네."

두 사람은 순희의 얼굴을 보았다.

"아이고! 귀한 손님이 오셨네! 인물도 예쁘고 참한 색시네예……. 황 이장과 고 군은 조금 전에 합천 황강에서 잡아온 민물고기를 아랫마을 쪽 야천에 방류하러 갔는데예. 그라고 노영길 형님은 아까 여기 있었는데……."

박 과장은 하늘을 쳐다보았다. 해가 뉘엿뉘엿 기울고 있었다.

'아! 저 해가 서산에 빠질 무렵이면 천황산 산마루에 현란한 낙조의 장관이 절정을 이루곤 했었지.'

박 과장은 문득 어린 시절 석양을 보고 감탄했던 그때가 떠올랐다.

박 과장은 순희를 데리고 야천으로 내려갔다. 젊었을 때나 중년이었을 때나, 그리고 황혼의 나이엔 더더구나 고향에 올 적마다 계곡과 야천은 꼭 구경을 했다. 배내마을의 계곡과 야천, 그리고 들녘의 절경을 보지 않으면 고향에 온 것 같지가 않았다.

"정 양, 저 가까이 보이는 나란히 있는 저 산이 석남사에서 봤던 간월산이고 영취산이고 신불산이란다. 산이 높고 골이 깊어 바위투성이의 계곡에는 언제나 맑은 물이 흐르는 참으로 아름다운 명산이야. 그리고 아래쪽으로 내려가면 넓은 야천에는 물이 맑고 수량이 풍부해. 지금은 대부분 사라졌지만 옛날 여러 종류의 민물고기들이 지천으로 많았어."

"그래요."

박 과장은 어린 시절을 회상하며 순희에게 들려주었다.

"여름이 되면 우린 야천에서 쏘가리, 꺽지, 뱀장어, 피라미, 게를 잡아 어머니에게 갔다 드리면 어머니가 어떻게나 맛있게 요리를 해 주던지……. 아이들은 여름 내내 계곡과 야천에서 멱 감고 고기 잡으며 한철을 보냈단다. 어른들도 고기를 잡곤 하였지. 그리고 논이 있는 아래 개천에는 미꾸라지가 많았어."

"과장님, 계곡과 야천은 어떻게 구별해요?"

"산속의 수목이 울창한 바윗돌 사이로 흐르는 경사지고 좁은 곳을 계곡이라고 하고 숲 속이 아닌 양쪽에 논이 있고 크고 작은 돌들이 있는 물이 많고 넓은 곳을 야천이라고도 하고 또 그랑이라고도 하지."

"과장님, 서울 우리가 사는 뒷산도 아주 골이 깊어요. 오빠 따라 어릴 때 가재도 잡고 버섯도 따고 했어요. 아버지가 그러던데 오빠가 어릴 때 언덕배기 토굴과 산속 동굴에서 살았데요."

"뭐? 토굴과 동굴에서……."

'아! 고 군이 어린 시절에 참으로 비참하게 자랐구나!'

풀냄새, 흙냄새가 물씬 나는 논배미를 지나 야천에 도착했다. 돌을 타고 잔잔히 물결치며 흐르는 물은 햇빛에 반사되어 반짝이고 있었다. 야천 주위에는 쓰레기 하나 없었다. 수양버들이 하나같이 나무둥치와 가지가 물 쪽으로 향하여 기울어져 잎은 물에 닿을 듯 드리워져 있었다. 초등학교 때 나무가 물 쪽으로 향하여 자란다고 배웠는데 그런 것 같았다.

나무가 없는 곳은 이제 갓 심은 듯 가지를 자른 사람 키보다 큰 느티나무들이 일정한 거리를 두고 심어져 있었다. 저 나무들이 내년이면 가지를 내리고 새순이 돋아나 짙은 잎들로 야천을 더욱 아름답게 할 것이고, 수십 년 수백 년을 자라면서 아름다운 정자나무의 자태를 뽐내며 거목이 될 것이다. 먼 훗날 저 느티나무가 거목으로 자라 야천과 더불어 아름다운 풍치를 이룰 때 그 누가 저 느티나무가 심어진 내력을 알아줄 것인가?

이제 배내마을은 고 군의 정신을 이어받는다면 옛 촌락 그대로 민속마을로 보존되고 아름답게 가꾸어져 마을은 부촌이 되고 관광객에게는 사랑받는 마을이 될 것이다.

박 과장은 고향 산천을 바라보며 그 옛날을 회상하니 감회가 새로워졌다. 나는 내 고향 마을을 위해 아무것도 한 것도 없이 세월만 덧없이 보냈구나!

수백 년 가난을 숙명처럼 살아온 내 고향이 이제 가난을 벗어나고 있었다. 그러나 질박한 삶을 살아온 배내마을 순박한 촌민들이 영악한 도시인들을 상대로 영리에 지혜로울지……. 걱정이 되었다. 관광객들이 대부분 떠난 야천에는 횅댕그렁 인적이 드물었다.

"과장님, 저기 보세요! 고기들이 보여요. 어마, 저 큰 돌 밑에 뱀장어가 보여요."

박 과장은 순희가 가리키는 물 가까이 갔다. 큰 돌이 있고 물이 깊은 곳에 제법 많은 고기가 한가롭게 유영하고 있는 것이 보였다. 물에 난반사되어 잘 안 보이지만, 자세히 보니 피라미가 많고 쏘가리, 꺽지, 그리고 이미 사라진 지 오래된 커다란 뱀장어가 보이는 것이 경이로웠다.

'아! 그동안 많은 고기를 방류시켰구나! 그래 이렇게 해야 한다. 시골의 풍치를 돋보이게 하려면 먼저 사라진 식물과 물고기를 복원시켜야 한다.'

"과장님, 저 저녁노을 보세요. 아, 너무 아름다워요."

낮 하루 동안 대지를 불태우며 이글거리던 태양이 사위어가는 석양의 햇살이 천황산 산마루에 떠 있는 흰 구름을 온통 선연한 적황색으로 물들이고 있었다. 박 과장과 순희는 아름다운 한 폭의 그림 같은 낙조의 장관을 감동으로 바라보고 있었다.

'아! 아름답다!'

그 말 한마디 외는 어떤 수식어로도 묘사할 수 없었다. 박 과장도 순희도 입을 벌린 채 낙조의 장관에 넋을 잃고 하염없이 바라보고 있었다. 낙조가 서서히 사라지면서 산마루는 잿빛으로 삭막해지고 있었다.

"아! 내 고향 저녁노을이 참으로 아름답구나!"

박 과장은 이내가 깔리는 고요한 황혼의 들판을 바라보았다. 참새떼가 마을을 덮으며 대숲으로 날아가는 목가적인 마을이었다.

박 과장과 순희는 야천의 돌을 밟으며 내려갔다. 돌 밟는 소리만이 사각사각 날 뿐 어둠이 깔리는 들녘은 사람들의 모습이 어룽하게 보였다.

4

황 이장과 청년회장, 고인범, 그리고 마을 사람들이 며칠을 두고 먼 오지의 강과 하천에서 잡거나 사 온 민물고기들을 띄엄띄엄 거리를 두고 방류하고 있었다. 아무리 산소를 공급하고 얼음 덩어리를 넣어 왔다고 하지만 더운 여름 탱크 안에 장시간 시달려 와서 그런지 고기들은 초주검 상태였다.

고기들을 뜰채로 떠 물에 놓아주니 처음은 몸을 제대로 가누지 못하던 고기들이 맑고 시원한 물에 차츰 생기를 찾고 몸을 감추기 위해 지느러미를 흔들며 깊은 물속으로 천천히 사라지고 있었다. 그러나 안타깝게도 죽은 고기도 있었다.

관광객들이 대부분 돌아간 인적이 없는 야천은 서서히 짙은 어둠과 적막에 묻히고 있었다. 아직 집으로 가지 않은 피서객 몇 가족이 그들의 짐을 챙기다 말고 마을 사람들이 고기를 방류하는 것을 보고 신기한 듯 가까이 와서 구경하고 있었다.

"고 군, 고기는 이 정도만 방류했으면 안 될까? 지금까지 방류한 고기만 하여도 충분할 텐데……. 고기 구입하는 데 돈도 수월찮게 들었을 낀데……."

"이장님, 관광객들에게는 놀거리보다 볼거리를 더 좋아할 것입니다. 그 중 야천에 평화스럽게 유영하는 사라졌던 옛 토속 고기를 보는 것을 가장 즐거워할 것입니다. 그리고 이 고기들이 한겨울을 무사히 넘기고 내년 봄 산란하여 치어들이 자라나면 관광객들에게 민물고기 요리도 제공할 수 있을 것입니다. 무엇보다도 이 고기들이 잘 자라게 하려면 관광객이 먹다 남은 밥을 모아 고기들에게 먹여야 합니다. 자연적인 먹잇감만 먹고는 빨리 자라지 못할 것입니다."

얼음이 담긴 통에는 자라와 게도 있었다. 고기를 수집해 오는 팀들은 인범이가 구해 오라고 당부한, 점점 사라져 가는 귀한 고기들을 많이 사 왔다.

"고 군 저 나무통은 뭐꼬? 물고기는 아닌 것 같은데……."

물고기를 방류한 플라스틱 통 옆에 나무로 만든 사각통을 보고 황 이장이 손가락으로 가리키며 말했다.

"아 예, 다람쥐입니다."

"뭐, 다람쥐? 다람쥐는 왜?"

"이장님, 제가 청년들에게 다람쥐를 사오라고 했습니다. 다람쥐는 흔하지 않고 잡기가 어렵다고 하여 돈은 좀 썼습니다."

다람쥐라는 말에 그리고 다람쥐 구입에 돈을 많이 썼다고 하니 황 이장은 어안이 벙벙하여 멍하니 인범을 바라보았다.

"이장님, 다람쥐는 보기가 앙증스럽고 귀여운 동물입니다. 그 앙증스러운 다람쥐는 누구나 신기해하고, 귀여워할 것입니다. 그래서 우리 마을에 많은 다람쥐를 서식시키려고 합니다.

"그래, 몇 마리인가?"

"열다섯 마리입니다. 더 이상 잡지 못했다고 합니다. 저쪽으로 가십시다. 풀어 놓아야 합니다. 열다섯 마리라도 일 년에 두 번씩 새끼를 낳기 때문에 천적인 솔개나, 매, 독수리만 잘 피하면 곧 많은 다람쥐가 증식될 것입니다. 다람쥐는 앙증스럽고 귀엽기 때문에 관광객을 기쁘게 할 것입니다. 특히 아이들이 좋아합니다. 먹이는 도토리나 밤, 곤충 따위를 즐겨 먹습니다."

인범은 나무통 있는 곳으로 갔다. 황 이장도 청년회장도 청년들도 따랐다. 나무통 한쪽에 그물망을 쳐두었다. 그물망 쪽에 다람쥐들이 새카만 눈알을 굴리며 밖을 보고 있다가 사람들을 보고 부리나케 반대편으로 달아났다.

인범은 반대편 나무판자를 들어 올렸다. 판자를 들어 올리자 다람쥐들이 한꺼번에 우르르 들판 쪽으로 달아났다. 센이 다람쥐를 잡으려고 쏜살같이 따라 붙였다.

"센, 안 돼! 가지마!"

인범이 고함을 질렀다. 무섭게 질주하던 센이 고함에 멈추어 서서 달아나는 다람쥐를 멀거니 바라보다 돌아서 인범이 곁으로 다가왔다.

"자 가십시다. 오늘 일은 마쳤습니다."

인범 옆에서 따라가던 센이 갑자기 서서 귀를 쫑긋하고 어느 지점을 응시하더니 껑껑 짖었다. 함께 걸어가던 인범도 황 이장도 마을 청년들도 갑자기 짖는 개 소리에 잠시 멈추어 서서 개가 짖는 방향을 쳐다보았다.

"……?"

모색이 짙어가는 야천 위쪽에 자갈을 밟으며 두 사람이 걸어오고 있는 모습이 묽은 어둠 속에 희미하게 보였다. 귀를 쫑긋하며 두 사람을 쳐다보던 센이 '으으으, 으으으.' 묘한 소리로 앓는 소리를 하더니 잽싸게 뛰어갔다.

"……?"

황 이장도 청년들도 인범이도 뛰어가는 센을 멀거니 바라보았다.

드디어 센이 이쪽으로 오는 두 사람 앞에 도착하더니 키가 작은 여자인 듯한 사람에게 뛰어오르며 사람과 개가 엉겨 붙고 있었다.

"센, 울프는 어디 가고 혼자 와?"

순희가 울프를 찾는 것을 알고 박 과장은 가슴이 아팠다. 순희가 울프가 죽었다는 것을 알면 슬퍼할 것이라고 생각했다.

순희는 울프를 찾았지만 보이지 않았다.

시력이 좋은 인범은 키 큰 남자가 박 과장임을 알았다.

'아! 순희와 그리고 그리운 박 과장님이 여기까지 찾아오셨구나!'

개를 앞세우고 두 사람이 다가오고 있었다.

"고 군, 저 사람이 누고? 개가 아는 사람이라면 자네의 손님인 모양이네."

"박 과장님이 오시는 것 같아요."

"뭐! 정웅이가 온다고?"

황 이장은 박 과장이라는 말에 야천 상류 쪽으로 빠른 걸음으로 올라갔다. 두 사람과 황 이장과의 사이가 가까워지고 육안으로 얼굴을 알아볼 수 있는 가까운 거리에 다가왔다.

"야, 정웅이! 니 아무 연락도 없이 이래 갑자기 오모 어짜노?"

먼저 황 이장이 큰소리로 맞이했다.

"와, 미리 연락하모 마중 나올라 했나?"

"하모, 마중 나가지. 니 때문에 우리 마실 부자 될 낀데."

"그건 그때 봐야 알제."

"형님 오셨능교, 반갑습니더."

"아저씨 오셨습니꺼?"

마을 사람들이 인사를 하며 박 과장 주위에 모여들었다.

"아이고, 오래간만이다. 욕본다 하는 소리 듣고도 진작 못 와서 미안하네. 너거 참으로 수고 한데이."

박 과장은 마을 사람들 한 사람 한 사람과 일일이 악수를 나누고 황 이장의 손을 잡았다. 옆에서 인범이가 미소를 지으며 박 과장을 보고 서 있었다.

박 과장 조금 뒤에 긴 머리에 꽃무늬가 화사한 하늘색 원피스를 입은 순희가 인범의 얼굴을 바라보고 있었다. 센은 순희 옆에 바짝 붙어 꼬리를 흔들고 있었다. 마을 사람들은 적당한 키에 몸집이 가냘프고 유난히 얼굴이 흰 청초한 순희를 바라보았다.

순희는 주위를 두리번거리며 무엇을 찾고 있었다. 박 과장은 순희가 울프가 보이지 않아 찾고 있는 걸 알았지만, 울프가 이번 싸움에서 인범을 구하려다 건달의 몽둥이에 맞아 죽은 사실을 차마 말할 수 없었다.

짧은 소매와 서울에서 유행한다는 미니 원피스 밑으로 보이는 백옥 같은 허벅지가 유난히 돋보였다. 특히 젊은 청년들의 시선이 낯선 처녀의 얼굴에서 눈을 뗄 줄 몰랐다. 저 처녀가 인범이하고 어떤 관계인지 궁금해하는 눈치가 역력했다.

"정웅아, 니 고 군에게는 아는 치 안 하노? 고 군이 삐끼겠다."

그제야 박 과장은 고 군의 큰 손을 잡았다.

"고 군, 그동안 짧은 시일에 많은 일 하였구먼, 고마우이."

"과장님 오셨군요. 바쁘실 텐데……."

인범은 미소를 머금고 박 과장의 얼굴을 바라보았다.

"고 군, 내가 정 양을 억지로 데리고 왔네."

그제야 인범은 정면으로 순희의 얼굴을 마주 보았다. 참으로 오래간만에 보는 얼굴이었다.

"오빠, 저 왔어요. 근데 울프가 안 보여요?"

"그래……."

언제나 멋쩍은 인범이었다.

"정 양은 고 군의 동생이야. 정 양, 마을 어른들에게 인사드려. 저 분은 황 이장이시고…….”

박 과장이 인사를 시켰다.

“아저씨, 우리에게는 인사 안 시킵니꺼?”

순희의 모습만 바라보던 청년들이 불만이었다.

“아이고, 내 잊어버렸네. 여기 총각도 있제.”

“아저씨, 우리 말캉(모두) 총각입니더. 그라고 고 군하고 우째 됩니꺼. 오빠라 하는데, 진짜 오빱니꺼? 가짜 오빱니꺼? 정 양이라고 하는 것 보이까네 오빠가 아일 수도 있겠네요?”

“고 군, 자네가 소개하게.”

“…….”

고 군은 순희를 바라보며 빙긋이 웃고만 있었다. 마을 청년들은 인범과 순희의 사이가 궁금한지 인범의 입만 쳐다보았다.

“고 형, 우리사 마 궁금해 죽겠다 아이가. 말 좀 해 보소.”

“친동생이라고 생각하십시오.”

“친동생이라고 생각하라는 기 뭐꼬? 동생이면 동생이다 아이면 아이다지. 친동생은 분명히 아이다 이말 아인가요. 도장 찍은 동생이라 하모, 우리사 마 넘보지 않을 끼지만…….”

순희는 아직 인범 오빠가 단 한 번도 자기를 여자로 본 적이 없었다고 생각했다. 순희가 노골적인 표출을 하여도 오빠는 언제나 모른 척 나를 비켜나가지 않았는가. 오늘 우연한 곳에서 인범 오빠가 자기를 어떻게 소개시키는지 궁금하였지만 친동생이라고 생각하라고만 소개했다. 순희는 기대하지 않았지만 섭섭했다. ‘정말 오빠는 나를 이성으로 대하지 않는단 말인가?’

그래도 인범은 확실한 말을 하지 않고 미소만 지었다.

“그라모, 아가씨 입으로 말해 보소.”

청년들이 순희에게 물었다. 순희도 인범의 얼굴을 쳐다보며 말을 하지 않았다. 황 이장이 보다 못해 나섰다.

"너거, 그거 알아 뭐 할라꼬 자꾸 묻노? 고 군이 동생이라 하모 그래 알아들어야지."

"이장님요, 참말로 안 통하네예. 우리한테는 임메나 중요한데요. 내사마 정 양이라 하는 저 아가씨에게 첫눈에 홀딱 반해 버렸다 아입니꺼."

"뭐가 그래 중요하노? 쓸데없는 소리 그만하고 가자."

농밀한 어둠이 야천을 덮고 있고, 희미한 초승달이 구름 사이로 얼굴을 내밀고 아래로 내려다보며 히죽거리고 있었다.

5

황 이장의 집 사랑채에 황 이장, 노영길, 박 과장과 어릴 때 함께 자랐던 옛 친구 몇 명이 두레상에 둘러앉았다. 황 이장이 정웅이가 왔다고 바쁘게 토종 씨암탉을 잡았다. 통째 삶은 노란 기름이 자르르 흐르고 김이 무럭무럭 나는 먹음직스러운 백숙을 손으로 죽죽 찢어 두레상 위에 안줏감으로 올려놓았다.

황 이장은 집에서 빚은 막걸리를 투박한 잔에 가득 부어 잔을 박 과장에게 먼저 권했다. 이어 방 안에 있는 마을 사람들의 나이순으로 술잔이 돌아가기 시작했다. 술잔이 몇 순배 돌자 모두의 얼굴에 취기가 오르면서 걸쭉한 옛날이야기도 나오고 방 안에는 화기가 넘쳐났다. 모두 박 과장에게 감사의 말을 하고 인범이의 사람 됨됨과 관광마을 조성 이야기로 밤이 무르익고 있었다.

"정웅아! 니 덕에 우리 마을이 인자 걱정 끝나는 것 같다. 관광객이 날이 갈수록 많아지고 있다. 이대로 가다간 손이 많이 모자란다. 아무리 사람이 모자라도 외부 사람은 일절 함께 장사하지 않기로 우리는 규칙을 정했다 아이가. 그래서 고향을 떠나 객지에서 고생하고 사는 고향 사람들과 자식들을 불러들여 함께 살 계획을 의논하고 있는기라. 벌써 몇 가족은 들어왔다."

"그래, 나도 관광객이 많이 온다는 것은 니가 마차를 두 대 더 구입하는 것을 보고 알 수 있었다. 관광객이 많이 올수록 절대로 욕심 부리지 말고 잘해야 된데이, 알겠나? 언제나 욕심이 망친데이. 음식이나 농산물 값을 올려 받으면 안 된데이, 알겠나."

"그래, 알겠다. 고 군이 그걸 알고 음식값 등 모든 것을 마을회의에서 의논하여 결정하라고 하더라. 참으로 속이 깊고 영리한 청년이다. 그라고 이것은 모두 니 덕이다."

이렇게 말한 황 이장이 만면에 웃음을 머금고 박 과장에게 술잔을 권했다.

"와 내 덕이고, 내가 뭐한 것이 있나. 내사 너거가 이런 큰일 하는데 한 번 내려오지도 못하고 서울서 용만 쓰고 있었는데……."

"아니다. 니가 고 군을 우리 마실로 내려가라 안 했으면 우째 고 군이 이리로 오려고 생각이나 했겠노?"

"그거야 뭐……. 관광 마실 만들라고 보낸 것이 아니다 아이가?"

"우째 되었든 간에 니 때문에 고 군이 여기 온기 맞다 아이가."

"……."

"영수 말이 맞다. 정웅이 니 아니면 고 군이 여기 안 왔을 것 아니겠나."

"그래, 맞다. 정웅이 니가 찢어지게 못 사는 우리 마실 사람들을 부자 만들어 주고 안 있나."

"……."

옆에서도 맞장구를 쳤다. 박 과장은 과분한 인사를 듣기가 민망했지만 더 이상 변명을 하지 않았다.

'수백 년 가난 속에 살아온 마을이 과연 관광마을로 부촌이 되고 관광마을로 지속적으로 유지할 수 있을까?'

"정웅아, 인자는 니 말할 수 있제. 와 고 군을 이리로 보냈노? 그기 궁금하다 아이가. 고 군도 니 이름 말하는 것을 억수로 조심을 하더라. 무신 이유가 있제?"

"……."

"우리가 고 군에게 피하라 카니 고 군은 서울서 사고 내고 이리로 피신해 왔다 카면서 더 이상 피신할 곳이 없다고 하더라. 그 말이 맞나? 와 말할 수 없나? 무신 말 못할 사정이 있나? 고 군의 입장이 곤란하면 마 말 안 해도 된다."

모기 한 마리가 박 과장의 얼굴에 앉았다. 박 과장은 손으로 딱 소리가 나도록 때려 모기를 잡아 방바닥에 비볐다. 빨간 피가 나왔다. 피가 묻은 손가락을 옷에 스윽 닦고는 한참을 말없이 눈을 지그시 감고 있더니 무언가 결심한 듯 무겁고 어눌하게 입을 열었다. 황 이장과 노영길, 그리고 친구들이 박 과장의 입을 바라보았다.

박 과장은 고 군의 아버지가 죽게 된 것과 고 군이 싸움을 배운 것 그리고 남의 싸움에 개입하게 된, 긴 사연을 말했다. 그리고 박 과장은 고 군이 어릴 때 고아로서 토굴과 동굴에서 살며 처절히도 고생한 것, 지금도 공사판에 다니며 생활한다는 것을 이야기하였다. 박 과장의 이야기를 들은 마을 사람들은 숨소리마저 없었다. 박 과장은 긴 이야기를 마치고 한숨을 토했다.

아직도 이십 대 젊은 나이의 고 군이 고아로서 여느 아이와는 달리 굴곡진 기구한 삶을 살아왔다고 했다. 이야기를 들은 황 이장과 노영길, 그리고 마을 어른들은 멍하니 박 과장을 쳐다보며 할 말을 잊었다. '아, 그래서 고 군의 얼굴이 항시 그늘져 있었구나!' 그들은 인범이가 싸움꾼이 된 사유를 알게 되었다.

그리고 고 군이 여느 청년과는 다른 삶을 살아가는 젊은이라는 것도 알았다. 그렇게 어렵게 살면서 영어도 배우고, 서예도 배우면서 열심히 살아가는 고 군이 더욱 훌륭하게 보였다.

고 군의 이야기를 마친 박 과장은 담배 한 개비를 끄집어내어 연기를 내뿜더니 독배처럼 말했다.

"아마 고 군이 좋은 환경에서 자랐다면 싸움꾼보다 학자가 되었을 것이라고 생각하네."

박 과장의 말을 들은 방안의 마을 사람들은 모두 고개를 끄덕이었다.

6

박 과장이 고향 친구들과 회포를 나누고 있는 시간에 인범이는 순이를 데리고 마을 앞 논배미를 거닐고 있었다. 인범은 먼저 울프의 죽음을 알렸다. 울프가 인범이를 구하려다 죽은 사연을 듣고 순희는 너무나 슬퍼 울었다. 가족같이 살아온 10여 년이었다. 센이 말없이 옆에 따르고 있었다.

구름 한 점 없는 하늘엔 은하수 주위에 모래 알갱이 같은 수억 수천의 별들이 휘황찬란하게 빛나고 있었다. 인범은 별빛이 반짝이는 밤이면 하늘을 바라보는 것이 습관이 되었다. 수십억 개의 농밀하게 엉켜 있는 은하계의 신비체가 언제나 궁금했고 광대무변한 우주의 신비에 황홀감으로 바라보는 것이 즐거웠다. 우주의 신비체는 언제나 수수께끼 같은 이해 못 할 놀라움을 금할 수 없었다. 별 하나가 지구보다 크다는 것에…….

그렇게도 온 대지를 뜨겁게 달구며 작열하던 태양도 이제 열기를 잃어 가더니 고원의 산골이라 그런지 저녁이면 서늘한 바람이 겨드랑이에 스며들었다.

들판은 눈가루를 뿌린 듯 교교한 달빛이 밝혀 주는 질펀한 들길을 순이는 인범의 팔을 끼고 거닐고 있었다. 순희는 너무나 행복했다.

서울의 중심지에서 많이 외떨어진 인범의 집 주위도 이곳에 못지않은 자연이 있는 곳이었다. 조금만 산속으로 들어가면 깊은 숲 속이었다. 어린 시절은 오빠와 계곡에서 가재 잡고 숲 속을 헤매며 다래나 산딸기와 밤을 따며 온 산을 쏘다니고 다녔다. 그러나 사춘기에 들어서면서 오빠는 순희의 뜨거운 시선을 피하고 가까이 다가가면 언제나 비켜나가기만 하여 오빠와 단둘이 걸어 보지 못했다.

인범은 순희가 팔을 끼고 걷는 것이 어색한지 몸을 움츠리며 걸음마저 부자연스럽게 걷고 있었다. 부드러운 몸과 싱그러운 처녀의 냄새가 코에 스며들었다. 그보다 허리에 바짝 밀착시킨 순희의 젖가슴이 인범의 팔에 물컥물컥 닿으며 이십 대인 인범의 정염을 자극했다.

“오빠, 배내마을의 밤이 너무 아름답다. 저 하늘의 별들을 좀 봐요.”

순희가 가리키는 아득히 먼 어두운 하늘 저편 은하수에 수많은 별이 무념의 군무를 추고 있는 것이 너무나 아름다웠다.

“그래, 우리 집 뒷산 하늘에도 저런 별들이 있는 것 못 봤니?”

“있긴 있지요. 그렇지만 언제 오빠가 나하고 이렇게 단둘이 있는 시간을 주었어요?”

“…….”

차츰 마을이 멀어지고 산골의 좁은 들판이 밤이라 그런지 질펀하게 보였다. 한밤을 울리는 개구리 소리가 요란하게 들렸다. 개골개골 약속이나 한 듯 두 팀이 되어 서로 번갈아가며 하모니를 이루며 울어대는 소리는 요란한 것 같으면서 요란하지 않게 들리는 것이 이상했다.

앞서서 묵묵히 걷던 센이 갑자기 걸음을 멈추고 꼬리를 내리고 긴장을 하고 있었다. 뒤에 가던 인범이는 반사적으로 걸음을 멈추었다. 센과 같이 긴장을 하고 앞을 응시하며 순희의 어깨를 잡고 한 발 뒤로 물러섰다. 오랫동안의 산속 생활에서 직감적으로 오는 예감이었다.

센은 뱀을 본 것이다. 인범은 어두운 논길을 센이 노려보는 앞쪽에 눈조리개를 맞추고 노려보았다. 센이 공격 자세를 취하고 뱀 주위를 빙빙 돌았다. 인범은 물뱀인지 독사인지 목을 꼿꼿이 세우고 센과 대치하고 있는 뱀을 발견했다. 손전등을 가지고 오지 않은 것을 후회했다. 언제나 가지고 다니는 것을 오늘따라 잊고 나왔다.

"오빠, 왜 그래요?"

"뱀이야, 독사인 것 같아."

순희는 별로 놀라는 기색이 없었다. 어린 시절부터 너무나 많이 보아 온 뱀이다. 아마 도시 처녀였다면 비명을 지르고 인범이에게 매달렸을 것이다. 센은 길을 막고 있는 뱀을 쉽게 공격을 못 하고 왕왕 짖으며 신중을 기하고 머리를 좌우로 흔들며 뱀 대가리를 물려고 기회를 보지만, 뱀도 머리를 꼿꼿이 세워 센의 움직임에 따라 이리저리 움직이며 대치하고 있었다.

아마 독사이리라. 물뱀 같으면 센이 일방적 공격을 할 것인데, 동물은 상대를 간파하는 본능을 갖고 있었다. 독사가 논둑에 있는 개구리를 사냥하러 나온 것 같았다.

인범은 주위에서 조그마한 돌을 찾아 뱀의 머리를 향해 가볍게 던졌다. 가까운 곳이라 쉽게 뱀의 머리를 맞출 수가 있었다. 돌을 맞은 뱀은 부리나케 산 쪽으로 달아났다.

"센, 가자."

인범과 순희는 조금 넓은 논배미에 앉았다. 아직은 씨알이 덜 든 푸른 벼 알갱이지만 농밀하게 영그는 벼가 탐스럽게 익고 있었다. 이제 이 여름이 가고 가을이 되면 들판은 황금빛으로 잔풍에 물결칠 것이다.

순희는 인범의 어깨에 기대어 꿈을 꾸듯 행복에 젖어 있었다. 얼마나 오빠와 함께 있고 싶었던가. 박 과장에게 고마움을 느꼈다. 개골개골 개구리 소리만이 밤의 적막을 울릴 뿐 밤은 죽음처럼 고요했다.

얼마 떨어지지 않은 곳에서 캑 하는 짐승의 단말마 소리가 들렸다. 아마 동물 세계의 처절한 약육강식의 먹이사슬에 또 하나 약자의 생명이 강자의 먹이로 희생이 되는 비명이리라. 인범은 반사적으로 소리 나는 쪽으로 머리를 돌리더니 이내 별빛이 찬란한 밤하늘을 쳐다보며 무엇을 생각하는지 입을 굳게 다물었다.

따스하고 부드러운 순희의 체온이 인범의 겨드랑이에 밀착되어 전달되었다. 그렇게도 수줍어하고 얌전하던 평소의 순희와는 달리 어둡고 은밀한 곳이면 정열적인 뜨거운 눈길과 숨결을 대담하게 부딪쳐 오는 것이다.

왱 하는 모깃소리가 나면서 사람의 살과 땀 냄새를 맡고 덤벼들었다.

"오빠 저쪽으로 가, 논두렁은 모기가 많고 어쩐지 으슥해. 그리고 논에서 뱀이 나올 것 같아."

순희는 살며시 일어섰다.

"산에서 자란 순희가 뱀을 겁낼 때가 다 있어? 그래, 저쪽으로 가자. 모기향을 피워야겠다."

산골에는 모기가 많았다. 그보다 산골 모기는 동물의 피를 빨아먹기 때문에 한번 물리면 매우 따갑고 물린 자리가 부어오르고 오래도록 아팠다. 시골에선 밤에 밖에 있으려면 모기향을 피워야 했다.

인범은 순희를 따라 일어났다. 옆에 고즈넉이 누워 있던 센도 부스스 일어나 앞장을 섰다. 센은 언제든지 인범보다 한 발 앞서 걸었다. 주인을 보호하려는 개의 본능인지……. 순희는 길에서 조금 떨어진 편편한 잔디를 골라 손수건을 깔고 앉았다. 싱그러운 풀 냄새가 텁텁한 열기와 함께 물씬 코에 스며들었다.

인범은 작은 배낭에서 모기향을 꺼내어 적당한 간격으로 사방에 놓고 라이터를 켜 향을 피웠다. 향긋한 향냄새가 풀 냄새와 함께 주위에 퍼지면서 모기를 쫓아내고 있었다.

"오빠, 이리로 와요."

순희는 인범의 손을 살며시 잡아 앉히더니 어색해 하며 망설이는 인범의 어깨를 당겨 자신의 무릎 위에 머리를 눕혔다. 조용하고 어두운 곳에서는 순희가 언제나 인범이보다 대담하고 능동적이었다. 싸움에서는 그렇게 야수같이 강한 인범이도 여자에게는 약했다. 여자를 두려워했다.

순희의 머리카락에서 싱그럽고 풋풋한 냄새가 인범이의 젊은 피를 정염으로 뜨겁게 했다. 거리를 활보하는 처녀들이 입은 핫팬츠와 미니스커트 아래로 아슬아슬하게 노출된 관능적인 하이얀 여자의 허벅지를 보면 자신도 모르게 눈길이 머무는 것을 발견하곤 얼굴을 붉히며 눈길을 얼른 거두곤 했었다.

그러나 밤이면 인범은 도심에서 보았던 여체들의 노출된 선정적인 몸매가 눈에 선하게 떠올라 욕정을 자극했다. 그때마다 본능을 억제하려고 했지만 자꾸만 떠오르는 요철이 심한 여자의 나신이 더욱 인범을 괴롭혔다. 때론 인범은 정욕을 억제치 못해 스스로 해결하지 않았던가. 그러면서 애욕을 억제 못 하는 자신을 혐오하며 '아, 나도 보잘것없는 욕정의 덩어리에 지나지 않는다.' 고 자신을 경멸하지 않았던가.

인범은 순희가 끌어당기는 손길에 따라 순희의 무릎을 베고 누웠다. 순희의 무릎은 솜털같이 포근하고 아늑했다. 인범은 어색한 눈동자로 밤하늘을 쳐다보았다. 별빛이 반짝이는 밤하늘이 시야 가득히 들어왔다. 그러나 휘황찬란한 밤하늘도 부드러운 손으로 인범의 얼굴을 쓰다듬는 순희의 손길에 반짝이는 별들도 시야에서 흐려지고 순희의 손길에 몸이 뜨겁게 달아올랐다.

문득 에리샤의 풍만한 육체와 체취가 떠올랐다. 그리고 비바람 몰아치던 날 밤 속절없이 동굴에 갇혀 거친 숨소리로 '인범아, 꼭 안아 줘.' 하며 뜨겁게 안겨 오던 미란이가 에리샤의 얼굴에 중첩되었다.

"오빠, 내가 온 것 싫어? 왜 그렇게 시무룩한 표정이에요."

"그렇게 보여?"

"그럼, 꼭 도살장에 끌려온 소같이, 이렇게 몸이 뻣뻣해 있잖아요."

인범은 의아했다. 낮엔 그렇게도 얌전하고 수줍어하던 순희가 어디에서 이렇게 대담한 정열을 가졌는지……. 인범은 순희의 가냘픈 허리를 힘껏 껴안고 몸부림치고 싶었다.

그러나 마음과는 달리 몸은 꼼짝할 수 없었다. 눈은 밤하늘을 쳐다보지만 온 신경은 순희의 손길에 머물고 있었다. 순희는 인범의 팔을 당겨 손을 찾았다. 작고 부드러운 순희의 손이 인범의 솥뚜껑 같은 커다란 손을 잡고 쓰다듬었다. 인범도 순희의 작고 부드러운 손을 만지작거렸다. 어쩌면 이렇게 손이 부드럽고 작을 수 있단 말인가.

문득 지리산에서 계곡으로 내려가며 잡아 주었던 영란의 손이 떠올랐다. 영란의 손은 순희의 손보다 더 부드러웠다. 열에 들뜬 순희의 얼굴이 천천히 아주 천천히 내려오면서 긴 생머리가 인범의 얼굴을 덮었다. 인범은 치렁치렁한 순희의 긴 머리카락에서 풍겨 오는 수박 냄새 같은 묘한 여자의 냄새를 코 깊숙이 빨아들였다.

인범은 여자의 냄새에 혼미한 현기증을 느낄 때 뒤이어 뜨겁고 촉촉한 순희의 입술이 인범의 두터운 입술에 살며시 포개졌다. 순희의 입에서 향긋한 들꽃 냄새가 났다. 인범은 자제할 수 없는 욕정에 몸은 뜨겁게 달아올랐다.

"순희!"

인범은 비명 같은 신음을 토하며 순희의 입술을 받았다. 순희의 부드럽고 뜨거운 혀가 인범의 입속으로 파고들었다. 인범은 순희를 눕혔다. 순희의 심장에서 고동치는 진동이 인범의 가슴에 전달되었다. 인범은 순희의 가냘픈 몸을 으스러지게 껴안았다. 겉보기에는 약하게만 보이던 순희의 몸은 완벽하게 영글은 성숙한 여체였다. 인범은 넓은 가슴에 억센 손으로 순희를 힘껏 껴안았다.

긴긴 밤마다 여체의 환영에 몸부림치며 스스로 남성을 억제하며 밤을 지새웠던 수많은 밤이 아니었던가. 그러나 지금은 환영이 아니고 현실이었다. 인범은 이제 활화산처럼 뜨겁게 타오르는 이십 대의 정염을 자제할 통제력을 잃었다.

인범은 순희의 등 뒤의 지퍼를 찾아 끌어내렸다. 순희의 둥글고 좁은 하이얀 어깨가 어둠 속에 드러났다. 잔디가 살결을 가볍게 찔렀다. 순희는 몸을 비틀었다. 이미 야수의 수컷이 된 인범은 우악스럽게 순희의 옷을 벗기고 있었다. 순희의 풍만한 우윳빛 같은 흰 젖가슴이 어둠 속에서 완연히 드러났다. 가냘픈 몸매에 비해 어디에서 저런 탄력 있고 풍부한 젖가슴이 숨겨져 있었는지…….

인범은 이제 더 이상 본능을 억제치 못했다. 인범은 자신이 무엇을 하고 있는지 몰랐다. 여자의 옷을 벗기고 자신도 옷을 벗어야 한다는, 모태부터 남자가 성장해서 여자에게 해야 할 본능적 의무에 몰두했다. 불편한 장소 같은 건 생각하지도 않았다. 다만 그들만이 있는 은밀한 곳이면 되었다.

"아!"

격정에 신음을 토하며 고슴도치처럼 몸을 움츠리고 있던 순희가 갑자기 인범의 가슴을 힘껏 밀어내며 빠져나가려고 바동거렸다.

"오빠! 이러면 안 돼. 정말 안 돼. 놓아줘!"

지금까지 가슴을 파고들며 남성에 불을 지피더니 돌연히 활화산같이 타오르는 욕정을 거부하며 인범의 가슴을 밀어내고 있었다.

"순희, 왜 그래, 내가 잘못하는 거야?"

"아니, 아니, 아니야. 잘못하는 것 아니야."

"그럼 왜 그래?"

열에 들뜬 인범은 절망과 분노의 신음을 토했다.

"아니 아니야 무서워, 그냥 무서워서 그래."

"……?"

순희는 기를 쓰고 인범의 품에서 빠져나가려고 몸부림쳤다. 순간 활화산처럼 뜨겁게 달아오른 몸을 순식간에 냉각시켰다. 순희를 껴안은 손아귀의 힘이 스르르 빠지며 인범의 몸이 흐물흐물 무너졌다.

그 순간 순희는 다람쥐처럼 인범의 품에서 빠져나갔다. 벗겨진 원피스의 상의를 어둠 속에서 거춤거춤 끌어올려 입으면서 단숨에 저만큼 달아났다.

잠을 자던 센이 깜짝 놀라 일어나 순희를 따라 나섰다. 순희는 흐트러진 옷과 머리를 매만지며 어둠 속에 보이는 오빠를 뚫어지게 바라보았다. 인범은 그 자리에서 엎디어 움직이지 않았다.

순희는 아직도 자신의 심장이 터질 듯 펄떡거리며 고동치고 있는 소리가 자신의 귀에까지 들렸다.

인범은 참으로 황당했다. 알다가도 모를 여자의 마음, 그렇게도 뜨겁게 입술을 포개고 가슴에 안겨 오며 인범의 남성에 불을 붙여 자신을 받아들이더니 갑자기 인범을 밀어 버리고 달아났다. 온몸이 땀으로 젖어 잔디에 엎딘 인범은 배신감에 가슴이 터질 듯 분노가 치밀어 올랐다.

이건 배신이고 희롱이다. 어찌 이럴 수 있단 말인가. 이 모멸감, 이 배신감, 인범은 얼굴을 잔디에 파묻고, 손가락을 펴 우악스럽게 잔디를 쥐어뜯었다. 풀 냄새와 흙냄새가 물씬 코에 스며들었다.

순희는 벌벌 떨면서 어둠 속을 뚫고 인범이가 괴로워하는 모습을 죄인처럼 바라보고 있었다.

'아! 난 나쁜 년이야! 철저하게 외로운 남자, 오빠를 괴롭히다니, 내가 남자를 느끼고부터 마음속 깊은 곳에서 첫사랑이 싹트고 있었던 남자. 그러나 인범은 자신의 사랑을 아는지 모르는지 언제나 인범 오빠는 애절한 나의 눈길을 비켜나지 않았던가. 나는 그동안 호젓한 곳에 오빠와 단둘이 있을 땐 오빠가 나를 안아 주고 나를 가지도록 얼마나 갈망했던가. 오늘 오빠는 나의 유혹을 선선히 받아 주었고 나를 가지려고 했다. 결코 충동적으로 나를 가지려고 하지 않았을 것이다. 겉으로는 나타내 보이지는 않았지만 오빠는 나를 사랑하고 있었던 것이다. 이 얼마나 기다리고 기다리던 오빠의 사랑이었던가? 그런데 나는 왜 그렇게도 사랑하면서 거부해야 했고 괴로움을 주어야 했던가. 그것도 오빠의 자존심에 모멸감을 주면서 품에서 기를 쓰고 빠져나와야 했던가?'

'잘못했어요. 저는 오빠의 순희예요.'

순희는 한달음에 달려가 넓은 가슴에 안겨 이제는 오빠를 거부하지 않아야겠다고 생각했다. 그러나 마음뿐 발은 땅에 붙어 떨어지지 않았다.

'아! 나는 왜 이렇게 바보란 말인가?'

순희는 자신의 행동을 후회하고 있지만 그 자리에서 한 발자국도 옮기지 못하고 있었다. 애꿎은 센만 인범과 순희 사이를 왔다 갔다 하며 어쩔 줄 몰랐다.

인범은 천천히, 천천히 일어났다. 무수한 별빛이 찬란히 반짝이는 밤하늘을 바라보며 허망하고 허탈한 가슴을 안고 무겁게 들길을 걸었다.

분노가 치밀었다. 아니 슬펐다. 그까짓 본능을 억제치 못한 자신이 미웠다. 모기가 얼굴에 박혀 피를 빨고 있었지만 인범은 의식하지 못했다. 평소의 인범은 바람 소리에도 벌레의 스침에도 민감했는데……. 모기는 부드러운 얼굴의 피를 그의 몸속에 양껏 포식했다. 분노와 수치심이 교차되면서 아무것도 생각이 나지 않았다.

'그렇게도 나를 원하고 어둠 속에서 언제나 밀착해 오던 순희가 막상 욕정을 쏟으려 하자 완강하게 거부하다니 이해할 수 없었다. 순희는 나에게 무엇을 원하는가? 나를 기만하고 나를 희롱하는 것을 어떻게 받아들여야 하는지?'

사랑하면서도 고이 간직한 숫처녀의 순결을 지키려는 처녀의 마음을 알기에는 인범은 아직은 여자를 몰랐다. 또다시 인범은 밤하늘을 쳐다보았다. 하늘 깊숙이 무수한 별이 무질서하게 흩어져 반짝이고 있고, 합죽이의 얼굴을 한 할머니의 초승달이 자신을 비웃듯 히죽거리며 내려다보고 있었다. 비웃는 초승달을 나무라듯 시커먼 구름 덩어리가 달을 덮어 버렸다.

인범은 마을을 향해 무거운 걸음걸이로 어두운 들길을 걸었다. 시커먼 억센 산줄기 아래 어둠의 나래를 펴고 짙은 침묵 속에 고즈넉이 잠이 든 마을에서 간헐적으로 개 짖는 소리가 들렸다.

순희는 인범의 가슴을 밀치고 나왔지만, 얼마 떨어지지 않은 거리에서 인범과 적당한 거리를 유지하고 죄지은 사람처럼 고개를 푹 숙이고 후회와 괴로움을 삼키며 따라가고 있었다. 인범은 순희가 자신을 따라오는 것을 모르는지 돌아보지도 않고 걸어가는 것이 어둠 속에 보였다. 영민한 센은 인범을 따라가다가 무슨 생각을 했는지 다시 돌아와 순희의 앞을 걸어가고 있었다.

7

이장 집에 들어서니 황 이장 방에서는 술이 거나하게 취한 마을 어른들의 걸쭉한 이야기 소리와 웃음소리가 커다랗게 골목을 빠져나오고 있었다.

인범은 순희가 잠잘 아주머니 방 앞에 서서 순희를 기다렸다. 곧 뒤따라온 순희는 인범의 가까이 안길 듯 다가서서 슬픈 얼굴로 인범을 똑바로 쳐다보았다. 눈은 애원의 빛이 가득 찬 채 눈물이 그렁그렁했다.

인범은 어둠 속에서 눈물을 흘리는 순희의 얼굴이 애처롭게 보였다. 자기 잘못에 대한 용서를 빌고 있는 표정이었다. 인범은 눈물을 머금고 처연한 얼굴로 자기를 바라보고 있는 순희의 가냘픈 어깨를 살며시 껴안아 주고 싶었다.

그러나 들에서의 분노가 아직 가시지 않아 어서 들어가 자라고 아주머니 방을 가리키고 돌아서려는 순간, 순희는 넘어질 듯 인범의 가슴에 얼굴을 파묻고 울먹였다.

"오빠! 내가 잘못했어요, 용서하세요."

인범은 말없이 순희의 어깨를 토닥거렸다.

"아니야, 내가 잘못했어. 순희가 뭘 잘못했다고……."

"아니에요. 제가 잘못했어요. 다음엔 안 그럴게요."

순희는 더욱 가슴을 파고들었다. 순희의 가슴은 가볍게 떨고 있었다. 인범은 순희의 머리를 쓰다듬으며 시선을 하늘에 두었다.

무심한 하늘엔 별빛이 하얗게 반짝이고 있었다. 초승달도 보였다. 인범은 초승달을 볼 적마다 꼭 야윈 합죽이 할머니가 비웃고 있는 모습 같았다.

"누가 왔나?"

순희는 부리나케 인범의 품에서 떨어졌다.

인기척에 아주머니가 방문을 열고 밖을 내다보았다.

"예, 저희 왔습니다."

"어서 들어온나. 닭고기 줄라고 찾으니 없데."

"아니, 먹고 싶지 않습니다."

"와, 안 먹을라 카노? 씨암탉이다. 참말로 맛있다. 들어와서 먹어 봐라. 퍼뜩 들어온나. 모기 들어온다."

순희는 얼른 눈물을 손으로 훔쳤다. 인범이와 순희는 아주머니의 독촉에 방으로 들어갔다.

다음 날 아침, 사촌 형님 집에서 잠을 잔 박 과장은 일찍 일어나 마당으로 나왔다. 여명이 어둠의 장막을 벗기고 있었다. 마을을 덮어 버릴 듯 다가서고 있는 우뚝 솟은 멧부리 너머에서 희부연 한 새벽의 엷은 빛이 넘어오고 있었다.

박 과장은 마을을 구경하기 위해 골목을 들어섰다. 아득한 그 옛날 어린 시절 삽살개처럼 쏘다니던 골목 구석구석과 소먹이고 꼴 베고 뛰놀던 들판과 야천을 둘러보기 위해서였다.

새벽의 마을은 고요한 정적에 젖어 있었다. 희끄무레한 동녘 하늘이 일출에 서서히 붉은빛으로 채색되고 있었다. 박 과장은 마을을 에워싸고 있는 억센 산줄기와 들녘을 바라보았다. 새벽하늘은 그지없이 청량하고 공기마저 싱그럽게 맑았다.

꼭두새벽에 이 골목 저 골목에서 마을 사람들이 자기 집 앞을 청소하는 모습이 보였다. 그전에는 보지 못했던 기운찬 모습이었다. 박 과장은 어느 소설에서 일찍 일어나는 새가 모이를 먼저 먹는다는 것이 떠올라 고개를 끄덕이었다.

박 과장은 청소를 하는 마을 사람들의 활기찬 움직임을 보고 그들의 염원인 가난을 벗고 부자가 될 수 있다는 희망이 이루어지고 있음을 확신했다. 골목도 주위 환경도 깔끔하게 정돈돼 있었다. 쓰레기 하나 안 보였다. 이것은 그동안 관광마을 조성에 혼신의 정열을 쏟은 노력의 결과일 것이다. 아, 지도자의 역할이 이런 엄청난 결과를 이루는구나!

우리나라 도심지, 아니 사람이 사는 곳이면 어디든 생활 쓰레기, 산업 쓰레기들이 널브러져 있는 것이 오늘의 실정인데……. 마을 요소요소에 사람들과 관광객에게 법규를 지키라는 홍보판이 곳곳에 세워져 있었다. 그보다 배내마을 사람들이 혼연일체가 되어 쓰레기가 보이는 대로 줍는다고 했다. 그러기에 관광객도 감히 깨끗한 마을에 종잇조각 하나라도 버릴 수 없었다.

골목을 들어서면서 모진 생명력의 표징인 푸른 담쟁이가 초가지붕과 담벼락에 엉겨 붙어 있고, 채마밭에는 아침 이슬을 머금은 싱싱한 채소가 푸른 기운 속에서 탐스럽게 자라고 있었다. 참으로 평화로운 옛 시골의 모습 그대로였다. 마당가에 핀 봉선화는 돌담의 그늘 속에 수줍은 분홍 빛깔을 띠고 있는 것이 그지없이 아름다웠다. 감나무 가지가 늘어져 나지막한 지붕을 덮고 있는 정경은 또한 옛 시골의 풍치를 물씬 풍겼다.

박 과장은 어릴 때 담쟁이 줄기로 양쪽 눈 아래 위에 장식인 양 붙여 제 또래 계집애를 놀리던 때가 떠올랐다. 그때가 까마득한 억겁의 세월 같았다. 그 시절 함께 뛰놀던 고향을 떠난 친구들은 지금은 어느 하늘 어느 지붕 아래 살고 있는지 아쉽도록 그립고 보고 싶었다.

지금까지 고향을 떠나지 않고 억척스레 고향을 지키고 있는 고향의 터줏대감 황 이장과 도시로 나가 젊은 시절을 보내고 늘그막에 고향 배내마을에 뼈를 묻겠다고 돌아와 고향의 지킴이로 살아가는 노영길, 그리고 어릴 때부터 고향에 살고 있는 친구들이 그렇게 고마울 수가 없었다.

이 친구들이 있기에 몇 년에 한 번씩이라도 고향을 찾을 수 있었다. 반겨줄 친구들마저 없다면 박 과장은 고향을 찾는 횟수도 줄었으리라. 박정웅은 어린 시절의 옛 마을이 새로운 모습으로 단장된 평화롭고 아름다운 고향 마을을 정감 어린 눈으로 둘러보았다.

하루가 다르게 좁은 국토가 급속도로 도시화로 잠식되고 삭막하게 변천해 가는 오늘의 현실인데 지리적으로 교통이 불편한 탓으로 오지 중의 오지인 배내마을이 그 옛날 모습으로 변모해 가고 있었다. 교통이 불편한 배내마을이 오늘까지 그래도 옛 모습을 간직하였기에 이렇게 관광마을로 탈바꿈할 수 있게 되었다. 중국의 고사에 새옹지마라는 말이 있다. 화가 복이 되고 행운이 악운이 된다는 중국의 옛 설화의 인간훈이 생각이 났다.

박 과장은 그 중국의 고사를 생각하며 낙후된 배내마을이었기에 이렇게 관광마을이 될 수 있다고 생각했다. 마을을 벗어나 맑고 시원한 야천으로 내려갔다. 한풀 꺾인 여름 아침의 야천은 서늘하고 맑았다. 야천가에 무성한 잡초에서 발산되는 풀 냄새와 거름 썩는 냄새가 바람결에 실려와 코끝에 물씬 스며들며 향수를 달랬다. 그동안 잊고 살았던 고향 냄새였다. 박정웅은 산야에서 뿜어 나오는 맑고 싱싱한 산소를 입을 크게 벌려 폐 깊숙이 힘껏 빨아들였다.

그동안 도시 생활에서 온갖 오염으로 찌든 폐가 모처럼 맑고 상쾌한 공기를 마시니 허파가 싱그럽게 재생되는 것 같았다. 야천에는 심산유곡에서 흘러내려온 맑은 물이 가득히 흐르고 있었다. 자세히 보니 큰 돌 밑에 고기들이 많았다.

마을 청년들이 산소통을 설치한 차로 경남 일대를 찾아다니며 잡거나 사 온 여러 종류의 토속 민물고기를 방류한 것이다. 황 이장의 말은 일이년만 지나면 요즈음 보기 드물게 귀한 꺽지, 쏘가리와 민물장어와 게, 그리고 자라, 또 피라미들이 지천으로 많아질 것이라고 했다. 그 옛날 민물고기 맛을 실컷 보여줄 테니 기대하라는 말수 적은 노영길의 말도 거짓이 아니라고 생각했다. 그러면서 관광객이 먹다 남은 밥찌꺼기를 먹일 수 있어 고기들이 잘 자랄 것이라고 했다.

박정웅은 인범이가 관광마을을 만들겠다고 시작한 지가 불과 몇 달인데 이토록 달라진 마을의 변화에 놀라지 않을 수 없었다.

하류로 내려오니 물방개가 가느다란 발로 무거운 몸을 뒤뚱거리고 헤엄치며 이동하고 있었다. 돌 틈에서 요즈음 보기 드문 재색 자연산 민물장어가 어슬렁거리고 나오다 인적을 느끼고 얼른 돌 틈으로 숨고 있었다.

식도락가들에게 군침을 흘리게 하는 단백질이 풍부한 민물장어가 서식하고 있다는 것은 실로 놀라웠다. 자연산 민물장어는 이제는 오지에서도 볼 수 없을 만큼 귀했다. 그것은 남획도 문제지만 농약 사용이 더 문제였다. 그런 민물장어를 방류하여 보호하겠다는 고 군의 야심과 집념에 박 과장은 감복하지 않을 수 없었다.

박 과장은 아침 식사를 하고 삽을 들고 마을 사람들이 오늘 역사를 한다는 아랫마을의 야천으로 갔다. 벌써 마을 사람들이 야천 주변에서 일을 하고 있는 것이 보였다.

"어이! 정웅이 자네 진짜로 왔네, 피곤할 텐데 쉬지 않고……."

"아니야 피곤하긴, 오늘 아침 일찍 마을과 야천을 둘러보니 그동안 일을 많이 했더군. 관광마을로 성공하겠어. 내 고향이지만 너무 아름답고 깨끗해. 민물고기들만 보아도 너무 신기하고 즐거워. 그런데 그 짧은 기간에 어떻게 이렇게 놀랄 만큼 옛 환경으로 되살릴 수 있었어? 물론 우리 마을은 대체로 옛것이 그런대로 보존돼 있다고 하더라도 정말 자네들 수고했어."

"수고는 무슨 수고, 모든 것이 고 군의 덕택이지. 그래 고 군이 서두르지 않았다면 가능하지 못했을 거야. 고 군이 자기는 여기 오래 머물 수 없다면서 이른 아침부터 늦게까지 허물어진 토담과 돌담 그리고 초가집을 고

쳤어. 고 군의 목수 솜씨가 뛰어나 어떻게나 일을 척척 잘 해내는지…….
힘이 강한 고 군이 정말 열심히 일한 결과야. 그보다 농협에서 자네가 부탁하여 저리로 융자받지 못했다면 조기 달성할 수 없었을 거야. 고마워. 그리고 객지로 나간 우리 고향 젊은이들이 돌아오고 객지에서 번 돈을 고향에 투자하여 누구보다도 앞장서서 열심히 일하여 주었기 때문이야. 우리 마을 사람들이 가난에 한이 서린 사람들 아닌가. 가난을 면할 수 있다는데 무슨 일인들 못 하겠나. 다행히 신문에도 나고 TV에도 우리 마을이 방영됨으로써 첫해부터 관광객들이 많이 와서 은행 이자와 마을 사람들이 투자한 금액을 오래가지 않고 반환할 수 있을 것 같아. 마을 사람들이 투자한 돈은 이자를 받지 않고 재투자하여 마을은 하루가 다르게 발전하고 있다네. 이봐, 정웅이! 정말 모두 자네 덕이야. 그라고 자네의 욕심 부리지 말라는 말 잊지 않을게."

박 과장은 미소를 머금고 황 이장을 바라보았다.

"무슨 과찬의 말을, 내가 뭘 한 것이 있다고 그래? 그런데 고 군은 어디 가고 안 보이노?"

"고 군은 오늘 아침 일찍 마을 청년들과 뒷산에 방목할 염소를 구입하러 밀양 인골이라는 곳에 갔어."

"염소를……?"

"고 군이 나이는 젊어도 안목이 높아. 방목한 염소는 산에서 각종 열매와 나뭇잎, 약초를 먹어 집에서 사육한 염소보다 육질이 월등하게 좋아 관광객에게 인기가 있을 것이라고 하고, 또 사육비가 거의 들지 않아 경제적이라고 하며 밀양 인골이라는 곳에 염소를 방목하고 있다고 하여 방목도 배울 겸 간다고 하더라."

박 과장은 고 군이 이렇게 엄청난 일을 성공해 내리라고는 생각지도 않았는데……. 지금까지 마을의 어느 누구도 관광마을을 조성하자는 구상도 못 했었는데…….

그동안 서울에서 듣기로 관광마을을 만든다고 하였지만 공사판의 막노동자이며 주먹꾼인데다 아직 나이도 젊은 고 군이 설마 했는데, 막상 마을에 와서 벌여놓은 사업을 보고 또 앞으로 이루어질 사업 계획을 들으니 엄청나 놀라지 않을 수 없었다.

지금까지 보았던 관광 마차라든지 마을 입구에 '천하대장군 지하여장군'의 장승과 장엄하고 묘하게 생긴 바윗돌에 '배내마을 민속촌'이라고 새긴 광고용 설치는 참으로 기발한 아이디어였다.

그것 하나로써 단번에 민속 관광마을로 부각시켰고 그것도 모자라 장승 옆에 그 옛날의 향수를 달래 주는 민속주막을 지어 놓은 것은 관광객의 시선을 한눈에 끌게 했고 발걸음을 이쪽으로 저절로 옮기게 하기에 충분했다. 그리고 울긋불긋 색칠을 한 대마 두 마리가 끄는 마차는 아이들 말대로 죽여주는 착상이었다.

고 군으로 인해 수백억을 투자하여 운영해 오던 산장원이 도산 위기에 놓였다는 황 회장의 말이 실감 났다.

누가 이 멋지고 아름다운 민속마을을 두고 삭막한 도심의 한 부분인 리조트에 갈 관광객이 있겠는가? 자연이 살아 숨 쉬는 맑고 깨끗한 산과 들, 그리고 논과 밭 야천이 있고, 야천에는 그 옛날 어린 시절 천렵을 하여 먹었던 지금은 사라져 버린 각종 토종 물고기들을 볼 수 있는 배내마을, 어른들에겐 향수를 달래주는 옛 마을이 그대로 보존되어 있고, 아이들에게는 지금은 어디 가도 볼 수 없는 자연 학습을 이곳 배내마을에서는 익힐 수 있었다.

이제 내년이면 야천 아래쪽 커다란 저수지에 성어가 된 각종 민물고기가 산란을 하면 야천은 수많은 토종 고기들의 천국이 될 것이다.

물고기를 잘 자라게 하기 위해 관광객이 먹다 남은 밥을 야천에 흘려보내 고기의 먹이로 한다면 물고기들이 속성으로 자랄 것이라는 황 이장의 말이 떠올랐다. 그리고 그 다음 해부터는 성어가 된 물고기와 방목한 염소 고기를 먹을거리로 관광객에게 제공한다면 이 배내마을은 도시인에게 빠르게 알려지고 더욱 많은 관광객이 몰려올 것이다.

박 과장은 문득 이 마을 청년 몇몇이 고 군을 괴롭혔다는 것이 떠올랐다.

"참, 황 이장, 지난번 이 마을 문호열인가, 청년들이 고 군을 괴롭힌다고 했는데 아직도 사이가 안 좋은 거야?"

"아니야 지금은 상황이 달라. 호열이와 깡구에게 그렇게 당하여도 조금도 비굴함도 보이지 않고 초연하게 대했듯이 지금도 그들을 전처럼 대하고 있어. 다만 호열이와 깡구가 자기들이 고 군에게 잘못이 많아 고 군을 어떻게 대하여야 할지 망설이고 또 두려워하고 있는 것 같아. 그리고 호열이가 사람이 확 달라졌다고 다들 그래. 호열이가 논밭뙈기 조금 있는 것 야금야금 팔아 술값으로 탕진하고 생활이 어려웠던가 봐. 그래서 그 부인이 호열이를 설득하여 파전 장사를 하겠다고 신청을 한 것을 알고 고 군이 호열이에게 그렇게 얻어맞았음에도 파전 장사를 마을 입구 주막에서 하도록 나에게 부탁하더군. 그래서 나와 노영길이 고 군을 봐서 마을 사람들에게 양보하라고 하고 결정했다네. 그래서 그런지 지금은 전과 달리 술도 적게 먹고 마누라를 많이 도와주고 있다고 하네. 여하간 고 군이 호열이 사람 만들었다고 마을 사람들의 칭찬이 자자해."

"그래!"

8

박 과장은 고 군과 순희를 데리고 마을 뒤쪽을 거닐고 있었다.

"과장님, 여러 가지로 걱정을 끼쳐 죄송합니다."

"죄송하긴, 고 군이 이렇게 우리 마을을 관광마을로 만들어 가난을 면하게 하고 있는데……. 고 군, 서울 사건은 해결되고 있어. 소매치기 두목이 더 이상 문제 삼지 않을 것 같아. 그러나 자네가 서울에 나타나면 이곳에서 자네에게 당한 일부 놈들이 보복을 하기 위해 기습공격을 할지 몰라. 미행을 조심하게."

"……."

이곳에 온 지 이틀이 되었지만 아직 고 군과 단둘이 시간을 갖지 못했던 것이다.

박 과장은 인범이와 순희를 데리고 뒷마을을 걷고 있었다. 뒷마을은 박 과장이 살던 집이 있던 곳이었다.

박 과장은 자신이 어릴 때 살았던 이야기를 했다. 옛날부터 뒷마을은 앞마을보다 더 가난한 사람들이 살았다. 박 과장은 아버지가 빨갱이들에게 죽고 가난한 삶이 더욱 폭삭 짜부라져 비참한 삶을 살아야 했다. 어머니는 남의 농사일도 품팔이도 마다 않고 무슨 일이든 억척같이 했다. 처절히도 가난했던 그때를 회상하니 새삼스럽게 가슴이 저미었다. 박 과장이 어느 한 조그마한 초가집 앞에 섰다.

"저 집이 나의 안태본이고, 내가 어릴 때 살았던 집이야. 그때는 초가집이었는데 지금은 억새를 덮었네. 천왕산 근처 사자평엔 억새가 지천으로 자생하거든. 잠깐 들어가 보세."

박 과장은 삐딱하게 반쯤 열려있는 사립문을 밀치고 좁은 마당에 들어서니 어린 시절의 추억이 낙숫물처럼 뇌리에 쏟아졌다. 박 과장은 만감이 서린 깊은 눈길로 유아기와 소년기에 구석구석 손때가 묻었던 집을 바라보았다.

아직도 고집스레 한지를 바른 지게문이 보였다. 쪽마루마저 없었던 지

계문 앞에 댓돌도 보였다. 아! 저 댓돌은 옛날 그 댓돌이구나! 저 댓돌을 밟고 얼마나 많이 방으로 드나들었던가! 박 과장이 어릴 때 댓돌 위엔 아버지 신발 외엔 얹지 못한 것이 생각이 나 댓돌을 유심히 보았다. 댓돌은 얼마나 오래되었는지 반질반질했다.

부엌에도 방에도 집주인이 없었다. 이 집 주인도 관광마을 조성을 위해 나갔는지 집이 비어 있었다. 참으로 초라한 삼간초가였다. 이렇게도 작은 초라한 초가집에서 어린 시절을 보냈다고 생각하니 가슴이 아렸다.

정감 어린 부엌을 보니 갑자기 어머니가 보고 싶었다. 어머니가 부엌에 있을 것 같은 착각이 들었다. 어머니는 박 과장이 어릴 때 일하러 논에 가든지 방에서 바느질을 하지 않으면 언제나 부엌에 있었던 것이다. 그 옛날은 부엌 바닥이 진흙이 뭉쳐져 묘하게 울퉁불퉁했는데 지금은 시멘트 바닥으로 되어 있었다.

인범이도 박 과장 옆에서 구경하고 있었다. 박 과장은 방문을 열어 보았다. 박 과장이 어릴 땐 누런 장판이 깔려 있었는데, 지금은 색깔은 누렇지만 비닐 장판이었다. 방이 너무 작았다. 그때 여덟 자 방이라고 했는데 어떻게 저렇게 작은 방에서 잘 수 있었는지 싶었다.

그 흔한 가구 하나 없었다. 도시와는 너무나 다른 삶이었다. 참으로 가난한 시골 살림이었다. 아무리 시골이지만 다른 시골은 이렇게도 비참하게 살지 않는데 배내마을은 아직도 다른 시골과는 달랐다. 하긴 다른 곳과는 달리 민속가옥이 그대로 보존되어 있고 자연이 훼손되지 않아 빼어나게 절경인 배내골이기에 이렇게 단시일에 관광마을로 조성할 수 있었던 것이다.

박 과장은 어린 시절 눈길과 손길이 머물렀던 삼간 집 구석구석을 만감 어린 눈으로 한참이나 바라보며 그 옛날을 회상했다.

박 과장은 사립문을 밀치고 나와 발걸음을 떼기가 아쉬운 듯 어릴 때 살았던 집을 한참이나 바라보더니 발걸음을 옮겼다. 박 과장은 집 밖 느티나무 잎이 무성한 그늘 밑 납작한 돌들이 여러 개 있는 곳에 앉으면서 말했다.

"고 군, 이리 앉게. 정 양도 앉아. 날이 많이 덥군. 내가 어린 시절 이야기를 들려줄게."

아버지가 어린 시절, 같은 마을에 최춘택이라는 또래의 아이가 있었다. 그와 박 과장 아버지 박삼도는 어릴 때부터 사이가 좋지 않았다. 박 과장 아버지 박삼도는 공부를 잘했지만 최춘택은 공부를 못했고 심술궂었다.

착하고 공부 잘하는 삼도는 최춘택을 가까이하지 않았다. 자신을 멀리하고 싫어하는 것을 알고 다른 아이보다 덩치가 큰 춘택은 사사건건 삼도를 괴롭히고 때렸다. 그래서 박 과장 아버지 삼도는 더더욱 춘택을 가까이하지 않았다.

춘택은 공부 잘하는 삼도가 자기를 무시하고 가까이하지 않는 것에 불만을 갖고 삼도를 괴롭힐 생각만 했다. 춘택의 할아버지는 동네에서 제일 부자였다. 춘택은 먹을 것을 가져와 다른 아이들에게는 나누어 주면서도 삼도에겐 나누어 주지 않았다.

삼도와 춘택은 점점 사이가 벌어졌다. 삼도와 춘택은 장가갈 나이가 되었다. 한 마을에 정말숙이라는 얌전하고 예쁜 처녀가 있었다. 춘택은 말숙이를 좋아했지만, 말숙은 공부 못하고 심술궂은 짓만 골라 하는 춘택을 싫어했다. 말숙을 좋아하는 춘택은 골목에서나 호젓한 길에서 만나면 말을 붙였지만, 말숙은 춘택이 묻는 말에 대꾸도 하지 않았고 가까이 다가오는 것도 싫어했다. 그러면서 말숙은 공부 잘하고 착한 박 과장 아버지 삼도를 좋아했다.

말숙이와 삼도가 가까이 지내는 것을 알고 춘택은 더더구나 삼도를 괴롭혔다. 춘택은 자기 아버지를 졸랐다. 춘택은 아버지에게 말숙이와 혼인

시켜 달라고 졸랐다. 춘택의 아버지는 말숙이가 마을에서 착하고 인물도 예뻐, 부자라는 것을 앞세워 매파를 보내 청혼을 했다.

그러나 춘택의 사람 됨됨이를 아는 말숙이 집에서 청혼을 거절했다. 춘택은 말숙이가 삼도를 좋아하기 때문에 자신의 청혼을 거절한다고 더욱 삼도에게 앙심을 가졌다.

춘택은 보란 듯 가까운 원동마을의 처녀와 먼저 결혼을 했다. 삼도와 말숙은 서로 좋아했지만 가난하여 결혼을 못 하다가 춘택이가 결혼을 한 2년 후 가난한 결혼식을 올렸다. 춘택은 첫 머슴아이 덕칠이를 낳았다. 삼도도 정웅이를 낳았다. 춘택은 두 번째는 딸을 낳았다. 그 딸아이가 최덕순이었다.

9

우리나라가 해방되자 남과 북이 갈라져 우익과 좌익 사상을 가진 청년들이 갈라졌다. 누구보다도 먼저 덕순이 아버지 춘택은 공산주의 사상에 물들었다. 그러나 정웅이 아버지 박삼도는 공산주의 사상을 가진 동네 청년들과는 어울리지 않았다.

6·25사변이 터졌다. 북한군이 파죽지세로 내려와 부산을 뺀 모든 지역을 점령하니 두메산골 배내마을 사람들의 사상 성분이 드러났다. 지금까지 자신의 사상을 숨겨 왔던 빨갱이들이 붉은 완장을 차고 마을 사람들 앞에 의기양양하게 나타났던 것이다.

마을 사람들은 깜짝 놀랐다. 평소 좌익사상이라고 생각지 않았던 사람들도 완장을 차고 나타났기 때문이었다. 그보다 빨갱이의 서열이 자기들끼리는 이미 정해져 계급을 부르는 것을 보고 너무나 놀랐다. 덕순이 아버지 최춘택은 빨갱이 중에서도 간부였다.

"나는 6·25 때 아홉 살이었고, 우리 아버지는 얼마 되지 않은 논밭뙈기로 어렵게 살았지."

박 과장은 기억하기조차 싫은 오랫동안 묻어 두었던 비명에 돌아가신 아버지의 이야기를 했다. 순박한 박 과장 아버지 박삼도는 전쟁이 터져도 피난 갈 생각을 하지 않았다. 서울을 함락시키고 승승장구 남으로 내려오던 북한군은 낙동강 전선에서 최신 무기와 제공권을 장악한 유엔군의 완강한 저항에 부딪혀 더 이상 진격을 못 하고 교착 상태에서 고전을 하고 있었다. 그때가 이곳 빨치산들의 살육이 제일 심했다.

이곳은 오지라 언양이나 양산으로 나가자면 산을 넘거나 계곡을 따라 몇 시간을 걸어나가야 했다. 한낮에도 공비가 출몰하여 사람들이 언양장이나 읍으로 감히 나서지 못했다. 마을은 낮엔 군경 토벌대가 마을을 점령했고, 밤엔 공비들이 마을을 점령했다.

빨갱이들은 낮엔 토벌대를 피해 골이 깊고 산이 높은 가지산에 은신해 있다가 해가 지면 마을로 내려와 밥을 지어 달라고 하고 양식을 빼앗아 산으로 갔다. 양식이 부족한 궁핍한 시골 마을이라 어려움은 말할 수 없었다.

아버지는 밤이면 대밭 깊숙한 곳에 구덩이를 파고 숨어 있다 아침 일찍 빨갱이들이 산으로 가고 나면 살그머니 대밭에서 나와 집 골방에 숨어 있었다. 덕순이 아버지 최춘택은 마을에서 조금 모자란 이쇠돌을 회유하여 정웅이 아버지가 마을을 떠나지 않은 것을 알게 되었다.

춘택은 이른 새벽 정웅이 집이 내려다보이는 잎이 무성한 굵은 감나무에 올라가 감시했다. 그것을 모르는 정웅이 아버지는 아침에 대숲에서 살그머니 나와 집으로 왔다. 이를 확인한 덕순이 아버지가 그날 밤 빨갱이들을 데리고 횃불을 들고 대숲을 뒤져 정웅이 아버지를 잡아 나왔다.

빨갱이들은 마을 앞마당에 횃불을 대낮처럼 밝히고 인민재판을 하여 아버지를 나무에 묶어 대창으로 참혹하게 찔러 죽였다. 이 모든 것을 덕순이 아버지가 앞장서 했다.

그때 어린 박 과장은 아버지가 빨갱이들의 대창에 찔려 처참하게 죽는 것을 보고 너무나 무서워 벌벌 떨었다. 어머니는 아버지를 죽이려고 할 때 고함을 지르며 밧줄에 묶인 아버지 곁으로 가려는 것을 큰아버지와 큰어머님이 어머니의 입을 틀어막고 힘으로 잡았다.

어머니는 실신했다. 큰아버지와 큰어머님이 어머니를 말리지 않았다면 어머니도 빨갱이들의 대창에 찔려 죽었을 것이다.

인천상륙작전이 성공하여 빨갱이들은 모두 깊은 산으로 숨어들었다. 덕순이 아버지도 흔적도 없이 사라졌다. 군경이 사흘들이 덕순이 어머니와 할아버지를 닦달하며 행방을 대라고 했지만 전혀 알 수 없다고 하는 덕순이 어머니와 할아버지와 할머니를 더 이상 추궁하지 못했다.

정웅이는 아버지와 달리 아버지가 돌아가시기 전엔 덕순이와 친했다. 비록 계집애지만 덕순이는 언제나 정웅이를 좋아했고, 집이 부자인 덕순이는 자기 집에 맛있는 것이 있으면 치마 속에 숨겨와 정웅이를 으슥한 골목에 데리고 가 살그머니 손에 쥐어 주곤 했다.

아버지가 빨갱이인 덕순이 아버지에게 처참하게 살해되고 정웅이는 누구보다도 덕순이 아버지를 저주했다. 그리고 친하게 지내던 덕순이를 미워했다. 그러나 덕순이는 정웅이에게 죄인처럼 고개를 들지 못하고 미안하다고 울먹이며 자기도 빨갱이 아버지가 밉다고 했다.

덕순은 정웅이가 딱지와 구슬이 없어 딱지치기도 구슬치기도 못 하고 물끄러미 구경만 하는 것을 보고 살그머니 다가와 정웅이의 손에 딱지나 구슬을 쥐어 주면서 속삭였다.

"정웅아, 니 딱지치기 하고 싶제? 한번 해 봐라. 잃어도 괜찮다."

"니 딱지 어디서 났노?"

"응, 오빠가 숨겨 둔 곳을 알고 내가 훔쳤다 아이가."

"……."

한번은 정웅이가 구슬 맞히기를 하면서 상대 아이의 구슬을 살짝 건드렸는데, 상대 아이가 맞히지 않았다고 우겨 정웅이와 승강이를 하였다.

"수용아, 내가 니 구슬 맞혔다 아이가?"

"어데 맞혔노? 못 맞혔지."

"살짝 건드렸다 아이가?"

"아이다, 안 건들렸다."

옆에서 구경하던 덕순이가 날름 말했다.

"아이다, 살짝 맞혔다."

"가스나 니가 뭐 봤다고 하노?"

"봤으니까 말하제. 수용이 니는 와 정웅이에게 떼깔을 쓰노?"

"이 가스나야, 니가 와 정웅이 편들고 그라노?"

"나는 정웅이와 한편이다 말이다."

"정웅아, 니 덕순이와 한편 맞나?"

"……."

정웅이는 아무 말을 못 하고 멍하니 덕순이의 얼굴을 바라보았다.

"이 병신아, 덕순이 아버지가 너거 아버지를 죽인 원수인데 어찌 덕순이가 니하고 한편이고 말이다."

"……."

정웅이는 재주가 없는지 딱지치기나 구슬치기를 잘 못 해 계속 잃기만 했다. 그래도 덕순은 계속해서 딱지와 구슬을 가져다주었다. 한번은 정웅이가 걱정이 되어 말했다.

"덕순아, 너거 오빠가 가스나가 뭐 할라꼬 딱지 훔쳐 간다고 야단치모 어쩔라꼬 자꾸 훔치 오노? 인제 그라지 말거래이."

했더니 덕순이는 배시시 웃으며 말했다.

"내 몇 번 들킸다 아이가. 니 말대로 가스나가 딱지와 구슬을 어데 쓸라고 자꾸 훔치가노 하더라. 그래서 정웅이 갔다 준다 카이 암 말도 안 하더라."

"……."

그보다 덕순이 할아버지와 할머니는 설이나 추석이면 덕순이에게 쌀과 고기, 돈을 몰래 주어 살그머니 마루에 놓고 갔다. 특히 정웅이 아버지 제삿날이면 어김없이 제삿장을 보아 보내는 것이었다.

처음은 정웅이 어머니도 누구인지 몰랐는데 다음 해에 또 보내오는 것을 보고 덕순이 할아버지나 할머니가 보냈다는 것을 알았다. 정웅이 어머니가 골목에서 덕순이 할아버지나 할머니를 만나면 그렇게도 고개를 들지 못하고 죄스러워하는 것을 보고 정웅이 어머니는 말했다.

"자식의 잘못을 저렇게 죄스러워하니 어떻게 원수로 지내겠느냐"고 했다. 그러면서 덕순이 어머니도 덕순이 아버지가 전쟁 통에 죽었는지 이북으로 넘어갔는지도 모르고 혼자 시부모 모시고 사는 것을 보면 안타깝다고 했다.

마무리 작업

1

인범은 며칠 전 청년회장과 마을 청년 몇 명과 염소 방목이 가능한지 현장 답사를 하기 위해 산으로 올라갔다. 인범은 마을 청년들과 밀양 인골에 가서 방목하고 있는 암염소 일곱 마리와 숫염소 세 마리를 계약하고 왔다.

오늘 산에 염소들의 잠자리를 만들고 또 새끼를 낳으면 새끼들도 함께 잘 수 있도록 굴을 파기 위해 마을 청년 10명을 동원했다. 인범은 마을 어른들에게 부탁하여 한 사람씩 짊어질 볏짚 단을 만들어 놓았다.

오늘 산에 같이 올라갈 청년 중엔 문호열이, 깡구, 정호도 있었다. 인범은 신상근 회장에게 호열이와 깡구 그리고 정호도 관광마을 조성에 참여시키자고 했다. 인범의 말을 들은 신상근은 탐탁하진 않았지만 모든 일을 깊이 생각하는 인범의 부탁이라 그렇게 하기로 했다.

그 사이 문호열은 마을 사람들이 놀랄 만큼 변해 있었다. 전처럼 술도 많이 마시지 않았고 관광마을 조성에 반대하지도 않았다. 그리고 파전 장사를 하는 양산댁을 돕고 있었다.

인범은 문호열을 전처럼 대했다. 문호열은 건달들과 싸울 때 자신들이 벌인 싸움에 뛰어들어 인범이가 자신들을 구해 주고 건달들을 박살낸 대단한 싸움꾼임을 알고, 이제는 인범이에게 고분고분 대하고 있었다. 그들은 관광마을 조성을 반대하고 인범이를 괴롭혀 마을 사람들에게 소외되어 기가 죽어 있는데 인범이가 염소 굴을 파러 같이 가자고 하자 얼른 따라 나섰다.

호열이, 깡구, 정호는 며칠 전 인범이가 아침 일찍 신불산, 영취산, 간월산을 하루 동안 세 산을 거뜬히 타는 산돌이라는 말을 들었다. 그날 산을 함께 탄 마을 청년들이 녹초가 되었는데 인범이만 피로한 기색도 없더라는 말을 듣고 놀랐다는 말을 들었지만, 서울에서 살던 인범이가 산을 잘 타리라고는 생각지 않았다.

인범과 청년들이 마을회관 마당에 모였다. 마을 어른들이 만들어 놓은 짚단이 여러 개 있었다. 그 중에 눈에 띄게 큰 짚단 하나가 있었다. 어제 마당에서 짚단을 만드는 것을 본 인범은 자기가 짊어질 짚단을 크게 해 달라고 부탁했다. 인범은 자신이 산을 오를 때 전문 산악인이 짊어지는 무겁고 큰 배낭을 사용하기 때문에 다른 청년들의 짚단보다 크게 해 달라고 한 것이다.

"자, 짚단 하나씩 짊어져라."

청년회장 신상근이 말했다.

"어, 저 큰 짚단은 누가 짊어질 끼고? 너무 크다. 왜 저 하나는 저렇게 크게 만들었노?"

유달리 큰 짚단을 보고 호열이가 말했다. 호열이의 말에 모두 다른 짚단에 비해 월등이 큰 짚단에 시선이 집중되었다.

"그래 말이야. 고 군이 하나는 크게 만들라고 하데."

마을 어른이 어눌하게 말을 하고 인범이를 보았다.

"예, 제가 짊어지고 가겠습니다."

"고 형, 저 짚단은 너무 큽니더. 이 여름에 맨몸으로 올라가기도 힘든데 어찌 저리 큰 짚단을 짊어지고 갈라고 합니꺼? 무리입니더. 아저씨, 얼른 좀 작게 다시 만들어 주이소."

"괜찮습니다. 제가 짊어지고 가겠습니다."

인범이가 말했다.

마을 어른은 멀거니 인범이의 얼굴을 보았다.

"고 형, 무리하지 마십시오. 며칠 전 마을 청년들이 고 형이 산을 잘 타더란 말은 들었지만 저 큰 짚단은 절대 무리입니더."

"……."

인범은 아무 말도 하지 않았다. 자신은 무거운 짐을 짊어지고 산을 오르는 것은 체력 단련으로 생각하기 때문이지 결코 과시나 힘자랑으로는 전혀 생각지 않고 짚단을 만드는 어른께 무심코 말을 했던 것이다.

마을 어른이 다시 인범의 얼굴을 보았다. 그 시선은 어떻게 할 것인지를 묻고 있었다.

"아저씨 그냥 두세요."

조용히 말했다.

10명이 각자 하나씩 짚단을 짊어졌다. 마지막으로 큰 짚단을 인범이가 짊어지고 일어섰다. 모두 인범이가 짊어진 짚단을 바라보았다.

호열이와 깡구, 정호가 앞장을 섰다. 힐끔 인범이를 돌아보며 구시렁거렸다.

"새끼, 지가 무슨 장사라고 미련한 놈."

"그래 말이야, 자식 혼 좀 나야 알끼다."

인범과 마을 청년 10여 명이 산을 오르기 시작했다. 각자 손에는 삽이 한 자루씩 들려 있고 짚단에는 점심을 싼 보자기가 묶여 있었다. 호열이와 깡구, 정호는 빠른 걸음으로 벌써 저만큼 앞장을 서 걷고 있었다.

30분 정도 걸었다. 산이 점점 가팔랐다. 모두 짚단을 짊어져 산길을 오르기 힘이 들었다. 등에 땀이 배고 이마에 땀이 흐르기 시작했다.

"자, 좀 쉬어 가자."

선발대인 호열이가 어깨에 멘 짚단을 내려놓고 허리에 찬 수건을 빼 이마에 밴 땀을 닦았다. 깡구도 정호도 신상근도 앉았다.

맨 뒤에 인범이가 커다란 짚단을 짊어지고 오고 있었다.

"저 새끼, 고생깨나 하네. 미련한 새끼, 이 한여름에 지가 무슨 장사라고 저렇게 무거운 짐을 지겠다고."

호열이가 빈정거렸다.

"호열아, 아직도 니 고 군에게 이 새끼 저 새끼라 카나?"

"……."

인범이가 다가오고 있었다. 마을 청년들이 가까이 오는 인범을 바라보았다. 그들이 걱정하는 만큼 인범은 그렇게 힘들어 보이지 않았다. 인범은 산악인이었다. 산을 탈 땐 무엇보다도 체력 안배를 잘 해야 한다는 원칙을 알고 있었다. 처음부터 너무 빨리 걸으면 다리가 퍼져 걷기가 힘들든지 걷지를 못할 수가 있기 때문이다.

그러나 마을 청년들은 어릴 때부터 산은 많이 타곤 했지만 산악인은 아니었다. 마을 청년들은 그냥 산을 탈 일이 있을 때만 그때그때 산에 오르지 인범이처럼 체력을 단련하기 위해 꾸준히 산을 타지는 않았다. 마을 청년들이 인범이가 천천히 뒤에 처져 오는 것이 걷기가 힘이 들어 그런다고 생각하는 것이다.

"고 형, 힘들지요. 좀 쉬었다 갑시더. 여기 앉으소."

"천천히 쉬었다 오십시오. 저는 천천히 올라갈게요. 짐 벗는 것이 귀찮습니다."

인범은 커다란 짚단을 짊어지고도 힘이 들지 않은지 아니면 쉴 생각이 없는지 쉬지 않고 혼자 걸어가고 있었다. 마을 청년들이 혼자 뚜벅뚜벅 걸어가는 인범을 멀거니 바라보았다. 인범이가 자기들의 말이 들리지 않을 만큼 올라간 것을 보고 호열이가 말했다.

"어이 저 새끼, 진짜 산 잘 타더나? 나는 믿기지 않는다. 서울 놈이 무슨 산을 잘 탄다 말이고? 저 새끼 저거 쉬지 않고 가다 나중 퍼질 끼다?"

"야 호열아, 니 또 고 군보고 새끼라 카나. 인자 고 군과 잘 지내거라. 너거 마누라 양산댁 파전 장사 제일 좋은 자리 주막에서 하게 된 것이 고 군이 호열이 니에게 많이 맞았다고 황 이장에게 부탁하여 다른 사람에게 양보를 받았다 카더라. 내가 알기로는 고 군이 그런 부탁할 사람이 아닌데……. 그런 고 군을 아직도 이 새끼 저 새끼기라 카나? 고 군 덕에 장사 잘해서 돈 버는데 욕하모 되나? 고 군에게 큰절을 해도 부족한데 말이다."

"……."

신상근이 핀잔을 주었다.

마을 청년들은 하루가 다르게 관광마을로 자리 잡아 가는 이야기를 나누고 있었다. 그렇게도 반대하던 호열과 깡구와 정호는 이제 아무런 반대를 하지 않았다. 그것은 하루가 다르게 관광마을로 자리 잡아 가고 있는 것을 자기들 눈으로 보기 때문이었다.

"마, 올라가자. 너무 쉬면 퍼진다 말이다."

인범은 산을 타는 것은 어릴 때부터 몸에 단련이 되어 있었다. 신문 배달을 하면서 토굴과 동굴에 살 때 매일 몇 시간씩 걸어야 했던 것이다. 그리고 매일 아침 가파른 산길을 체력 훈련을 위해 거의 뛰다시피 하는 것을 배내마을 청년들이 알 리가 없었다.

"어, 고 형이 어디까지 갔노? 길을 잘못 간 것 아이가? 안 보이네."

한여름 아무리 그늘진 숲 속이지만 더웠다. 마을 청년들이 부지런히 걸었지만 인범이가 보이지 않자 은근히 걱정을 한 것이다.

계곡물 흐르는 소리가 들리는 커다란 나무 밑에 인범이가 서서 기다리고 있었다.

"어? 저기 고 형이 있네."

청년회장 신상근이가 인범이를 먼저 발견했다. 상근이가 가리키는 곳에 인범이가 서서 계곡을 바라보고 있는 것이 보였다.

"고 형, 언제부터 여기에서 쉬고 있었소?"

가까이 다가간 호열이가 물었다.

"아 예, 조금 전입니다."

"아이구먼, 땀도 안 흘리고 있는 것 보이까네 오래전부터 쉬고 있는 것 같구먼."

"……."

수필이가 인범의 얼굴을 자세히 보더니 말했다.

"그런데 고 형, 왜 앉아서 쉬지 않고 서서 쉽니꺼?"

신상근이 물었다.

"아 예, 짐을 내리고 다시 짊어지기도 귀찮고. 앉아서 쉬면 다리가 퍼져 그럽니다."

"그래요. 다리가 퍼져요?"

"쉬는 것은 대부분 다리가 아픈 것보다 숨이 차서 쉴 때가 많습니다. 그리고 앉아서 쉬면 오래 쉬지만 서서 쉬면 곧 행군을 하게 됩니다."

"고 형은 등산을 많이 한 것 같네요."

"…… 혹시 우리가 보아 두었던 장소로 가는 길을 잃어버렸으면 갈림길에 제가 나뭇가지를 꺾어 방향 표시를 해 두겠습니다."

"예, 대강 알고 있습니더."

인범은 마을 청년들이 쉬는 것을 보고 혼자 올라갔다.

그들은 인범의 말대로 앉아서 쉬어 그런지 오래도록 쉬었다.

"저 친구 도대체 알 수 없는 친구야. 자기 속내를 드러내지 않으니 과거에 무엇을 했는지 알 수도 없고 또 무엇을 생각하고 있는지도 알 수 없잖아."

"나는 고 군을 보면 섬뜩한 생각이 든다 말이야. 유명한 싸움꾼이 어떻게 호열이와 깡구 너희에게 개 맞듯 했는지 말이야. 싸움을 잘하면서 그리고 힘이 있으면서 맞아 준다는 것은 보통 사람이라면 할 수 없잖아. 고 군의 정체가 무언지? 분명 노동꾼 같은데, 영어 잘하지, 붓글씨 잘 쓰지, 싸움 기막히게 잘하지, 그리고 엉뚱하게도 목수 기술이 대단하지. 어떻게 싸움 잘하는 사람이 목수 기술은 갖고 있노 말이다. 참으로 연구감이다 말이다. 또 목수가 영어는 어디서 배워서 어찌 그리 잘 하노? 전에 미국 처녀들이 왔을 때 병오 집에서 외국 민요인가 가곡인가 뭐 미국 영화 주제가라 카는 뭐 오브더 뭐라 카더라? 그라고 독일 가곡인가 카는 보리수를 원어로 부르는 거 듣고, 내 그때, 사실은 감동 먹었데이. 대학교도 전혀 안 다닌 사람 같은데 말이다. 너거는 그리 생각 안 드더나? 그라고 무슨 사람이 농담도 좀 하고 이야기도 좀 나누고 할 줄은 모르고 언제든지 남의 말을 듣기만 한다 말이고."

"와 아이라, 니 말이 맞다."

"별걱정 다 한다. 마, 어서 올라가자. 고 군은 벌써 도착했을 끼다."

신상근이 말하며 일어섰다.

미리 봐 두었던 산 중턱 언덕배기에 도착한 인범은 각자에게 한 곳씩 장소를 정해 주고 염소들이 잘 수 있고 새끼를 낳아 기를 수 있도록 폭과 깊이를 정해주었다. 마을 청년 10명이 각자 굴 하나씩을 열심히 파서 해가 서산에 기울기 전에 모두 팠다. 인범은 마을 청년들이 파 놓은 굴을 검사했다. 잘못 판 굴은 다시 파도록 했다.

인범은 굴 입구가 무너지지 않도록 쓸 만한 나무를 잘라 와 받침목을 하였다. 이 모든 것을 지켜본 마을 청년들이 일을 척척 해내는 목수 기술이 대단한 인범을 보고 혀를 내둘렀다.

완성한 굴 안에 마른 볏짚을 깔고 다졌다. 굴은 비가 들이치지 않을 정도로 깊이 팠다. 입구는 좁았다. 겨울에 바람이 많이 들어오지 않게 하기 위함이었다.

"우선은 열 개의 굴에만 염소를 방목해 봅시다. 방목이 밀양 인골처럼 성공하면 간월산, 신불산, 영취산에 많은 수의 굴을 파야 합니다. 그때는 청년들이 제일 많이 힘든 일을 해야 합니다."

"고 형, 염소를 방목하면 잡아갈 때 어떻게 잡아갈 낍니꺼?"

한 청년이 궁금한지 물었다.

"아 예, 밤중에 염소가 잘 때 살그머니 목줄을 채워 놓았다가 아침에 끌고 가면 잘 따라온답니다."

"아, 그래요."

볏짚을 깐 굴은 너무나 아늑했다, 조금만 더 깊다면 사람이 누워 자도 괜찮을 것 같았다.

인범은 계약한 염소 열 마리를 산으로 끌고 올라가 굴 옆에 먹이를 두고 목에 끈을 매달아 두었다. 며칠을 목줄에 매여 사람들이 갖다 주는 먹이를 먹고 굴속에 자던 염소들이 굴이 자신이 잘 집인 줄 알고 멀리 가지 않고 주위를 맴돌았다.

인범이 목줄을 풀어 놓았다. 그러나 염소들은 굴 주위를 맴돌며 먹이를 먹고 멀리 가지 않았다. 먹을 것을 찾아 먹고 밤이 되면 자신의 체취가 밴 굴이 자기가 잘 집이라는 것을 알고 돌아와 잠을 잤다.

이로써 일 차 계획한 관광마을이 성공적으로 마무리되었다. 인범은 황 이장과 노영길, 그리고 신상근과 이 차 계획을 의논하면서 청년회장 신상근에게 중점적으로 상세히 설명하며 의논을 했다.

어느 날 인범은 황 이장과 노영길 어른에게 말했다. 관광마을도 거의 마무리 단계라고 말하고, 자신은 이제 마을을 떠나야겠다고 했다. 황 이장과 노영길은 인범이를 언제까지나 마을 일을 하게 할 수 없어 청년회장 신상근에게 인범이의 계획을 인수받아 마무리를 하라고 했다. 인범은 상세한 것은 청년회장 신상근에게 적어 둔 계획서를 주었다고 했다.

이제 인범은 아버지의 원수를 갚아야 했다. 서초동 고려물산 김승배 사장을 찾아가 아버지를 죽인 턱이 뾰족하고 왼쪽 얼굴에 흉터가 있는 인상착의를 말하고 소재를 알려 달라고 해야겠다고 생각했다.

박 과장은 자신이 아버지의 원수를 갚으려는 의도를 알기 때문에 알려 줄 것 같지 않았다. 언젠가 김승배 사장은 알 수 있다고 하지 않았던가. 인범은 김승배 사장은 날치기 파들과 같은 범죄 집단이지만 서로 적대관계인 범죄 집단이라 알려 줄 것 같았다.

2

인범은 밤늦도록 짐을 정리했다. 가져갈 짐들을 방에 펼쳐 놓았다. 버릴 것과 가져갈 것을 골랐다. 가져갈 것을 차곡차곡 접고 개어 배낭 맨 밑바닥부터 차곡차곡 넣었다. 인범은 어느 것부터 배낭 아래쪽에 넣어야 부피를 작게 하는지 방법을 알고 있었다. 그것은 오랜 등산 경험에서 얻어진 요령이었다.

오늘 밤이 이곳의 마지막 밤이라고 생각하니 왠지 허전했다. 배낭을 정리한 인범은 황 이장과 노영길 고문, 그리고 신상근에게 편지를 썼다.

잠이 올 것 같지 않았다. 열린 장지문을 통해 밤하늘을 바라보았다. 수많은 별이 반짝이고 있었다. 지나간 5개월이 행복했다. 호열이에게 맞아 코피가 터지고 관광마을을 조성하겠다고 열정을 쏟았던 나날들이 추억처럼 떠올랐다.

제일 많이 뇌리에 남는 것이 문호열이와 그 부인 양산댁이었다. 그리고 깡구도 그들의 얼굴이 한 명, 한 명 밤하늘에 명멸했다.

그 중에 뚜렷하게 명멸되는 얼굴이 양산댁이었다. 호열이에게 빼앗긴 배낭을 가져오면서 남편의 잘못을 대신 사과하듯 밑반찬을 가져온 아낙, 그리고 밤중 길거리에서 술 취한 남편에게 떠밀려 넘어지려는 양산댁을 급히 잡으려다 아낙의 가슴을 껴안은 것, 무의식중에 몰랐지만 아낙이 놓아 달라는 말을 듣고 늦게야 아낙의 가슴을 껴안았단 사실을 깨닫고 놀랐던 것, 또 손에 잡았던 유방의 촉감이 오랫동안 황홀하게 머물렀던 것, 또 호열이와 시비하고 맞았던 것들이 그리움으로 남았다.

인범은 호열이에게 편지 한 통을 남기고 싶었다. 무엇보다도 지금은 술을 많이 먹지 않고 아내의 파전 장사를 도우며 변한 호열이를 보면서 보람을 느꼈다.

인범은 편지를 다 쓰고 하염없이 밤하늘을 바라보았다. 관광마을을 조성한다고 열정을 쏟았던 나날들이 새록새록 떠올랐다. 을씨년스럽고 황량했던 마을이 사람의 손길로 마을은 깨끗해졌고 온 마을이 푸른 기운이 감돌고 있었다.

이제 배내마을은 가난을 벗어나고 있다. 황 이장과 노영길 고문, 그리고 청년회장 신상근 모두 잘하리라 생각이 들었다. 장지문을 닫았다.

'아! 오늘 밤이 배내마을에서의 마지막 밤이구나!'

인범은 이른 새벽에 일어났다. 이불을 개고 방을 깨끗이 치웠다. 그리고 어젯밤에 써 두었던 편지를 방바닥 중앙에 놓고 배낭을 짊어졌다. 조용히 장지문을 닫고 집을 나섰다. 처마 밑에 자던 검둥이가 얼른 일어나 따라 나섰다. 인범은 엎드려 검둥이의 머리를 쓰다듬어 주며 가만히 속삭였다.

“검둥아, 잘 있어. 그동안 너에게도 정이 들었구나.”

검둥이는 꼬리를 살살 흔들며 인범의 손을 핥았다. 인범은 따라나서는 검둥이를 못 오게 발로 밀어 놓고 삐꺽거리는 대문을 닫고 길을 나섰다.

새벽의 맑은 공기가 코에 물씬 스며들었다. 무심코 하늘을 쳐다보았다. 초가을의 새벽별이 사무치도록 반짝거림이 왠지 가슴을 울렸다. 식물이 죽을 때가 되면 많은 열매를 맺는다고 했다. 아! 이별이라 저렇게도 배내마을의 새벽별이 아름답게 보이는구나. 이것이 이별의 아쉬운 미련이구나!

골목은 아직도 어둠에 묻혀 있었다. 여러 가지 잡다한 추억이 뒤엉킨 감정을 가슴에 담고 골목을 천천히 걸었다. 개 한 마리가 인범의 발소리를 듣고 짖었다. 개 짖는 소리가 슬프게 들렸다.

골목을 빠져나와 마차가 있는 곳으로 발걸음을 옮겼다. 마차가 묽은 어둠에 어렴풋이 보였다. 인범은 마차에 다가갔다. 그리고 마차에 올라 앉았다.

‘아, 이 마차는 나의 아이디어였지. 이 마차가 관광마을을 한결 돋보이게 하고 있지.’

마구간이 보였다. 인범이가 다가가자 말에서 워낭소리가 울렸다. 말이 잠자는 모습은 특이했다. 다른 짐승은 모두 누워서 잠을 자는데 유독 말들은 서서 잔다는 것이 이상했다. 인범은 어둠에 묻힌 마차와 마구간을 묘한 상념에 젖어 한참이나 응시했다.

인범은 수백 년 동안 자연과 지리에 순응하며 순박하게 살아온 배내마을 사람들을 영악한 도시 사람들의 주머니를 넘겨다보도록 한 장사꾼을 만든 것이 과연 잘한 것인지 잘못한 것인지 질정치 못했다.

인범은 안개가 깔린 골목을 천천히 걸었다. 그동안 열정을 쏟았던 추억이 그리웠다. 간월산, 영취산, 신불산 멧부리에 새벽하늘이 희붐하게 밝아오고 있었고 새벽 안개가 골목에 자욱이 퍼져 있었다.

마을을 빠져나오니 안개가 깔린 주차장이 보이고 주막이 보였다. 인범은 툇마루에 앉았다. 툇마루에서 파전과 막걸리 냄새가 마루의 틈새에 배여 있는 것 같았다.

인범은 또다시 양산댁이 떠올랐다. 양산댁이 파전 장사를 신청했을 때, 어느 곳보다 수입이 좋은 주막에서 파전 장사를 할 수 있도록 황 이장에게 부탁했던 생각이 났다.

날이 서서히 밝아오고 있었다. 인범은 툇마루에서 일어났다. '천하대장군', '지하여장군' 그리고 고집을 부려 계곡에서 참으로 힘들게 옮겨온, 웅장하고 묘하게 생긴 바위에 '배내마을 민속촌'이라고 새긴 자연석이 보였다. 이 자연석과 장승은 자신이 마을 입구에 꼭 세우고 싶은 제일의 광고용이었다.

인범은 '천하대장군', '지하여장군'을 바라보다 시선을 거두고 안개발이 퍼지는 배내마을을 망연히 내려다보았다. 산을 막 넘고 있는 일출의 여명이 어둠을 밀어내고 있었다. 인범은 머리에 머물러 있는 배내마을의 생각들을 지우려고 고개를 좌우로 흔들며 배낭을 추스르고 힘찬 발걸음을 옮겼다.

인범은 6개월 전 이 고개를 넘어왔을 때를 생각하니 참으로 감개무량하고 감회가 새로웠다. 언제 다시 배내마을에 올 기회가 있을지…….

3

황 이장은 보통 때와는 달리 인범의 방문이 닫혀 있는 것을 보고 이상해서 방문 앞에 서서 헛기침을 했다. 고 군이 아침 등산을 갈 땐 언제나 지게문을 열어 놓고 가는데 오늘은 닫혀 있는 것이 이상했다. 아무 기척이 없었다. 황 이장은 지게문을 살며시 열었다.

이불이 개어 있고 깨끗이 청소되어 있었다. 방바닥에 편지인 듯 접은 종이 몇 장이 놓여 있었다. 편지엔 고 군이 인사드리지 못하고 떠난다는 것이 쓰여 있고, 관광 시즌이 아닌 겨울을 대비해서 방목한 염소 불고기 맛을 즐기며 숙박도 할 수 있도록 반드시 황토방을 만들라는 내용이 쓰여 있었다.

그리고 나머지 일은 청년회장이 잘할 것이라고도 쓰여 있었다. 청년회장에게도 편지를 쓴 것이 있었다. 그리고 문호열이에게도 남긴 편지가 있었다. 황 이장은 고 군이 자신은 곧 떠나야 한다는 말은 들었지만, 이렇게 편지만 남기고 떠나니 일이 손에 잡히지 않아 순간적으로 공황상태에 빠져 멍하니 하늘을 쳐다보았다.

황 이장이 다른 때와는 달리 할 일을 시키지도 않고 넋 나간 사람처럼 멍하니 서 있는 것을 보고 일하러 나왔던 마을 사람들이 가까이 다가가 왜 그렇게 넋을 잃고 서 있느냐고 물었다. 침통한 얼굴로 고 군이 오늘 새벽에 달랑 편지만 남겨두고 떠났다는 말을 했다.

고 군이 떠났다는 말을 들은 마을 사람들은 아침 청소도 음식물 준비도 마을 일도 잊은 채 서서 서성거리더니 하나둘 도로 집으로 돌아갔다.

아침을 먹은 배내마을 사람들이 삼삼오오로 모여 수군거리더니 약속이나 한 듯 모두 일손을 놓고 마을회관으로 모이기 시작했다.

아침 일을 나갔던 호열이 급히 집으로 돌아와 인범이가 떠났다는 말을 하고 삽을 두고 마을회관으로 간다고 횡하니 나갔다.

양산댁은 청년이 떠났다는 말에 오늘 파전을 만들 준비도 잊은 채 왠지 마음이 안정이 안 돼 멍하니 마루에 앉아 있었다.

청년이 처음 집 앞을 청소할 때 같이 쓰레기를 줍다 자기 때문에 남편의 주먹질에 코피를 흘리면서도 왜 때리느냐고 반항 한번 하지 않고 남편과 깡구의 주먹을 고스란히 맞던, 남편이 왜 남의 마누라를 일 시키느냐고 눈에 쌍심지를 켜고 주먹질을 해도 시킨 적이 없다고 소명 한번 하지 않던 청년. 밤중 길거리에서 술에 취한 남편에게 맞으면서 도랑에 빠지는 나를 붙잡으려다 나의 젖가슴을 만졌던 것, 또 청년의 손에 잡혔던 젖가슴의 촉감이 오랫동안 여운이 남아 자신을 혼란스럽게 했던 것들이 떠올랐다.

그리고 무엇보다도 고마웠던 것은 파전 장사를 주막에서 할 수 있도록 황 이장에게 부탁한 것, 양산댁은 남편이 있으면서 오랫동안 청년이 가슴에 자리한 것이 부끄럽게 떠올랐다. 양산댁은 마을회관으로 가기 위해 옷을 추스르고 삽짝을 나섰다.

인범이가 마을을 떠났다는 소문이 퍼지자 누가 제안한 것도 아닌데 마을회관에 하나둘 모이기 시작했다. 많은 마을 사람들이 모여 있었다. 모두 청년이 떠난 사실을 확인하고 싶었던 것이다. 황 이장이 앞으로 나왔다.

"다들 고인범 군이 궁금하여 이렇게 오셨군요. 고 군이 오늘 새벽에 이렇게 편지 세 통을 남기고 표연히 떠났습니더."

황 이장은 침통한 얼굴로 말을 하고는 편지를 높이 들어 보였다.

"갑자기 떠났습니꺼?"

"아닙니더. 얼마 전에 일이 거의 마무리되었으니 자기도 서울에 할 일이 있다면서 간다고 의논은 되었지만, 막상 떠나고 나니 이렇게 가심이 영 설

렁하고 일이 손에 안 잡히네요."

"편지는 누구누구에게 남겼습니꺼? 그리고 뭐라고 써 놓았습니꺼? 궁금합니더."

어느 청년이 물었다.

"예, 별말은 아닙니더. 저와 노영길 고문에게 남기고, 한 통은 청년회장에게 남긴 편지입니더. 신 회장, 이 편지 받아라. 그라고 한 통은 문호열에게 남겼네요. 호열아, 니 편지니까 너가 읽어 보거라."

황 이장은 호열이에게 편지를 내밀었다.

"호열이에게도 남겼다고요?"

마을 사람들이 의아하게 생각했다. 신 회장이 편지를 받아 가고 호열이가 엉거주춤 나와 편지를 받아 갔다.

"호열아, 니에게 뭐라고 썼노? 한번 읽어 봐라, 궁금하다 아이가."

편지를 받은 호열이가 편지를 읽고는 눈시울을 붉혔다.

"호열아, 뭐라꼬 썼는데 울라카노?"

"아무것도 아이다."

호열이가 눈가를 훔치며 말했다.

"아무것도 아이라 카면서 와 눈시울을 붉히노 말이다. 그 편지 돌리라 다 읽어 보구로."

호열은 머뭇거리다 편지를 넘겨주었다. 병오가 얼른 받아 읽더니 무거운 얼굴로 변했다. 편지엔 이렇게 쓰여 있었다.

호열 씨, 제가 배내마을에 나타나 관광마을 만든다고 할 때 호열 씨에게 그리고 깡구 씨에게 마음 많이 상하게 했지요. 호열 씨가 이 마을을 걱정해서 그런다는 것을 잘 알고 있었습니다. 호열 씨, 이제 걱정을 하지 않아도 될 것 같습니다. 관광마을 잘 될 것입니다. 호열 씨와 깡구 씨는 누구보다도 이 배내마을을 아끼는 분들이라는 것을 잘 압니다. 그러니 이제 안심하시고 마을 청년들과 함께 아니 앞장서서 관광마을로 발전시켜 주십시오. 그리고 호열 씨, 돈 많이 버십시오. 파전 장사 잘 될 것입니다. 양산댁 파전 솜씨가 특별하지 않습니까? 그리고 호열 씨는 아주머니같이 아름답고 착한 아내를 두셨으니 참으로 행복한 남자입니다. 아주머니 많이 사랑해 주십시오. 그럼 안녕히 계십시오.

편지를 돌려 읽어 보던 청년들은 모두가 꿀 먹은 벙어리처럼 말이 없었다. 고 군이 호열이에게 원망하는 내용과 나무라는 내용일 것이라고 짐작했는데 정반대의 내용이라 어리둥절했다.

마을 어른 한 사람이 말을 했다.

"이장님, 고 군에게 수고비는 넉넉하게 주었습니꺼? 우리 인자 고 군 때문에 돈 벌게 되었으니 우리도 다 내겠심더."

"고 군은 한 푼도 받지 않고 떠났습니더. 그러잖아도 노영길 고문과 의논을 했습니더. 고 군이 다른 건축 일을 했다면 목수 인건비가 비싸 돈을 제법 쳐 주어야겠다고 말입니더. 그냥 떠났으니 어짜모 좋습니꺼?"

"우리 다들 돈을 모아 누가 대표로 서울 가서 전하모 안 되겠습니꺼."

"제가 고 군을 이리로 보낸 서울 박정웅이에게 지금 전화로 의논해 보겠습니더. 잠깐만 기다려 주이소. 영길아, 니가 정웅이에게 전화 한번 해 봐라."

"알았다."

노영길 고문이 사무실로 들어갔다.

"이장님요, 고 군이 없어도 우리끼리 관광마을 마무리는 할 수 있습니꺼?"

"그건, 고 군과 우리 간부들과 충분히 이야기되어 있습니더. 이제 중요한 것은 거의 다 했습니더."

마을 사람들이 고 군이 없어도 할 수 있는지 걱정을 하며 여러 문제를 의논했다.

노영길 고문이 나왔다. 모두 노영길 고문의 입을 바라보았다. 노영길 고문은 헛기침을 몇 번 하면서 앞에 섰다. 모두 귀를 기울였다.

"고 군을 잘 알고 고 군을 이리로 보낸 박정웅 고향 친구에게 전화를 했습니더. 고 군은 어린 시절 참으로 가난하게 살았답니더. 지금도 서울의 변두리 산자락에 무허가 판잣집에 살고 있답니다. 그러나 고 군은 돈을 받지 않을 것이라고 말도 하지 말랍니더. 자기가 너무나 고 군을 잘 알고 있다고 하면서 그러니 그런 의논을 하지도 말라고 합니더. 처음 고 군이 황 이장과 저에게 관광마을 만들자고 의논을 할 때 자네가 돈 벌려고 그러느냐고 물었더니 자기는 먹고사는 데는 걱정 없으니 돈은 필요 없다고 하던 말이 기억 납니더. 정웅이 말이 맞습니더. 고 군은 돈을 받지 않을 것입니더. 그 대신 관광마을로 자리 잡으면 이곳을 찾아오는 관광객을 위해서, 그리고 마을 후세들에게도 고 군에 의해 이곳이 관광마을로 조성된 유래를 비를 세워 알리기로 합시다."

"……."

모두 아무 말이 없었다. 6개월이나 묵묵히 일을 하던 청년이 눈앞에 선했다. 참으로 훌륭한 청년이었다.

땅벌의 집 방문

1

인범은 12년 전부터 한시도 잊어버린 적이 없는 아버지의 원수를 찾아 피맺힌 한을 풀어야 했다. 그러나 인범은 아버지의 눈을 찌르고 발길로 턱을 차 아버지의 얼굴을 박살낸 왼쪽 얼굴과 턱 사이에 깊은 흉터가 있고 유달리 턱이 뾰족한 날치기 두목의 소재지를 알 길이 없었다. 지하철에서 놈을 찾으려고 했지만 찾을 수가 없었다.

놈은 이제 사십 대 중반의 나이이다. 놈은 이제 일선에서 날치기나 소매치기를 할 나이가 아니었다. 넓은 서울에서 놈을 찾을 길이 없었다.

먼저 박 과장이 떠올랐다. 박 과장은 날치기의 소재지를 안다고 하더라도 알려 주지 않을 것 같았다. 내가 놈을 찾으면 복수를 할 것이라고 생각하고 있기 때문이었다. 미란이 아버지도 복수를 하지 말라고 하지 않았던가. 박 과장이나 미란이 아버지는 당연히 하지 말라고 할 것이다. 지극히 당연한 말이다.

그러나 인범은 아버지의 복수를 포기할 수 없었다. 돈을 뺏기 위해 한 가정의 가장을 죽이고 그 가족을 불행의 나락으로 몰아넣은 그 피맺힌 원수를 그냥 둘 수 없었다.

박 과장이 알려 주지 않는다면 놈을 찾을 방법이 암담했다. 인범은 뇌리에 김승배 사장이 떠올랐다.

'그래, 맞다. 그때 김승배 사장이 나를 찾아왔을 때 내가 날치기 소매치기 계보를 알 수 있느냐고 물었을 때 알 수 있다고 하지 않았는가.'

인범은 김승배 사장을 찾아가야겠다고 생각했다. 소매치기들과 조폭들과는 같은 범죄 집단이면서도 서로 적대관계이다.

'그래, 김승배 사장을 찾아가자.' 인범은 머리가 맑아졌다.

인범은 김승배 사장의 명함을 찾기 위해 서랍을 뒤져 '고려물산' 대표 김승배의 명함을 찾았다. 사무실은 서초동에 있었다. 인범은 시계를 보았다. 3시경이었다.

다이얼을 돌렸다.

"고려물산입니다."

수화기에서 세련된 아가씨의 목소리가 들렸다.

"김승배 사장님 계십니까?"

"네, 계세요. 어디라고 전해 드릴까요?"

"네, 고인범이라고 전해 주십시오. 잘 모르실 것입니다."

잠시 후 수화기에서 김승배 사장의 굵직한 목소리가 들렸다.

"여보세요. 김승배입니다."

"……."

인범은 얼른 말이 나오지 않았다. 김 사장이 자신의 이름을 기억하고 있지 않을 것 같았다. 인범이가 머뭇거리자 대답을 독촉했다.

"여보세요, 저 김승배입니다."

"사장님, 저는 고인범이라 합니다. 언젠가 산 쪽에 있는 저의 집에 한 번 찾아오신 적이 있는 고인범입니다."

"고인범…… 아! 박 과장이 아끼는 그 고 군 말이지."

"……."

김승배 사장은 고인범을 정확히 기억하고 있었다.

"아, 고 군! 고 군이 어찌 나에게 전화를 다 하니? 그동안 잘 있었어? 박 과장님도 잘 계시고? 그래, 어쩐 일이야?"

"사장님, 찾아뵈옵고 드릴 말씀이 있습니다."

"그래 찾아와. 사무실은 어딘지 알고 있나?"

"대강은 알 것 같습니다."

"서초역 지하철에 내려 한일빌딩 7층이야."

인범은 한일빌딩 7층 '고려물산' 간판을 보고 문을 열고 들어섰다. 감청색 미니스커트를 입은 키가 큰 아가씨가 상냥한 미소를 머금고 다가왔다. 아가씨는 유난히 키가 큰 당당한 모습의 인범이를 유심히 바라보았다.

"어떻게 오셨어요?"

"사장님 뵙고자 왔습니다."

"아, 그래요. 사장님이 오신다고 하신 분이시군요. 사장님 안에 계십니다. 들어가시지요."

아가씨는 인범을 사장실로 안내했다. 김승배 사장이 소파에서 벌떡 일어나 인범을 껴안을 듯 다가와 손을 내밀었다. 인범은 김승배 사장의 손을 맞잡으며 인사를 했다.

"사장님, 잘 계셨습니까?"

"오, 고 군. 오래간만이야."

"한 양, 차 가져와."

김승배 사장은 인범이를 반갑게 맞아 주었다. 김 사장은 무엇보다도 인범이가 싸움을 잘하면서 예의가 바르고 겸손해 호감과 친근감이 갔던 것이다.

차를 마신 김 사장은 인범의 얼굴을 보았다. 찾아온 용건도 말하지 않고 인범의 얼굴은 내내 어둡고 무거웠다. 굳은 얼굴이었다.

"무슨 이야기인가?"

김 사장은 셔츠 주머니에서 담배 한 개비를 꺼내 라이터에 불을 붙이면서 물었다.

인범은 무슨 말부터 할까를 생각했다. 얼른 떠오르지 않았다. 김승배 사장은 고 군의 말을 기다리며 조용히 앉아 있었다. 어색한 침묵이 길어지면서 분위기가 가라앉아 있었고 어색하고 무거웠다.

인범은 마른침을 삼키고 어눌하게 말꼭지를 떼었다.

"사장님, 언젠가 제가 날치기의 계보를 물으신 적이 있었습니다."

"그래, 한번 들은 기억이 나네. 그래서?"

"찾는 사람이 있습니다."

"소매치기인가? 날치기인가?"

"노상에서 날치기했으니 날치기들이겠지요. 그리고 소매치기도 될 수 있습니다."

"그래, 찾는 사람이 누구야? 이름은 알고 있어?"

"이름은 전혀 모릅니다. 인상착의만 압니다. 12년 전 제가 어릴 때이었습니다. 유난히 턱이 뾰족하고 왼쪽 얼굴과 턱 사이에 칼자국 흉터가 선명하게 나 있는 세 사람 중 그때 나이가 약 삼십 대 중반이었습니다. 아마 세 사람 중 두목일 것입니다."

"그들을 왜 찾지? 그들과 자네와 원한 관계인가. 솔직히 말하게. 합당하면 알아봐 줄게."

"……."

인범은 말을 못 하고 얼굴이 일그러졌다.

"원한 관계인가?"

"……."

"고 군, 말하게 합당하지 않으면 알아봐 줄 수 없네. 사람이 살아가다 보면 도둑도 당할 수 있고 날치기도 소매치기도 당할 수 있다네. 그걸 원한으로 생각한다면 편하게 살아갈 수 있는 사람이 별로 없을 걸세. 자네가 주먹이 강하다고 자네에게 잘못한 모든 상대에게 복수하려면 나는 자네를 이해할 수도 도울 수도 없다네. 그러니 자네가 가할 보복이 합당한지 알아야겠네. 솔직하게 말하게. 그 원인이 합당하면 내가 적극적으로 알아봐 주겠네."

김승배 사장은 인범이가 단순한 보복 관계라면 알아봐 줄 수 없다는 것이다. 김 사장이 아버지가 날치기들에게 맞아 죽고 어머니마저 그 충격으로 돌아가시고 두 동생은 고아원에 가고 자신은 배고픔과 추위에 떨며 지하철이나 건물 지하실을 찾아 새우잠을 자야 했고, 토굴과 동굴에서 살아야 했던 비참한 삶을 살아왔다면 이해를 할까?

인범은 김승배 사장에게 아버지가 비참하게 죽은 사연을 이야기하지 않을 수 없었다.

인범은 낮고 차분한 목소리로 피맺힌 사연을 이야기하기 시작했다. 이야기를 듣던 김 사장은 인범이의 이야기가 길어질 것 같다는 것을 짐작했는지 잠시 이야기를 중단시키고 인터폰을 들었다.

"한 양, 급한 전화 아니면 전화 연결하지 마. 그리고 누가 찾아오면 응접실에 기다리라고 해."

"예, 알았습니다."

"고 군, 이야기 계속해."

김 사장은 인범의 이야기를 심각하게 들었다. 이야기를 들으며 고개를 끄덕이기도 신음을 뱉기도 또는 분노하기도 했다. 인범은 그 복수를 하기 위해 싸움을 배운 것까지 격한 감정을 겨우 억제하며 긴 이야기를 했다. 이야기를 마친 인범은 자기감정에 흥분되어 얼굴이 발갛게 상기되고 원한의 감정을 억제치 못해 양쪽 볼이 가벼운 경련으로 실룩거리고 있었다.

인범이의 이야기를 들은 김 사장은 말없이 다시 셔츠에서 담배 한 개비를 빼 입에 물었다. 주머니에서 라이터를 끄집어내어 불을 붙여 천장에 연기를 내뿜고는 입에 문 담배를 떼고는 한숨을 뱉으며 말했다.

"자네, 어린 나이에 고생 많았군. 자네에게 그런 원한이 있는 줄 몰랐네. 그래서 자네가 싸움꾼이 되었군."

"……."

김 사장은 소파에서 일어나 인터폰을 눌러 여직원을 불렀다.

"한 양, 지금 사무실에 이 과장 있나? 그리고 다른 외근직원 누구누구 있어?"

"예, 이 과장님 있습니다. 그리고 주임 몇 명이 있습니다."

"이 과장 이리로 오라고 해. 아니 다들 함께 오라고 해."

김 사장이 외근직원이라면 각 유흥업소나 호텔, 나이트클럽 등 현장을 뛰는 직원들을 말하는 것이다. 그리고 직책을 주임이라고 한 것은 명함에 적기 위함이고 거래처에서 부르기 쉽게 하기 위함이었다. 실제로 외근직원은 각종 범죄에 관여하는 행동대원들인 조폭의 일원인 것이다. 내무직원은 그야말로 사무실에서 매출과 입금만 처리하는 사업상의 업무를 담당하는 사무만 보는 직원이었다.

조폭 다섯 명이 들어왔다. 모두 건장하고 목과 팔뚝이 굵은 인상이 험한 평범한 청년들이 아니었다. 그들은 한결같이 김승배 사장에게 허리를 90도로 꺾어 인사를 했다.

"자리에 앉게."

사장실에는 10여 개의 의자가 놓여 있었다.

그들은 자리에 앉으면서 나이가 젊은 인범이를 보았다.

"이 청년은 경동경찰서 박 과장이 아끼는 고인범이란 청년이야. 얼굴은 몰라도 이름은 들었을 거야. 고인범이라고."

고려물산 김승배 사장이 거느린 조폭들은 대부분 고인범의 이름은 들은 적이 있었다. 그들은 김영철 땅벌이 고인범이란 청년에게 당해 정신이 부실한 불구자로 평생을 살아야 한다는 것에 원한을 갖고 있는 것이다.

몇 명이 인범이를 노려보았다. 그 중 박치는 야밤에 인범이 판잣집에 기습할 때 인범의 몽둥이에 뒷머리를 호되게 맞은 기억이 났다. 그때 머리에 정통으로 맞았다면 땅벌처럼 정신이 부실한 장애인이 되었을 것이다.

상태는 야밤에 기습하여 인범의 얼굴은 보지 못했지만 그날 밤 인범에게 당한 것을 생각하면 쉽게 잊을 수 없어 감정이 솟구쳤다.

김승배 사장은 상태의 감정을 아는 듯 말을 했다.

"지난 감정은 잊어버려. 굳이 따지자면 우리가 괜히 동리 조무래기 깡패에게 힘을 빌려 주어 영철이가 당한 것 아닌가? 그리고 보복을 하려고 야밤에 기습한 것은 우리가 먼저 아닌가."

조폭들은 대단한 싸움꾼이라는 인범이가 의외로 싸움꾼 같지 않은 조용한 얼굴에 다소곳이 앉은 모습에 적의를 느끼지 못했다. 다만 건장하고 날렵한 몸매가 돋보여 홀대할 수 없는 부담을 가졌다. 그리고 무릎 위에 얹혀 있는 유난히 튼튼한 팔과 커다란 주먹, 그 주먹에 불끈 솟은 정권이 대단한 주먹꾼임을 증명하고 있었다.

"내가 말했지. 이 고인범은 행운아야. 그때 박 과장이 나에게 찾아와 고 군에게서 손 떼라고 부탁하지 않았다면 우리 조직에선 고 군을 이렇게 성한 몸으로 다니지 못하게 했을 거야. 나는 박 과장 이야기를 듣고 고 군을 직접 만나 봤지. 만나 보니 괜찮은 청년이더군. 그래서 그날부터 고 군에게 호감과 친근감을 가졌지. 그때 고 군이 소매치기 계보에 대해서 묻더군. 오늘 그 소매치기의 인상착의를 말하면서 알아봐 달라고 하는군. 그래서 무슨 이유인지 알아야 알려 줄 수 있다고 하니 말하더군. 고 군은 고아로 기구한 어린 시절을 죽지 못해 살아온 것을 알았어. 바로 고 군이 찾는 그 날치기들 때문이야. 고 군에게 들은 이야기를 내가 하지. 그래야 자네들이 이해를 하고 이 고 군을 도와주지 않겠어?"

"……."

아무도 말을 하지 않았다. 사장이 그렇게 말을 했지만 그들은 인범이에 대한 감정의 찌꺼기가 없어지지 않았는지 표정들이 시무룩했다.

그때 문을 열고 두 조폭이 들어와서 역시 허리를 90도로 꺾어 인사를 하고 말했다.

"사장님, 보고 드릴 것이 있습니다."

그러면서 낯선 인범을 보고 경계했다. 그들의 보고는 일반인들이 들어서는 안 될 말이었다.

"통뼈, 마침 잘 왔다. 급한 것이 아니면 나중 듣기로 하세. 면도, 자네 이 고인범을 알지?"

"어? 이 새끼가 어찌 제 발로 여길 찾아왔어?"

면도의 어투는 거칠었고 처음부터 시비조였다. 그때 유치장에서 인범에게 사타구니를 호되게 차여 혼이 난 것이 생각났기 때문이었다. 통뼈와 면도는 인범이를 무서운 얼굴로 노려보았다.

"자네도 앉게. 지난 감정 버려. 오늘 내가 오라고 했어. 앉아. 나, 지금 이 고 군 이야기를 하고 있어. 같이 들어 봐."

면도와 통뼈는 마뜩잖은 표정으로 빈자리를 찾아 앉았다.

조폭들의 시선이 김승배 사장의 얼굴에 집중했다. 김승배 사장은 조금 전에 인범이에게서 들은 이야기를 요약해서 조폭들에게 했다.

면도와 통뼈 그리고 인범이에게 감정이 좋지 않은 조폭들은 인범의 비참한 고아의 삶을 듣고 조금 전의 감정이 누그러졌다.

"서로 인사해."

"고인범이라고 합니다."

"이상곤 과장입니다."

이상곤 과장은 과장이라고 하지만 자기들끼리는 그 팀에 행동대의 두목인 것이다.

이상곤이 먼저 손을 내밀어 인사를 하니 모두 악수를 청하며 통성명을 했다. 모두 유달리 큰 인범의 손과 손아귀 힘에 중압감을 느꼈다. 인범은 그들과 악수를 할 때 살며시 잡았지만 유난히 큰 주먹과 수도의 살이 너무나 두터웠기 때문이었다. 그리고 유난히 튼튼한 팔뚝이 돋보였다. 예사롭지 않은 체격이었다. 그러나 눈은 온순한 양처럼 순하게 보였다.

면도가 일어났다. 얼굴이 잔뜩 구겨져 있었다.

"이봐, 나 당신에게 당한 것 쉽게 잊을 수가 없어."

째려보며 말했다.

"면도, 고 군은 손님이야."

"……."

"면도 너, 이 고 군에게 유감이 있는 것 같은데 자네가 고 군을 먼저 해치려고 하니 고 군이 방어 차원에서 자네를 공격한 것 아닌가. 내가 알기엔 고 군은 상대가 먼저 공격하지 않는데 공격할 사람이 아니야."

면도는 아무 말을 못 했다. 사장이 보지도 않고 어떻게 아는지 신기했다.

"그만들 둬. 이제 잘 지내게. 이 고 군은 착한 청년이야."

이때 인범이가 일어났다.

"죄송합니다. 그땐 어쩔 수 없었습니다. 화 푸십시오."

인범은 고개를 꾸벅 숙여 사과를 했다.

"그래, 고 군이 사과 잘했어."

"뭐, 꼭 사과까지……. 사실 뭐, 내가 잘한 것은 없었지……."

"너희 날치기들 계보를 알고 있나? 그 중에 유난히 턱이 뾰족하고 왼쪽 얼굴과 턱 사이에 심한 흉터가 있는 날치기 중 두목급일 거야. 지금부터 12년 전이니까 지금은 사십 대 중반 정도로 아마 지금은 일선에서는 일하지 않을 거야."

"……."

"이 과장이 책임지고 알아봐, 알았지?"

"예, 알겠습니다."

"고 군, 인상착의가 뚜렷하니 지금도 계보에 속해 있으면 찾는 데는 그렇게 어렵지 않을 거야. 벌써 저녁때가 되었네. 고 군, 우리 직원들과 저녁이나 먹고 가."

"……."

"이 과장, 소매치기 계보 꼭 알아봐. 박 과장이 아끼는 청년이야."

"사장님, 박 과장님에게 알리고 싶지 않습니다."

"그래, 그럼 그러지."

인범은 박 과장이 알면 김 사장에게 알리지 못하게 할 것이라고 생각했다.

"이 과장, 식당에 도착하면 전화하게. 나 통뼈 보고받고 갈게."

이 과장과 조폭들이 식당에서 음식을 기다리는 동안 김승배 사장과 통뼈, 그리고 면도가 들어왔다. 그들은 돼지 삼겹살을 구워 놓고 소주잔을 주고받으며 이야기를 나누고 있었다. 그들과 함께 앉은 조폭들은 모두 인범이에게 관심을 갖고 싸움은 언제부터 배웠느냐 직업이 무엇이냐 등등 여러 가지 질문을 했다.

인범은 대답하기 곤란한 질문은 미소로 답했다. 그들은 인범이가 말이 없고 질문을 피하자 더는 묻지 않았다. 인범이에게도 몇 잔의 술잔이 왔지만 인범은 술을 잘 못 한다고 술잔을 사양했다. 특히 김승배 사장이 인범이가 술을 잘 못 한다고 하여 술잔이 많이 오지는 않았다.

그들은 처음은 인범이에 당한 감정이 있어 적개심을 갖고 있었지만 겸손하고 순진하게 보이는 인범이를 대하면서 차츰 감정이 누그러졌다. 그 중에 인범이와 직접적인 충돌이 없었던 이 과장은 말이 없는 인범에게 친근감이 느껴졌다.

식사를 마치고 헤어지면서 인범은 내일 이 과장을 찾아가겠다고 했다. 김영철 땅벌이 생각났기 때문이었다. 땅벌에게도 자식이 있을 것이다. 그 자식이 자신으로 인해 불구자가 된 아버지를 두게 된 처지를 생각했다. 소매치기로 인해 아버지를 잃은 것과 불구자의 아버지를 갖게 된 것과는 같았다.

다만 남의 돈을 뺏기 위해 사람을 죽인 것과 자신의 신체에 위해를 가하려는 상대에게 정당방위로 싸우다 상대가 불구가 된 것과는 엄연한 차이가 있는 것이다. 그러나 결과는 아버지를 잃은 자신과 불구자를 둔 그 자식과는 무엇이 다른가. 그 가족을 만나 사죄를 하고 싶었다.

인범은 그때 야밤에 자신을 기습한 후 조폭들이 그 이상의 보복이 없었던 것은, 박 과장이 김승배 사장을 찾아가 중단하라고 한 것 때문임을 비로소 알았다. 김승배 사장 말대로 그때 그들이 보복을 중단하지 않았다면 자신은 조폭들에게 희생되었을 것이라고 생각하니 등골이 오싹했다. 다시 한 번 박 과장의 고마움을 뼈에 사무치게 느꼈다. '고마우신 박 과장님 저를 보호해 주셨군요. 고마웠습니다.' 가만히 속삭였다.

2

다음 날 오후, 인범은 이 과장을 찾아갔다. 차를 마시며 인범은 이 과장에게 김영철 땅벌의 이야기를 물었다. 이 과장은 땅벌이 지금 부실한 정신으로 살고 있다고 했다. 생활은 사장님이 도와주고 있다는 말도 했다. 인범은 정당방위로 한 싸움이지만 자기로 인해 불구가 되었다는 것을 알고 심한 양심의 가책과 갈등을 느꼈다. 인범은 이 과장에게 찾아온 목적을 말했다.

"이 과장님, 땅벌 두목님을 찾아뵙고 싶습니다. 집을 가르쳐 주십시오."

"고 형, 땅벌 두목님은 다섯 살 정도의 어린아이 지능 수준밖에 안 돼 사람을 구별하지 못해요."

"그래도 찾아뵙고 싶습니다."

"왜 찾아보려고 합니까?"

"……."

인범은 김승배 사장에게서 땅벌이 정신이 온전치 못하다는 말을 듣고 충격을 받았던 것이다. 이유야 어떻든 자기로 인해 한 사람이 부실한 정신으로 평생을 불우하게 살아가야 한다고 생각하니 죄의식을 갖지 않을 수 없었다.

"그래요. 꼭 그렇다면 갑시다. 단 그 부인에게 고 형이 땅벌과 싸워서 그랬다는 말을 하지 마시오. 말을 한다면 그쪽에서 고 형을 좋은 감정으로 대하지 않을 거요."

"……."

"고 형, 제 차를 타고 갑시다."

인범은 이 과장과 걸어가다 과일가게를 보았다.

"과장님, 조금만 기다려 주십시오."

인범은 과일가게 앞에서 사과 한 광주리를 샀다.

이 과장은 한강이 있는 쪽으로 차를 몰았다. 한강 변 가까운 곳에 차를 세웠다. 주위는 가난한 사람들이 사는 곳인지 집들이 작고 초라했다. 이 과장은 골목을 한참 들어가더니 잠겨 있지 않은 어느 낡은 집으로 들어갔다. 판잣집은 아니지만 퍽 가난한 집 같았다.

"형수씨, 계세요?"

문이 열리며 삼십 대 초반이 조금 넘은 부인이 부엌에서 일을 하다 말고 나왔다.

"이 과장님, 어서 오세요. 지난번에 회사에서 왔다 갔는데요."

"아, 예. 지나가다 들렀어요."

부인은 지난달에 회사에서 생활비를 갖다 주었는데 어찌 또 왔느냐고 물었다. 태영이 어머니는 처음 보는 유달리 키가 큰 낯선 인범이를 유심히 보았다.

"형수씨, 새로 입사한 우리 직원이에요. 두목님 계시지요."

인범은 부인에게 정중히 목례를 하며 인사를 했다.

"아주머니, 처음 뵙겠습니다. 고인범이라고 합니다."

"네, 고인범 씨. 어서 오세요. 태영이 엄마입니다."

"……."

아주머니는, 체격은 건장하지만 조폭들과는 달리 매우 인사성이 바르고 겸손한 인범의 태도에 의아한 얼굴로 인범을 대했다.

"누추하지만 들어가세요."

"형수씨, 이 과일 받으세요. 이 친구가 사 왔습니다."

"그냥 안 오시고 뭘 사 가지고 오세요."

작은 방이지만 깨끗이 정돈되어 있었다. 아주머니가 퍽 깔끔한 분 같았다. 윗목에 머리를 빡빡 깎은 덩치가 큰 삼십 대 중반의 땅벌일 것 같은 사나이가 초점 없는 흐릿한 눈동자로 인범을 멀거니 보고 있었다. 첫눈에 정신이 온전치 못함을 알 수 있었다. 인범은 그렇게 당당하고 건장하던 땅벌이 실성한 모습을 보니 가슴이 아팠다.

"땅벌 형님, 안녕하세요."

땅벌은 미소를 머금고 고개를 가만히 끄덕이며 인범이를 보면서 손가락으로 가리켰다. 다섯 살배기 아이 지능밖에 안 되는 땅벌이 처음 보는 인범이가 누구냐고 묻는 것 같았다.

"형님, 새로 입사한 우리 직원이에요."

땅벌은 고개를 끄덕이고 손짓으로 앉으라는 시늉을 했다. 인범은 땅벌을 바라보았다. 그때 이 땅벌과 싸울 때 자신을 한주먹에 때려눕힐 듯 살기 띤 눈초리로 무섭게 노려보던 그 당당하던 땅벌이 아니었다.

밖에서 엄마, 하며 부르는 소리가 들리고 문이 덜컹 열리며 일곱 살배기의 머슴애와 다섯 살 정도의 계집애가 들어오다 방에 이 과장과 낯선 인범이를 보았다.

"아저씨 오셨어요?"

"응, 태영아. 놀다 오니? 태순이 많이 컸구나."

태영이 어머니가 인범이가 가져온 사과를 깎아 접시에 담아 왔다.

"와, 사과다."

태영이와 태순이가 사과 한 조각씩을 손에 들었다.

"태영아, 태순아. 부엌에 사과 씻어 두었다. 한 개씩 먹어."

태영이와 태순이가 부리나케 방을 나갔다.

이 과장은 인범이와 땅벌 집을 나와 사무실로 가고 있었다. 사장이 고 군이라 부르는 고인범과 이제 두 번째 만났지만 고 군이 다른 사람과는 달랐다.

대단한 싸움꾼이면서 전혀 싸움꾼과는 다른 모습이었다. 싸움꾼은 첫째 말과 행동이 거칠었다. 온순한 성격을 가진 싸움꾼은 드물었다. 그리고 모든 면에서 자기중심적이고 도전적이고 감정적 성격의 소유자가 대부분이었다.

그러나 고 군은 달랐다. 고 군은 싸움꾼이면서 자신의 말을 거의 하지 않는 조용한 성격을 갖춘 청년이었다. 이 과장은 고 군에게서 가식 없고 허식 없는 진실한 한 인간의 참모습을 본 것이다.

고 군이 날치기 두목에게 아버지, 어머니를 비명에 잃고 모진 고생을 하며 자라 그런지 그늘진 얼굴이라고 생각했다. 그런 고 군에게 동정심과 친근감이 갔다. 하루빨리 유난히 턱이 뾰족하고 왼쪽 얼굴에 흉터가 진 사십대 중반의 날치기 두목을 찾아 주어야겠다고 생각했다.

고 군은 소문으로 대단한 싸움꾼이라고 들었는데 실제 본 고 군은 신체적 조건이 대단한 싸움꾼의 조건을 갖추고 있었다.

군살 하나 없는 날렵한 몸매, 호랑이 앞발 같은 튼튼한 팔뚝, 쭉 뻗은 하체, 그리고 보통 사람보다 월등히 큰 주먹, 그리고 얼마나 주먹을 단련했는지 불끈 뼈가 돋아난 정권, 그 망치 같은 주먹을 보기만 해도 공포스러웠다. 그 주먹에 한 대 맞으면 웬만한 상대는 박살날 것 같았다.

그리고 주먹보다 시선이었다. 사람을 바라보는 시선이 얼핏 보면 온화한 시선 같으면서 상대가 느낄 수 없을 정도로 그 이면에 상대를 예리하게 관찰하는 묘한 시선이었다.

고 군이 날치기 두목을 찾는 것은 복수를 하기 위한 목적일 것이다. 그 목적은 반드시 죽일 것 같은 예감이 들었다. 그러나 찾아 주지 않을 수 없었다. 김승배 사장이 자신에게 날치기 두목의 인상착의를 알려 주면서 꼭 찾아 주어야 한다고 하지 않았나. 사장님의 명령을 거역할 수 없었다.

그보다 그 날치기가 돈을 빼앗을 목적으로 고 군의 아버지를 잔인하게 죽이고 그 충격으로 고 군의 어머니까지 죽게 했다고 했다. 그놈은 한 가정을 처참한 불행의 나락으로 빠뜨린 그 죄의 대가를 받아야 한다고 생각했다. 김승배 사장 말대로 아직까지 날치기에 몸담고 있다면 인상착의가 뚜렷하니 쉽게 찾을 수 있을 것 같았다.

이 과장은 빠른 시일에 고 군의 아버지를 죽인 소매치기 두목을 찾아내라고 독사 홍영수에게 특명을 내렸다. 독사는 조폭 중 거칠기로 소문나 있었다. 그리고 한번 물면 놓아 주지 않는 독종이라 독사라는 별명이 붙은 홍영수였다.

독사 홍영수는 소매치기들의 총무 직책을 맡고 있는 책사 배일찬에게 인상착의를 말하고 사십 대 중반의 소매치기 한 파의 두목을 빠른 시일 안에 비밀리에 알아내도록 회유하고 협박했다. 책사 배일찬은 소매치기들이 소매치기를 하다 검거되면 변호사를 통해 경찰, 검찰 등에 줄을 대어 불구속으로 빼어내든지 증거 불충분이나 무혐의로 풀려나도록 하는 역할을 맡고 있었다.

독사는 배일찬에게 만약 빠른 시일에 알려 주지 않는다면 너희의 사업을 방해할 것이라고 엄포를 놓았다. 그들에게 비상이 걸렸다. 조폭 독사의 요구를 들어주지 않을 수 없었다. 배일찬은 독사의 말을 듣지 않으면 안 된다는 것을 잘 알고 있었다.

독사는 형사들보다 더 무서운 존재였다. 소매치기들은 수적으로나 힘으로나 조폭들에게는 열세이기 때문에 조폭들을 두려워했다. 독사의 요구를 들어주지 않으면 그들의 사업인 소매치기 현장을 덮쳐 경찰에 인계하면 그들은 현행범으로 구속을 면치 못하기 때문이었다.

배일찬은 뾰족이파와 적대 감정을 가진 파에서 쉽게 제보를 받았다. 뾰족이파 두목은 김일이었다. 김일은 소매치기 패거리들에게 인상착의가 너무 알려져 있었다.

3

땅벌을 직접 본 인범은 집으로 돌아가면서 온통 땅벌의 생각으로 꽉 차 있었다. 자기로 인해 정신이 부실한 불구의 삶을 살아가는 것을 보고 충격을 받았다. 김승배 사장에게서 말을 들었을 때는 그렇게 충격을 받지 않았는데 어린아이의 지능으로 살아가는 폐인의 삶을 직접 본 인범은 가슴이 아팠다.

그 부인의 얼굴을 마주 대할 수가 없었다. 그리고 아무리 김승배 사장이 생활비를 보태어 준다고 하지만 그 삶은 어려울 것이다. 김승배 사장의 사업 흥망이 땅벌의 생활과 직결되리라. 김승배 사장의 사업이 불실하면…….

인범은 올망졸망한 남매가 떠올랐다. 땅벌의 집을 나올 때 따라 나와 잘 가라고 인사를 하던 태영이, 태순이가 불쌍하고 그 남매에게 죄스러웠다. 자기로 인해 불구의 아버지를 두게 된 것이다.

인범은 이 과장과 헤어져 터벅터벅 길을 걷고 있었다. 머리엔 온통 그늘진 부인과 폐인이 된 땅벌, 그리고 태영이와 태순의 생각으로 꽉 찼다.

며칠 뒤 오전, 인범은 과일을 사 들고 땅벌의 집을 찾아가고 있었다. 눈썰미가 있는 인범은 길과 주위를 자세히 보아 두었던 것이다.

"계십니까?"

아무런 인기척이 없었다. 인범은 찬찬히 집을 살폈다. 판잣집이 아닌 블록으로 지은 집이었다. 자신의 집보다는 넓었지만 초라한 집이었다. 부엌문이 바람에 덜컹거리고 있어 목수인 인범은 가까이 다가가 덜컹거리는 부엌문을 자세히 보았다. 부엌문이 낡아 축 처져 아귀가 맞지 않아 잠기지 않았다. 그래서 그런지 끈을 매어 놓았다. 아마 문이 잠기지 않아 끈으로 묶어 놓으려고 한 것 같았다.

목수인 인범은 문을 다시 만들어주어야겠다고 생각했다. 언제부터 그런지 몰라도 겨울의 강한 바람에 문이 오래 견디지 못할 것 같았다. 고치든지 문을 다시 만들려면 돈이 들 것인데 가난한 아이 엄마나 불구가 된 땅벌이 할 수 없을 것이다.

'주먹꾼들은 가난하게 사는구나!' 배운 것 없고 기술도 없이 오직 주먹 하나로만 살아야 하는 주먹꾼, 주먹꾼의 경제적 삶을 책임진 주먹꾼의 왕초, 자기들 말대로 사장, 그래도 땅벌은 서울 유흥가의 업소를 보호해주는 조건으로 주류를 공급하는 조직폭력배 김승배 사장의 직원이었기에 최저의 생활비를 보조받을 수 있는 것이다.

궁핍한 삶이 여기저기 보였다. 인범은 기침을 하고 그리고 노크를 하고 살며시 방문을 열었다. 땅벌이 벽에 등을 기대고 멀거니 인범을 바라보고 있었다. 인범은 땅벌에게 미소를 머금고 눈인사를 했다. 땅벌이 히죽이 웃으며 들어오라고 손짓을 했다.

"두목님, 저 며칠 전에 인사를 드렸던 고인범입니다. 들어가겠습니다."

인범은 신발을 벗고 툇마루에 올라 방에 들어갔다. 땅벌이 반갑다고 손을 흔들었다. 인범은 가까이 다가가 땅벌의 손을 잡았다. 땅벌은 인범이가 가져간 비닐봉지를 보고 손으로 가리켰다. 먹을 것이 들어 있는 것을 안 것 같았다.

인범은 땅벌에게 바나나를 주기 전에 손을 닦아 주어야겠다고 생각하고 방 안을 둘러보았다. 벽에 타월이 걸려 있었다. 일어나 타월을 들고 밖으로 나왔다.

땅벌이 먹을 것을 달라고 옹알거렸다. 인범은 땅벌에게 조금 기다리라는 손사래를 하고 타월을 수돗물에 적시고 물기를 짜고 들어갔다. 땅벌의 손을 깨끗이 닦았다. 땅벌은 인범이가 손을 닦아주는 대로 얌전하게 있었다. 부인이 땅벌을 어린아이처럼 잘 보살피는 것 같았다.

인범은 바나나를 까서 땅벌의 손에 쥐어 주었다. 땅벌은 인범이에게 같이 먹자고 바나나를 가리켰다. 인범도 바나나를 하나 까서 함께 먹었다.

땅벌이 퍽 맛있게 먹고 있는데 밖에서 아이들 소리가 들렸다.

"엇! 누가 왔나? 신발이 보이네."

"맞다, 누가 왔다. 와! 신발이 크다, 오빠."

문이 열렸다. 태영이가 인범이를 보더니 고개를 꾸벅 숙여 인사를 했다.

"아저씨, 안녕하세요."

"오, 태영이구나. 들어와, 엄마 어디 가셨어?"

"엄만 일하러 갔어요. 점심때가 되면 와요."

"그럼, 너희 밥은 어쩌니?"

"어머니가 오면 같이 먹어요."

태영이와 태순이가 들어왔다. 땅벌이 과일이 든 비닐봉지를 가리키며 아이들에게 먹으라고 했다. 인범이가 바나나와 사과를 끄집어내었다.

"태영아, 칼과 접시 좀 가져다줄래?"

"네."

태영이가 부리나케 방을 나가 칼과 접시를 가져왔다.

인범은 바나나 껍질을 벗겨 아이들에게 주고 또 사과도 깎아 주었다.

인범은 아이들이 바나나와 사과를 먹고 밖에 나가 노는 것을 보고 땅벌을 방에 눕혔다. 그리고 땅벌의 온몸을 주물러 주었다. 땅벌은 시원한지 가만히 있었다.

그날은 인범은 아이 엄마가 오기 전에 집을 나왔다. 태영이와 태순이가 저만큼 따라 나와 인사를 했다.

"아저씨, 안녕히 가세요."

"……."

인범은 자신을 따라 나와 배웅하는 두 아이를 연민 어린 눈으로 물끄러미 바라보았다. 두 아이도 자신들을 내려다보는 인범을 이상한 듯 치어다보고 있었다.

인범은 가만히 앉았다. 그리고 두 아이를 가슴에 품었다. 삐쩍 마른 두 아이는 어깨가 여렸다. 다시 두 아이를 꾹 껴안았다. 영문을 모르는 두 아이는 가만히 있었다.

"태영아, 태순아. 미안하다. 정말 미안하다."

인범이의 품에서 벗어난 태영이가 의아한 눈으로 말했다.

"아저씨, 왜 미안해요?"

"…… 그냥 미안해. 이다음에, 이다음에 말할게. 다음에 또 놀러올게. 자 들어가."

태영이와 태순은 고사리 같은 손을 흔들고 돌아갔다.

이틀 후, 인범은 땅벌의 집을 찾아 땅벌의 손에 바나나를 쥐어주고 밖으로 나와 줄자로 문 치수를 재고 있는데 태영이 태순이가 놀다 오는지 들어왔다.

"아저씨, 오셨어요?"

"아저씨, 안녕하세요!"

태영이와 태순이가 인사를 했다.

"응, 어디 갔다 와? 너희는 매일 놀러 다녀?"

"네, 이 시간은 동네 아이들과 매일 같이 놀다 돌아오는 시간이에요."

태순이와 인범이가 과자나 과일을 가져왔는지 마루를 보았다.

"태영아, 방에 들어가 봐. 바나나 사 왔다. 아버지 더 까 드리고 너희도 먹어."

태영이와 태순이 방으로 굴러 들어갔다. 조금 있으니 양손에 바나나 든 태영이와 태순이가 나왔다.

"아버지 바나나 까 드렸니?"

"네, 드렸어요."

"태영아, 바나나가 맛있니. 사과가 맛있니?"

"네, 아저씨, 바나나가 더 달고 맛있어요."

"응, 그래."

태영이가 바나나를 맛있게 먹으면서 인범이가 줄자로 문을 재고 있는 것을 보고 이상한지 물었다.

"아저씨, 뭐해요?"

"문을 다시 만들려고 해."

"아저씨가 문을 만들 줄 아세요?"

"응, 아저씬 목수야. 목수는 문을 만들 줄 알아."

인범은 오늘도 땅벌에게 마사지를 해 주곤 아이들과 한강 변에 나와 함께 놀아주었다. 아이들이 인범이를 잘 따랐다.

인범은 언제나 아이 엄마가 없는 오전을 택해 갔다. 아이들이 먹을 것을 사 가지고 자기들을 찾는 인범이를 무척 좋아했다. 땅벌도 먹는 걸 사 가고 안마를 해 주는 인범이가 좋은지 인범이가 오면 매우 반가워했다.

어느 날, 인범이가 땅벌에게 안마를 하고 있는데 전화벨이 울렸다. 태영이가 전화를 받았다.

"응, 엄마! 왔어. 아버지 안마하고 있어. 온다고? 오늘은 빨리 오네. 응, 말할게."

전화를 끊은 태영이가 말했다.

"아저씨, 엄마가 온대요. 엄마가 올 때까지 아저씨 계시래요."

"……."

인범은 아이 엄마가 기다리라고 하니 어쩔 수 없이 기다렸다.

한 시간 정도 기다렸을 때 아이 엄마가 왔다. 아이 엄마는 아무 말도 하지 않고 한참을 다소곳이 앉아 있었다. 인범도 할 말이 없었다. 잠시 무거운 침묵이 흘렀다. 아이 엄마는 침묵으로 인범에게 왜 이렇게 자주 와서 아이 아빠와 아이들에게 친절하게 하느냐고 묻는 것 같았다.

인범은 자신이 땅벌을 찾아와 안마도 해주고 아이들과도 놀아주는 사유를 말을 해야 하는데 할 수가 없었다. 내가 당신 남편을 이렇게 만들어 죄책감으로 온다고 말할 수도, 또 내가 당신 남편을 이렇게 만든 장본인이라고 말할 수도 없었다. 이 과장도 말을 하면 부인이 좋은 감정으로 대하지 않을 것이라고 하지 않았나. 그래서 더더욱이나 말할 수 없었다.

한참을 앉아 있던 아이 엄마가 무겁게 입을 떼었다.

"고 씨, 왜 이러시죠? 사장님이 이렇게 하라고 시켜서 하는 거예요? 지금까지 찾아오지 않으시더니 왜 갑자기 이러시는지 이유를 모르겠군요. 아직도 젊은 사람이 아무리 직업이 필요하지만 조직 폭력배 짓은 하지 마세요. 저의 애기 아빠 보셨죠? 제가 그렇게도 하지 말라고 했는데 이런 결과가 되었잖아요. 다음부터 오지 마세요. 그리고 그쪽은 아직 젊어요. 다른 직장 찾아보세요. 돌아가세요. 다시는 오지 마세요. 아이 아빠가 이렇게 된 것도 가슴 아픈데……."

아이 엄마는 끝내 울음을 참지 못하고 울면서 일어났다. 인범은 일어서며 말했다.

"아주머니, 미안합니다. 정말 미안합니다. 제가 두목님에게 잘못한 것이 있습니다."

"고 씨가 저의 애기 아빠에게 잘못한 것이 있다고요? 무엇을 잘못하셨어요? 그리고 우리 아이들에게 미안하다고 하셨다는데 왜 미안해요? 말해주세요. 궁금해요."

"…… 다음에, 다음에 기회가 되면 말할게요. 그리고 사장님이 보낸 것이 아닙니다. 제가 온 것입니다. 아주머니 부엌문을 다시 만들어야 하겠더군요. 그래서 나무를 사서 저의 집에 말려 두었습니다. 며칠 말려 두어야 문을 만들 수 있습니다. 건조시키지 않고 만들면 문이 비틀어집니다. 그리고 몇 군데 손볼 곳이 있습디다. 부담스러우면 이왕 나무를 켜서 말려 두었으니 문을 만들고는, 다시 오지 않겠습니다."

"…… 사장님이 보내지 않았다고요? 그러면 문 고치는 것도 사장님의 지시가 아닙니까?"

"네, 아닙니다. 저는 목수입니다. 부엌문을 다시 하지 않으면 문이 맞지 않아 잠기지 않고 또 바람에 문이 곧 부러질 것입니다."

"네? 목수라고요? 그럼 조폭이 아녜요?"

"……."

아이 엄마 문경숙은 멀거니 인범의 얼굴을 보았다. 의외라는 얼굴이었다.

"그럼 고 씨는 김 사장의 직원이 아니에요?"

"……."

4

인범은 아침을 먹고 땅벌의 집 부엌문을 만들기 위해 그늘에 말려 둔 나무를 자르고 대패질을 하고 사포질을 하여 문을 만들고 있었다. 고급 문이 아닌 허름한 집의 문 만드는 것은 간단했다. 세 시간이 채 안 돼 문이 완성되었다. 인범은 아버지에게 며칠 전, 오늘 오후 차를 쓰겠다고 말을 해 놓았던 것이다.

인범은 아버지 차를 몰고 땅벌의 집으로 갔다. 오후라 그런지 아주머니도 태영이도 태순이도 집에 있었다. 태영이, 태순이는 그동안 인범이에게 정이 들어 좋아했다. 갈 적마다 인범이가 과일을 사 가지고 갔기 때문에 인범이가 가면 인범의 손부터 보는 것이다. 아이들이 인범이의 손에 아무

것도 들고 있지 않아 섭섭한 표정을 지었다. 인범은 문과 나무를 가지고 오면서 바나나를 배낭에 넣어 온 것이다.

"태영아, 아저씨가 바나나 사 왔다."

인범은 배낭에서 바나나 송이를 끄집어내었다. 시무룩하던 태영이와 태순이가 금세 얼굴이 밝아졌다.

"와, 아저씨! 또 맛있는 바나나 사 왔다."

"뭘 올 적마다 사 오세요. 고 씨도 가난한 것 같은데……."

"태영아, 아버지께 갖다 드려야지."

아주머니가 바나나 송이를 받아서 아이들에게 두 개씩 떼 주곤 방으로 들어갔다. 인범도 방으로 들어갔다.

"두목님, 저 왔습니다. 오늘은 먼저 문을 달아 놓고 안마해 드릴게요."

태영이가 인범이가 자기 아버지에게 두목이라고 하는 말을 듣고 고개를 갸우뚱하면서 어머니께 물었다.

"엄마, 아저씨가 왜 아빠에게 두목이라고 불러? 아저씨도 아빠 부하야?"

"……."

태영인 말을 못 하는 어머니를 멍하니 바라보았다. 인범은 방을 나오면서 이 과장이 땅벌을 형님이라고 부르는 것이 생각났다. 조금은 어색하지만 형님이라고 부르는 것이 마땅할 것 같았다.

"형님, 저 부엌문 달겠습니다."

인범은 방을 나왔다. 부엌문을 떼 내고 만들어 온 문을 문틀에 맞추어 보았다. 아귀가 조금 맞지 않았다. 인범은 대패로 깎고 또 맞추어 보았다. 몇 번을 맞추어 보고 문을 달았다.

태영이와 태순이가 구경을 했다. 아주머니가 땅벌을 밖으로 데리고 나와 인범이가 일을 하는 것을 보도록 했다. 아주머니도 인범이가 여러 가지 공구를 가지고 문을 손질하는 것을 유심히 보았다. 몇 번을 대패질을 한 후에야 문 아귀가 꼭 맞았다.

"자, 이제 됐습니다. 아주머니, 문을 열었다 닫기를 반복해 보세요."

아주머니가 문을 열었다 닫기를 반복해 보고 말했다.

"너무 부드러워요. 전번 문은 닫을 때마다 안 닫혀서 짜증이 났는데, 이젠 아주 잘 맞아요. 고 씨, 진짜 목수가 맞군요. 좋은 기술 가지고 왜 조폭이 되었어요? 싸움을 좋아하세요?"

"……."

인범은 아니라고 말할 수도, 맞다고 할 수도 없었다. 아니라면 왜 남편에게 왔느냐고 물으면 할 말이 없었다. 인범은 아무 말을 하지 않고 이번엔 방문을 떼어 만들어 온 얇은 나무를 풀로 발라 문 모서리에 붙였다. 문틈이 많이 벌어져 아귀가 맞지 않던 문이 이제 틈새가 없었다.

"아주머니, 이제 겨울이 되어도 바람이 많이 들어오지 않을 거예요. 어디 다른 곳에 손 볼 데가 있으면 말하세요."

"이제 됐어요. 고마워요."

"와, 새 문이다! 아저씨 정말 잘 만든다!"

태영이가 환호했다.

인범은 준비해 간 페인트로 칠을 하기 시작했다. 나무 색깔이었다.

아이 엄마는 인범이가 페인트칠을 할 동안 부엌에서 국수를 삶고 있었다.

칠을 다한 인범은 공구를 배낭에 넣고 손을 씻으려 수돗가에 갔다. 아주머니가 급히 부엌으로 들어가 삶아 그릇에 담아 둔 국수에 끓고 있는 뜨거운 멸치국물을 붓고 삶은 부추와 고춧가루 깨소금을 넣고 방으로 가져갔다. 금세 먹음직한 국수가 되었다.

손을 다 씻은 인범은 공구가 든 배낭을 짊어지고 일어섰다.

"아주머니, 저 가겠습니다."

"국수 말아 두었어요. 자시고 가세요."

"아닙니다. 저 점심 먹고 왔습니다."

"일하는 분들은 새참을 먹던데요. 방으로 가세요. 국수, 고 씨 드리려고 일부러 말아 두었어요. 같이 먹고 가세요."

인범은 방으로 들어갔다. 맛깔스러운 국수가 두레상에 차려져 있었다. 국수를 보니 허기증이 났다. 땅벌도 아이들도 두레상에 둘러앉았다.

땅벌은 젓가락질이 서툴렀다. 아주머니가 어린아이처럼 먹여 주었다. 인범은 더욱 마음이 무거웠다.

인범이가 가고 난 후 문경숙은 오랫동안 깊은 생각에 잠겨 있었다. 청년에 대해서 깊이 생각했다. 이상한 점이 많았다. 사장이 보낸 것이 아닌 것 같은데 왜 자신의 집에 자주 찾아와 남편에겐 안마를 해주고, 아이들과 같이 놀아주고 올 때마다 과일을 사 가지고 오는지, 그리고 미안하다고 하는지…….

저 청년은 분명히 조폭이 아니다. 목수라고 하지 않은가. 문을 다루는 솜씨가 분명히 목수였다. 목수가 조폭일 수 없다. 순하디순한 저 청년은 아무리 보아도 조폭과는 어울리지 않았다. 조폭이 저렇게 착한 사람일 수가 없었다. 누굴까? 아무리 생각을 하여도 의문점이 풀리지 않았다. 왜 아이들에게까지도 그리고 나에게도 미안하다고 하고 그리고 애기 아빠에게 또 우리 가족에게 지나친 호의를 베풀지? 의문이 꼬리에 꼬리를 물었다. 분명히 무슨 사연이 있을 것이다. 그래, 사장은 알고 있을 것이다.

경숙은 회사로 전화를 했다. 비서가 받았다. 사장을 바꾸어 주었다. 고인범에 대해 물었다. 사장은 고인범을 안다고 하면서 왜 그러느냐고 물었다. 몇 마디 말이 오고 갔지만 내용을 잘 모르는 사장은 만나서 이야기하자고 했다. 문경숙은 외출 준비를 하고 집을 나섰다.

김승배 사장실에 땅벌의 부인 경숙과 김승배가 마주 앉았다. 경숙은 이 과장이 청년을 데리고 온 후 청년이 혼자 여러 번 찾아와 남편에게 안마를 해 주고, 아이들이 좋아하는 과일을 올 때마다 사 오고, 아이들과 놀아주더라고 했다. 그리고 문까지 새로 만들어주더라는 말도 했다.

그분은 사장님이 보내신 것이 아니라고 하는데 그러면 왜 그 사람이 우리 집에 과일을 사 오고, 그이에게 안마를 해 주고, 아이들과 놀아주냐고, 그리고 무엇보다도 아이들과 저에게 미안하다고 하는데 도저히 알 수 없다고 하면서 분명히 무엇이 있는데, 사실대로 말해 달라고 취조라도 하듯 김승배의 얼굴을 빤히 쳐다보았다.

경숙의 이야기를 다 들은 김승배는 새로운 사실에 심각한 표정으로 한참을 생각했다. 고 군이 땅벌이 정신이 온전치 못하다는 말을 듣고 매우 죄의식을 갖고 있다는 것은 알았지만 직접 찾아갈 줄은 몰랐다. 김승배는 고 군에 대해 말을 해야 할지 하지 않아야 될지 결정을 하지 못했다.

고 군이 땅벌을 그렇게 만든 장본인이라고 하면 분명 고 군에 대한 감정이 좋지 않을 것이라고 생각했다. 그렇다고 말을 하지 않으려니 고 군이 자신의 가족에게 하는 것에 의문을 갖고 찾아온 땅벌의 부인에게 납득이 될 궁금증을 풀어 주지 않을 수 없었다.

"으흠."

헛기침을 한 김승배 사장은 입을 떼었다.

"아주머니, 그 청년은 좋은 청년입니다."

"네, 좋은 청년인 줄 알아요. 그런데 우리 아이들 아빠와 우리 가족에게 왜 그러시죠? 그게 궁금해서 이렇게 사장님을 찾아왔어요."

김승배는 다시 고뇌를 했다. 사실을 숨길 수 없다고 생각했다.

"아주머니, 땅벌이 먼저 그 청년을 해치려 했습니다."

"……."

김승배는 탁자에 놓인 차를 마시고 인범과 땅벌이 싸웠던 이야기를 했다. 그러면서 고 군이 자기로 인해 땅벌이 그렇게 된 것을 알고 죄의식을 갖고 있다고 했다.

"그랬었군요. 사장님 말씀대로라면 남편이 먼저 잘못했군요. 그분이 약했더라면 그분이 당했겠군요."

"……."

문경숙은 고개를 떨어뜨렸다.

"아주머니, 우리 직원들이 땅벌의 복수를 하기 위해 야밤에 고 군의 집을 기습하여 죽이든지 다시는 주먹을 쓰지 못하게 하려고 했지만 오히려 다섯 명이 그 고 군에게 당했습니다. 만약 고 군을 아끼는 경찰 간부가 아니었다면 우리는 수단과 방법을 다하여 고 군을 해쳤을 것입니다. 그러나 우리가 고 군을 해친다면 우리 조직을 파헤치겠다고 경고를 하는 경찰 간부의 압력에 굴복하지 않을 수 없었습니다. 죄송합니다."

"죄송하긴요. 사장님의 말을 들으니 잘못은 먼저 남편이 했군요. 그런데도 그분은 죄의식을 가지고 아빠를 찾아왔군요. 그 청년이 싸움을 그렇게 잘해요?"

"네, 대단한 싸움꾼입니다."

"그 청년은 목수라고 하던데, 목수가 어떻게 싸움꾼이 되었어요?"

"네, 목수라고요?"

"네, 목수가 맞아요. 우리 집 부엌문을 직접 만들어 주었어요."

"뭐요? 문을 고쳐 준 것이 아니고 문을 직접 만들어요?"

"네, 아주 잘 만들었어요. 문을 다루는 솜씨가 보통 솜씨가 아니었어요."

"……."

김승배는 고 군이 적당히 문을 고쳐주었다고 생각했는데 전문 목수라는 의외의 사실에 어리둥절했다.

김승배 사장은 또다시 차를 마시고 날치기에 고 군의 아버지와 어머니가 죽은 이야기를 하고, 고 군이 부모의 원수를 갚으려고 싸움을 익힌 것도, 고아로 처절한 고생을 한 것도 이야기했다. 문경숙은 김승배 사장의 이야기를 듣고 눈물을 흘렸다.

김승배 사장은 고 군이 자기 아버지와 어머니를 죽이고 자기 삼 남매를 고아로 만든 그 날치기 두목을 얼마 전에 찾아 달라고 고 군이 간청하여 지금 찾고 있다고 말하고, 곧 고 군이 찾는 날치기 두목의 소재를 알 수 있을 것 같다고 말하고 혼자서 보낼 수 없어 고 군을 도울 치밀한 계획을 짜고 있다는 말도 했다.

"사장님, 그 청년을 꼭 도와주세요. 좋은 분이에요."

문경숙은 돌아오면서 청년을 생각하니 한없이 가슴이 아팠다. 비록 청년으로 인해 남편이 불구가 되었지만 그것은 남편이 먼저 청년을 해치려고 한 잘못이었다. 부모를 날치기들에게 잃고 고아로 자란 청년이 한없이 불쌍했다. '그래서 청년의 얼굴이 그늘져 있었구나.'

김승배는 죽느냐 사느냐의 싸움에 자신으로 인해 불구자가 된 땅벌을 찾아가 땅벌에게 안마를 해 주고 문을 고쳐 주는 등 땅벌의 가족에게 진심 어린 위로를 한다는 김영철 부인의 말을 듣고 신음을 씹었다. 고 군은 내가 생각하는 것보다 의리 있는 청년이었구나!

그날 저녁 김승배는 이 사실을 그의 부하들이 모두 모인 자리에서 알렸다. 그 말을 들은 조폭들 모두 감동했다. 그리고 인범이에 대한 생각을 바꾸었다.

한(恨)의 복수

1

김승배는 날치기의 소재를 알려 달라는 고 군의 부탁을 받고 이 과장에게 지시한 결과를 보고받았다. 이 과장이, 고 군이 찾는 날치기는 뾰족이파 두목 김일이라고 했다. 김일은 소매치기와 날치기를 전문으로 하는 두목이었다.

김승배는 고 군이 박 과장에게 말을 못 하게 하여 그렇게 하겠다고 약속은 했지만 고민을 하지 않을 수 없었다. 고 군에게 김일의 소굴을 알려 주는 것은 고 군을 죽음으로 몰아넣는 것이 될 수도 있고, 또 고 군에게 살인을 하게 하는 것이 된다. 이건 보통 일이 아니다. 살해가 될지 살인자가 될지 모르는 엄청난 결과를 가져올 것이다. 김승배는 오랫동안 담배를 피우며 고민에 고민을 하다 결론을 내렸다.

'그래, 박 과장에게 알려야 한다. 박 과장은 고 군을 누구보다도 아끼고 있다. 박 과장은 날치기의 계보를 알려면 얼마든지 알 수 있다. 그런데도 고 군에게 알려주지 않는 것은 고 군을 보호하기 위함이라는 것을 알 수 있었다. 그런데 나는 알아봐 주겠다고 했다. 신중해야 한다. 박 과장에게 알려주지 않으면 안 된다. 이건 보통 일이 아니다. 박 과장과 의논해야 한다.'

김승배는 자리에서 벌떡 일어났다. 그리고 옷걸이에 걸어둔 상의를 입고 급히 사무실을 나섰다. 등 뒤에서 한 양이 사장님 어디 가느냐고 묻는 소리가 들렸다. 김승배는 운전수에게 경동경찰서로 가자고 말하고 뒷좌석에 몸을 깊이 파묻었다.

박 과장과 김승배 사장이 경찰서 가까운 다방에 앉았다. 김 사장은 말꼭지를 어떻게 뗄까를 생각을 했다. 잠시 어색한 침묵이 흘렀다. 침묵을 먼저 깬 쪽은 박 과장이었다.

"어쩐 일입니까? 김 사장의 얼굴이 꽤 심각한 것 같은데요?"

박 과장은 김승배 사장의 표정을 살피며 의아스러운 얼굴로 물었다.

"박 과장님, 고인범의 일로 이렇게 찾아뵈었습니다."

박 과장은 고 군의 일로 찾아왔다는 조폭 두목 김승배 사장의 밝지 않은 복잡한 얼굴을 보고 고 군의 신변에 문제가 있는 것으로 알고 불안한 얼굴로 맞았다.

"고 군의 일로 오셨다고요? 무슨 일입니까?"

박 과장은 초조한 자신의 표정을 감추기 위해 남방셔츠 윗주머니에서 담배 두 개비를 꺼내 자신의 입에 한 개비를 물고 한 개비는 김승배 사장에게 건넸다. 김승배 사장은 박 과장이 주는 담배를 공손히 받아 입에 물고 급히 주머니에서 라이터를 꺼내 불을 켜 박 과장의 담배에 붙여주고 자신의 담배에도 불을 붙였다. 박 과장은 초조한 감정을 억제할 수 없어 담배를 가슴 깊이 빨아들이며 김 사장의 말을 조용히 기다렸다.

김승배는 연기를 길게 내뿜으며 초조한 표정으로 박 과장의 얼굴을 바라보다 무겁게 말했다.

"과장님, 얼마 전에 고 군이 저를 찾아와 날치기의 인상착의를 말하면서 그놈을 찾아 달라고 간곡히 부탁을 했습니다. 왜 찾느냐고 찾는 이유를 말하라고 하고 이유가 합당하면 알아봐 줄 수 있지만 합당하지 않으면 알아봐 줄 수 없다고 했습니다. 고 군이 12살 때에 아버지, 어머니가 날치기들에게 맞아 죽고 삼 남매가 고아가 된 이야기를 했습니다. 고 군이 그 날치기들에게 아버지를 잃은 피맺힌 한을 품고 있다는 것을 알고는 차마 거절할 수 없었습니다. 저의 직원 중에 날치기들을 알고 있는 직원에게 고 군이 말한 인상착의를 말하고 날치기 두목의 소재를 찾아보라고 했습니다. 고 군이 찾는 날치기가 뾰족이파 두목이라는 것을 알아내었습니다만, 고 군에게 알리기 전에 과장님을 찾아뵈옵고 의논드려야겠다고 생각하고 이렇게 찾아뵈었습니다."

"……."

"과장님, 만약 제가 알려 주지 않는다면 고 군은 전 서울을 뒤져서라도 놈을 찾아낼 것 같았습니다."

"김 사장, 저도 알고 있습니다. 내가 알려줄 것 같지 않으니 김 사장에게 부탁했군요. 맞습니다. 만약 김 사장마저 알려 주지 않는다면 고 군은 전 서울을 뒤져서라도 원수를 찾을 것입니다. 몇 달 전 고 군이 아버지의 원수를 찾아 나섰다가 소매치기 현장을 발견하고 그놈들을 박살을 내었습니다. 그놈들이 고 군을 제거하려고 지하철을 뒤지고 있었는데, 고 군은 고 군대로 아버지의 원수를 찾아 지하철을 헤매다 그들에게 발견되어 그 무리와 큰 싸움이 있었습니다. 고 군이 그들 몇 명에게 중상을 입혔습니다."

"과장님, 알겠습니다. 알려 주겠습니다. 그런데 걱정이 있습니다."

"무슨 걱정이요?"

"고 군 혼자서는 위험합니다. 이번 싸움은 그들의 소굴로 찾아 들어가야 하는 위험이 따릅니다."

박 과장은 김 사장에게 아무 말을 하지 않았다. 고 군이 혼자서는 위험하다고 말을 했는데도 아무 말을 하지 못했다. 멀거니 김승배의 얼굴을 보며 한숨만 쉬고 있었다.

박 과장은 공인인 자신이 김 사장에게 고 군의 싸움에 개입하라는 말을 할 수 없었다. 치안을 담당하고 범죄를 예방하고 범죄인을 잡아야 하는 경찰인 공인이 어떻게 그런 사주를 할 수 있단 말인가. 그렇게 되면 김 사장은 바로 박 과장의 하수인이 되는 것이다. 그럴 수는 없다.

김승배는 공인이 조폭에게 고 군의 보복에 개입하라는 말은 못하고 한숨만 쉬는 박 과장의 심중을 알 수 있었다. 김승배는 고 군의 보복에 협력자가 되어야겠다고 결심을 하고 일어섰다.

"과장님 가겠습니다. 제가 알아서 하겠습니다."

"……."

심각한 얼굴의 박 과장은 김승배의 손을 굳게 잡고 흔들었다. 고 군을 도와 달라는 무언의 부탁이 굳게 잡은 박 과장의 손아귀에서 알 수 있었다.

김승배 사장이 가고 한참 동안 박 과장은 멍하니 자리에 앉아 있었다. 김승배 말대로 이번 싸움은 지금까지의 싸움과는 달리 고 군이 그들의 소굴로 침투해야 한다. 고 군이 살인을 할지, 살해될지, 아니면 중상을 입을지 극히 위험한 싸움이라는 것을 알기 때문에 김승배 사장이 도와주지 않으면 고 군이 위험하다. 그렇지만 박 과장은 김승배 사장에게 고 군의 싸움에 개입하라는 말을 못했다.

어떻게 치안을 담당하고 범죄를 다루는 경찰관이 살인을 목적으로 한 처절하고 치열한 싸움에 관여할 수 있단 말인가. 배내골에서의 싸움은 친구인 박문호 과장에게도 김 관장에게도 심 사범에게도 지원을 요청했지만 이번 싸움은 고 군이 부모의 원수를 갚기 위해 놈들의 소굴로 고 군이 스스로 뛰어들 싸움이 아닌가.

박 과장은 고 군이 날치기의 소굴에 침투할 때 김 사장에게 관여해 달라고 무언의 부탁은 했지만 고 군을 만나지 않을 수 없었다. 고 군은 젊었다.

그리고 무엇보다도 고 군은 아버지를 죽인 날치기에 복수의 원한이 골수에 박혀 있다. 그냥 두면 살인을 할 것이다. 살인자는 어떠한 살인의 동기가 참작되더라도 살인의 죄과를 치러야 한다. 그것은 고 군의 젊은 시절을 감옥에서 보내야 함을 말한다.

그리고 살인자의 전과가 고 군을 사회인으로 떳떳하게 살게 하지 않을 것이다. 그래! 고 군을 만나자. 복수를 하지 말라고 할 수는 없지만 복수의 방법을 의논해 보아야겠다고 생각했다.

2

사무실로 돌아온 김승배는 이 과장에게 고 군의 삐삐 번호를 물어 호출을 했다.

1990년도가 들면서 얼마 전부터 사람들이 호출 수단으로 휴대용 삐삐를 갖기 시작하더니 너도나도 삐삐를 휴대했다. 삐삐는 수신용이었다. 삐삐가 보급되면서 사람들의 입에서 개패라는 별명이 붙었다. 상대를 호출할 때 필요했던 것이다. 전화가 없는 곳에 있는 사람에게 발신자의 전화번호를 알려 주어 전화를 해 달라고 요청하는 것이다.

가격이 저렴하고 이동을 하면서 수신할 수 있어 많은 사람들이 갖기 시작했다. 인범도 삐삐를 휴대해야 했다. 건설회사의 감독이나 건축업자가 일거리가 있을 때 연락을 받아야 했다.

인범은 김 사장과 마주 앉았다. 김 사장은 지난번과는 달리 표정이 심각했다. 인범은 맞은편 소파에 앉아 김 사장의 얼굴을 멀거니 바라보았다. 굳은 표정으로 말없이 담배 연기를 천장으로 길게 내뿜으며 앉아 있던 김 사장이 피우던 담배를 재떨이에 비벼 끄고는 자세를 고쳐 앉아 어깨를 인범이 쪽으로 내밀며 무겁게 입을 떼었다.

"고 군, 자네가 말하던 날치기 두목을 찾았네. 자네 말대로 사십 대 중반이라고 하더군. 나는 자네에게 그들의 소굴을 알려 주기 전에 자네에게 위험한 몇 가지를 알려 줄 것이 있네. 그리고 묻고 싶은 것이 있네."

"……?"

"어떻게 그들의 소굴로 침투할 것인지 묻고 싶네. 이번 싸움은 지금까지 자네가 싸웠던 싸움과는 다를 걸세. 지금까지는 밖에서 싸웠지만 이번엔 그들의 소굴에 뛰어들어야 한다는 것을 명심하게. 건물 내에서는 문만 닫으면 자네는 갇히게 되네. 침투해 들어갈 계획을 짜야 하네. 그리고 그놈에게 어떻게 복수를 할 것인지 말해 주게. 나는 자네를 죽음으로 몰아넣던지 살인을 시키는 것이야. 자네 혼자서는 그들의 소굴에 뛰어들지 말게. 그것은 우매한 짓이야. 어젯밤 늦게까지 우리 직원들과 의논을 했다네. 내가 자네를 도와주라고 했네. 그날 자네를 만났던 우리 외근직원들이 자네의 이야기를 듣고 자네가 억울하게 당한 것을 알고 자네를 도우려는 직원들이 있어. 자네가 우리 도움을 받겠다는 약속을 하면 알려 줄 수 있어."

인범은 배내골에서 혼자가 아닌 김 관장과 심 사범, 그리고 울프, 센의 도움으로 30여 명의 날치기 패거리들을 물리칠 수 있었던 것이 생각났다. 그날 만약 김 관장과 심 사범, 울프와 센이 돕지 않았다면 자신 혼자 그들을 이길 수 없었을 것이다. 아니, 자신은 그들의 패거리들에게 무참하게 죽임을 당했을 것이다. 그래, 내가 그들에게 복수를 할 수 있도록 도움을 받자. 독불장군이 없다고 하지 않은가.

"사장님 도움을 받겠습니다. 그 대신 싸움은 저 혼자 하겠습니다. 위험한 싸움에 남을 끌어들이고 싶지 않습니다. 저의 일이니까요. 다만 엄호만 해 주십시오. 먼저 그놈과 그놈의 소굴을 알려 주십시오. 그래야 어떻게 그놈의 소굴로 침투해야 할지 계획을 짜겠습니다."

"또 한 가지 약속해 주게. 그들의 소굴에 혼자 침투하지 않겠다고……. 반드시 우리 직원들과 의논한다고……. 이번 자네의 일에 발 벗고 나서는 직원이 이 과장일세. 그놈의 소굴도 이 과장이 알아내었네."

"알겠습니다."

인범은 범죄단체의 수장이면서 자신을 도와주겠다는 김승배의 의리에 인간적인 정을 느꼈다.

"그럼, 상세한 것은 이 과장과 의논하게."

이 과장과 인범은 고려물산 사무실에서 마주 앉았다.

이 과장은 뾰족이파 김일에 대해서 말하면서 사진 몇 장을 보여 주었다. 사진엔 몸이 호리호리하고 날렵하게 보이는 사십 대의 사나이 사진이 스냅으로 찍혀 있었다. 시선은 주위를 경계하며 걸어가는 모습이었다. 확대한 사진엔 턱이 뾰족했다. 그리고 다른 사진에는 공장인지 창고인지 외진 곳에서 그들 패거리와 걸어가는 모습도 찍혀 있었다.

"고 형, 이놈이 김일이라는 놈입니다. 고 형이 찾는 놈이 이놈이 틀림없습니까?"

인범은 확대한 놈의 사진을 자세히 보았다. 사진을 보자 몸이 찌르르 경련이 일어남을 의식했다. 사진만 보고도 몸이 이상 반응을 보인 것이다. 12년 전 노상에서 아버지를 무참하게 살해한 뼈에 사무친, 흉터가 지고 유난히 턱이 뾰족한 놈을 인범은 잊어본 적이 없었다.

"놈이 맞는 것 같습니다."

"고 형, 뾰족이파는 약 30여 명의 패거리가 서울 지역을 돌아가며 일을 하고 있다고 합니다. 한 팀이 3명이며 한 지역에서 오래 일을 하지 않는다고 합니다. 버스 기사에게 얼굴을 익히게 하지 않아야 하기 때문입니다.

뾰족이파 두목 김일은 얼마 전 어느 중소기업에서 직원들에게 줄 임금을 은행에서 찾아가는 돈을 갈취한 것이 신문과 방송에서 뉴스로 알려져, 뾰족이파들이 경찰의 추적으로 창고를 임대하여 그들의 아지트를 옮겼다고 합니다. 뾰족이파로 인해 서울의 전 날치기들이 지금 지하로 잠적해 있다고 합니다."

"……."

인범은 말없이 듣고만 있었다.

"고 형, 복수 계획은 고 형이 세우시고 저와 같이 놈들이 은신하고 있는 창고로 가 보십시다. 곧 우리 직원이 올 것입니다."

이 과장은 시계를 보았다. 10분쯤 기다리니 급하게 문을 열고 두 조폭이 이마에 땀을 닦으며 들어왔다. 둘 다 빨리 오느라고 그런지 숨을 헐떡이고 있었다.

"형님, 조금 늦었습니다."

"그래, 가자. 기다리고 있었다."

이 과장은 두 직원과 인범을 H자동차에서 새로 출시된 산타페 지프차에 태우고 도심의 복잡한 도로를 달렸다. 구로공단 쪽이 가까워지자 조수석에 앉은 독사 홍영수가 고개를 내밀고 거리를 자세히 보더니 말했다.

"형님, 다음 거리에서 우회전하면 됩니다. 창고는 공장 지역과 반대쪽입니다."

차가 복잡한 도로를 벗어나자 창고들이 많이 보였다.

"형님, 놈들이 창고를 얻어 모두 창고 직원들로 변장하고 숨어 있답니다."

"그래."

이 과장은 앞에 앉은 독사가 손가락으로 가리키는 대로 길을 찾아들었다. 눈썰미가 있는 인범은 골목을 자세히 살피며 주위의 지리를 머리에 담고 있었다.

주위는 모두 창고였다. 창고들은 요즈음 유행하는 건축 양식으로 철골에 조립식 패널로 지어져 그런지 거의가 비슷했다. 조폭이 손가락을 가리키며 말했다.

"저기 똑같은 모양의 창고들이 많이 있는 저 건물 중 조금 짙은 회색 페인트칠을 한 창고입니다."

이 과장은 차를 독사가 가리키는 창고 옆에 세우려고 했다.

"형님, 차를 저쪽 건물이 있는 곳에 세우십시오."

이 과장은 다시 차를 독사가 가리키는 곳에 세우고 차에서 내리려고 했다. 그때 독사가 이 과장의 어깨를 잡으며 말했다.

"형님, 가만 앉아서 살펴봅시다. 창고 지역은 공장 지역과 달리 한산한 곳입니다. 놈들이 지프차와 우리를 경계할 것입니다. 놈들은 지금 경찰의 주목을 받고 있다고 합니다."

이 과장이 도로 앉았다. 차는 짙은 선팅이 되어 있어 밖에서는 안이 잘 보이지 않았다. 그들은 독사가 말하는 창고를 자세히 살폈다. 공장지대라 그런지 많은 큰 차들이 짐을 싣고 드나들고 있었다.

독사가 말하던 창고엔 사람들이 드나들지 않았다. 한참을 살피고 있는데 창고 조금 떨어진 곳에 지프차가 정지했다. 지프를 먼저 발견한 독사가 급히 손가락으로 가리켰다.

"형님, 놈들의 창고 조금 떨어진 곳에 지프가 정지했습니다. 이곳에는 지프차가 별로 없는데……."

차에서 내린 그들 중 한 명이 인범의 일행이 타고 있는 지프차를 발견하고 손가락으로 가리켰다. 모두 헬멧을 쓴 그들은 지프차를 유심히 보며 뭐라고 지껄이고 있었다.

"형님, 얼른 고개를 숙이십시오."

그들은 급히 고개를 숙였다. 다행히 이 과장의 차는 짙은 선팅이 돼 있어 조금 떨어진 곳에서는 안이 보이지 않았다. 그들은 한참을 인범이 일행이 탄 지프차에 시선을 떼지 않았다. 이곳에서는 보기 드문 지프차라 경계를 하는 것 같았다.

이 과장과 독사가 고개를 조금 내리고 그들을 바라보았다. 한참을 경계하던 그들은 지프차에 사람이 없다고 확인하고 창고 뒤로 사라졌다. 그리고는 큰 창고 문이 열렸다.

"형님, 저놈들이 뾰족이파들이 맞습니다. 영등포파 책사 배일찬이 소매치기 두목이 저 창고가 뾰족이파가 숨어 있는 창고라고 분명히 말했습니다. 아마 조금 전 창고 뒤로 사라진 놈이 뒤쪽에 있는 사무실이나 숙소에 가서 문을 열어 달라고 자기들끼리의 신호를 보내고 있는 것 같습니다."

이 과장과 독사가 작업복을 입은 청년들에게 눈을 박고 있었다.

그러자 조금 전 창고 뒤로 갔던 사람이 돌아왔다. 곧 창고 문이 열리고 주위를 경계하며 세 명이 창고 안으로 사라졌다.

"음, 분명 놈들이야."

인범은 김일이 경찰의 눈을 피해 은거하고 있다는 창고의 문과 높은 창을 한참이나 유심히 살피고는 말을 했다.

"이 과장님, 이 주위를 한 바퀴 돌아보십시다. 지리도 익힐 겸, 주위도 살필 겸요."

인범이 말했다. 이 과장은 차를 몰아 공장지대를 두 바퀴를 돌았다. 눈썰미가 있는 인범은 지리를 머리에 새겼다. 나오면서도 인범은 지리를 눈에 그렸다.

3

인범의 삐삐가 진동을 했다. 박 과장이었다. 인범은 가까운 공중전화가 있는 곳으로 가서 전화를 했다. 언젠가 박 과장이 인범의 삐삐 번호를 물어 알려 주었던 것이다.

급히 경찰서로 와 달라는 박 과장의 부름에 경찰서로 찾아갔다. 박 과장이 서류를 결재하다 말고 손을 들어 잠깐 기다리라는 시늉을 했다. 인범은 우두커니 서서 기다렸다. 직원이 서류를 들고 나가자 박 과장이 일어나 따라오라는 손짓을 하고 앞장을 섰다.

인범은 말없이 따랐다. 보통 때와는 사뭇 다른 심각한 표정이었다. 인범은 긴장했다. 다방에 들어가 박 과장이 먼저 자리에 앉았다. 인범은 말없이 맞은편 자리에 엉거주춤 앉았다. 박 과장은 앉자마자 말꼭지를 떼었다.

"고 군, 자네가 고려물산 김승배 사장에게 날치기 두목을 찾아 달라는 부탁을 했지? 김 사장이 고민을 하다 나에게 의논을 하러 왔었다네. 고 군이 김 사장에게 나에게 말을 하지 말라고 했지만 살인 사건이 될지 모르는 엄청난 사건을 두고 의논하지 않을 수 없었다고 말을 하더군. 고 군이 날치기 두목의 소재를 찾는 것은 고 군이 복수를 하겠다는 목적이라고 김 사장도 나도 알고 있어. 자네의 복수는 살인을 하겠다는 것 아니야? 고 군이 아무리 싸움을 잘한다고 하지만 상대는 범죄단체의 수장이야. 호락호락하지 않을 걸세. 그 복수의 과정에서 자네가 죽임을 당할지 자네가 살인자가 될지 둘 중의 하나일 거야. 아니면 중상을 당할지 중상을 입힐지 또한 둘 중 하나일 거야."

"……."

박 과장은 말을 하다 말고 다소곳이 앉아 자신의 말을 듣고 있는 인범을 지그시 바라보더니, 잠깐 말을 멈추고 천천히 몸을 앞으로 내밀어 아직도 김이 나는 커피 잔을 들어 입에 대었다.

인범은 박 과장 말처럼 자신이 날치기 두목을 찾은 것은 복수를 하기 위함이었다. 박 과장 말처럼 복수 과정에서 자신이 살인자가 되든지 죽임을 당할 것이다. 또 그도 아니면 중상을 당할지 중상을 입힐지…….

인범은 박 과장의 말이 하나 틀린 것이 없다고 생각했다. 인범은 할 말이 없었다. 인범은 박 과장의 다음 말을 기다렸다.

"고 군, 고 군이 살인자가 되든 살인을 당하든 엄청난 결과를 초래할 거야. 만약, 고 군이 살인자가 된다면 살인의 동기가 참작이 될지라도 상당한 기간 영어(囹圄)의 몸이 되어야 하네. 그리고 만에 하나 고 군이 그들에게 살해된다면 자네 하나 죽으면 된다고 생각할지 몰라도, 사람이 태어나 원한으로 귀중한 한 인간의 삶을 포기한다는 것은 너무 허무하고 억울하지 않나? 자네에겐 대학을 다니는 남동생과 고등학교에 다니는 여동생이 있지? 자네가 어떻게 되면 고아원에서 나온 두 동생의 생활과 학업은 또 어떻게 되지? 그리고 자네만 바라보고 있는 순희가 있지 않나? 순희는 자네와 인생을 같이할 여인이라네. 결론을 말하지. 적당한 선에서 보복하게. 살인자의 공소소멸시효기간이 15년이야. 그때 자네 아버지가 날치기들에게 살해될 때, 고 군이 열두 살 때라고 했지? 그때 경찰에 신고 되었다면 그 기록이 남아 있을 거야. 그리고 목격자도 있을 거야. 아직 3년 남았네. 그놈을 잡아 법정에 세우게 내가 적극적으로 도와줄게. 놈은 가중한 형을 선고받을 거야. 나는 이 말을 하기 위해 고 군을 만나자고 했네. 자네가 결정하게. 놈을 죽여 살인자가 될 것인가, 자네가 죽임을 당할 것인가. 자네의 현명한 판단에 맡기겠네. 마지막으로 고려물산 김승배 사장의 도움을 받게. 그는 비록 범죄단체의 수장이지만 자네를 도울 수 있는 막강한 힘을 가지고 있어. 그리고 무엇보다도 의리가 있는 분이야. 나는 이번에야 그를 알 수 있었다네. 이번 사건이 해결되면 그가 참된 사업을 하도록 유도할 생각을 갖고 있네."

말을 마친 박 과장은 인범의 답변도 듣지 않겠다는 듯 자리에서 일어나 인범에게 손을 내밀어 악수를 청했다. 인범은 박 과장의 손을 두 손으로 잡았다. 박 과장은 인범의 손을 굳게 잡고 한참을 인범의 얼굴을 침통한 얼굴로 그윽이 바라보더니 손을 놓고 조용히 다방을 나갔다.

인범은 돌아서 가는 박 과장의 처진 어깨를 바라보았다. 박 과장도 나이가 들어 그런지 어깨가 약간 구부정했다. 늙어가는 박 과장의 뒷모습을 보니 서글펐다.

'아! 내 마음을 기댈 수 있고 의지할 수 있는 분이구나!'

인범은 박 과장이 보이지 않을 때까지 시선을 딸려 보냈다.

인범은 박 과장이 나가고 한참이나 앉아 박 과장이 한 말을 되씹었다. 언젠가 미란이 아버지가 한 말이 떠올랐다.

'자네, 원수 갚음을 포기해! 자네의 원수 갚음은 살인을 하겠다는 것인데, 그것은 자기 인생을 포기하겠다는 것이야. 법치국가에서는 어떠한 이유이고 경우라도 살인자는 살인자의 죄를 묻지 않을 수 없을 걸세. 그리고 설사 살인의 동기가 참작이 되어 중형을 받지 않더라도 상당한 세월 동안 감옥에 수감되어야 하고, 출소 후에도 살인자의 전과가 자네의 나머지 삶을 순탄하게 살지 못하게 할 걸세.'

박 과장의 말과 똑같은 말이었다. 다만 복수를 하지 말라는 미란이 아버지와 달리 놈을 잡아 법정에 세우라는 말은 달랐다.

인범은 박 과장이 남기고 간 말이 가슴을 파고들었다. 그리고 대학을 다니는 인철이와 인순이가 떠올랐다. 박 과장이 무섭게 타오르던 복수의 불길에 찬물을 끼얹고 갔다. 인범은 고개를 크게 가로저었다. '아니다. 내 손으로 아버지의 원수를 죽여야 한다.'

인범은 두 주먹을 불끈 쥐고 벌떡 일어났다.

날치기의 은신처를 알고 난 인범은 며칠 동안 복수의 계획에 몰두했다. 적은 한두 놈이 아니다. 그리고 그들은 범죄단체이다. 박 과장의 말대로 내가 죽이든지 죽임을 당할지 모른다. 얼마나 피맺힌 원한인가. 아버지를 죽이고 어머니를 죽게 했고 우리 삼 남매를 천애의 고아로 가난의 족쇄를 채우고 처절한 고통의 나락으로 빠뜨린 그 잔인한 살인자가 김일이라고 했다. 그 원한의 날치기 두목을 한시라도 잊은 적이 없었다. 복수를 하기 위해 이날까지 얼마나 피나는 수련을 했던가. 아버지를 죽인 복수의 원한이 가슴이 떨리도록 사무치게 했다. 아! 드디어 한 맺힌 복수를 할 수 있구나! 피가 뜨겁게 끓었다.

인범은 복수를 계획하면서 많은 수와 실내에서 싸울 땐 표창이 자신을 보호해 줄 무기라고 생각했다. 표창을 모두 모았다. 인범은 쇠줄로 거의 한 시간을 소요하여 표창 끝을 예리하고 날카롭게 갈았다. 모두 30개였다. 12개는 넓은 혁대에 꽂았다. 나머지는 표창 주머니에 넣고 짝짝이로 된 덮개를 덮었다.

작은 배낭에 군사용으로 사용하는 강력한 랜턴과 등산 로프와 망원경을 넣었다. 또 상대가 흉기로 공격해 올 때를 대비하여 지난번 배내계곡에서 싸울 때 방어용으로 절대적인 무기였던 쇠막대기도 넣었다.

인범은 아버지가 시장에 다녀오기를 기다려 센을 차에 태우고 차를 몰고 집을 나섰다. 인범이가 센을 데리고 가는 것은 만일에 대비한 것이다. 배내골 계곡의 싸움에서 울프와 센이 사람 몇 곱의 도움이 된다는 것을 알았기 때문이었다. 울프가 없어 아쉬웠지만 울프가 살아 있더라도 울프는 너무 늙었다. 인범은 센이 외로울 것 같아 아버지에게 또 한 마리의 센의 새끼를 훈련시키고 있는 것이다.

인범이도 종종 아버지 대신 마루에게 훈련을 시켰다. 센의 새끼, 마루가 아버지에게 호된 훈련을 받아 성견이 되려면 아직도 몇 달을 더 기다려야 할 것이다.

4

구로공단은 박정희 대통령이 우리나라를 공업 분야에 치중할 때 맨 먼저 세운 공단이었다. 똑같은 건축 양식의 건물들이 들어서 있어 그 건물이 그 건물 같았다. 구역 정리가 잘 된 도로는 사통오달로 길이 나 있었다. 눈썰미가 있는 인범이었지만 기억이 확실하지 못해 몇 번을 헤맨 끝에 짙은 회색 페인트칠을 한 건물을 발견했다. 독사 홍영수가 알려 준 뾰족이파가 은신하고 있다는 그 창고 건물이었다.

그곳은 공장과는 달리 차가 많이 다니지 않았다. 오후라 그런지 창고들이 있는 곳엔 주위가 한산했다. 인범은 김일이 은신하고 있는 창고에서 조금 떨어진 모서리에 차를 세웠다. 센이 고개를 쳐들고 낯선 주위를 둘러보았다.

"센, 엎드려!"

센이 인범의 긴장된 말에 얼른 차 유리 아래로 머리를 숙였다. 인범은 몸을 깊이 파묻고 창고 쪽을 주시했다. 창고에 뾰족이파 소매치기들이 은거해 있다는 것을 확인하고 날치기들의 숫자를 파악하기 위해서였다. 한 시간을 기다려도 창고에 드나드는 사람이 없었다.

네 시가 되었을 때 지프차 한 대가 창고 앞에 섰다. 인범은 얼른 망원경을 들었다. 네 청년이 내렸다. 모두가 헬멧을 쓰고 있었다. 누가 보아도 날치기들은 물건들을 운반하는 작업복을 입고 있어 인부의 모습이었다. 김일은 없었다. 그들은 주위를 경계하며 살폈다. 여느 인부들과 달랐다. 다른 인부들은 주위엔 관심도 없고 경계를 하지 않은 데 비해 그들은 주위를 경계하는 것이다.

인범은 이들이 소매치기들이라고 단정했다. 그 한 명이 인범의 픽업차를 힐긋 보더니 이내 고개를 돌렸다. 아마 픽업차라 경계를 하지 않은 것 같았다.

그들 중 한 명이 인범이가 탄 차 앞으로 왔다. 인범은 얼른 고개를 숙이면서 센의 머리를 누르고 평소 훈련시킨 대로 손가락을 입에 대고 쉬 소리를 내며 조용하라는 신호를 보냈다. 센은 명령을 잘 따랐다. 다행히 아버지 차도 짙은 선팅이 되어 있어 안이 잘 보이지 않았다.

인범은 사람이 차 옆으로 지나가자 얼른 고개를 들고 놈의 뒷모습을 쫓았다. 놈이 건물 맨 끝에 가서 조심스럽게 주위를 살폈다. 인범은 다시 얼른 몸을 낮추었다. 놈이 돌아섰다. 인범은 다시 고개를 쳐들었다. 놈은 패널에 대고 한 번, 두 번, 세 번 천천히 두드리고 가만히 있었다. 그들끼리 문을 열라고 정한 신호인 것 같았다. 그 소리에 화답을 하듯 안에서도 패널 두드리는 것 같았다.

놈은 돌아섰다. 인범은 얼른 센의 머리를 눌렀다. 센은 오랜 시간을 용케 조용하게 있었다. 참으로 영리한 센이었다. 안에서 열어 주는지 커다란 창고 문이 열렸다. 그들은 주위를 경계하며 들어갔다. 육중한 창고 문은 드르렁 소리를 내며 닫혔다. 인범은 계속 감시했다.

이러기를 몇 차례 시차를 두고 놈들이 창고 안으로 사라졌다. 그때마다 망원경으로 김일을 찾았지만 보이지 않았다. 인범은 끈질기게 감시했다.

또 한 시간 정도 지났을 무렵, 이번엔 검은 승용차 한 대가 정지했다. 운전수가 내리고 조수석 왼쪽 뒷좌석에서 청년 두 명이 내렸다. 그들은 헬멧을 쓰고 있지 않았다. 운전수가 오른쪽 뒷좌석의 문을 열었다. 머리가 하얀 노신사가 지팡이를 짚고 간신히 내렸다. 두 청년이 머리가 하얀 노신사를 양쪽에서 부축하고 걸었다. 노신사는 겨우 걸음을 걸었다.

운전수가 빠른 걸음으로 인범이 차 옆으로 오더니 패널을 천천히 세 번 두드리고 귀를 기울이고 있었다. 안에서 화답의 소리를 들었는지 문 쪽으로 갔다. 창고 문이 열리고 그들이 들어가면서 다시 한 번 주위를 조심스럽게 휘둘러보는 것을 잊지 않았다.

그런데 지금까지 부축을 받고 겨우 걷던 노신사가 창고를 몇 발자국 남기고 들어가면서 혼자서 꼿꼿이 서서 얼른 걸어 들어갔다. 인범은 고개를 갸웃했다.

문이 닫혔다. 어스름이 먹물처럼 번지면서 창고 주위는 어둑어둑 어둠이 깔리고 있었다. 더 이상 기다릴 수가 없었다. 어두우면 망원경으로 얼굴을 식별할 수 없기 때문이었다.

인범은 시동을 걸었다. 분명 김일이라는 두목이 이 창고에 은신하고 있다고 했는데 나타나지 않았다. 창고 안에 불이 켜져 있는지 창고 지붕 가까이 창문에서 희미한 전등불빛이 비쳐 나오고 있었다.

창고 주위엔 정적만이 흐르고 창고 주위엔 인적이라곤 없었다. 만약 형사들이 이 주위를 수색한다면 유독 소매치기들이 은신하고 있는 창고에서만 전등불이 켜져 있다는 것을 수상하게 보았을 것이다.

인범은 김일이 창고에 은신한 것을 확인을 하지 않고는 습격할 수 없어 희미한 가로등이 비치는 공단을 빠져나와 집으로 돌아왔다.

인범은 내리 3일을 창고를 감시했지만 사십 대 중반의 유난히 턱이 뾰족하고 흉터가 진 김일은 보이지 않았다. 머리가 하얀 노신사가 오늘도 어제와 같은 시간에 청년들의 부축을 받으며 창고에 들어갔다.

인범은 그 노신사가 누구인지 궁금했다. 놈은 나타나지 않았다. 해가 저물고 있었다. 인범은 허탕을 치고 창고를 떠나면서 차를 공중전화 박스 앞에 잠시 정차했다. 이 과장에게 전화하기 위해서였다. 마침 이 과장이 자리에 있었다.

"이 과장님, 구로공단 창고에 김일이라는 두목이 은신하고 있지 않습니다. 제가 3일을 지키고 있었습니다."

"뭐? 3일이나 감시하고 있었다고요? 그래서 연락이 없었군요. 저는 고 형을 기다리고 있었습니다. 고 형, 지금도 그곳에 있습니까?"

"네, 창고 주위입니다. 지금 가려고 합니다."

"그럼 오지 말고 거기서 기다리십시오. 알아보고 연락할게요. 제가 삐삐를 보내면 바로 전화해 주십시오. 다시 알아보겠습니다."

이 과장은 독사 홍영수에게 전화를 했다.

"이봐, 독사, 너 김일이 구로공단 창고에 패거리들과 은신하고 있다고 했지?"

"예, 틀림없습니다."

독사는 자신 있게 말했다.

"네가 그놈에게 속고 있어. 놈들이 그곳에 은신하고 있는 것은 맞는데 김일이는 없다고 해. 고 군이 3일 동안 감시를 하고 있어도 김일은 보이지 않는다고 해. 놈을 족쳐 다시 알아봐. 고 군이 아직 그곳에 있어 연락을 해 주어야 한다 말이야."

이 과장은 독사에게 따지듯 말했다.

"그래요. 이 새낄 그냥, 형님 당장 알아보고 연락드릴게요."

독사는 자신에게 뾰족이파 김일의 은신처를 알려 준 배일찬을 위협했다. 배일찬은 틀림없이 그곳에 은신해 있다고 했다. 그들은 경찰이 자신들의 집을 감시하고 있어 집에 있을 수 없어 창고에서 숨어 지내고 있다고 분명히 말했던 것이다. 독사가 따지고 족쳐 얻어낸 정보로 김일이 변장을 하고 있음을 알아내었다.

이 과장은 즉시 인범에게 삐삐로 연락을 했다. 인범이에게서 바로 전화가 왔다.

"고 형, 김일이 변장을 하고 있다고 합니다."

"네? 변장을요?"

인범은 머리가 하얀 노신사가 불현듯 떠올랐다. 그렇다, 그놈이었구나! 그러면서 노신사가 두 청년에게 부축을 받아 걷다가 창고에 막 들어가는 순간은 꼿꼿이 서서 걸어 들어가던 것이 뇌리를 때렸다.

순간 머리에 찌르르 경련이 일었다. '아, 그놈이었구나!' 하마터면 놈의 변장에 속을 뻔했구나! 인범은 신음을 씹었다.

"이 과장님, 김일이 노신사로 변장한 것 알겠습니다. 지금 그놈들 소굴로 들어갑니다."

"네? 혼자서? 고 형, 안 됩니다. 혼자서는 안 됩니다. 사장님이 저희와 함께 가라고 했습니다. 다음 날 함께 갑시다."

"아닙니다. 지금 놈이 창고에 있습니다. 혼자 쳐들어가겠습니다. 이 싸움은 저의 일입니다. 걱정하지 마십시오."

인범은 단호했다.

"그럼, 기다리십시오. 급히 외근직원들을 비상소집하겠습니다."

"……."

인범은 전화를 끊었다. 차를 돌려 아까 그 자리에 왔다. 인범은 피맺힌 원수를 눈앞에 두고 있다고 생각하니 만신의 털구멍이 곤두서며 뜨거워졌다.

한시라도 복수를 잊어본 적이 없었다. 얼마나 이날이 오기를 기다렸던가. 인범은 이 과장이 기다리라고, 그리고 김승배 사장에게서 도움을 받겠다고 약속했지만 자신의 손으로 아버지의 원수를 갚아야 한다고 생각했다.

인범은 자신이 김일을 죽인다면 현장에 함께한 고려물산 직원들이 공범이 된다. 공범이 되면 그들도 수사를 받아야 한다. 아, 그러면 안 된다. 결코 김승배 사장에게 피해를 주고 싶지 않았다. 그들은 범죄 집단이 아닌가. 그보다 박 과장과 연관을 두었어도 안 된다고 생각했다. 지금까지 혼자서 복수를 각오했지, 남의 도움을 받아 복수를 하려고 계획하지 않았다.

인범은 안정을 찾기 위해 고개를 젖혀 하늘을 쳐다보며 입을 크게 벌려 숨을 길게 들이마시고 천천히 내뱉었다. 어느덧 공단엔 어둠이 먹물처럼 깔리면서 밤하늘에 별들이 하나둘 돋아나고 있었다. 주위엔 사람들의 왕래가 없어 적막감마저 들었다. 짙은 적막이 공포로 몰아넣었다. 공포가 허기를 느끼게 했다.

인범은 배낭에서 빵과 우유를 꺼냈다. 빵 냄새를 맡은 센이 머리를 쳐들고 코를 벌름거리고 입맛을 다시고 있었다. 배가 고팠던 것 같았다. 가방에서 플라스틱 접시와 그릇을 꺼내어 시트 위에 놓고 빵과 우유를 주었다. 싸움을 앞두고 많이 주지 않았다. 많이 먹이면 몸이 둔하기 때문이었다.

인범도 빵과 우유를 가볍게 먹었다. 살그머니 차에서 나와 가볍게 몸을 풀었다. 그리고 허리끈을 졸라매고 센에게 두 주먹을 쥐고 부딪치는 시늉을 했다. 센에게 싸움을 한다는 것을 알리는 것이다. 센이 알았다는 듯 꼬리를 크게 흔들었다.

인범은 가죽장갑을 끼고 쇠막대기를 허리에 꼈다. 그리고 표창이 꽂힌 혁대를 확인했다. 작은 배낭을 짊어졌다. 그리고 두 주먹을 불끈 쥐고 창고의 패널 벽에 귀를 대고 안쪽의 동정에 귀를 기울였다.

웅성거리는 소리가 들렸다. 웃음소리도 들렸다. 한참을 귀를 대고 동정을 살피고는 창고 뒤쪽으로 걸음을 옮겼다. 창고 뒤쪽은 음침하고 칙칙했다. 왠지 모를 긴장한 전율이 온몸을 휘감았다. 천천히 주먹을 들어 패널에 대었다. 다시 한 번 긴 숨을 쉬었다.

'나는 오늘을 위해 수없는 땀과 피를 흘렸다. 죽을 고비도 넘겼다. 그리고 수많은 싸움에서 불사조처럼 살아남았다. 나는 지금 아버지의 원수를 갚기 위해 호랑이 굴에 들어간다. 호랑이를 잡으려면 호랑이 굴에 들어가야 한다고 하지 않았는가. 나는 이 싸움에서 살인을 할지, 살해될지 모른다. 아니, 어쩌면 죽을지도 모른다' 는 생각이 미치자 갑자기 불안함과 두려움이 가슴을 짓눌렀다.

'아니다, 두려워해서는 안 된다. 얼마나 오늘을 기다렸든가. 겁쟁이처럼 두려워하다니, 아버지가 놈에게 처참하게 죽임을 당한 것처럼 오늘 나도 놈을 잔인하게 죽여야 한다. 놈을 죽이기 전에는 나는 다쳐도 죽어서도 안 된다.'

의식의 시야에 볼에 흉터가 있고 유달리 턱이 뾰족한 놈이 떠오르자 몸이 부르르 떨렸다. 인범은 주먹을 불끈 쥐었다. 그리고 또다시 고개를 젖혀 하늘을 쳐다보았다. 그 사이 별들이 더 많이 더 선명하게 빛나고 있었다. 그러나 창고 뒤는 먹물 같은 짙은 어둠이 소복이 모여 있었다.

인범은 놈들처럼 패널을 두드리려고 하니 갑자기 가슴이 고동쳤다. 인범은 감정의 폭발을 진정하기 위해 숨을 길게 들이마셨다가 천천히 내뱉었다. 침착하자, 냉정하자, 스스로를 달래고 주먹으로 천천히 세 번 패널을 두드리고 기다렸다.

조금 후, 안에서 세 번 벽을 두드리는 소리가 들렸다. 인범은 긴장을 해소하기 위해 다시 숨을 크게 들이마셨다. 인범은 드디어 꿈에도 잊어 본 적이 없는 놈을 만난다고 생각하니 뜨거운 피가 끓었다. 어금니를 앙다물고 지그시 깨물고 뿌드득 갈았다.

인범은 다시 허리끈을 죄어 매고 창고 문 쪽으로 걸음을 옮겼다. 창고 앞에서 주위를 둘러보며 경계했다. 주위는 무덤처럼 적막했다. 드르렁 소리가 나더니 창고 문이 열리고 있었다.

순간 대담한 인범도 긴장으로 가슴이 떨렸다. 사람 하나가 들어갈 넓이로 열리자 인범은 전광석화처럼 뛰어들어 주먹으로 문을 열고 있는 놈의 면상을 강타했다.

"억!"

무방비 상태에서 면상을 강타당한 놈은 비명을 지르며 시멘트 바닥에 쓰러졌다. 강한 주먹에 놈의 얼굴은 왕창 부서졌다.

소매치기들은 아무렇게나 만든 플라스틱이나 값싼 의자에 앉아 그들이 소매치기한 돈을 두목에게 신고하고 배당금을 받고 있는 중이었다. 탁자 위에 돈이 수북이 놓여 있었다. 그들은 자신들이 탈취한 중소기업 봉급 탈취사건을 서울시경 강력계에서 범인을 잡겠다고 자신의 뾰족이파를 추적하고 있음을 알고 멀리 인천까지 원정을 가 소매치기한 수입금을 배당받는 것이다.

인범이가 창고에 뛰어들어올 때 날치기들은 그들 동료들이 들어온 줄 알고 뒤도 돌아보지 않았는데, 비명에 깜짝 놀라 모두를 고개를 돌려 바라보다 키가 우뚝 큰 청년이 동료를 쓰러뜨리고 무서운 눈으로 자신들을 노려보고 있는 것을 보고, 경찰이 들이닥친 줄 알고 벌떡 일어나 후다닥 달아나려다 침입자가 단 혼자인 것을 알고 한 소매치기가 말했다.

"달아나지 마라, 경찰이 아니다."

그 소리에 달아나려다 멈칫 서서 어떤 일이 벌어지고 있는지 영문을 몰라 상황 판단을 하려고 눈알을 굴리며 서로의 얼굴을 바라보았다. 다른 동료들도 영문을 몰랐다.

한 명을 쓰러뜨린 인범은 소매치기들을 무서운 눈으로 쏘아보며 숫자를 헤아려 보았다. 열세 명이었다. 인범은 창고 문을 닫고 잠금고리를 걸었다.

창고 내부를 둘러보았다. 아무것도 없는 빈 창고는 백여 평이 넘었다. 채광을 하기 위해 만들어놓은 창은 천장 가까이 높은 곳에 있었다. 아마 도난을 방지하고 많은 물건을 쌓아두기 위해 높이 한 것 같았다. 벽에 붙여 텐트가 여러 개 쳐져 있었다. 텐트 안에는 침낭과 취사도구도 있었다. 경찰을 피해 숙식을 하고 있음을 알 수 있었다.

소매치기들은 지금 무슨 일이 벌어지고 있는지 상황을 알지 못해 당황한 표정이 역력했다. 노신사로 변장한 김일은 가발과 수염을 떼고 부하들이 소매치기나 날치기로 벌어 온 돈을 계산하는 것을 확인하는 중이었다.

김일은 침입자가 자신들만이 정해 놓은 문을 열라는 신호를 어떻게 알았는지 궁금했다. 혹시 소매치기 중 경찰에 잡혀 고문에 못 이겨 자백하지 않았나 의심이 갔다. 그러나 경찰은 아닌 것 같았다.

소매치기들은 단 한 명이 대담하게 자기들의 소굴로 뛰어들어 오히려 창고 문을 닫고 잠금고리를 거는 것을 보고 참으로 이해가 되지 않았다. 놈은 자기 스스로 그야말로 독 안에 든 쥐가 되었다. 그러면서 놈이 경찰이 아님을 알고 안심을 했다. 소매치기들은 놈의 하는 짓이 도저히 이해가 되지 않아 멍하니 바라보았다.

인범이가 창고 문을 걸어 잠그는 것은 늦게 오는 소매치기들이 앞뒤에서 자신을 포위하지 못하게 하기 위함이었고 실내에서 숫자가 많을수록 놈들을 상대하기가 힘들기 때문이었다. 창고 안에 있는 놈들은 표창으로 위협하여 자신의 가까이 접근하지 못하게 할 자신이 있다고 생각했다. 무엇보다 센이 있어 든든했다.

"웬 놈이 남의 창고에 뛰어들어 행패야? 목적부터 밝혀라."

잔뜩 인상을 쓴 험악하게 생긴 한 놈이 앞으로 나서며 말했다.

"남의 창고? 창고라면 왜 물건들이 하나도 없느냐? 네놈들이 경찰을 피해 창고를 얻어 은신하고 있다는 것을 다 알고 왔어."

"……?"

인범의 말에 놈들은 서로 얼굴을 바라보며 의아한 표정을 지었다. 그야말로 아닌 밤중에 홍두깨처럼 자기들의 소굴로 단 혼자서 개를 데리고 뛰어든 놈이 누구인지 도저히 짐작이 가지 않았다. 경찰이 아닌 것은 틀림없다고 판단했다. 경찰이라면 혼자서 달랑 개 한 마리를 데리고 쳐들어오지 않았을 것이다.

소매치기들은 아직도 상황을 판단하지 못하고 있었다. 인범의 돌출행동이 도저히 이해가 되지 않았기 때문이었다. 인범은 무리 중 나이가 사십대의 김일을 찾았다.

전등불 아래에서 상황을 판단하기 위해 자신을 노려보고 있는, 볼에 깊은 흉터가 있고 유난히 턱이 뾰족한 김일을 발견하자 눈에 형형한 빛이 쏟아지며 시커먼 눈썹이 꿈틀거렸다. 이 과장이 보여준 사진의 얼굴이고 어릴 때부터 뇌리에 깊이 각인된 꿈에도 잊지 못할 원한 맺힌 놈이었다.

순간 인범은 복수의 불길이 무섭게 타올랐다. 뼛속 깊이 원한이 사무친 놈을 눈앞에 두고 보니 살이 벌벌 떨렸다. 인범은 놈을 무섭게 쏘아보았다. 당장 덮쳐 죽이고 싶은 충동이 일었지만 가까스로 분노를 억제하고 있었다.

분노의 안광은 김일을 쏘아보았다. 김일은 놈의 이글이글 불타는 안광이 자신을 노려보자 섬뜩함을 느끼며 자신도 모르게 슬며시 고개를 숙이고 시선을 피했다. 놈의 눈이 서기를 뿜고 있었기 때문이었다.

"웬 놈이냐? 찾아온 목적을 밝혀라. 그래야 우리가 네놈을 대접할 게 아니냐."

인상이 험악한 놈이 다그쳤다. 놈은 인범의 정체를 벗겨볼 심산이었다.

인범은 놈의 말은 상대도 하지 않고 검지로 김일을 가리키며 낮고 서릿발같이 차가운 말을 뱉었다.

"네놈이 김일이란 놈이지? 12년 전이다. 나는 그때 열두 살이었다. 그때 네놈은 나의 아버지가 가진 보따리에 든 돈을 빼앗으려고 잔인하게 나의 아버지의 눈을 찌르고 무지막지한 발길질로 죽였다. 나는 그날 나의 뇌리에 네놈을 기억시켜 두었다. 나는 네놈을 내 손으로 죽이기 위해 오늘을 기다렸다. 네놈으로 인해 어머니마저 충격으로 돌아가셨다. 우리 가족은 풍비박산이 났다. 우리 세 남매는 고아가 되었다. 나의 두 동생은 고아원에 가고 나는 산자락 언덕에 토굴을 파고 살면서 네놈을 죽이기 위해 복수의 칼을 갈았다."

자신보다 스무 살이나 적은 놈이 말끝마다 놈놈 하는 폭언을 하니 김일은 격분했다. 그보다 자기 애비를 죽였다니 놈이 사람을 잘못 알고 있다고 생각했다.

"내가 네놈의 애비를 죽였다고 무슨 뚱딴지같은 소리를 하는 거야?"

"어디서 발뺌을 하려고 하느냐? 네놈이 나의 아버지를 죽일 때 나는 특징 있는 네놈의 얼굴을 내 머리에 새겨 두었다."

"……."

김일은 기억을 더듬었다. 기억이 나지 않았다. 그때 김일은 인범이의 아버지가 죽는 것을 알지 못하고 달아났기 때문이었다.

"그때 우리 아버지를 죽일 때 네놈과 함께 죽인 놈이 두 명이 있었다. 그 중 한 놈은 내가 그놈의 허벅지의 살점을 물어뜯었다. 아마 그놈은 지금도 허벅지에 흉터가 있을 것이다. 그놈도 여기 함께 있느냐? 그리고 또 한 놈이 있었다."

이 말을 들은 최달준은 깜짝 놀랐다. '그래, 그 아이였구나!' 기억이 생생히 났다. 지금도 최달준의 허벅지엔 끔찍한 흉터가 있었다. 최달준은 허벅지의 흉터를 볼 적마다 그 아이가 생각났던 것이다.

'음, 어느새 그 아이가 자라 저렇게 당당한 청년이 되었단 말인가?'

달준은 급히 두목 김일에게 다가가 귓속말을 했다.

"두목님, 그때 그 아이가 맞습니다."

그제야 김일은 기억이 났다. 달준이와 목욕탕을 갈 때마다 최달준의 허벅지에 난 끔찍한 흉터가 그 아이가 제 애비를 살리려고 최달준이의 허벅지의 살점을 물어뜯은 것을…….

'그래 그 아이였구나!' 김일은 깊은 신음을 토했다. 멍하니 인범을 멀거니 바라보았다. '그래, 애비의 원수를 갚겠다고 나섰구나!'

인범은 처음은 아니라고 하던 놈이 자기 부하와 귓속말을 하더니 더 말을 하지 않는 것을 보고 그때 아버지를 함께 죽인 세 놈 중 한 놈이 김일에게 귓속말을 한 놈이라고 단정했다. 인범은 놈의 얼굴을 자세히 보아 두었다.

"네놈이 아니라고? 나는 네놈의 얼굴을 똑똑히 기억하고 있다. 잡아뗄 생각을 마라. 나는 오늘 네놈이 우리 아버지를 죽인 것처럼 나도 네놈을 잔인하게 죽일 것이다."

"나는 모른다. 나는 네놈의 애비를 죽이지 않았다. 그리고 나를 죽인다고 아무리 제 애비의 원수에 눈이 뒤집혔다 하더라도 제 발로 사지에 뛰어드느냐. 네놈을 결코 살려 보낼 수 없다."

김일은 놈이 제 애비의 복수를 하겠다고 혼자서 무턱대고 뛰어든 것이 제정신이 아닌 것 같았다. 그러나 죽기를 작정한 살기를 띤 놈의 이글거리는 안광이 한편 두려웠다.

"그래, 나도 네놈의 소굴로 뛰어든 것은 죽기를 각오하고 뛰어들었다. 그리고 네놈 이름이 뭐냐, 이름을 밝혀라."

인범은 조금 전 김일에게 귓속말을 한 놈을 손가락으로 가리키며 이름을 물었다.

"나 말인가, 내 이름을 알고 싶나? 그래 죽기 전에 내 이름이나 알아 두어라. 내 이름은 최달준이다. 최달준."

"그래, 최달준. 오늘 네놈도 잘 만났다. 기억이 난다. 네놈도 저 김일과 함께 내 아버지를 죽인 놈이지? 이제야 기억이 난다."

"……."

달준은 자신도 모르게 불쑥 이름을 밝혔지만 놈이 자신이 자기 아버지를 죽인 것을 알고 있어 한편 꺼림칙했다.

"웃기지 마라. 난 네놈의 애비를 죽이지 않았다. 생사람 잡지 마라."

다른 소매치기들은 그들의 말이 무슨 말인지 알 수가 없어 가만히 듣고 있었다.

"네놈은 나의 이름을 어디서 주워들었느냐?"

김일이 말했다. 놈이 어떻게 자신의 이름을 알았으며 자신들이 숨어 지내는 소굴을 어떻게 알아내었는지도 궁금했다.

"나는 네놈을 찾아 전 서울을 뒤졌다. 네놈을 잡으려고 뒤지다 다른 소매치기 현장을 목격하고 그놈들을 몇 번 혼내 주었지. 나는 소매치기 놈들이 싫어. 그동안 네놈도 늙어빠져 일선에서는 일을 않더군. 그래서 네놈의 인상착의를 말하고 알아보았지. 네놈의 인상이 특이해 소매치기 세계에서는 다들 알더군. 며칠 전에야 알았어."

김일은 자신들의 사업인 소매치기를 방해하는 어느 한 대단한 싸움꾼이 있다는 말이 머리에 떠올랐다. 그리고 동대문역에서와 배내계곡에서의 싸움이 뇌리를 스쳤다. 혹시 그놈이…….

"남의 이름만 알려고 하지 말고 네놈의 이름도 당당히 밝혀라."

"그래 밝히마. 나는 네놈에게 잔인하게 죽임을 당한 고팔도의 아들 고인범이다."

"뭐? 고인범?"

"뭐라고? 고인범?"

여기저기서 고인범의 이름을 신음처럼 뱉으며 웅성거리는 소리가 들렸다.

고인범이란 이름이 인범의 입에서 뱉어지자 그들은 당황했다. 고인범의 이름을 아는 소매치기들이 많았다. 배내계곡의 대혈투에서 전 서울의 소매치기 중에 날고 기는 싸움꾼만 차출하여 놈에게 복수하고 놈을 제거하기 위해 갔지만 무참하게 참패를 당하고 온 뼈아픈 기억이 돋아났다. 한 명이 비명을 질렀다.

"아! 강철이 두목에게 표창을 던져 애꾸로 만든 싸움의 달인이라는 놈이 바로 저놈이구나! 그때 함께 싸웠던 두 마리 개가 있었다던데, 한 마리는 죽였다던데, 나머지 한 마리가 바로 저 개다."

한 소매치기가 비명을 질렀다.

그들 모두는 인범이를 보지는 않았지만 동대문 지하철역의 싸움과 배내계곡의 싸움을 모르는 소매치기들이 없었다.

"음, 바로 저놈이었구나!"

김일은 신음을 뱉었다. 갑자기 온몸이 경직되었다.

최달준도 두려움에 몸을 떨었다. 조금 전 놈이 자신에게 자기 아버지를 죽였다고 했지 않았나.

김일은 자신들이 놈에게서 벗어날 수 없음을 알고 결전을 각오했다. '아! 바로 그놈이었구나.' 놈이 무서운 싸움꾼이라 마음에 걸렸다.

그보다 놈이 대담하게 혼자서 자기 패거리들을 창고에서 못 나가게 문을 잠그는 배포에 놀랐고 놈이 과연 어떻게 우리에게 공격해 올 것인지 두렵고 궁금했다. 놈이 배내계곡에서 최고의 싸움꾼을 엄선하여 간 배강철과 20여 명이 넘는 우리 패거리들과 부산의 싸움꾼 10여 명을 이긴 놈이 아니었던가? 김일은 공포감이 온몸을 휘감았다.

'내가 저놈을 호랑이로 만들었구나!' 그러나 일전을 각오하지 않을 수 없었다. 내가 제 애비를 죽이지 않았다고 했지만 놈이 믿지 않는 것 같았다. 피할 수 없었다.

"우리는 우리의 방법이 있다. 우리 조직에 도전하는 놈은 살려 둘 수 없다. 애들아, 놈을 작살내어라! 절대로 살려 보내서는 안 된다."

김일의 명령이 떨어지자 놈들이 우르르 앞으로 나섰다. 모두 손에는 날카로운 면도칼을 들고 있었다. 그러나 소매치기들은 선뜻 나서지 못했다. 인범의 이글거리는 눈은 살기를 띠고 있었고, 조금의 허점도 없는 완벽한 전투태세가 두려웠다.

인범은 혁대에서 표창 두 개를 빼 양손에 들었다. 그리고 등산 조끼 주머니에서 작은 랜턴을 확인했다.

"그 자리에서 꼼짝하지 마! 어느 놈이든지 맨 앞에 나서는 놈은 이 표창이 눈에 꽂힐 것을 각오해. 센, 가방을 지켜."

센이 싸움을 감지하였는지 코를 벌름거리며 이빨을 까뒤집고 으르렁거리고 있었다.

인범이 표창을 높이 들고 그들의 뒤쪽 벽에 걸어 둔 액자를 향해 전광석화 같은 동작으로 던졌다. 쨍그랑 소리가 났다. 놈들이 일시에 뒤를 돌아보았다. 표창이 액자를 박살내면서 유리 조각이 와르르 쏟아져 바닥에 떨어졌다. 표창이 정확히 액자의 중심에 꽂혀 끝이 바르르 떨었다. 소매치기들이 인범의 표창 던지는 솜씨에 놀라움을 금치 못했다.

"자, 봤지? 조금이라도 허튼수작을 하면 이 표창이 네놈들의 심장과 얼굴에 박힐 것이다."

"……."

소매치기들이 움찔했다. 정확하게 액자의 중심에 꽂히는 것을 보고 아무도 앞으로 나서지 못했다. 인범은 놈들에게 시선을 떼지 않은 채 천천히 뒷걸음질하여 배낭 안에 든 작은 가방의 짝짝이를 열었다.

"이곳에 표창이 스무 개가 들어 있다. 그리고 이 혁대에 열다섯 개의 표창이 꽂혀 있다. 너희 놈들은 열세 명이다. 나는 이 표창으로 네놈들을 다

작살낼 수 있다. 조금이라도 허튼수작을 하는 놈은 이 표창이 심장과 눈깔에 박힐 것이다. 죽고 싶지 않으면 다른 놈들은 나서지 마라. 저 김일이란 놈과 최달준이란 놈 외에는 살상을 하지 않겠다."

"……."

소매치기들은 모두 입을 닫았다. 소매치기들은 두목과 최달준이가 자기들을 위협하고 있는 놈의 애비를 죽인 것과 놈이 대담하게 자기 아버지의 원수를 갚겠다고 단신으로 자신들의 소굴로 뛰어든 것을 비로소 알았다. 놈이 두려웠다. 저놈은 우리 소매치기 중에서 싸움 잘하는 20명을 이긴 놈이 아닌가. 다른 소매치기들은 두목의 명령이지만 목숨을 걸고 앞장을 서고 싶지 않았다. 살기를 띤 놈의 표창에 죽고 싶지 않았다.

김일은 놈이 대단한 싸움꾼이라고 들었지만 단 한 놈에게 항복할 수 없었다. 그보다 놈이 죽기를 각오하고 자신들의 은신처를 찾아들어 나가지 못하게 문을 가로막고 있다. 달아날 수도 피할 수 없었다. 일전을 각오하지 않을 수 없었다. 김일은 부하들이 놈의 공포에서 벗어나도록 해야 했다.

"무엇해? 놈은 한 놈이다. 놈을 작살내어라!"

소매치기들이 김일의 명령에 일제히 인범에게 맞섰다. 그러나 선뜻 다가설 수 없었다. 놈이 가진 표창이 무서웠다. 그리고 먼저 나서는 자에게 표창을 던지겠다는 말에 망설이지 않을 수 없었다. 조금 전 전광석화 같은 동작으로 액자를 박살내고 중심에 꽂히는 것을 두 눈으로 똑똑히 보았지 않았는가. 날카로운 쇠붙이가 자신의 가슴에 박히는 것을 상상하니 섬뜩한 전율에 진저리를 쳤다.

그리고 놈이 김일 두목과 최달준 외에는 살상하지 않겠다고 하지 않았는가. 서로서로 눈치를 보며 한 발이라도 나서지 않으려고 했다. 동료 중 상철이가 한 발 앞서 있었다. 이를 본 인범이가 상철을 향해 표창을 던졌다. 상철이의 바로 앞 시멘트에 표창이 불꽃이 일면서 날아가 벽에 부딪혔다. 인범은 혁대에서 얼른 표창을 빼 들고 위협했다.

"야! 인마, 물러서! 물러서지 않으면 이번엔 경고 아닌 표창이 네놈의 눈깔을 맞힐 것이다."

상철은 얼마나 혼이 났는지 부리나케 뒤로 몇 자국 물러섰다.

이때다. 뒤쪽 패널에 똑똑 두드리는 소리가 들렸다. 소매치기 몇 놈이 그 소리를 듣고 긴장했다. 자기 동료들이 문을 열라는 신호였다.

그러나 놈이 표창을 양손에 쥐고 자신들의 노려보고 있어 문을 열 수 없었다. 더구나 놈이 문 쪽을 지키고 있어 더더구나 열 수 없었다. 한 발이라도 나서면 표창이 날아 올 것이 자명했다. 조금 전 한 발 나선 상철이에게 경고의 표창이 날아오지 않았나. 또다시 패널을 두드리는 소리가 났다.

"그 자리에서 한 발자국만 움직여도 이 표창이 네놈의 눈깔과 심장에 박힐 것이다."

양손에 표창을 든 인범은 무섭게 소매치기들을 노려보며 위협했다. 밖에서 문이 열리도록 기다리던 소매치기들이 문이 열리지 않자 경찰이 덮친 줄 알고 관망하느라고 그러는지 조용했다.

인범은 원한 맺힌 김일을 먼저 거꾸러뜨려야 다른 소매치기를 다치게 할 수 없다고 생각했다. 인범은 김일을 노려보았다. 김일이 부하들을 독려하며 앞에 나섰다.

갑자기 박 과장이 불현듯 떠올랐다.

'살인을 하지 말게. 놈을 잡아 법정에 세우게. 아직 살인소멸공소시효가 3년 남았네. 자네가 살인을 하면 살인의 이유가 참작되더라도 상당한 세월 동안 감옥에 수감되고 출소 후에도 살인자의 전과가 자네의 나머지 삶을 순탄하게 살지 못하게 할 것이네.' 란 말이 귀에 박혔다.

순간 김일의 가슴을 향했던 왼손에 들었던 표창을 무릎 쪽으로 겨누어 비호처럼 던졌다. 김일은 무의식적으로 표창을 피했다. 김일의 동작도 빨랐지만 인범은 놈의 빠른 동작을 흐트러뜨리기 위해 계산을 하고 왼손에 든 표창을 던진 것이다.

빗나간 표창이 시멘트 바닥에 박히면서 불꽃이 일었다. 깜짝 놀란 김일이 표창을 피하느라 몸의 중심이 흐트러진 순간을 놓치지 않고 오른손에 든 표창을 놈의 무릎을 향해 무섭게 던졌다. 표창은 정확히 김일의 무릎에 박혔다. 김일이 으악 하는 비명을 지르며 주저앉았다. 비명이 창고에 가득했다.

주저앉은 김일의 무릎에서 붉은 피가 쏟아지고 있었다. 김일은 고통으로 얼굴이 일그러졌다.

한 명이 부리나케 뛰어가더니 창고의 불이 꺼졌다. 순간 창고 안은 깜깜했다.

"놈을 죽여라, 놈은 한 놈이다. 모두 나서 놈을 죽여라!"

전기 스위치를 내린 놈이 고함을 고래고래 질렀다. 창고가 갑자기 암흑이 되었다. 전깃불이 꺼지자 인범은 예견이나 한 듯 등산조끼에서 작은 랜턴을 켜고 배낭이 있는 곳으로 뛰어갔다.

인범은 배낭에서 강력한 군용 랜턴을 켜 놈들을 비추었다. 소매치기들이 우르르 자신을 공격하기 위해 몰려오고 있었다. 인범은 강한 랜턴을 소매치기들을 비추며 고함을 질렀다.

"그 자리에 서!"

다가가던 소매치기들이 랜턴의 강한 빛을 손바닥으로 막으며 우왕좌왕하며 어쩔 줄 몰라 했다.

"센, 놈들을 물어!"

인범은 쉬익 소리를 내며 센에게 명령을 내렸다. 그리고 랜턴을 비추며 김일과 함께 아버지를 죽였다는 최달준이에게 다가가 주먹으로 얼굴을 강타했다.

센은 소매치기들을 마구 물어뜯었다. 개에 물린 소매치기들의 비명이 여기저기에서 나면서 개를 피하느라 창고 안은 아수라장이 되었다.

"불을 켜라! 우리가 불리하다. 빨리 켜라!"

고래고래 고함을 질렀다. 다시 불이 켜졌다. 표창을 맞은 김일은 꼼짝 못하고 피를 흘리고 있었고, 최달준은 인범의 강펀치에 기절해 있었다.

갑자기 밖에서 창고 문을 세차게 두드리는 소리가 나고 문을 마구 흔들고 있었다. 그리고 고함도 들리었다.

"고 형, 고인범 씨! 우리가 왔습니다. 힘내세요. 야, 이 새끼들 빨리 문 열어!"

인범은 문을 열었다. 한꺼번에 고려물산 조폭들이 우르르 창고 안으로 들어왔다. 열대여섯 명이 넘었다. 그 사이 비상소집을 하였던 것이다. 김승배 사장이 급히 인범이에게 다가왔다.

"고 군, 다친 곳은 없어? 사람이 왜 그래? 나하고 약속했잖아. 혼자서는 침투하지 않는다고."

"죄송합니다."

"사람이 왜 그리 미련해."

김승배는 인범이의 멀쩡한 몸을 보고 안도의 한숨을 쉬었다.

뾰족이파 소매치기 세 명이 문을 열어주지 않자 경찰이 급습한 줄 알고 창고 근처에서 관망을 하다, 고려물산 지프차가 한꺼번에 들이닥치자 경찰인 줄 알고 줄행랑을 쳤다.

인범은 김일에게 다가갔다. 바닥에 주저앉아 피를 흘리던 김일은 인범이 자신에게 다가오자 고통과 공포로 일그러진 얼굴로 멍하니 쳐다보았다.

인범은 김일을 잠시 내려다보더니 갑자기 "에잇!" 기압을 토하며 발을 올려 표창이 꽂힌 무릎을 무지막지하게 아니, 잔인하게 짓밟아 버렸다. 순간, 무릎뼈가 부러지는 기분 나쁜 소리가 두두둑 났다.

"아악!"

김일은 비명을 지르고 기절했다. 인범은 김일을 죽이고 싶었지만 박 과장이 법정에 세우라는 말이 내내 귀에서 떠나지 않았다.

인범은 복수의 결과가 너무나 허망했다. 아니 허탈했다. 복수는 당연한가? 한이 맺히고 뼈에 사무친 아버지를 죽인 원수, 날치기 김일을 눈앞에 두고 죽이지 않고 중상으로만 만든 것에 지하에 계신 아버지가 섭섭해 하실까? 아니면 죽이지 말고 법정에 넘기라는 박 과장의 간곡한 말을 듣고 살인자가 되지 않은 것에 '그래, 잘했다. 장한 내 아들.' 이라고 칭찬을 하실까? 인범은 넋을 잃은 표정으로 무릎에서 피를 낭자하게 흘리며 고통에 일그러진 김일을 망연히 내려다보고 있었다.

"고 군, 뭘 그리 멍하니 바라봐?"

김승배가 인범이의 어깨를 툭 치며 말했다.

김승배는 박 과장에게 전화를 했다. 마침 박 과장이 집에 있었다.

소매치기들은 인범이란 놈이 고려물산 조폭들과 한 패거리인 줄 알고 두려움에 벌벌 떨었다.

한 시간 정도 되었을 때 요란한 사이렌 소리가 들리고 트럭 한 대와 지프차 몇 대에서 경찰들이 내렸다.

경찰 조사에서 얼마 전 회사의 봉급을 탈취한 범인들이 뾰족이파임이 드러났다.

경찰에 연행된 김일과 함께 아버지를 살해한 공범 최달준은 구속됐다. 경찰에서 12년 전 범인을 잡으면 증인을 서 주겠다던 목격자들을 수소문하여 연락했다. 전화번호가 바뀐 사람도 있었다. 경찰은 그들의 연락처를 추적하여 3명이 경찰서로 왔다. 그들은 김일이 틀림없다고 증언했다. 그리고 조사 과정에서 범인 3명 중 오상철은 교통사고로 사망했음이 밝혀졌다. 최달준이가 김일과 함께 살인을 한 것도 증언했다.

김일의 무릎뼈가 완전히 박살나 완치되어도 한쪽 다리는 불구를 면할 수 없다는 의사의 진단이었다.

재판 결과 김일은 무기징역, 최달준은 20년, 인범은 6개월의 형이 선고되었다.

〈끝〉

野草(야초) ❺

한(恨)의 복수